大魚讀品
BIG FISH BOOKS

让日常阅读成为砍向我们内心冰封大海的斧头。

The Library at the Edge of the World

世界尽头的图书馆

Felicity Hayes - McCoy

[爱尔兰] 费利西蒂·海因斯·麦考伊 著

常鸿娜 译

百花洲文艺出版社
BAIHUAZHOU LITERATURE AND ART PUBLISHING HOUSE

图书在版编目（CIP）数据

世界尽头的图书馆 /（爱尔兰）费利西蒂·海因斯·麦考伊著；常鸿娜译．—南昌：百花洲文艺出版社，2017.8
ISBN 978-7-5500-2235-5

Ⅰ．①世…　Ⅱ．①费…　②常…　Ⅲ．①长篇小说－爱尔兰－现代　Ⅳ．①I562.45

中国版本图书馆 CIP 数据核字（2017）第 102145 号

江西省版权局著作权合同登记号：14-2017-0320

出 版 者　百花洲文艺出版社
社　　址　南昌市红谷滩新区世贸路 898 号博能中心 1 期 A 座 20 楼　邮编：330038
电　　话　0791-86895108（发行热线）　0791-86894790（编辑热线）
网　　址　http：//www.bhzwy.com
E-mail　bhzwy0791@163.com

书　　名　世界尽头的图书馆
作　　者　〔爱尔兰〕费利西蒂·海因斯·麦考伊
译　　者　常鸿娜
出 版 人　姚雪雪
责任编辑　杨　旭
经　　销　全国新华书店
印　　刷　三河市冀华印务有限公司
开　　本　880mm × 1230mm　1/32
印　　张　12.5
字　　数　229 千字
版　　次　2017 年 8 月第 1 版
印　　次　2017 年 8 月第 1 次印刷
书　　号　ISBN 978-7-5500-2235-5
定　　价　39.80 元

赣版权登字：05-2017-168

CHAPTER 1 # 第一章

碧空如洗，大海湛蓝清澈，海水与天空相接，茫茫一色。一块石板搭成的门阶后，是一段灌木丛生的小坡，小坡的尽头立着一面石墙，而再向墙的外面看去，就是悬崖了。崖边覆盖着灌木的岩脊上生长着一簇簇的海石竹，崖壁陡峭险峻，海浪剧烈翻腾，汹涌地拍击着崖底。在这一小片田野的最高处，有间不大的房子，房子面向大海，背后依稀能看到一条通往城镇的小路。汉娜从枝蔓横生的柳苗丛中穿过，一路踩着泥泞的水洼，从房子后侧加盖小屋上的窗子爬了进去。此时汉娜正站在门口的石阶上，阳光洒在她的脸颊，身后空置已久的屋子里那股挥散不去的潮气混杂着拍崖海浪的咸味盈满她的鼻腔。

回想上一次站在这里，已经是四十年前的事了。她身后的这座房子一如过去般幽暗死寂。曾经住在这里的是她的姑祖母玛吉——那个消瘦的红发女人总是一边嘴里发着“嘘”声，一边驱赶着一群母鸡来到门外，还不时感叹一下煤油的价格。玛吉过世前将房子留给了那时还只是个孩子的汉娜。而此时迫切渴望着独处的汉娜，手中拿着自己未来生活的全部指望，几乎是出于本能地来到了这里。

海鸥在天空中发出一声凄厉刺耳的鸣叫，不远处的一棵柳树上，一只画眉鸟扑棱扑棱地扇动着翅膀。门阶上散布着棕色和黄色的蜗牛壳，就像点缀着一颗颗的珠翠珍宝。汉娜早晨去图书馆时穿着的那双干净船鞋此时已经面目全非，可现在后悔穿着它来也晚了。她循着海浪声向下走去，有些地方的草长到了齐腰处，她拨开草丛向那壮阔的天堑蹚着，毛茸茸的草球不时搔着她的手肘。那道低矮的界墙不知何时已经坍塌，墙上的石块散落一地，她只得小心翼翼地慢慢向前走去。接着，她绕过一片茂盛的石楠和一台生锈的冰箱，找到了一块从界墙落到悬崖边的石头，在悬崖的下面，就是大海了。抬眼，风吹云动，俯望，一块块闪闪发光的礁石刺破拍岸的浪头，呈现斑驳耀眼的泡沫。汉娜坐了下来，泥泞的双脚踩在一层海石竹上，眼睛则怔怔地盯着手中的那个信封。

起初她的心脏一阵狂跳，但到了现在，她发现自己竟不知不觉地开始研究起这些昂贵纸张的重量、用机器打印出的地址和盖有邮戳的邮票上那些如宝石般鲜艳的色彩。她将手中的信封翻转过来，告诉自己那不过是封信——就是一些写在纸上的字而已——没什么大不了的。但作为一名图书管理员，她比任何人都清楚那些彼时彼处写下的文字将会如何改变一个人的生命轨迹。每周有两天，她都会开着县里的“流动图书馆”面包车在美丽的芬法兰半岛上的那些偏僻的村庄和疏落的山区之间来回奔忙。她喜欢那些穿梭在葱郁高耸的树篱间的漫长旅程，也爱着她所带来的书里的哲思，以及书籍本身所蕴含的东西。几千年来，文字越过山川和大海的阻隔，承载了人类的无数梦想、愿景和抱负，当汉娜驾车驶过地上的泥潭和水坑时，她就成了这个跨越时空进程之中的一个组成部分——将那些来自埃及、美索不达米亚的手写文稿和码在她车厢后座的套着塑料封皮的小说、CD 以及名人食谱联结在一起。她在那些路途中所享受的独处时光能及时带给她一种自由和静寂的快慰。

那天是图书馆的半天工作日，汉娜锁好了图书馆的门窗，想到又要和妈妈共同度过一整个下午，就很不情愿地开车慢慢朝家驶去。尽管玛丽 · 凯西是个宽厚善良且不失风趣的女人，但她有时很爱指手画脚，说话向来不知轻重，到了生闷气的时候更是可怕。然而十年前的她却不是这样的，汉娜的父亲还在世的时候是非常宠溺妻子的，他经常请她吃饭，给她准备惊喜。汉娜依稀记得他们在二十世纪的七十年代去酒店吃饭时，汤姆穿着他最好的蓝色西装，玛丽戴着珍珠首饰，盘着新做的头发，宛如少女一般和丈夫调笑着……如今的玛丽没有了丈夫的呵护，她的嚣张跋扈也渐渐掩盖了原有的魅力。

没有了总是霸占着浴室的上学的孩子，虽说如今家里的早晨不再像之前那样一片忙乱了，但想要单纯地享受只有咖啡和吐司的早餐仍不是一件容易的事情，玛丽 · 凯西——这位传统爱尔兰式早餐女王——坚持要在早餐时煎腌肉片和血肠来吃。自打汉娜带着她形象叛逆的十六岁女儿婕斯，拖着两箱在盛怒之下随意打包的、并不会经常穿到的衣服出现在她寡居多年的母亲家门口时，这样的早餐大战就如火如荼地展开了。那时候，汉娜没有做出任何解释就把婕斯从伦敦的家中接了出来，而且在没有事先知会母亲的情况下就突然回到了娘家，汉娜拼了命地想要维持所有人的和睦共处。玛丽认为在她的地盘上，所有人都应当用最为丰盛的食物将肚子填饱，才能很好地迎接新的一天；婕斯则是从小吃羊角面包和喝橙汁长大的，当她看到在一摞油炸白苏打面包上放着一大颗溏心蛋的情景时被彻底激怒了。因此在接下来的很长一段时间里，汉娜给女儿和母亲分别购买了酸奶和烤蘑菇，她也努力让两人都试着接受什锦果蔬燕麦片。她的这些心思不过是徒劳罢了，每个清晨仍旧像地狱般煎熬。即使婕斯已经年满二十岁，成了一名空姐，现在住在法国的一套合租公寓里，玛丽还是坚持地做着传统的爱尔兰式早餐。至于今年已经五十一岁的汉娜，她依旧为一份看不到前途的工作所累，还是睡在母亲隔壁的卧室里。

克罗塞拉是她出生和长大的地方，和她现在工作的图书馆所在的里斯拜格距离很近，只要往东走几英里就到了。不过她儿时居住的那套房子已然不复存在了。她的父亲过去经营着村庄里的邮政事务所，事务所兼营着一些食品杂货的零售，店外还加立了两个油泵，她的妈妈当时负责店里的收银工作。那时，孩子们常常聚集在店里吃着巧克力、喝着红柠檬水，有人来寄信或是领退休金时，就会靠在柜台上一起聊聊天。倘若在父亲称包裹或帮人填表格时外面来了要加油的车，他便会暂时放下手头的事情去外面加油，与此同时，母亲就会绕到邮政办公的格栅后接替他刚刚放下的活，汉娜则会被吩咐去切奶酪或是培根片之类的东西。凯西店里的货虽不多，可种类却很齐全：面粉、茶叶、泡打粉、苹果、捕鼠夹、袋装饼干、糖果、各类蔬菜、电池以及果酱等。而今，当人们需要加油或购买日用品时，都会前往里斯拜格或是十英里外卡里克的某家连锁超市——如果在那里买了足够多的意面和洗涤剂，等到加油的时候就会得到几分钱的折扣。

到了二十世纪的八十年代，汉娜结了婚定居伦敦后，她的父亲把店卖了出去，盖了一座新的房子。这对日渐年迈的老夫妇，过去习惯了透风漏气的房间、烦琐难用的旧式炉灶和总是嘎吱作响的玻璃窗，现在他们在主干道边上建的这座三间房无疑是个绝佳的养老场所：新房加装了双层玻璃窗和新式厨房，还在每个房间的天花板正中央都安上了一盏明亮的吊灯。汉娜身为一个老式建筑和复古家装的忠实拥趸，特别讨厌这座新盖的小平房。每当她准备将车停进家里的车道时，看到那些玛丽引以为傲的荧光粉的墙面和走廊入口处的蓝色瓷砖时，都觉得避之不及。此外，门板上还有一个用螺丝固定着的硕大的搪瓷三叶草装饰。粉色的墙壁、蓝色的瓷砖和石灰绿色的三叶草形成的巨大视觉冲击总是让汉娜感到莫名烦躁。

大门的旁边有一个塑料邮筒。在今天的早些时候，她掀开筒盖看到了里面的那封信，不由得感觉喉咙发紧，信封上盖着她所熟悉的伦敦邮戳，写着“爱尔兰，芬法兰县，克罗塞拉，汉娜 · 凯西女士（收）”。虽然在过去的一周里，她无时无刻不在等待着这封信的到来，但真正看到它的时候，她却无法鼓起勇气将它从邮筒里拿出来。她终于还是取出了信封，可正当她决心拆开它的时候，信却毫无预兆地被人从自己手中扯走了。

那一切都发生在一个小时前。此时此刻，高坐悬崖之上的汉娜面对着翻涌的海浪，再次看着那个已经被愤怒的泪水打湿的信封。当信封被抽离她的指尖时，她立刻转身想要将它夺回，无奈却被玛丽挡了下来。

“妈！还给我行吗？”

“你看，叫你汉娜 · 凯西女士多好，比什么马尔科姆 · 特纳太太强。”

“我才不是马尔科姆 · 特纳太太，三年前我离婚的时候就已经不是了，妈，你要学着去适应。”

“我适应得相当不错，你要相信我。可我始终还是搞不清楚你到底做了什么。”

“我什么都没做。是马尔科姆跟我离的婚。”

“就是因为你从前一直都太蠢了，他才会跟你离婚的。”

汉娜正色道：“妈，我不想再谈论这件事了行吗？这件事从头到尾我们已经说过无数次了。我发现了他和另一个女人上床，然后我带着我的孩子离开，你还要我怎么办？”

“可你本来不应该逃跑的，你得让他赔你一大笔钱。”

“我当时没想……”

“难道我不知道你当时什么都没想吗？从你刚认识他不到十分钟就怀孕了的时候你就什么都没想。”事已至此，玛丽索性豁出去了，“结束了在伦敦二十年的婚姻生活之后又急急忙忙地逃回这里的家！你知道我想说你什么吗，汉娜·玛利亚？你就是个彻头彻尾的蠢蛋，一直都是。”

“别叫我汉娜·玛利亚。”

“你爸爸辛辛苦苦供你读书。我们本来为你准备了一个那么好的小商店，就等着你长大以后接手，可你不要啊，你才不稀罕呢。我们的大小姐去了卡里克上她图书管理员的课，然后去了都柏林，之后又到了伦敦。不管我说什么都拦不住你。你的老爸每一次都还是会为你倾尽所有。”

汉娜夺过信，将它塞进包里，她的双手颤抖。玛丽轻蔑地把头一扬。

“我很清楚这封信里写的是什么。全是律师那一套没用的废话，别指望里面会有一分钱。”

汉娜抑制住自己的怒火。拉上了提包的拉链，转身向屋里走去。可玛丽一把将她拽了回来，竖起一根手指朝她晃了晃。

“我曾经告诉过你，但我现在要跟你再说一遍，那个卑鄙小人把你骗得一无所有。你曾经为了和他结婚放弃了大好的前途。孩子，我不管他在婕斯那儿存了多少钱，可他同样也欠你的。”

一时间，汉娜再也无法控制自己。她抓着玛丽的肩膀尖叫道：“妈，我拜托你，能不能别再管我的事了？”

“全能的圣主啊，我真是养了个傻子！汉娜·玛利亚·凯西你是个大蠢货，全世界的人都知道你是个蠢货！”

让汉娜没想到的是，她发现自己竟然在啜泣。于是她从包里摸出车钥匙，跌跌撞撞地回到车上，此时的她特别需要一个人静一静，却不知道能去哪里。十分钟后，她穿过一片茂盛的茅草和成片的柳树苗，踩过泥点四溅的水洼，从碎裂的后窗爬进了这个世上唯一可以称之为属于她自己的地方。

尽管不愿承认，但玛丽·凯西却说得没错。任何一个明智的女人都不会在没有经过深思熟虑的情况下就离家出走，更不会在马尔科姆跟她离婚时声称不会要他的一分钱。然而那时自尊心受到严重伤害的她，是无论如何也无法保持理智的。随着女儿一天天长大后远居他乡，她不得不面对整日和玛丽·凯西共处一室的可怕未来，她放下自尊，悄悄给马尔科姆写了封信。诚然，她已经把自己的情况写在了信中，可他究竟能否明白她的处境呢？提出让他支付一处个人住所的费用，这样的要求对他来说不会太过分吧？她在信上提到过，在里斯拜格的镇郊有一处新开发的住宅区，她很清楚要买那样一套房子所花的钱对于马尔科姆来说根本就是九牛一毛。其实在她的潜意识中，一直都对他的慷慨抱有一丝希望。

远处，几只海鸥在天空中盘旋，海面上波光粼粼。握在她手上的这些写在纸上的字，即将改变她的人生轨迹。她深深地吸了一口气，挺直身子，撕开了信封。

CHAPTER 2 # 第二章

里斯拜格喧闹的清晨总是伴随着聒噪的喇叭声，布劳德大街常常被争相上班的私家车、送货车和商店店主们塞得水泄不通。康纳·麦卡锡通常都不太会为这样的状况烦心。在大多时间里，他都把车停在家中，改骑他的“小黄蜂”[1]去图书馆上班。说起来可能有点儿不可思议，但这辆摩托车确实是他看到某张报纸末尾处的广告买来以后，在牛棚背面的简易房里精心修复而来的。比起绕着意大利的教堂广场兜风，沿着里斯拜格的布劳德大街上下穿行看上去可能并不怎么拉风，不过只要想到他得给自己的那辆旧福特四处寻找停车位，康纳就觉得骑着“小黄蜂”去上班要潇洒许多。

里斯拜格镇和克罗塞拉村相距五英里。镇中心只有一条较为宽阔的大街，分别通向四条较为狭窄的小路。位于大街最开阔处的那个从前用来摆摊儿的集市如今被改建成了停车场；中央的马槽现在被泥土填平，泥土的四周被铺上了路砖，政务委员会每年都会在里面

---

1 “小黄蜂”（也称伟士牌或韦士柏）是意大利摩托车制造商比亚乔旗下的一个子品牌，其产品为两轮轻便踏板式摩托车。自其 1946 年诞生以来一直延续着最初型号的外观，并保持着小巧、紧凑的特点。

栽种牵牛花和非洲凤仙菊。在花池一侧的水泥路上固定着一把长椅，但由于它常年都被停泊的汽车所包围，因此很少有人真的会坐在上面。康纳听妈妈说，过去学生们常常会在马槽附近闲逛，不过现在新式的综合学校已经搬离了大路，这里也就很难再看到一个孩子了。

马槽的对面是女校旧址的正门，它地处布劳德大街的中段。校区向后延伸，以毗邻街道的内侧为界，囊括了从前的学校主楼和过去负责管理学校的女修道院。修女们停止办学后，县政务委员会把校舍中的一部分租了下来，里斯拜格图书馆从原先一直不太合适的活动板房搬进了装有护墙板的学校礼堂中。政务委员会的主楼是设在卡里克的，后来他们决定把少数办公场所搬到里斯拜格，他们把一层过去的教室改成了办公室，相应地，修女们平时散步的花园就被办公人员辟为他们的停车场。所有图书馆和政务委员会的工作人员都从曾经是学校入口的院子进出。你需要步行通过院门和临街的安全门才能到达停车场，但遥控装置只允许那些被分配到指定位置的人进入。那块在沥青碎石路面上，用明黄色的油漆喷着“图书管理员”几个印刷体字的，是凯西女士的停车位，而康纳就不得不自己想办法了，因为根据卡里克县图书馆的意思，一个同时还靠务农为生的兼职工作者并不能算是真正的公务员。不过康纳已经相当知足了。他不会以老爸常常提到的“耍笔杆子的”自诩，他只是单纯地很喜欢书罢了。

实际上，尽管要找到一个停放“小黄蜂”的角落并不是什么困难的事情，可凯西女士还是会常常为他鸣不平，她总说上面应该给他分配一个车位的。康纳知道在多数这样的情境之下，凯西女士自己都会以“强烈要求尊重自己的助理”作为结尾。但无论如何，她能这样说就已经很好了。不过说来也怪，他倒是挺喜欢凯西女士的。

很多人都觉得她傲慢冷漠，可一旦了解她以后，就会觉得她是个极好的人。可不管怎样，康纳还是很难想象这个图书馆曾经是他儿时的学校礼堂，也无法想象整栋建筑里都是修女究竟会是一个怎样的场面。据康纳的哥哥乔说，后面的女修道院里如今仍然住着两个上了年纪的修女，这也是此前教堂之所以没有变卖这处房产的原因。而在酒吧聊天的那些哥们儿都觉得这是乔的傻话。好吧，这是镇中心的一大处房产，只要你去了解一下房地产市场的行情，就会明白其实是没人有足够的能力把它买下来。银行拒绝提供贷款，再加上市场上到处都是卖不出去的新挂牌的商品房，大区主教真该行大礼跪拜，感恩上主让他和政府之间达成了这样的协议。至少，他得到了一份还算过得去的收入用以维持受潮墙体的整修和充足的供电。

康纳骑着“小黄蜂”在布劳德大街中央停着的一大片汽车中绕行。他穿过无数小轿车和大卡车间的缝隙，然后停了下来，推着摩托走进原来学校入口处的院子。据他的妈妈说，修女们向来不会从这里进出。在教学楼的后面有一个通往女修道院的小门。曾经的学校大门上如今挂着塑料的告示牌，上面写着“开放时间：周一到周五 9：30—17：00”。图书馆的门在院子对面。除了每周三那些等待清理的小轮垃圾箱会占据他原本停车的位置，康纳一般都会把他的“小黄蜂”停在那个固定的角落里。今天早上那里是空着的，于是他锁好了他的小摩托，摘下头盔，走进了图书馆。

他很喜欢这个装有护墙板的房间中图书散发出的气味。这里的书大部分都很新，但其中也有一些是属于原学校的收藏品，它们的书皮通常是皮质的，内页的纸张很薄，边沿处也有破损，那些皮子和纸张的味道非常好闻。老实说，他对这些书的内容并不怎么感兴趣，更何况里面的字那么小，插图和表格又那么晦暗，他只是很喜欢它们的手感。它们封皮的镶边上文有抛光的金箔装饰，内侧的衬页触感一如奶油切片，上面印有羽毛图案。凯西女士将它们保存在房间尽头装有玻璃门的旧书柜中，没有人真正地留意过它们。而小说、参考书以及所有其他方面的书都被摆放在了现代的金属书架上。每本书上都包了一个透明的塑料封皮，每本书被归还后，都要用一个装在喷雾瓶里的清洁液将外层的封皮处理干净。在把它们放回书架之前，要检查好里面是不是夹进了可疑的“书签”。人们常常会把一些不同寻常的东西留在书里。康纳曾经在一本梅芙 · 宾奇[1]的小说里发现了一片火腿，这使得凯西女士大为恼火。她给对方发了一封措辞严厉的邮件，称图书馆需要更换被弄脏的书，并会寄去一张正式发票。康纳猜想肉店的老板老菲茨杰拉德，那个总是板着脸的古怪的小老头就是梅芙 · 宾奇这本书的神秘读者，他对自己的这个猜想简直欲罢不能。不过后来取走书的是菲茨杰拉德的太太——来图书馆的通常都是女人们——但毫无疑问，那片火腿确实来自他们家的肉店。

除了书，康纳和凯西女士基本上没有什么共同点。话虽如此，可大概是因为她平时聊天很少涉及有关书的话题，所以有时会让人感觉她根本就不是一个喜欢书的人。如果撇开这点不谈，凯西女士曾经也还是给他看过加纳莱托[2]令人惊艳的大部头意大利画册的。后

1 梅芙 · 宾奇（1940 年—2012 年），爱尔兰著名的小说家、剧作家、专栏作家和演讲者。她最为人称道的是对爱尔兰小镇生活的幽默描绘、对人物的刻画、对人性的探讨和出人意表的结局。她的小说已被翻译成 37 种语言，在世界范围内售出了超过四千万册，被称为“爱尔兰最受欢迎的作家”。代表作品有《朋友圈》《塔拉路》《猩红羽毛》等。

2 加纳莱托（1697 年—1768 年），意大利画家、雕刻家，他的作品注重将威尼斯地方特色的建筑和自然风光相融合，通过气氛的渲染、特定光照条件的选择和对客观科学的调查研究来达到理想的效果。在很大程度上，他受到了启蒙运动中理性主义的影响。

来康纳在搜索引擎中键入“意大利”和“图片”两个词的组合，弹出了许多非常古老的绘画图片与无与伦比的摄影作品，确实令人印象深刻，他还在里面看到了一些人骑着“小黄蜂”绕着教堂广场疾驰的图片，也正是从那个时候起，他开始下定决心给自己买一辆“小黄蜂”。

今天早上，康纳在电脑上一处理完邮件，就一溜烟地跑去给自己煮咖啡了。凯西女士一脸严肃地坐在办公桌前，他没敢上前打扰。这倒不是因为他怕自己引火上身——毕竟他已经习惯了她的阴晴不定，他妈妈说过，跟老玛丽·凯西生活在一起的时间久了，人难保不会变成她那个样子。他在小厨房等待水壶里的水烧开的时间里，顺带着将水槽刷了一遍。通常在大清早的时候，不会有什么人来图书馆里借书，你可以趁着这段时间去做一些别的事情。但凯西女士很烦那些时不时就推着婴儿车来这里闲聊的年轻妈妈。康纳猜想，如果按照凯西女士的性格，她一定会把一块写着“安静”的老式告示牌竖在那里。她对她称之为“八卦”的东西厌恶至极，每当她看到一群姑娘抱团坐在角落里就会非常崩溃。不过康纳反而觉得她们活跃了这里的气氛。

问题在于，里斯拜格镇上能让人们聚会聊天的地方少之又少。每年似乎都会有新开张的咖啡馆或小吃店供人围桌而坐聊闲话家常。他们通常会借一些钱，找一处店面进行装修，推出一些方案和产品来吸引人们的眼球。有时也会在本地广播里做一点宣传，或者把广告刊登在寄往全岛旅馆和 B&B[1] 连锁酒店的免费报纸上。但大多数来

1 B&B（Bed and Breakfast），住宿加早餐酒店，是一种酒店与旅店的类型，与民宿相似。

这里观光的游客都会直接经过里斯拜格，不作任何停留，再加上康纳妈妈这一类的人也不会进店购买昂贵的有机松子和马苏里拉奶酪[1]卷，所以过不了多久，这些新开的店里就会张贴出只要花几欧就可以买到传统爱尔兰式早餐的手写广告，随后你就会看到店里免费赠送茶水和吐司之类的促销。等到最后他们实在入不敷出，商店就只好倒闭关张，与此同时，曾经的厨房用具和内饰器材也会被统统变卖。

每当康纳去参加为又一个即将外出谋生的朋友组织的欢送会时，他就会由衷地感到自己能靠着图书馆的工作支撑下去是何其幸运。尽管那是一份每周只需工作三天的兼职，却算得上一份相当稳定的差事，这同时也意味着家里的农场不必再转卖给别人。康纳的爸爸帕迪·麦卡锡几年前背部受伤，虽然下地走动并不成问题，但再想从事繁重的农活几乎是不大可能了，康纳的哥哥乔一个人干不完所有的活儿，本来农场减产，收入已经很难维持他们父子三人的生计了。要不是有了图书馆，康纳可能早就坐船去外地打工了，自然地，麦卡锡家世代耕种的田地也可能早已经卖给别人了。就算是权宜之计，可得知他们还能凑合着支撑下去也终究是件好事。即便日后家中发生变故，通过一段时间工作的训练后，他的资历也会比从前更高，到时候再在图书馆里谋一份相关的全职工作也会容易一些。这世道，所有的事情都很难说。就像他的父亲在他心情低落时经常说的那句话，那些要笔杆子的家伙随便大笔一挥，所有人的命运都将天翻地覆。

---

1 马苏里拉奶酪，俗称水牛奶酪，是一种源自意大利南部城市坎帕尼亚和那不勒斯的淡奶酪。可以冷吃也可以热吃。

CHAPTER 3 # 第三章

汉娜坐在机场的候机厅里，提包就放在她的脚边，她愤怒地看着马尔科姆的回信。她那个令人讨厌的母亲这一次又说对了——信是从马尔科姆的办公室寄来的，就连字也是由他的秘书打的，至于信上的内容，确实是律师的那套陈词滥调。不过就她提出的要求，里面的回复倒是没有半点儿含糊：当初他们在达成离婚协议的时候汉娜就已经表明了自己的立场，想要旧事重提是绝不可能的。

汉娜咬紧牙关，一脸决绝。好吧，就算之前是她抛下马尔科姆的，但所有的一切都是因为他的背叛和谎言造成的。况且，尽管玛丽·凯西想要把他的每一分钱都榨干，可汉娜却从未有过报复他的想法。她要的不过是个住处而已，马尔科姆完全有能力为她这个要求埋单，那是他欠她的。他们二十岁出头的时候在伦敦相遇，那时的她还是一个专注于艺术馆图书管理员工作的姑娘。而他有着无可挑剔的家世背景，受过良好的教育，同样也是一个正处于事业开创期的小伙子……不管他曾多想抹杀这些过往，可正是从前的一切才有了他今时今日的功成名就。他们俩最初的那套房子是她找来的，在破旧的“伦敦广场”上一幢状貌颀长的大楼里，所处街区过去曾繁盛一时，不过从当时看来，它的再度崛起是指日可待的。大楼是乔治王时代[1]晚期的建筑，正面是灰泥材料的墙壁主体，里面的过道不宽，楼梯间很雅致，径直通往一层的接待室。她雇了一名设计师和一名建筑工人，他们剥掉一层层的墙纸和壁画，敲掉一面面隔断，修复了残破的房檐，在他们的努力下，房子恢复了原本属于它的迷人光彩。她在底层的厨房里加装了燃油灶，还加设了一个通向后花园的玻璃暖房，倚着高高的砖墙支起了篱架种植梨子。几个月的时间里，她奔走于各大废旧建材回收站，寻找最适合的铸铁浴缸和炉排，一个较深的水槽和雕花玻璃的球形门把手。卧室里张贴着手绘墙纸，流线型的红木栏杆扶手是抛光打磨过的，上面还打了蜡。房子的装修准备过程持续了将近一年的时间，他们刚一搬进去，她立刻就爱上了那里。在他们入住的第一个夜晚，二人手拉着手一起踱到了主卧室中，汉娜在这个房间中选用了深浅不同的灰色织物使其与灰绿色的墙壁相互映衬。她打开了房门，发现床头柜上有一瓶香槟，它被插在乔治王时代的银质红酒冷却箱中。马尔科姆看着无比惊讶的汉娜笑了。

“不是很应景吗？它本来就应该出现在这样的时代里。”

的确，这真的起到了锦上添花的作用。马尔科姆在倒香槟的时候，一直反复地说着他是有多么的爱她。那晚，他们在床上缱绻缠绵，而很久之后，也是在同一张床上，她看到了他和泰莎。汉娜曾经告诉自己彼时是她此生最为快乐的时光，然而经年的岁月将不同的两对璧

---

1 乔治王时代（Georgian era），指大不列颠王国汉诺威王朝 1714 年—1837 年的一段时期，其间四位名为乔治的国王，即乔治一世、乔治二世、乔治三世和乔治四世连续在位时间，其中 1811 年至 1820 年又称为摄政时期。

人堆叠重合，她才惊觉在最初她忙着挑选主卧内饰的那个月里，他们一直以来共同的朋友就已经开始了和自己丈夫的地下恋情。

电子屏幕上显示出了她的航班号，她又瞥了一眼那个信封。马尔科姆律师事务所的地址明确地彰显出他公司的财富与地位，信笺抬头处他名字的后缀，则明确地展现出他婚后这些年里通过努力地工作和筹谋所达到的高等职位。她把信塞到了包里，站起身来向登机口走去。马尔科姆或许认为他们之间的事情早已了结，如今，看来是到了该重新谈谈的时候了。

三天前，当她坐在海边悬崖的落石上时，突然萌生了这个想法。她早该知道给马尔科姆写信会让自己陷入被动。她给他寄去的信严重伤害了她的自尊，让她本就没有恢复的自信心再一次受到了打击，而他给她的回信却不费吹灰之力。因此，继续这样写信下去只会让情况变得更糟。这么多年以来，他那些“消耗战能给人带来乐趣”的自以为是的论调她听得还不够多吗？“慢慢地折磨他们，”他嘴里说着，看着边上一些感谢他的客户送来的锃亮的银器和昂贵的龙虾，抑或鹿肉朝她飞了个眼道，“让他们觉得自己很傻，那么你就会让他们表现得像失败者一样。”这就是他和他的那些高薪同事所谓的策略。因此，在高高的悬崖之上，汉娜凝视远方，翻涌的波浪泛着点点银光，飞翔的海鸥在天边缓缓地移动，她终于拿定了主意。她需要的也仅仅是耍一个小小的花招。她掏出了手机，按下了那串拨往马尔科姆办公室的熟悉的号码，用轻快的语气对他的秘书说：

“我是特纳太太，他前妻。转告他我周六会在梅费尔[1]的帕森斯

1 梅费尔是英国伦敦市中心的一个区域，位于威斯敏斯特市内。

酒店等他。”

听到对方惊讶地屏住了呼吸，她依旧保持镇定自若。

“记下了吗？谢谢。告诉他三点一刻来。”

她挂断电话，得意扬扬地向一只海鸥挤了挤眼。马尔科姆的秘书刚刚完全没有机会开口，选择三点一刻这样的时间可以给人一种“她的时间非常宝贵”的错觉，宝贵到需要以“十五分钟”为单位进行计算。

此刻，飞机在这个世界和世间所有的纷扰之上匀速平稳地航行着。婕斯很可能会在这趟航班上工作，不过好在自始至终飞机上都没有出现她的身影。一个漂亮的空姐给汉娜倒了一杯茶，她抿了几口就把杯子放到了离自己最远的地方，不久后便被空乘人员收走了。她现在最需要的是一杯五星级酒店里的热牛奶或拿铁玛奇朵[1]。

她今天穿了一件酒红色的高领修身连衣裙，羊毛质地柔软，袖子的长度达到肘部。当初她在一气之下要回爱尔兰老家的那天，想都没想就把它丢进了行李箱中。她在伦敦时总是衣着时尚，在她、马尔科姆和婕斯三人常去度周末的诺福克乡下别墅里，有许多塞满了牛仔裤、上衣、羊绒衫、大牌丝巾和休闲鞋的衣柜。然而，当她出现在玛丽·凯西的门前时，带着的却是一大堆乱七八糟不明所以的衣服，不管在什么场合下穿都不适合，而且在克罗塞拉这种地方根本不会有人穿成那样。她塞到箱子里的大多是很早以前去卡里克的慈善义卖商店买到的衣服，但好在仅存的理智让她保留了那么一两件还算拿得出手的。这条裙子现在看上去依然入时，她在离开机场前，用发卡和发胶将及肩的黑发绾成一个像模像样的法式髻子。之后她回想了一下洗手间

1　拿铁玛奇朵是一种咖啡饮料，字面含义是“玷污的牛奶”。这是因为在这种饮料的制作过程中，牛奶被浓缩咖啡所“玷污”。

镜子里自己的模样，尽管不怎么像奥黛丽·赫本，但要在梅费尔的酒店前顺利通过各种检视却也是绰绰有余了。她只需要在到那儿之前，脱下在平价连锁店里购买的外套，把它搭在胳膊上就不会有任何问题了。

飞机着陆时外面正下着雨。汉娜搭上去往城市方向的地铁，没过多久，她就出现在了伦敦一条湿漉漉的街上。她发现一辆亮着灯的出租车，招手叫住了它。这是她预想中极为关键的一步。她既早已下定决心花大价钱飞到这里住一个晚上，那么打车花的这些都不过是些不值一提的小钱。况且这么做是值得的——不仅能使她的法式发髻免于彻底散开，让她从成熟优雅的奥黛丽·赫本变成披头散发时的芭芭拉·史翠珊[1]，还可以激发酒店门童为她打开车门的热情。她下车时完全是可以给自己开门的，但她所追求的是极具权威感的强大气场，让别人把她当作她需要成为的那种自信的女人，或者至少当她面对马尔科姆时，能够感到自己有十足的底气——假使他会赴约的话。一想到他有可能不会出现，她的胃就像被拧成了一个绳结，腹中不由得一阵绞痛……出租车停在了帕森斯酒店的大堂门口，一个身穿制服的酒店门童撑着伞快步地迎了上来。汉娜深深地吸了口气，迈开双腿从出租车上下来，缓缓地向酒店的大门走去。

---

1 芭芭拉·史翠珊（1942—），美国歌手、演员、导演和制片人。她是美国唱片销量最高的女歌星。有史以来，唯一同时拥有奥斯卡奖、金球奖、艾美奖、百老汇东尼奖、格莱美奖、Cable ACE 奖、Peabody 奖，数项大奖于一身的艺人。在个性方面，有时会比较挑剔。

CHAPTER 4 # 第四章

对康纳来说，能有个无所事事的周末实属不易，而在这样的周末里他通常都会选择待在家里随便闲晃——到旧牛棚里捣鼓一下他的“小黄蜂”，或者干脆窝在电视机前。但这天下午他收到了朋友丹·卡弗基发来的短信，他说他正和几个姑娘在里斯拜格的咖啡馆里。要到镇子里去就意味着他得先冲个澡，还得简单收拾一下自己，虽然麻烦了点儿，但总好过在这里和抢先霸占了遥控器的妈妈看哈里森·福特[1]的那些老电影。

布里吉德·卡尼是康纳和丹过去的同学，她和她的表妹艾迪恩学生时期就在他们的后座坐了很多年。康纳已经很久没有见过布里吉德了。她毕业后去上了一些有关烹饪方面的课程，这些日子刚刚回到里斯拜格不久。这两个女孩在图书馆的街对面开了一家叫作“手工坊”的熟食店，之所以取了这个名字是因为从前这里的大楼是卖缝纫制品的，据布里吉德说，店里的生意尽管不是特别火爆，但也还算过得去。实际上，当康纳和丹进去的时候，店里空无一人，

1 哈里森·福特（1942—），美国电影演员。代表作品有《星球大战》《夺宝奇兵》《亡命天涯》《空军一号》等。

不过这样一来，他们就有时间一起坐下来聊聊天了。艾迪恩犹豫着要不要收他们的咖啡钱，丹叫她别犯傻了，他在半岛北部的海洋生态旅游生意虽说也不是很好，但他说一杯拿铁他还是买得起的，钱刚好够。

他们在一张桌子旁坐了下来，布里吉德神情自若地快步从柜台里走了出来，丹谈论起有关赏鲸的话题。现在生态旅游受到越来越多人的追捧，但他觉得问题在于通往景区的路都太糟糕了，就算有大把大把的游客，他们也无法到达。布里吉德说，真正的症结在于那些从卡里克直达巴利芬的该死的高速路，路面的最低限速过高，游客们根本不会把车速放慢，自然也不会发现路边有这么多好的去处。不管游客是多是少，都不会对农场或图书馆的经营造成任何影响，因此当大家讨论得热火朝天时，康纳只是靠在椅背上静静地听着。他早就知道丹上学的时候就喜欢后座的布里吉德，不过后来他们的关系是否更进一步，康纳不得而知。毕竟他们之间的对话都是有关利润率和经营发展的，并没有什么你侬我侬的东西在里面。艾迪恩笃信她们的生意必定会往好的方向发展。

“其实我也不是没有想过去外地发展，可到头来我就是愿意留在这里，这里是我想要一直生活下去的地方。”

丹往他的拿铁里撒了一包糖。“你看，就跟我想的一样。我在澳大利亚待过一年，可还是想住在自己的地盘儿上。可是看看我可怜的老爸、老妈，他们就指着自己的商店过日子。即便他们还有家邮局，邮局后面还有间网吧，这三样加起来他们也只能是勉强地活着。现在倒是还有个我，我挺想靠赏鲸卖票赚钱的，可关键是没客源呀。大部分时间我还得去打工才能维持收支平衡，但有时候游客真的来了，我反而没时间了。”

“也许你可以建个网站或者增加一些在线业务。”

“也许你该去找政务委员会或者旅游局，或许它们能助你一臂之力。”

“好吧，与其指望它们帮忙，还不如想办法让人们再来几次巴利芬实际一点。”

虽然这些都是老生常谈了，但布里吉德还是摇了摇头，并称这是一种自证预言[1]：“听着，我们所有人都在依法纳税，我要告诉你的是，如果你不去提出诉求，你就什么都得不到。”

丹打断了她：“你说的是没错，可是眼下最让人发愁的是咱们的意见对那些人来说根本就无足轻重，也就是那些真正住在这儿的人。没人会主动找到咱们然后说‘我们的打算和你们一样，来跟我们说说你们是怎么计划的’。”

康纳和布里吉德点了点头，艾迪恩这个时候插话进来，“其实，”她说，“也不尽然。卡里克贴着一些有关政务委员会召开的磋商会议的海报，这个会议往往会影响到来年整个半岛的财政预算，也说不定他们会制订好初步的下一个五年计划。反正不出几周他们就会举办一个公共的听证会，他们将在会上阐述他们的想法。”丹发出一阵大笑，似乎是在嘲笑艾迪恩的天真。整个听证会不过是个过场，因为他们一向都是这么运作的，丹的爸爸总是说那些不外乎是见不得光的钱权交易罢了。艾迪恩涨红了脸，退回到柜台里。看着她尴尬地摆弄着水槽里的盘子，康纳不由得生出一丝同情。毕竟，政务委

1 自证预言是美国社会学家罗伯特·金·莫顿提出的一种社会心理现象。通俗地说就是我们总会在不经意间使我们的预言成为现实。

员会这个话题最初是由丹先挑起的。康纳倒是想在丹的小腿上给他一脚来着，可无论如何为时已晚，况且，即使他真的那样做了，艾迪恩恐怕也不会因此而感激他。她是有点儿害羞的姑娘，因而很大程度上她可能不希望别人在这种事情上大惊小怪。

康纳骑着他的“小黄蜂”疾驰在回家的路上，他告诉自己丹·卡弗基说的至少有一点是对的。来芬法兰岛旅游的人把每一分钱都花在了巴利芬。从前的小渔港摇身一变成为如今繁荣的度假胜地，狭窄的街道上不时漫步着坐拥私人飞机的富豪和影星，海边成排的时尚餐厅里，冰桶中总是插放着啤酒与香槟。巴利芬地处偏僻，位于半岛最西侧的诺金维尔山脉的背面。因此，这里以“爱尔兰隐秘性绝佳的地方”为由头向世界各地的游人进行房屋兜售。可对于半岛上的其他人来说，这样一来巴利芬就成了隐秘性最差的地方。艾迪恩说得没错，卡里克直通巴利芬的大道有着清晰的路标和高额的养护，而由其延伸出去的乡间小路却鲜少有人涉足。造成今天这样的局面其实不难理解，小路实在崎岖难走，总不能让人们都坐着拖拉机来镇子里吧？事实上，芬法兰半岛上隐秘性最好的地方其实是这里的农田森林、南部和北部的海边悬崖，以及那些偏远的村庄和各处散布的群落。凯西女士的移动图书馆所要服务的就是这样的四散分布的社群。在康纳看来，那些他爸爸口中耍笔杆子的家伙，根本就不会知道他们的存在。

CHAPTER 5 # 第五章

在酒店的前台，汉娜用马尔科姆·特纳太太的名字进行了登记，她拿了钥匙进入房间。尽管菜单上每一个条目的价格都超过了她在图书馆工作时一周需要打包午餐的价值总和，她还是咬了咬牙打给客房服务，点了一份三明治和一大壶茶。

“女士，您需要的是大吉岭茶[1]，还是中国茶呢？”

“伯爵茶。”汉娜毋庸置疑地说道。如果她已经打算在三点一刻和马尔科姆见面的话，她最好现在就开始练习如何显得更为坚定果断。他可以在信中跟她推三阻四兜圈子，但毫无疑问，倘若他们二人在同一间屋子里坐下来谈谈，也许谈判就能取得一些实质性的进展了。

马尔科姆总是喜欢把主动权牢牢地攥在自己手中。回想过去的种种，汉娜对这一点十分确定。路易莎和乔治·特纳十分宠爱他们英俊、聪明的儿子，并一心将他培养成为出类拔萃的成功者。与此相反，汉娜的父母汤姆和玛丽过去则一直对他们独生女儿的抱负加以阻挠。然而汤姆还是心甘情愿地为她支付在卡里克培训时的费用，

---

1 大吉岭茶，印度大吉岭地区产的一种红茶。大吉岭茶因为其冲泡后浅金色的光泽和麝香葡萄一样的口感而备受赞赏。

也会在她刚刚得到第一份工作即将去往都柏林的图书馆入职时，往她的口袋里塞进一卷面值五镑的纸币。后来她打电话说自己马上就要搬去伦敦，他也祝她一切安好。玛丽在那边一把夺过了电话说这么做无疑就是让她那个可怜的爸爸去死。汉娜意欲挂断电话，却再次听到了汤姆温和的声音：

“亲爱的，别听你妈妈瞎说，我们支持你的决定。只不过伦敦离这里确实有点远。”

“爸爸，其实不是很远。能到这所大学学习是件意义重大的事情，我以后可能还有机会去画廊工作，那可是我从小到大的梦想呀。”

是的，从小到大。最先引起她兴趣的是图片，后来才是文字。她在很小的时候其实并不喜欢读书。可以这么说，在她的童年时期，家中所有的书籍不外乎一本维多利亚时期的破旧《圣经》和一本平装版约翰·菲茨杰拉德·肯尼迪的传记。最初令她满怀憧憬的是一幅画中的房子。

那是一幅方形的油画，画上描绘的是十八世纪的庄园。在画的最前面，是一个年轻的男人，他头戴三角帽[1]，身着黄色外套、及膝短裤和刺绣精美的马甲。他的身边立着一匹马，马的身上套着一驾大轮马车，马车里坐着一个面色绯红的年轻女子，她有着一头撒了白色香粉[2]的鬈发，身上穿了条绗缝[3]裙，膝头还坐着一个学步的婴儿。

1　三角帽是西洋服饰中的一种男用帽子，由顶部俯视呈三角形而得名。三角帽发源于欧洲，自十七世纪后盛行至十八世纪，在极盛期时不但是一般男性知识分子的标准行头，也是军人戎装的标准配件之一。

2　白色香粉盛行于十八世纪的欧美地区，香粉可使头发保持清新，用于每个清晨或每次佩戴假发之前。由面粉或干燥的白色黏土制成，有时也会用豆粉或玉米粉，通常会添加提取自橙花、玫瑰花瓣、肉豆蔻、茉莉、鸢尾根或薰衣草的芳香气味。

3　绗缝是用长针缝制有夹层的纺织物，使里面的棉絮等固定。

那时的汉娜虽然还只是一个小女孩，但她却感受到了画里有着一种叫作“成就感”的东西。尽管画的背景中还有一个马夫，可拉着马笼头的是男主人，他高调地向观者展示着他的幸福，画面中有太多让人感动的东西，以至于不能将其简单地称作“傲慢”。现在想来，汉娜发现那时的自己其实是被过于简单的物质主义与浪漫所吸引。比起她所处的世界，画中的人们永远都不会变老，令人艳羡的不仅是他们生活的环境，还有和谐美满的家庭氛围。很显然，那是一对十分恩爱的夫妻，目之所及，都是他们的领地。对于汉娜，这个在克罗塞拉的邮局中长大的小孩来说，这幅画为她展开了动人心魄的无数未知与可能。

她是在一张艺术展的传单上看到这幅画的，传单被夹在某个老师要求阅读的校图书馆的书中。汉娜记得那是一本相当乏味的书，而对当时十四岁的她来说，传单上的艺术展也早就结束了，可她却对那幅印在传单上的画着了迷。那一年的暑假，她劝说爸爸带她到都柏林参观了国家美术馆。他们在里面来来回回转了一个小时，始终没有找到她心心念念的那幅画，但从那以后，汉娜就被艺术深深吸引。她知道其实自己并没有什么绘画天分，可她同样也知道有这样一群人，他们专门负责管理艺术品，填写绘画作品和雕塑下方的标签，以及创建列表和目录。后来，当她发现很多大型美术馆里都设有图书馆时，一切都变得豁然开朗——她要参加培训，成为一名图书管理员，还要在画廊里找份工作。那么，她的余生就可以在画中度过，浸染在艺术作品中，眼眸会随之熠熠生辉，灵魂会随之恣意激荡，而那些美轮美奂的书籍也将会详尽地阐释关于绘画的一切。

那时，令她心绪荡漾的不只是她因此而为自己规划好的职业方向，还源于她梦想着在未来的某一天，在芬法兰半岛外的某处，找到与画中所绘别无二致的幸福生活，有一段完美的婚姻、一个完美的爱人和一个完美的家庭。但如今回看那对十八世纪的夫妇，他们和现在二十一世纪的情侣们为了秀恩爱，把合照发在脸书上又有什么区别呢？除了脆弱，她从中已然感受不到任何东西。商船在海上遗失，银行宣告破产，育儿室里充满病菌，分娩随时可能丢掉性命。财富不再被一个情妇挥霍。孤独的妻子在村中翘首盼夫，而镇中的男人却在不停地寻欢作乐。

一阵敲门声打断了汉娜的思绪。一个服务生端着她的三明治走了进来，他把餐盘上的东西摆放到窗边的桌子上，汉娜趁着这一空当，打量了一下周围的环境。她此时身处伦敦一条隐蔽的巷弄里一间装修素雅的房间之中，再想想玛丽·凯西，她很可能正在颠簸的乡村巴士上，去卡里克进行她每周一次的大采购。服务生走出房间将门关上，汉娜低垂眼眸，看了看她的鸡肉三明治，在盛放三明治的盘子旁边，摆着一小碗用甜菜叶、菠菜和核桃仁拌成的沙拉。餐具都是瓷质的，锦缎的餐巾里卷着一副沉甸甸的银制刀叉。她嫁给马尔科姆后，就慢慢开始习惯了享受这样的服务，但就如她的妈妈常常跟她说的那样，这与她小时候的生活方式相去甚远，就连她初到伦敦时的那段学习生活也与这有着天壤之别。她刚来伦敦时在帕丁顿找了一间公寓，和另外三个二十岁出头的女孩子合住在一起。她们结伴参观美术馆和博物馆，逛国王路，在河畔酒吧畅饮，到苏活区的意式小餐馆吃意大利面。年纪最大的露西在餐馆里做副主厨，她总是乐于为当时还都是学生的汉娜她们做菜吃。她们的公寓位于一座肮脏的维多利亚式建筑的四层，在厨房窗户的外侧有个砖砌的阳台。到了夏天，她们就会坐在阳台那张快要散架的桌子旁，在阳光下将光洁裸露的双腿伸展开来，一边喝着葡萄酒，一边听着从广播里悠然传出戴安娜·罗斯所演唱的《无尽的爱》，整个城市的气息，混杂着“太阳琥珀”[1]的味道扑面而来。

汉娜和马尔科姆的第一次邂逅发生在露西工作的餐馆里。那次有人过生日请客，室友们拉着她一起过去，露西设法弄到了一大盘免费的意式冰淇淋，上面插了许多甜点专用的仙女棒。当服务生唱着《生日快乐歌》把它端上来时，在场的所有人都用掌声表达了他们的祝福，邻桌的那帮男孩子还为她们点了一瓶香槟，于是，他们就自然而然地将两张桌子拼到了一起。一切就是从那一刻开始的。接下来的几周里，汉娜和马尔科姆迅速发展成了男女朋友，而在一个月后，他就带她见了自己的父母。他父母住在肯特[2]的一栋带有倾斜草坪和网球场的大别墅里。他们是在一个周六驾车一起从伦敦出发的，到达时，他们看到了他的妈妈正等在门厅里，从门厅看进去，有一个炉架饰以雕花的壁炉，炉床上则摆放着一小缸百合花。在马尔科姆去停车的时候，路易莎领着汉娜进了里面的客厅，挨着一扇开着的落地窗，坐在了套着印花棉布罩的扶手椅上。路易莎相当随和，汉娜立刻就对她产生了好感。正当她们聊到汉娜和马尔科姆是如何在餐馆相遇时，马尔科姆溜溜达达地来到屋里，加入到她们的谈话中来。

“命运的安排？才不是什么命运的安排。自打她一进门我就开始

1 “太阳琥珀”是欧莱雅品牌旗下的一款美黑产品，是含有保护成分的美黑乳液，将其涂在皮肤上后在太阳下照射，可帮助皮肤在更短时间内变成漂亮的古铜色。使皮肤更加黝黑健康，美黑这股时尚潮流最初是在欧美形成的。

2 肯特是英国英格兰东南部的郡，肯特是 34 个非都市郡之一，实际管辖 12 个非都市区。

打她的主意了！”

这句话让包括汉娜在内的所有人都不禁失笑。回想起来，马尔科姆那时的笃定和自信富于暖意和深情，并没有蛮横霸道的感觉。尽管他的帅气和谈吐令她一见倾心，可她身为汤姆·凯西的女儿，从小是在克罗塞拉的商店的柜台后长大的，她每天都要和那些精明的人打交道，因而她知道自己喜欢的不仅仅是他的男子汉气概，也同样爱着他的聪明、胆识、勤勉、风趣和孝顺。

而他也同样深爱着她。三个月后当她发现自己怀孕时，并没有什么结婚的想法。她计划着打掉孩子，不过出于他有权知道这个孩子存在过的考虑，她把这个消息告诉了他。没想到他竟然高兴地将她紧紧地拥入怀中，还说要打电话向所有人宣布这个消息。她坐在他父母家中客房的双人床上诧异地看着他。

“他们为什么没有发脾气？”

“因为我很开心，所以他们也会为我开心的。”

他跪在她的面前，擎起了她的双手：“那你是不是就愿意嫁给我了？”

“我不知道。”

“拜托了，汉娜。我们结婚吧。我爱你。我想照顾你。我们要一起抚养我们的宝宝，一直幸福下去。”

“你真的这么想？”

“想着我们会一直幸福下去吗？”

“不是这个，傻瓜，你真的觉得我们适合彼此吗？我们过去从来没说过结婚的事儿。我们也从来没有做过结婚的打算。”

“别再自说自话了凯西小姐，从我见到你的那一刻就已经开始幻想我们的婚礼了。"

"什么？难道你为了让我怀孕事前弄破了避孕套？"

他咧开嘴笑了起来："没有，在这一点上可真的是命运的安排。不过我早该想到可以那么做的，来他个神不知鬼不觉。"

她笑他，然后低下头，亲吻了跪在床前的他。然而，在过去痛苦的几年中她才慢慢发现，马尔科姆其实对待任何事情都很轻率。他的成长经历会让他觉得自己生来就有权去做任何想做的事情，他会出于本能地操控身边的人和事以达到占为己有的目的。

可是当她打电话将他们订婚的消息告诉自己的父母时，却着实是另一番光景。玛丽·凯西似乎安装了一个超远程的测孕雷达。

"全能的上主啊，汉娜·玛利亚，你有大麻烦了。我一直就跟你那可怜的爸爸说你那套关于图书馆的鬼扯是不会有什么好结果的！"

汉娜听着电话线那头的妈妈足足咆哮了好几分钟，直到电话被转交到她爸爸的手上。

"你还好吗，亲爱的？你身体还好吗？"

只要她的身体状况是好的，汤姆就会欣然接受她已经开心地订婚，并且没有任何怀孕反应的那套说辞。反之，他会立刻关掉邮局，坐船到英格兰来把那个让自己女儿伤心的家伙打得屁滚尿流。他的善解人意使汉娜不由得哽咽，不像玛丽那样咄咄逼人，令她烦躁不已。

"那你的职业规划呢，宝贝？你不是一直想在博物馆和美术馆工作吗？如果你屁股后面跟着一个孩子，再加上一个需要照顾的老公，我敢说你只会离你的人生目标越来越远。"

结束那通电话大约一周以后，汉娜搬到了马尔科姆的住处。他住在斯隆广场附近的大厦公寓里，公寓很大，但因为房子是他堂兄的，所以他只需要支付一点点租金就可以了。

“这是家族房产。我想这应该是我们某个共同的曾祖爷爷在这座大厦刚盖好的时候就买下来的。”

“可你的堂兄住在哪儿呢？”

“他住在我爸妈家附近。你以后可能会见到他。他在这里的市中心还有另外一套备用公寓，那儿离他上班的公司更近一些。”

对汉娜而言，一个家族拥有一大片分布各处而又无人居住的房产是相当令人震惊的，何况他们的这间公寓是这么漂亮。公寓里有两个卧室，一个以窗户为隔断的带有大阳台的客厅，另外一个带有洗衣设备的厨房，马尔科姆请来的保洁员每周会在那里洗、熨一次衣服。由客厅到阳台的那扇窗户从地面直通天花板，窗户打开后就如同出入阳台的一扇门。而在她那套帕丁顿的合租房里，姑娘们如果想要到那个布满灰尘的阳台上吃东西、学习或闲聊，就必须取道一个倒扣的箱子，再穿过那扇上下推拉窗才能进入。

开始的时候她还试着尽量不要落下课业。但时值盛夏，伦敦城内热浪翻滚。汉娜乘地铁时有两次因为头晕被工作人员实施了急救。打车上课听起来太过荒唐，乘坐公交车的话需要转车，而走路去学校又不太现实。她终于在因为身体不适而缺席了一个单元的课程之后决定暂时休学，等来年重新注册入学。在她离开老师办公室的时候，她看到老师的眼中闪现出了一丝怀疑。

如今回想起来，汉娜已然不记得当初是马尔科姆还是他的妈妈提出要在肯特举办一场婚礼的。她想尽一切办法不让这场婚礼的主导权落到玛丽·凯西的手中。特纳的家人希望在他们当地村庄里的一座浪漫古朴的中世纪小教堂中参与弥撒，而她的父母则准备在就近的罗马天主教堂里组织一场婚礼弥撒，这使得汉娜产生了一瞬间的担忧。好在乔治和路易莎非常通情达理，他们为宾客安排了车队，让车子在家和教堂之间一遍遍迅速地往返接送众多客人，除此之外，被路易莎邀请过来一起喝茶讨论婚礼的神父也十分配合马尔科姆。特纳家蔚为壮观的宅邸和路易莎茶话间恭谨有加的谦和使得神父放弃了让他们去上婚前教义讲解课的坚持。神父说他非常乐于主持他们的婚礼，他仰靠在一把舒适的椅子上，手中接过一片巴腾堡蛋糕，对于能参加他们的婚宴，他也感到非常荣幸。他离开时带走了乔治一瓶上好的波特酒，汉娜开始怀疑哪怕自己嫁的是一个别的什么奇怪教派的教徒神父是否也会同样感到开心。

婚礼当天没有给汉娜留下什么深刻的印象。她不确定一切是否符合自己爸妈最初的期许，但乔治竭尽所能热情地招待着汤姆，而玛丽和马尔科姆的一个姑妈走到了一起，那位姑妈觉得没有舞蹈的婚礼就不能称之为真正意义上的婚礼，她们忙着张罗起了跳舞的事情，在意识到婚礼并没有邀请乐队之后，她们开始在角落里自娱自乐地唱起歌来。待到众人散去，汉娜坐在露台，双脚搭在一张桌子上，马尔科姆拿着两杯香槟走了过来，照着她的样子同样也把脚搭了上去。

“我知道你不喝，但还是抿一口吧。”他的手环住了她的手指，捏住了她的杯脚，“我想为咱们的爱情和以后的共同生活干一杯。”

汉娜摇了摇头：“我喝了会觉得恶心，而且我也不应该喝酒。”

“就抿一下。这可是咱们大喜的日子。”他碰了一下两人的杯子，“这一杯是为了你、我，还有我们的宝宝。”

汉娜一阵莫名感动，眼中噙满泪水，她放下了刚才的坚持，啜了一小口。她把酒杯举到唇边浅浅一笑，重复着马尔科姆刚才的那句话："为了你、我，还有我们的宝宝。"

将近三十年后的今天，汉娜坐在梅费尔的帕森斯酒店窗旁的桌前，想起了曾经的那个瞬间。她知道那时的马尔科姆是深深爱着她的，即便在后来的日子她都对那份爱深信不疑。然而一切可能早已悄然发生改变，如果两个月后她没有失去腹中的孩子，那他们的结局是否就会与今天完全不同？

CHAPTER 6 # 第六章

下午两点时，汉娜已经吃完了之前点的三明治，洗好了澡，重新整理了头发。随后她叫了客房服务，端走了她的托盘。十分钟后，她再次拨打了客房服务的电话，又叫了一壶茶。当她再次被问到想要中国茶还是印度茶时，她差点儿就要说出碧乌德斯茶[1]，这是她爸爸叫惯了的一种浓郁的英式早餐茶，它一般是盛放在马克杯里的，要加好几勺糖进去。每当倍感压力时，这种茶就成为凯西家人十分钟爱的治愈系食物，她发现此时的自己正急急地渴望着这种黏稠的浆液，以及她妈妈所谓的能去掉水壶里陈年铁锈的单宁酸[2]所带来的刺激。

为了打发时间，她来的时候在《维兰德》系列小说[3]里挑了一本还没有读过的小说随身带着。可无论她多么努力，都无法把注意力

1 碧乌德斯茶（builder’s tea），一种英式英语中的口语化词汇，指的是一种浓茶。取这个名字是源于建筑工人们休息时喝的一种廉价茶。制作方法通常是将茶包放入马克杯中，兑入全脂牛奶，以及至少两勺糖。

2 单宁酸又称鞣酸，为黄色或淡棕色轻质无晶性粉末或鳞片，无臭，微有特殊气味，味极涩。在茶等一些食物中都含有此物质。

3 《维兰德》系列小说是瑞典小说家贺宁·曼凯尔创作的悬疑小说作品，主人公名叫库尔特·维兰德，故事的发生围绕着瑞典的于斯塔德镇展开，后被英国广播公司改编为犯罪系列电视剧。

集中在于斯塔德的犯罪活动上，于是她索性端着茶坐了下来，望着窗外的风景发呆。半个小时后，分针刚好走到三点一刻的位置上，桌上的手机响了起来，她接起电话。

"汉娜？"

"嗯。"

"我是马尔科姆。"

"嗯。"

"我在大厅里。"

"嗯。哦，我是说，你上来吧。"

"你是要让我上去吗？"

"呃，对，我的意思是，这儿比较安静……我的意思是只有我们两个人的话会比较好。"难道他想让她在人来人往的酒店大厅里跟他商量钱的事情吗？过了这么多年再次听到他熟悉的声音，这种感觉真的难以形容，这么想着，拿着电话的她突然陷入了一阵沉默。他简单回答了"好"就挂上了电话。

他们上一次见面的时候，他和从前相比并没有太大的变化。那是在他父亲的葬礼上，他爸爸因为心脏病突然过世，她带着当时还处于叛逆期的婕斯从爱尔兰飞到肯特，婕斯还是在为突然搬回克罗塞拉这件事感到困惑愤懑。她们一到达目的地，马尔科姆就带着婕斯去和爷爷家的亲戚们打招呼了。路易莎看上去痛不欲生，对汉娜礼貌性地微微一笑，从葬礼开始到结束，她都一直紧紧地抓着自己儿子的胳膊。汉娜坐在当初没能举办他们婚礼的小教堂后排，默默注视着婕斯的背影。婕斯坐在前排的长椅上，脑袋斜靠在马尔科姆的肩膀上，他们二人有着相同的发色……那已经是四年前的事了。

汉娜打开了房门，马尔科姆的头发比此前任何时候都要短些，想来是为了使鬓角上的银发不那么明显。不过他看上去没怎么变老，反倒显得更加威严。

她早就打算好绝对不会率先开口。她确实一整天都板着一张脸，所以她也不能确定若此时出声，嗓音会是尖锐还是沙哑。他走进房间，一言不发地转脸看向她。这大大出乎了汉娜的预料。她的脑中突然出现了一个疯狂的画面，她想象着他们会这样一直站到天荒地老——客房清洁员会进来打扫一番，新的客人很快就住了进来，但她和马尔科姆就如冰封的雕塑一样久久地伫立在原地，人们在他们身边继续做着各自的事情。这样的画面太过逼真，汉娜想着几乎大笑起来。马尔科姆先是一怔，随即舒缓面色，向汉娜伸出一只手。

“能再一次看到你的笑容真好。”

汉娜觉得那个被拧成绳结一样的胃终于舒展开来。她伸手去握他的手，他趁势把她拉向自己，轻轻地吻了一下她的面颊。好吧，到目前为止，还算一切顺利。

“你想来杯茶吗？我可以帮你再点一壶新的。”

他摇了摇头，走到桌子旁坐了下来，“不用，我不渴。我们还是直奔主题吧。”尽管嘴上这么说着，但他却舒服地靠在椅背上，表现出一副怡然自得的样子。汉娜不禁困惑。虽然之前她一直希望他可以摆出毫无戒备、很好说话的态度，但她没想到一切竟然这么容易。她正要再次开口，没想到在他脸上又看到了那再熟悉不过的掺杂着怜爱与挑衅的嘲弄的表情。他挑了挑眉毛：

“这颜色一向很适合你。”

“什么？”

“就像香醇的茶色波特酒一样。”他身体前倾，微笑着说，“我很高兴你打电话给我，汉娜，我就知道你一定会打给我的。”

他将手从桌子对面伸过来，握住了她的手。汉娜听到自己的声音开始变得急促而含混不清。一时间她没有搞清楚他究竟想说的是什么，只想急于把事情的走向拉回正轨。

“你高兴那是再好不过了。我知道只要我们见了面一起坐下来谈谈你就会善解人意得多。我的意思是，我们都会更加善解人意，我们彼此都会做出让步。当然，我有一份工作，但我现在还是住在妈妈的家里……你了解我妈……你得知道我的下半辈子不能和她再住在一起……婕斯长大离开家了，我得给自己找一个住的地方。我不是想讹你的钱，马尔科姆，我只是想让你对我公平一点儿。”

他眯起了眼睛，她继续说：“我知道我以前说过不会要你的一分钱，也知道这种话当时听起来一定很气人，我真的很抱歉。如果我们离婚的时候有机会谈一谈说不定一切也不会像现在这样。我没法一直在信里跟你交涉，马尔科姆。你一直打官腔敷衍我，让我很生气。”

她深深地吸了口气，试图调整一下自己：“这就是我来这里的原因。马尔科姆，我今年五十一岁了，我的半辈子都给了咱们的婚姻和你的事业。我尽心尽力地打理着伦敦的房子，我花心思挑选了诺福克的度假别墅，我就像上好了发条一样帮你操持着你的社交活动，帮你买好东西，整齐地码到冰柜里，计划好晚上聚餐的流程，得和对你有帮助的人周旋，还要保证在任何场合下穿衣服都不会出错。”

他瘪了瘪嘴。汉娜发现自己正死死地攥着他的手：“你现在得到了丰厚的回报，可你事业的成功也有我的功劳。我知道你一直很照顾婕斯，但我是她的妈妈，也是你的妻子，我不是那个破坏咱们婚姻的人。马尔科姆，你欠我的，你不能那么不近人情。”

万幸的是，她一直表现得相对冷静，她满怀希望地看向他。马尔科姆的手像蛇一样地撤了回去，他踱到房间的另一侧，转过身来，像询问证人一样对她说：

“让我想一想。所以你约我到这儿是为了跟我谈钱的事？”

“嗯，对。是这样的。我觉得我们可以理智地坐下来谈谈……”

他看着似是带有几分愠怒的她：“选在下午？在一个酒店的房间里？”

“对，嗯，就像我说的一样，这里很私密。”

突然，汉娜明白了他刚才话里的深意：“你以为……”

“不然你觉得我会怎么想？”

“你以为我是来跟你……约会的？”

她惊得张大了嘴巴，而他似乎并没有注意到她此时的表情。

“汉娜，现在可是下午三点，这里可是梅费尔，”他上前一步，“我还以为你很久没有那个了。”

“什么？”

看到她此时的表情，他不由得又退了回去：“好吧，也许我想错了。可能你早就和某个壮实的爱尔兰渔民上过床了，谁知道呢。”他怒视着她，声音中充满怒气，“你要我来，还说只想咱们两个人单独在一起。或许我想错了。”

汉娜刚才的诧异旋即转化成了愤怒：“不，并没有，你想的完全没错。是我跟你那个一本正经的秘书说我要在这儿跟你见面，确实没错，也是我跟你说要单独待在一起，因为我恶心透了你利用你的

‘首席员工’和你那没来由的妄自尊大把我推开，始终跟我保持着一定的距离。”

他正要开口，却见她站起身来，猛地一推桌子，用手指戳着他。

“你闭嘴，马尔科姆，现在占用的是我的时间，是我刷的卡，是我买机票飞到这里，是我花钱开的房间，对我来说这可是一大笔钱。下午出来随便闲逛一下，在不同的酒店房间里约个会什么的对你来说可能就是稀松平常的事情——”她突然顿了一下，睁大了双眼。马尔科姆脸上刚刚出现了愧疚的神色，尽管只有几秒，但足够让她看了个真切，“天哪，该不会真的被我说中了，”汉娜瞠目结舌地望着他，此时她的愤怒已经变为愤慨，“马尔科姆你知不知道？你真是让人讨厌透了。你有没有想过可怜的泰莎？她知道你每个下午都在干吗？难道你又出轨了，就像当年对我劈腿一样？你是不是一直觉得只要小心一点儿就不会出什么乱子？”

这是他五年前对她说过的话，那一天她比原定的时间提早到家，却撞见床上躺着自己的丈夫和他律师事务所的同事兼他们二人共同的朋友泰莎·卡米开尔。那次令人十分不快的通话发生在她带着婕斯打包回到爱尔兰的次日清晨。她知道自己说的每一个字都会被玛丽·凯西听得一清二楚，于是当身在伦敦的马尔科姆对着电话朝她大声咆哮时，她只能在卡罗塞拉的门厅里怒气冲冲地低声呵斥他。隐约从他的攻击和她的反唇相讥之中，他最初出轨的那个时间点渐渐清晰起来。当她得知他和泰莎发生关系是在比婕斯出生还要早时，突然觉得之前因为看到他们睡在自己精心设计和打理的卧室里而受到的打击根本不值一提。

他刚才的愧疚不复存在，又变成了一副不可一世的样子：“我从来没说过——”

“不，你说过，你为你的小心谨慎感到骄傲。真是周到体贴呀，马尔科姆，你还真是想让每个人都开心呀！”

“你说对了，我就是那样，我尽力了！”

“你尽什么力了？”

“汉娜，我早就跟你说过，我当初只想逢场作戏。但我就是陷进去了，我付出真感情了。我表现得很负责任。我把我的家庭摆在了第一位。”

“跟你结婚的是我！你还同时跟另一个女人上床！你是怎么从这两个事实中得出你把家庭摆在第一位这样的结论的？”

“你当时确实是我的老婆，我已经足够在乎你的感受了。如果你一点儿都没有感觉到的话那我也无能为力。”

汉娜深深地吸了一口气。这一切都远远超出了她的计划。他们的谈话本该足够冷静和理智，而不是像现在这样比谁叫的声音更大。她试着再一次整理自己的思绪，可事到如今，已经于事无补了。他因会错意而方寸大乱，本就处在盛怒之下，又由于那不经意闪过的一丝羞愧而开始全面戒备，马尔科姆此时正火力全开：

“汉娜，你才是那个把家拆散的人。而且你不要忘了，是你把我们才十六岁的女儿从她熟悉的生活里硬生生地拽到一个陌生的环境里去的，你为了捍卫你那神圣不可侵犯的自尊心，彻底牺牲了她的幸福。”

在玛丽·凯西隔壁的卧室中躺着的那些无法入眠的日子里，汉娜无数次流着眼泪对自己说起过类似的话。马尔科姆立刻乘胜追击。

“多考虑一下，多负点责任，别把你那些武断的决定随便凌驾在一切之上，汉娜，这些要求并不过分，一个自称爱女儿的妈妈是不会连这些都做不到的。”

他简直是在强词夺理。但也许事实真的如他所说。汉娜眨巴眨巴眼睛，强忍着不让眼泪掉下来。尽管她的心里已经在对着他尖叫，可此时她却担心自己的声音会带着哭腔。他凭什么站在这里摆出一副趾高气扬的样子？她在他们认识不久后第一次发现自己怀孕时，是他提出要结婚的；后来孩子流产她想也许他们的婚姻只是一时冲动，也是他极力劝解她，让她相信一切都会好起来。她依稀记得在斯隆广场旁的那套公寓里，汉娜失去了孩子勉强支撑着坐在床上，痛苦地说不出话来。坐在身边的马尔科姆紧紧地抱住她，不断地说着他们一定能跨过这道坎儿，他才刚失去他们的孩子，不能再失去他们的婚姻。他说要重新找个属于他们自己的房子，不要一直住在那套从表兄那里租来的公寓里了。新房要怎么设计全都由着汉娜，由她来亲手创造一个最好的家，过不了多久，他们又会有许多宝宝的，即便今后没有孩子那也没关系，他对她说，他爱的就是她这个人。

汉娜还是相信了他。她那时本可以离开他重新回到学校完成她的大学课程，继续她一直以来的职业理想，但她没有。虽然流产后最开始的那几周里，她每天就像行尸走肉一样过得浑浑噩噩，但没过多久她就全心投入到新家的装修工程中去了，她相信那将成为他们爱的见证。可现在已经完全没有旧事重提的必要了。汉娜再次深呼吸，努力让自己的声音听上去沉着稳定：“抱歉，你说的没错，可能叫你到这儿来确实是我太傻了，我当初只想着这样可以不受其他人的干扰，马尔科姆，我还以为如果我们能一起坐下来，问题就能迎刃而解了。”

“我不觉得有什么问题。”

“好吧，这就是我们的问题。”她明显感觉到他的火气又蹿了上来，于是她接着说，“我们先不要感情用事，还是实事求是地说，我不是想来分你的财产，只是这么多年过去了，我觉得我理应得到某些补偿。不是说过去那些年的日子都很糟，恰恰相反，我想我那时也是很快乐的。好吧，不管怎样，这不是重点，我很抱歉又把过去扯进来。我要强调的是你并没有公平地对待我。”

然而，当汉娜开始迫于马尔科姆凛冽的攻势处在了下风，并开始向他道歉时，他却觉得已经做完了该做的事情，于是拿起了他的公文包。

“汉娜，不要再跟我说什么公平不公平了。一个毁掉我孩子人生的女人，还说什么我欠你的？”

“你凭什么这么说？婕斯过得很好！可她现在长大了，已经去追求她的理想了，我还是只能跟我的妈妈住在一起。”

“婕斯是在飞马拉加的廉价航空上给人发盒饭的，那根本算不上什么理想，汉娜。她很可能就是因为你才会沦落到这种地步的。”

马尔科姆向房门走去，突然又转过身来：“你说的确实没错，我会一直照顾好我的女儿。但至于你，汉娜，一切都是你自找的。你别想再从我这儿得到任何东西。”

CHAPTER 7 # 第七章

次日清晨，飞机降落到地面，汉娜一如既往地被爱尔兰航空机舱里的味道弄得晕头转向。站在飞机后门舷梯的顶部，可以看到远处大片碧绿的田野，田野的尽头矗立着高耸绵延的山脉，那是芬法兰半岛边缘天然的屏障。她过了海关，找到自己的车，没出半个小时就开离了市郊。在高速公路上又行驶了十五分钟后，她拐到了童年就早已熟识的那条略显老旧的慢速路上。

汉娜前一天躺在酒店房间的床上整夜都没有合眼，从前在妈妈的隔壁卧室里压抑着不敢流的眼泪一瞬间泉涌而出。而现在，随着车越向西开，田野和农舍也一点点逐渐变小，她才慢慢发觉自己已经精疲力竭。她看到路旁有一个不大的商店，于是把车靠边停下准备进去弄点吃的。她无精打采地围着货架绕了一圈，最后买了一个苹果和一张燕麦甜饼坐在门口的长凳上吃。过了一会儿，刚才店里的服务员手里端着一个装满茶的马克杯走了出来，她说她只给自己倒了一杯，问汉娜是不是也来上一杯。汉娜提出要付钱给她，她摇了摇头回到了店里，留下手中捧着一杯碧乌德斯茶的汉娜，茶中的牛奶添加得恰到好处，糖的含量也非常充足。

马路对面的小院里拉着一根晾衣绳，绳上搭着的衣服在风的作用下啪啪作响。多年以前在玛吉屋前的空地上，汉娜也曾拿着小夹子把床单和法兰绒[1]的睡袍固定在她家的那根晾衣绳上。像在今天这样炎热的夏日里，如果再加上从大西洋上吹来的阵阵暖风，衣服就会干得特别快，把它们抱回屋里时，那触感也让人觉得格外温暖。玛丽·凯西喜欢双桶洗衣机所带来的便捷，机洗的高效率是毫无疑问的。但当汉娜小口小口地喝着手中的茶时，脑中浮现的却是儿时那些粗糙的棉布床单，以及床单褶皱里盐巴的味道带给她的快乐。

她的脑中随即萌生出一个想法，也许她应该把和马尔科姆的这次见面视作一个最后的了断，而非一次令人挫败的谈判。如果她无法在里斯拜格买到一套小房子，那么悬崖上的那片空地也未尝不失为一个选择。虽然那块地皮的面积极为有限，那个小破房子看上去甚至还不如一个贝壳大，但那的确是属于她自己的东西。也可能，仅仅是可能，它将使她的人生道路继续向前迈进。她急忙从包里掏出钱夹，一张张快速翻看着长年累积的各种名片。她终于翻出了自己要找的那一张，目光灼灼地拿出手机，在键盘上按下了名片上的那串号码。

半个小时后，在卡里克的一间咖啡馆里，汉娜与丹尼斯·弗勒德面对面地坐在一起，汉娜脸上带着满含歉意的微笑。

“丹尼斯，老实说周日还打电话叫你出来我心里实在是过意不去。”

---

1 法兰绒是一种用粗梳（棉）毛纱织制的柔软而有绒面的（棉）毛织物。于十八世纪创制于英国的威尔士。在中国一般是指混色粗梳（棉）毛纱织制的具有夹花风格的粗纺（棉）毛织物，其里面有一层丰满细洁的绒毛覆盖，不露织纹，手感柔软平整，比麦尔登呢稍薄。

“啊，这倒是没什么，有什么事儿吗？反正我今天刚好在镇子里。”

丹尼斯是卡里克信用合作社的经理，他们是四十年前一起在克罗塞拉上学的同学。他和学生时代一样，脸上还是挂着招牌式的笑容，尽管如今他的腰带被那个大大的啤酒肚挤到了更为靠下的位置，头发也变成了典型的“地中海”，发际线退到耳朵后侧，只剩下几撮孤零零的发丝。

“那么你确定这是数字的总和吗？”

丹尼斯垂眼看着刚才做演算的那张餐巾纸。这还只是一个大概的估算，他说，他觉得看上去是完全正确的，不会有什么大的出入。房子最贵的部分就是地皮费，而汉娜已经不需要再为这个进行额外的支出了。如果她想做的就只是把老房子翻修一下，那么其实借一点点钱就足够了。

“那我能向信用合作社贷款吗？”

“当然，汉娜，你是再适合不过的申请人了。你不是回来以后在里斯拜格图书馆当公务员吗？这份工作这么稳定。你周一过来我们把表格填了。我很高兴能帮到你。”

汉娜开着车向克罗塞拉驶去，空气中充斥着海水的味道。她告诉自己，现在最需要做的就是厘清所有的思路。她从主路拐了下来，穿过盘桓蜿蜒的小路和农田，朝着玛吉家开去。

汽车的后备厢里有一双长筒雨靴。汉娜穿着雨靴打开了房门，艰难地挤到房子边缘的山墙后，再一次站在那悬于大海上方的高地上。她来到悬崖边上那面残破不堪的石墙，悬崖下的海浪此时正反射出令人目眩的光。她爬到那块落石的外侧坐了下来，慢慢地闭上了眼睛。

人的眼睛一旦看不到了，其余的感官就会变得敏锐起来。她不曾注意过，原来自己周围竟生活着成千上万只喧闹不息的小动物。屋顶附近，一只乌鸫[1]婉转地唱着歌，不一会儿又变为连续而高亢的短鸣。她睁开双眼，看到一只老鹰在野地的上空盘旋。野花随风摇曳，花香飘散在空气中，掺杂着海水湿咸的气息扑面而来。因阳光留在眼睑上的余温，她再一次闭上双眼倚在石头上，对着生活中这些颇为讽刺的小插曲露出了微笑。

当初是因为玛丽·凯西的软磨硬泡，汉娜才会去里斯拜格图书馆上班的。还用问吗？玛丽说，不然汉娜还擅长什么别的东西吗？她偷偷溜回娘家的时候除了一段失败的婚姻，身上就什么都不剩了，能遇到里斯拜格的这种招聘机会对她来说不是撞了大运吗？她真应该感谢上主，既能让她把原来学过的东西重新捡起来，又能得到一个工作的机会，这难道不是一件两全其美的事吗？但对汉娜而言，玛丽·凯西说的那些无异于在她本就没有愈合的伤口上又撒了一把盐，她一直梦想着在某个伦敦的艺术图书馆里工作，谁承想到后来却偏偏在自己儿时的学校改建成的地方图书馆里上班。可她终究别无选择，她从前有过培训，于是直接参加了面试，一咬牙一跺脚，接受了自己的命运。而如今，正是玛丽强迫她找了这份图书管理员的工作，成为她追求自由不可或缺的坚实保障。经历了那令人精疲力竭的四十八个小时，她慢慢地进入了梦乡。

不知过了多久，她包里的手机开始铃声大作。是玛丽发来的短

1 乌鸫是鸫科鸫属的鸟类，分布于欧洲、非洲、亚洲，常栖于林区外围、小镇和乡村边缘，甚至瓜地，亦见于平野、园圃、乔木上，有时也会在垃圾堆和厕所附近觅食。

信，词语间一如既往地没有加注任何标点符号。

你已经准备回家了吗还是你现在在别的什么地方婕斯轮休今晚在家

汉娜无奈地输入“半个小时到家”几个字，正要按下发送键时，又收到了另一条短信。

去强尼的店

汉娜深吸一口气，告诉自己光明已经在不远处向她招手了。随后迈着沉重的步子走回空地上了车。开到家附近的时候顺便去邻居的店里给她妈妈捎了一点她做肝砂锅时所需要的洋葱。

CHAPTER 8 # 第八章

婕斯正坐在外婆的餐桌前把一片黄油果子面包塞进嘴里。

桌面是富美家层压材料[1]的餐桌位于厨房的正中央，所有椅子的塑料座位上都绑着套有针织外罩的软垫。房子刚刚盖好的时候，玛丽告诉汤姆自己对整装的一体式厨房非常满意，可他们一搬进来她就马上要求再去买一个合适的碗橱。她说如果她的邻居们无法欣赏得到，那就算她的杯盘碗碟再漂亮又有什么用呢？碗橱立在冰箱和圣毕奥神父[2]的画像之间，漆面的松木架子上排列着各种瓶瓶罐罐，搁板边沿垂坠着裁切好的方格纸；带有玻璃门的橱柜中摆着盛放晚饭的餐具和整套茶具；而抽屉里通常则是塞满了刀叉。在厨房内的另一侧，玛丽此时正在不锈钢水槽和嵌入式炉灶间来回忙活着，墙上的组合柜已然成了储藏杂志、旧花盆、圣诞装饰和针线筐的地方。尽管知道妈妈很讨厌这里的布置，但婕斯却觉得这里颇有几分温馨

---

1 富美家层压材料是由新西兰富美家公司于 2007 年起大批量生产的复合材料。该材料最早于 1912 年在美国发明，如今在许多应用领域里都进行了批量生产。

2 圣毕奥神父（1887 年 5 月 25 日—1968 年 9 月 23 日）是一位意大利籍天主教方济嘉布遣会神父、受圣伤者、神秘主义者，后来亦被罗马天主教追封为圣人。圣毕奥神父因从 1918 年起终身携带圣伤而广为人知，并由此引起了针对这一事件的许多研究与争议。

的感觉。

汉娜走进厨房，把装着洋葱的袋子放在桌子上，然后向婕斯伸开双臂轻轻地抱了抱她。在过去的某段时间里，汉娜曾一度一进家门就兴奋地尖叫着紧紧地抱住婕斯。在婕斯还是个孩子抑或后来长大一点，汉娜还会带着那时的小婕斯开心地跳上一小段舞。汉娜在心里默默地叹了口气，告诉自己婕斯既已长大，变得内敛、矜持也是情理之中的，那些无忧无虑的日子就这么一去不复返了。玛丽暂时腾出正煎着肝的手，转过身来将袋子口朝下抖了抖，里面的洋葱和一把鼠尾草一股脑儿地滚落到了桌面上，她不屑地瘪了瘪嘴。

“那个强尼·汉尼斯怎么满世界乱跑？那些陈年的杂草都要被他拔光了！”

婕斯揪下一片灰绿色的叶子，拿到鼻子前闻了闻：“姥姥，肝和鼠尾草配在一起不错，你为什么不加点儿鼠尾草进去呢？”

玛丽轻蔑地把头一扬：“我跟你说，我们这里的人从小就不那么吃。你还是吃点真正意义上的菜叶吧！”

“妈，可是玛吉做的很多菜里都会放鼠尾草，而且她还会用这个来做茶，”汉娜坐了下来，手中揪着一片鼠尾草叶，“我感觉无论什么香草她都可以用得上，不过我记不清那些香草具体都有些什么了。”

玛丽把洋葱迅速地放到一块砧板上，拿着刀子一阵猛切：“是啊，谁都知道可怜的玛吉脑子不太正常。一个人住在后面的悬崖边上，你要是哪天路过去看看她，她就会把门一摔，让你吃个闭门羹。”

汉娜双唇微微抽动，这才想起那时玛吉年纪越来越大，玛丽·凯西坚持让玛吉来她卡里克的亲戚们的家里住，可玛吉却依然坚持独自一人走完生命中最后的日子，两人为此大吵一架，闹得很不愉快。

婕斯感觉这其中必有故事，给汉娜倒了一杯红酒，把椅子拉到桌子近前问：“谁是玛吉？”

玛丽不屑地大声道：“亲爱的，她是你姥爷的玛格丽特姑妈，一个坏心眼儿的老巫婆，主啊，求你原谅我这么说她。”

婕斯趁着外婆背对她们，朝着汉娜挑了挑眉毛：“一个坏心眼的老巫婆？继续，姥姥，再跟我们说说。”

没等玛丽开口，汉娜就立刻反驳：“是这样吗，妈？她可能是有点古怪，但她心眼儿不坏。”

玛丽做了个极其鄙夷的手势，把洋葱丢进锅里。婕斯拿着红酒瓶悄悄地走到炉灶前。

“姥姥，倒点这个进去怎么样？”

玛丽不置可否，猛烈地颠了几下煎锅，用玉米淀粉汁勾芡，将做好的东西倒进已经铺好五花培根的厚底盘子里。婕斯粲然一笑，找到烤箱隔热手套，把盖着盖儿的盘子放进烤箱，随后自觉地开始点火加热炉子上放着的锅。酒精在玛丽·凯西的饭菜里从来都没能成为一味作料。实际上，在晚上九点之前她是不会碰酒的，当她坐在电视机前看着新闻或天气预报时才会拿着她称之为“我的小马丁尼”的酒喝上一阵。汉娜还记得从很早开始，家里就把晚上吃的这顿饭称为“茶点”，而不是所谓的“晚餐”，这似乎已经成为家人们约定俗成的说法，饭后汤姆会小心翼翼地把酒倒进他妻子的雕花平底玻璃杯中——这个杯子是成对的，汤姆当初为了庆祝他们的结婚纪念日将其买了回来——然后再端起自己的那只雕花玻璃杯走到电视机前，坐在她的身旁。玛丽倒了一杯茶，也加入到汉娜和婕斯的聊天中，她抚了抚过膝的围裙，手肘支在桌面上。

“那么，你怎么样啊？科克[1]之行还顺利吗？”

这是汉娜一直担心被问到的问题。她之前并没有告诉妈妈自己要去伦敦，而是跟她说一个住在科克的老朋友过生日邀她过去参加聚会，她要在那里待上一晚才能回来。扯这样的谎看起来的确太过荒谬，但即便她当时已经避免了一场不必要的争吵，依旧是忐忑难安。

“哦，开车回来的时候有点儿累，”她慌忙把话题转到婕斯身上，“你最近怎么样？我看你已经把马拉加[2]所有好玩儿的东西都告诉你姥姥了吧？”

“我挺好的。你为什么去科克了？”

汉娜略作迟疑，她看到坐在桌子对面的玛丽·凯西正冷眼看着自己。很显然，她突然地转移话题并没有起到什么作用。汉娜此时的大脑正在飞速运转，她不想当着婕斯的面向妈妈解释事情的来龙去脉，无法坦言自己根本没去科克，而是去了伦敦。她需要立刻转移她们的注意力。于是，她深深地吸了口气，扔出了她的“重磅炸弹”。

1 科克（英语：Cork）是爱尔兰共和国和爱尔兰岛的第二大城市。它是科克郡的主要城市和行政中心，也是芒斯特省最大的城市。

2 马拉加（西班牙语：'Málaga）是位于西班牙南部安达卢西亚、地中海太阳海岸的一个城市，也是西班牙的第二大港口。

CHAPTER 9 # 第九章

“全能的上主啊，汉娜 · 玛利亚 · 凯西，你是疯了还是怎么了？”

这记“重磅炸弹”的确威力十足。她没去理会下巴都要掉进茶杯里的妈妈，转向看起来同样目瞪口呆的婕斯。

“其实在计划还没有什么实质性的进展之前，我本来是不想说的，可既然今天大家都在这儿，我想可能今晚是个比较合适的机会。”

“可我怎么不知道你还有套房子？”玛丽的白眼简直要翻到天上去了，“因为那根本就不是什么房子，她说的是悬崖边野地上的两间小棚屋。好几年前就该被拆掉了。”

汉娜没有接玛丽的话，继续对婕斯说：“只不过现在财务方面还没有办妥，或者说还没有正式去办，我明天就要去填表了。”

“神圣的上主啊，我养了个大傻子！”

这一次是婕斯没有理会玛丽的话：“不是，这真的，妈，我为什么从来都没听你说过你在这儿还有房子呢？”

汉娜又给自己倒了杯红酒，向婕斯解释道，从某种程度上来说玛丽是对的。那确实不能算得上一套真正的房子，更像是野地里竖着的四面墙而已。她一直就对它没什么印象。

“那你为什么对它没什么印象呢？”

“我很小的时候就没有再去过了。玛吉在我十二岁的时候就去世了，我甚至不懂她把房子留给我到底是什么意思。”

“那么，你现在又突然想起它了？”

“嗯，对，我想是的。”她并不打算将自己和玛丽大吵一架之后急于独处的意愿告诉婕斯，也不想跟女儿说自己是如何哭着从家里跑出去在极度愤怒之下泪流成河的。事实上，和母亲的那次争吵让她想起了过世的父亲，这无异于再次挑动了她那根伤痛的刺，对父亲的思念让汉娜不知不觉就走到了玛吉家。

最初是汤姆告诉她那份令人意外的遗产的。当时他们刚刚从玛吉的葬礼上回来，汉娜正帮着汤姆把放在某个货架上的几包饼干码放整齐。在教堂开阔穹顶的映衬之下，玛吉的棺材显得那么渺小，前去悼念的人们其实已经很多年都未曾和玛吉说上一句话，但出于对家族的尊重，他们还是参加了她的葬礼。汤姆已经脱下他身上那套好看的黑色西装，转而换上工作时穿的费尔岛杂色图案花毛衣，他一边和她整理着带馅儿的面包，一边告诉了她玛吉的遗嘱。汉娜彼时和现在的婕斯一样，都觉得玛吉的决定让人难以置信。她和这个老妇人之间的大部分交流不外乎是她让自己搬运泥炭以及清洗茶杯这类三言两语的简短吩咐，或者听她愤愤不平地抱怨着不听指挥横冲直撞的母鸡、煤油的价格，还有她那些爱管闲事的邻居。因此，当汉娜得知玛吉已经把自己的房子留给她时觉得有些不知所措。“可我要它能干吗呢？”她问汤姆。她的爸爸耸了耸肩，微笑着对她说：“宝贝，人生那么长，你永远不知道将来会发生什么。”

四十年后的今天，她自己的女儿连珠炮似的向她不停发问。

“可为什么呢，妈？那个房子在哪儿？”

“几英里外吧，从你姥姥家原来的铺子再往下走点儿。”

“那你准备住在那儿吗？”

“呃，不，不能马上住进去。我想你姥姥说得对，那里还不太适合居住……”

“那就是个破旧的老鼠洞，别说人了，连狗都不愿意在里面过夜！”玛丽步履蹒跚地走到厨房的另一边，准备再给自己倒一杯茶。在她的厨房中，往往一壶水刚烧开就会被重新放回炉盘，用小火慢慢加温，直到再次沸腾。她端着茶杯坐了回来，杯子碰在茶碟上发出清脆的响声。

“汉娜·玛利亚我告诉你，这话我只跟你说一次，你就和你那姑奶奶玛吉一样傻，你还是好自为之吧！”

汉娜早就料到玛丽会有这样的反应，于是对着桌子那头的婕斯粲然一笑。

“对，你说得没错。我就是和我姑奶奶玛吉一样傻。”

“那你是怎么打算的？”

“我从信用合作社里贷了一点钱，再加上我的存款，房子整修好了我就搬进去。”

“整修房子？你的意思是你要爬到梯子上砌砖头吗？”

汉娜笑了笑：“当然不是砖头了，房子是石头盖的。而且我应该不需要自己去爬梯子，到时候我会雇一个瓦匠的。”尽管她的妈妈一脸不屑，但汉娜却继续向女儿解释道，这并不是什么复杂的大工程，也不需要专门去请个设计师。其实需要做的只是加固屋顶和墙壁以确保它们的结实坚固，修缮门窗以便抵御风雨的侵袭，再把内部加以改造使它们用起来舒服顺手，不过这意味着她需要加装新式的厨房和浴室，这就要求她得在供热装置方面下一番功夫。

“玛吉曾姑奶奶之前是怎么做的？”

“她原来用的都是炭火，她生火做饭。”

“不是！”

“是的！”汉娜一直记得那样的画面——火上方的吊臂上悬着一口热气腾腾的锅，那些蛋糕状的苏打面包和外层裹满面粉的司康饼都是用炉火上的吊锅做出来的，“她把食物放进铁锅里，在锅盖儿上加层燃烧的草皮，烤出来的东西就会特别香。”

婕斯咯咯地笑了起来：“我无法想象你一下子回到刀耕火种的时代会变成什么样子。”

汉娜同样无法想象。不过安装一个设备最为基本的厨房也花不了多少钱，而且她很可能会保留原来的开放式炉火。即便她将来加设中央供暖之类的装置，仍比不过在冬天的寒夜里，一个真正意义上的火炉来得更为温馨惬意。

玛丽坐不住了，又开始在厨房里这儿敲敲那儿打打地到处忙活，婕斯还在不停地向汉娜提出各种各样的问题，其中很多都是汉娜无法回答的。不，她这次装修应该不需要工程审批，好吧，也许这是无法跳过的一个重要步骤。她对自己的计划本身其实也并不是很有把握。的确，玛吉家是有能停车的地方，路旁也不乏一些不用下车就能打包的外卖店，她可以更合理地安排房子的整体布局，她也相当肯定那里原来就接了自来水，不过水泵现在可能已经坏掉了。那么重新装修的全部费用会是多少呢？这一系列的改造工程又得花费多长时间？汉娜用余光瞥到玛丽·凯西将煮过的茎蓝和胡萝卜放到烤盘中，一下下把它们碾成糊状，然后掺进去好几团奶油继续搅拌，再在上面撒了适量的白胡椒。玛丽背对着他们，好像身体每动一下，都在表达着她强烈的不满，而她从烤箱里取出烤盘时脸上的表情就恰好印证了汉娜的猜测，婕斯开始询问玛吉家的院子。

“大吗？是不是像风景画一样？”

玛丽再也听不下去了：“风景画？孩子，你真是天真得无可救药了，我们现在说的可是玛吉·凯西！那算什么院子，就是田野边上稍大一点儿的空地，她也就在里面种了几个土豆而已。依我看你妈应该会想着在原来的基础上再花上两周的时间种上九行豆子，一直延伸到悬崖边儿上去，弄一个蜂巢挂那儿也行，还能取点儿蜂蜜吃。”

她巧妙地用叶芝[1]的相关诗句[2]挖苦了汉娜那些虚无矫情的想法，显然十分得意，她揭开砂锅上的锅盖，转身再去拿些土豆。汉娜努力压抑着自己的怒气才没有发作。

玛丽的厨艺一向很好，这顿饭也一如既往地可口。尽管没有大胆的菜式创新，当然菜色也并非多种多样，但她随便一弄就是一桌营养而丰富的家常菜，饭菜上桌时还总是冒着一缕缕热气。婕斯的手机发出哔哔的提示音，此时她一只手里握着的叉子上还插着食物，于是就将另一只手伸进口袋，掏出手机查看屏幕。

---

1 威廉·巴特勒·叶芝（William Butler Yeats，1865 年—1939 年），亦译“叶慈”“耶茨”，爱尔兰诗人、剧作家和散文家，著名的神秘主义者，是“爱尔兰文艺复兴运动”的领袖，也是艾比剧院（Abbey Theatre）的创建者之一。

2 这里的诗句是指《茵尼斯弗利岛》，爱尔兰诗人威廉·巴特勒·叶芝（1865 年—1939 年）于 1890 年发表的一首抒情诗作，作品用朴实的语言和生动的意象描绘对田园自由生活的喜爱。

“太好了，安妮和宝拉这周末都在家！妈，我能不能开你的车去里斯拜格找她们？”

汉娜点头同意，婕斯把最后几口饭囫囵地塞进嘴里就洗澡去了。汉娜明白，和安妮、宝拉的聚会，进行的必然是去夜店泡吧之类的活动，但婕斯现在开车、喝酒都不成问题，汉娜非常坚决地告诉自己，婕斯已经不是小孩子了，不再需要自己跟在她的屁股后面不停地反复叮嘱她应该做什么或者不该做什么。天知道她去罗马或马拉加这些地方的时候都干过些什么事情，更何况她只是晚上去里斯拜格和朋友们一起玩儿罢了，没必要大惊小怪的。不过尽管如此，在二十分钟后汉娜把车钥匙交给刚打扫完厨房的婕斯时，嘱咐的话还是不由得脱口而出。

“亲爱的，路上开慢点儿，好吗？别做什么出格的事儿。”

婕斯冲她做了个鬼脸，接过车钥匙出了门。

汉娜顿觉一阵困意袭来，她很想早早上床休息，然而就在此时玛丽走进了厨房，她拿着自己的马丁尼酒杯在双桶洗衣机旁边的扶手椅上坐了下来，这椅子看上去和那个巨大的松木碗橱一样，与整个厨房的装修格格不入，可她为了留心观察门前路上来往的行人，坚持把它放到了窗户对面。她目不转睛地盯着汉娜，汉娜害怕的正是这种两人之间私下的对峙。

“那么，你现在打算告诉我了吗？”

知道既已逃脱不掉，汉娜只能老实交代：“我去伦敦为的是和马尔科姆谈谈。”

“我难道不清楚你去科克只是个幌子吗？”

“好吧，妈，没错，我根本就没去那儿。我飞到了伦敦，在那里住了一晚。”

她决定简明扼要地向妈妈介绍一下事情的经过，只是故意略掉那段马尔科姆对于汉娜邀请自己到房间时可笑的想入非非，以及他咄咄逼人的态度是如何让她近乎掉下眼泪。至于他离开酒店房间前说的最后几句话，声音中透出的鄙夷更是令人心如刀割，汉娜甚至连想都不能再想。尽管她努力说服自己马尔科姆那样只是为了故作姿态，但她到现在还是无法释怀，更不愿将它们毫无保留地说给别人听。汉娜只会给玛丽讲对方需要知道的东西，而且打定主意无论玛丽对她说什么，她都不会丧失理智。

出乎她意料的是，玛丽居然十分安静地听着她的讲述，甚至未曾试图插话。汉娜说她一直在为将来作打算并决定向马尔科姆要钱买套房子。

“他跟你说不行。”

“是啊，妈，他确实这么说了。我知道你一直觉得在这件事情上，当初是我让他得以全身而退，而且至今还在为所欲为，但事实已经是这个样子了，”她抬眼看向玛丽，“我不能永远住在你这儿，妈，这点你也很清楚。”

玛丽·凯西迎上汉娜投过来的目光：“其实我并不清楚你为什么非要搬出去，姑娘，但是我来告诉你我最清楚的一点是什么——你竟然糊涂到又做了一次这种事。”

“我做了哪种事？”

“不经大脑思考就怒气冲冲地跑出去，还尽是做出些愚蠢的决定。可能真的是朽木不可雕吧。不过也许在这件事上是我错了，你这次可能是对的吧。但在玛吉家砸上借来的一大笔钱，再搭上你的所有存款，你知道那意味着什么吗？”

这是汉娜生平第一次听到玛丽承认她可能是错的。她担心自己回答得过于决绝，于是开始在脑中试图搜寻一些让玛丽更容易接受自己想法的词句。可终究，汉娜怎么可能告诉玛丽，玛丽的品位令她讨厌、她的陪伴令她窒息？汉娜要怎样向玛丽形容自己对于独处的强烈渴求？汉娜又得怎样表达当自己萌生出这样的想法时内心的兴奋与激动？汉娜能从玛丽的态度中感觉到对方认为这一次和五年前离开伦敦的仓促决定如出一辙。但只有汉娜自己清楚这二者之间有着很大的不同。几年来汉娜一直过着浑浑噩噩的生活，这次似乎终于有了能够走出来的机会，而当她在卡里克的咖啡馆里见到丹尼斯·弗勒德时，却发现她所有的构想居然真的可以实现。尽管在接下来的日子里她不得不节衣缩食，但她知道这完全在自己可以承受的范围之内；相较于先前伦敦的公寓和诺福克的别墅的改造工程，这次的工作量小之又小。其实这根本不是什么临时起意，却更像是步步为营。

汉娜试着获得玛丽的理解：“当然我还是会好好考虑的，妈，我知道这确实是必要的，况且目前我不会马上动工。我的意思是，如果你需要我的话，我可以先不急着搬出去，等那边收拾妥当了再过去，这中间有可能会花上好几年的时间，也或者会花上好几个月吧，呃，无论如何，我还得事先做好工程计划和财务预算……好吧，你懂的，所有的这些都是需要时间的。”

“你怎么可能不知道我不能没有你呢？你是我的女儿，这里永远都是你的家。”

汉娜苦笑道：“妈，你要往好的方面去想啊。你不觉得只要我们两个待在一起，这里就永远不会安宁吗？其实我们都无法忍受彼此吧？”

玛丽·凯西哼了一声：“哎，你早就注意到了，是不是？”

“注意到了什么？”

“就是你并不是这房子里唯一一个喜欢我行我素的人啊。”

汉娜无言以对。虽然她刚刚说她们无法忍受彼此，但事实上汉娜一直都把自己当成是那个敏感容易受伤的人，而把妈妈看作一个神经大条永远不会被伤到的厚脸皮。玛丽的目光锐利：“孩子，虽然我养了个傻子，可我又不傻，少了那个成天看不起我的女儿，我一个人的日子也还过得去。”

“妈！”

“不说这个了，汉娜。我们都知道这里面的道理。既然婕斯也不住在这儿了，你认为我们分开住也许是对的。就像你那可怜的爸爸经常说的一样，咱们两个实在是太像了。可能这房子里只能容得下咱们中的一个。”

CHAPTER 10 # 第十章

当蒂姆·斯莱特里悠闲自得地溜达进图书馆时，康纳正独自一人坐在里斯拜格他自己的办公桌前。蒂姆·斯莱特里是这里的县图书馆馆长。凯西女士去卡里克上健康安全培训课了，因为蒂姆办公的地方就在卡里克，所以这会让人觉得他这个时间也该出现在那里。不过话说回来，比起整日坐在图书馆里，他似乎把更多的时间花在了参加整个半岛上上下下的各种会议上。他个头不高，身材略微发福，铁灰色的头发被他梳理得一丝不苟，说话时语气中透出一种自命不凡。他的穿着也同样有些怪异，他就像个想要拼命紧跟潮流的老大爷。他今天穿的是一套三件式的西装，胸前的口袋中插着一条花哨的手帕，腕上戴的是一块类似于潜水表一样盘面硕大的手表。康纳每次遇到他，他手上戴的表基本上都不会重样：有时是外壳厚重的防水表，偶尔也会换块轻薄幻彩的腕表，这种表通常内置了检测心率的最新功能，或者能在屏幕上显示出实时海拔高度。丹·卡弗基很喜欢戏谑地称他为“时间领主[1]”。但这话要是被凯西女士听

1 时间领主是英国科幻电视剧《神秘博士》中的一个来自 Gallifrey 星球、具有人类外形的种族。时间领主的称谓源于他们拥有比宇宙中其他种族强大得多的在时间中旅行，甚至操纵时间的能力。

到，她一定会勃然大怒，因此就康纳自身而言，他心中的天平也会试着更倾向于效忠斯莱特里先生。

门被推开的瞬间，康纳慌忙把手机塞到了桌子底下。其实他并没有在玩儿手机或正在用它做别的什么事情，他这么做只不过是不想给自己的上司留下一个不好的印象。

斯莱特里先生用手帕轻轻地掸了掸办公桌的一角，在将他那包裹着粗花呢布的屁股挪上去时，碰翻了凯西女士的铅笔筒。康纳原本已经站起身来准备向他问好，见他没有要和自己握手的意思，就又坐了回去。

“看起来凯西女士不在这儿咯？”

康纳一时有些不知所措。那条让凯西女士参加健康安全培训的内部通知是从斯莱特里先生的邮箱发来的，他当真不知道凯西女士现在在什么地方吗？可直接提醒他又显得对他有些不太礼貌，或许他工作上的邮件都是由他在卡里克的手下代为收发的。好在他刚才的问句中并没有询问的意思在里面，他索性也不需要回答。斯莱特里先生晃着一只脚，脚上穿着类似鳄鱼皮质地的鞋子，他称自己刚在巴利芬开完会，回来刚好路过里斯拜格，想着要和凯西女士简单聊上几句就顺道过来了。不过也没什么要紧的事情，他给她发个短信或是下次和她见面再聊也是可以的。康纳开口表示愿意帮斯莱特里先生给凯西女士带话，旋即又闭上了嘴巴。有传言说他的这位上司在他部门中的角色就相当于《007》系列电影里的M[1]，因此康纳并不介意冒着被上司警告不要越俎代庖的风险说了这话，但他只是对

1 M在《007》系列电影中是MI6（军情六处）领袖的代号，是包括007在内的所有“00”级特工的直接上司，关键时刻可直接听命于女王，有些法规对他们不起作用。

康纳微微一笑说没有问题。而就在此时，被他塞到桌下的手机大声地响了起来。

康纳匆忙抓起手机，看到从家里发来的一条短信，随后按下了关机键。觉得似乎应该向对方解释一下，于是他说自己有了一头公牛。

“我是说，农场迎来了一头公牛。刚刚出生的。有一只奶牛刚刚生下了那头小牛。”

这实在是太棒了，康纳说，他本来还因为自己没能在场而很是担心，因为他的哥哥对接生小牛这种事情并不在行。

斯莱特里先生眨了眨眼睛，大概是不太记得康纳除了这份兼职，在家里还有农活要做。随即站起身来放声大笑：

“原来你还是个多重任务处理器呀！我下次到这儿来一定得记住让你给来上一针炭疽[1]疫苗。”

康纳礼貌地笑笑。没过多久，那个粗花呢布的背影就出了门消失在他的视野中。康纳不可思议地摇了摇头，难道一个人在开玩笑之前不应该先想一想自己说的话到底有没有常识吗？康纳小心翼翼地将凯西女士的铅笔顺势倒回铅笔筒中，心想“时间领主”可真是个傻瓜。毫无疑问，爱尔兰在很久以前就再也没有发现过任何一例炭疽病的感染者了。

凯西女士回来的时候已经是一个小时或更久以后了，她带回了最新的健康安全宣传手册，以及一个刚刚做好的要贴在图书馆门口

1 炭疽是由炭疽杆菌所致，一种人畜共患的急性传染病。人因接触病畜及其产品或食用病畜的肉类而发生感染。自然条件下，食草兽最易感，人类中等敏感，主要发生于与动物及畜产品加工接触较多及误食病畜肉的人员。

的标语，上面写着“当心脚下”。与此同时，她还抱了一盆盛开的薰衣草回来。康纳看着她把那盆花从办公桌移到了窗台，又从窗台放回到办公桌上。

“这是用来干吗的？防止读者被吸血鬼袭击吗？”（传说雪松、天竺葵、松木、薰衣草、罗勒、百里香是较为有效的驱退吸血鬼的植物。）

凯西女士重新调整了桌上花盆的角度：“我在卡里克时看到了它，想着放到这里一定会挺好看的，所以就买了回来。”

薰衣草的芳香确实与书本和皮革的味道相得益彰。

“不过如果你打算浇水的话，下面就得垫些东西。”

康纳去厨房拿茶托的时候心里想着和以往相比，这次开完会回来的凯西女士似乎要开心许多。往常她每次开完会都会抱怨那些趋炎附势的白痴平时就只看些通俗小报，怎么可能会对真正的书籍有所了解。但从刚才回来一直到现在，她的脸上全程都挂着微笑。也许是因为她的女儿这几天轮休在家吧。虽然老早以前还在学校的时候婕斯一直坐在他的前面，但他其实并不怎么了解她。人们说她过去的性格多少有些乖戾，就像凯西女士一样，可如今要是在里斯拜格附近看到她，她总是一副兴高采烈的样子。而这种转变的原因也是显而易见的。她毕业以后就和一群朋友外出去参加乘务员的培训了，从那以后她每次回芬法兰都像刚度完假似的心情大好。据康纳的哥哥乔说，婕斯昨晚和几个同伴一起去镇子上玩儿了。可能这也就是凯西女士在查看电子邮箱时还在微笑的原因吧。

“有什么需要回复的吗？”

康纳把茶托垫在了花盆底下：“没什么。有个家伙发邮件来说想找一本书，说是一本封皮上有一条黑狗的书，他找遍了卡里克所有的书店都还没找到。”

“有没有再多一点的线索？”

“没有，他就说书的封面上是一条黑狗，黑狗的上方写着书名。”

“好吧，那肯定不可能是《莎士比亚全集》了。”

康纳向前探着身子，在电脑上找出那封电子邮件来给她看：“我回件说他哪天可以过来，看看我们能不能帮他找到。”

“啊，康纳！那到时候他要是真来了可得你去应付他。”

她说话的时候咧嘴笑着，要是换作以往，她可能会没好气地回他的话。不仅如此，他跟她讲述斯莱特里先生来访的经过，当讲到牛犊那里时，她看上去更是乐不可支。

清晨的早些时候，汉娜在去参加健康安全例会之前，先去了趟卡里克信用合作社，在贷款申请文件的最后一页签上了自己的名字，并在名字下方用蓝色的圆珠笔重重地画了一条横线。那种感觉很棒。当丹尼斯 · 弗勒德紧紧握住她的手祝她一切顺利时，如果不是在办公室里，她差点儿就要跳起当年和婕斯一起跳的舞蹈了。她走到街上，看见一家花店门口摆放着一盆开得正盛的薰衣草，她顿时觉得充满活力，毫不犹豫地把它买了下来。那条画在签名下的横线就像是一条对这过去五年来所有不安与内疚的终止线，过去的那个马尔科姆太太已经成为历史，从今往后，汉娜 · 凯西将再也不为从前任何的纷纷扰扰所牵绊，她的生活将继续朝着前方迈进。

此时汉娜的桌上放着那盆刚买回来的薰衣草，她对康纳不经意地说：“你会不会刚好认识一些这里的瓦匠啊？”

正站在一把椅子上试着把门上那张旧的标语取下来的康纳扭头瞥了一眼汉娜。

“需要干些什么类型的活儿呢？”

“呃，就是些杂七杂八的活儿。旧屋改造啊……可能要修补一下房顶什么的。”

康纳停下了手中的活，开始思考这个问题。她原本只是想随意打听一下，没想到却被当成了一个严肃的问题来对待，汉娜赶忙让康纳把精力集中到自己手头的工作中去：“要是有人进来的话，你很可能就从椅子上摔下来啦。”

“没错，到时候《问询报》就会出现一个大的标题《某男子在张贴安全标语时不慎跌倒》。”

还有一点是汉娜之前没有考虑到的，那就是如果在克罗塞拉或里斯拜格做任何一件事情，想要不被所有人议论几乎是不可能的，她打算重修玛吉家的这个新闻大概很快就会被传得沸沸扬扬。她对着自己的电脑屏幕不由得蹙眉，思索着是否应该避开所有的当地承包商。尽管那会花费更多的钱，不过或许是值得的。康纳一声极富戏剧性的感叹打断了她对装修时要采取何种手段和途径的沉思。

“啊——把这活儿交给耍笔杆子的人们来干只能是越来越糟！”

他从椅子上爬了下来，抬头看了看自己忙活了半天的成果。大门上方原来贴着标语牌的黏胶印记怎么也弄不下来，如果把新的标语贴上去的话，原先那些残存破烂的胶水印就会比新的标语大出一圈。

汉娜开始思考如何处理那些印记：“热水管用吗？”

“没用，我们得弄几滴石油溶剂来。总之我暂且先把旧的那张标语贴回去，明天再来搞定那张新的。”

汉娜点了点头，庆幸康纳似乎已经忘了自己刚才提出的问题。他将那块旧的标语重新贴回到门上时，她已经在埋头处理自己的文件了，他们谁都没再提起那个有关瓦匠的话题。

CHAPTER 11 # 第十一章

汉娜一下班就赶去玛吉家。现在还远远没到可以开香槟庆祝的时候，但文件的签订似乎是对她贷款申请资格的认可。她早晨出门时把今天要做的事和玛丽交代她买的东西统统列在了一张清单上。去干洗店和到菲茨杰拉德的肉铺买血肠的时间加起来总共花了不到十分钟，于是她来到里斯拜格新开的一家熟食店准备打包一杯咖啡。香槟可能是用不到了，但坐在屋前的悬崖边来上一杯庆祝的卡布奇诺似乎是个不错的主意。

在看到汉娜后，站在柜台里的女孩露出了微笑："你好啊，凯西女士！"

她是一名去年刚刚毕业的预科[1]生。汉娜记得她放学后经常去图书馆，那段时间里，女孩为了准备结业考试疯狂地学习。如今眼前的这个姑娘在熟食店里工作，她头上系着花朵图案的丝巾，发髻整齐地拢到那块丝巾的下方。看到她充满朝气的样子真好。店里色调

---

1 预科是英式教育特有的一种制度，在很多前英国殖民地亦沿用。在经过五年的中学教育后，成绩良好的可升读为期两年的预科，再参加考试［原来称为大学入学试（Matriculation examination）后来改称高级程度会考］，成绩良好的方可进入大学（英国大学学制为三年，和中学、预科合共为十年，同美式 6+4 一样）。

鲜亮，饰有彩绘的花朵，柜台里展示的可供挑选的食物看上去也十分可口，其中有几小块婕斯最喜欢吃的山羊奶酪，于是她点了一份要求和她的咖啡一起打包带走。女孩将奶酪放进了一个牛皮纸袋中，她拉花的手法娴熟，很快，在卡布奇诺顶部绵密的奶泡上就出现了一个羽毛形状的图案，她还免费赠送了一块松露巧克力给汉娜。

“这是布里吉德发明的新品，这周只要买咖啡就会赠送这个巧克力。”

汉娜摇了摇头：“留着给后面来的客人吧，艾迪恩。我知道它们的制作成本可一点儿也不低啊。”

“对啊，做它们可真是花了不少钱！”艾迪恩涨红了脸，“我知道我不该说这个，但事实的确是这样的。我们一直最注重的就是产品质量了，俗话说有付出才会有回报嘛。”

汉娜微笑着接过她的咖啡：“你们一定会得到回报的，毫无疑问，而且我相信它们一定很棒。”

汉娜心中充满了五光十色的憧憬，布里吉德和艾迪恩敢于为她们事业所付出的勇气与魄力，深深地感染了她，使她有了一种强烈的认同感。

在玛吉的家附近有一个急转弯，因此直到汉娜快要开到最顶上的时候才看到了门前停着的面包车。那是一辆外观破旧的红色丰田，车顶有一个行李架，后面还拖着根牵引杆。汉娜为了避开它，打了个方向在更远一点的路边停了下来。她穿上长筒雨靴跺了几下脚上的泥，拿着咖啡来到大门口时，瞟了一眼横在门口的面包车。当地足球俱乐部的几个代表颜色透过车的后视镜隐隐若现。她慢慢走近那辆车，发现一只上了年纪的杰克罗素梗[1]在副驾驶上用身子猛撞着前面的仪表盘。汉娜在路上来回看了几眼，没有发现半个人影。可能是附近的某个农民把卡车停在这里，查看他的牲畜去了。下次如果再发生类似的事情她可就要说那人几句了。

汉娜绕过面包车，打开房门，朝屋后的那片田野走去。她从山墙边上一片生长过旺的柳树中艰难地挤出来后一下子呆住了。在她的几步开外，站着一个正背对着她的男人，男人身材高大，有些驼背，套着一件亮面的长风衣，风衣上的口袋已经磨破，裤子的材质不知能不能归类为灯芯绒，脚上蹬着一双笨重的工作靴，凌乱灰白的头发上裹着一个拉得很靠下的毛线帽。汉娜还没有从惊慌中回过神来，他先开口说话了，不过他依旧背对着她站在那里。

“敌情你是想留着这些石板瓦让自己出尽洋相。”

“你说什么？”

那男人朝屋顶扬了扬头示意她，屋顶上覆盖着小片的石板瓦，它们参差不齐、布满苔藓，也算别有一番风情。汉娜原本计划着去建材回收站找一些差不多的替代品来修补一下那些缺失和残破的瓦片。但还没等她开口，那男人又说话了：

“你可不能随便找点旧的石板瓦把它们修补起来，你知道的，”他扭头看了她一眼，他面色阴沉，一脸胡楂，鼻头略微有些长，“如果你真那么做了，就肯定会有人从一英里外的地方赶来，到时候天知道他们会以什么由头向你收费。”他不等汉娜答话，转身面向屋

1 杰克罗素梗（Jack Russell Terrier），是梗犬的一种，为小型犬，平均身高为 23 厘米至 38 厘米，体重约 8 公斤。

子，若有所思地点了点头，“我会把它们低价处理掉，还能让你赚个仨瓜俩枣。不过我们得留下房梁木。当然了，如果出现这儿缺一点那儿少一块的情况，我是可以把它们补好的。”

“不好意思，”汉娜听到自己的声音里充满了愤怒，“你知道你是在非法入侵吗？这可是私人住宅。”

“非法入侵？在玛吉·凯西的地盘儿？”

那男人迅速地转过身来时，汉娜感觉到了一瞬间的恐惧。但他连看都没看她一眼就昂首阔步地从她身旁走过。尽管他看上去有六十来岁了，但身体还很硬朗，而且显然是个本地人，于是她就跟在他的后面说：

“我本来不想发脾气的，可是，我很抱歉，我并不认识你，也不明白你到底在说些什么。”

“不必道歉，姑娘，我并没有生你的气。”

他把长风衣往身上紧紧一裹，大步流星地向门口走去，他在石楠丛中迈步的样子简直和鹳[1]一模一样。在走到面包车旁的时候，汉娜终于赶了上来。驾驶室里的梗犬突然发出一阵狂吠，它的爪子在仪表盘上不停地抓来抓去。

汉娜提高了自己的嗓音：“我不知道你是不是认识我，我叫汉娜·凯西。”

男人钻进驾驶室里，那条狗慢慢安静下来。

面包车的齿轮开始转动，彼此撞击发出咔嗒咔嗒的声音，随后整个车身开始从门前慢慢移动起来。当车消失在那个转弯时，汉娜

---

1 鹳，一种长喙长腿的大鸟，通常生活在水边。

仍望着它开走的方向茫然不知所措。她无奈地耸了耸肩，走回自己的车里。显然那男人是个疯子，可不知怎的，这个不速之客却着实破坏了汉娜想要私下里喝杯卡布奇诺为自己庆祝一下的心情。

CHAPTER 12 # 第十二章

婕斯坐在外婆家的后院计划着等会儿进屋熨一下她的制服。这是她轮休的最后一个晚上了，而且明天一大早就得起床，可是她靠在衬着垫子的花园椅上，想着再多看五分钟暮色之中开得正艳的紫罗兰。多年前她的外公曾对她说过，只要你种下紫罗兰后不再进行移栽，它们就会散发出更加浓郁的芳香，只要你不给它们浇太多的水或用肥料阻碍它们的生长，它们就会年复一年不断地萌芽开花，每到傍晚整个院子都会充满了香气。婕斯闻着空气中沁人心脾的芬芳，心中默想反正打包行李是她早就习以为常的事了，实在花不了几分钟时间。她很爱自己的工作，因为它能让她处于不断移动的状态当中，但她同样也爱这些漫长的休假，可以让她在外婆这座丑陋而又实用的小平房和用沙滩石围住的后院中获得一丝安逸。这院子一点儿都不同于她小时候住在伦敦公寓时的那个素雅而整洁的后院，也不同于诺福克别墅中布局凌乱的巨大果园，更别说那个法国的公共庭院了，因为没人照料，现在几乎所有的盆栽都死了。

和她一起租下法国公寓的朋友们都在同一家航空公司上班，尽管在种植盆栽这件事情上他们都做得不太好，但他们的公寓却能称得上是一个漂亮而又热闹的住所，公寓位于市区的中心，那里离机场只有半个小时的路程。不过他们的房间比公共庭院还要小，好在婕斯可以把一些带不过去的东西放在外婆家那几个大小还说得过去的柜子里。

在她伦敦家里的旧房间中，从前的那些衣柜几乎都被清空了，而诺福克的别墅也早在几年前就被爸爸卖掉了。妈妈用很委婉的方式将这个消息告诉了她，好像生怕她会疯掉似的。可事实上，只要她能继续和爸爸待在一起，她根本不会在乎这种事情。尽管一开始觉得反感、怨恨，但她那时已经渐渐接受了突然来到爱尔兰的那次极其诡异的搬家。况且她本来就不怎么喜欢诺福克，因为当你没什么机会去结交新的朋友，没有人和你一起聊天、散步时，那个网球场和巨大的花园就会显得太过多余。

此时天光渐暗，紫罗兰散发出的清香愈加浓烈，她身后的门被拉开。

“介意我也坐这儿吗？”

“这里又不只属于我一个人。”

婕斯咬了咬嘴唇，声音中透着一些不情愿。她并不是有意的，只不过她的妈妈总有踮着脚走路的习惯，就像她时刻踩在蛋壳上一样，她觉得这点令人非常恼火。妈妈在别人面前总是一副利落爽快的样子，可精明强干的汉娜·凯西事实上在说话时更喜欢旁敲侧击，并不是直来直去的那种人。她和婕斯在一起时敏感而又小心翼翼，你不得不耗费精力去照顾她的情绪，以免一不留神就伤害到她。汉娜和她当初在英格兰时已经判若两人。婕斯伸出脚去把身旁那个空着的花园椅钩到离她更近一点的地方。如果为她刚才说过的话进行一番道歉似乎多少有点小题大做的感觉，更为妥当的做法或许是对汉娜做出某种邀请的动作，婕斯希望这可以起到一点作用。

汉娜在椅子上坐定后，想着自己硬要闯入婕斯最后一晚在家时所享受的私人空间是否有些自作主张。但分享夜晚庭院中弥漫着的紫罗兰的芳香总归令人愉悦。婕斯还是个孩子时，她们经常会在爱尔兰度过一整个夏天。彼时汉娜还相信着马尔科姆所说的诸如“如果不是迫于工作的压力，他一定会立刻飞奔到她们身边”这样的话。直到后来他的奸情败露，她才惊觉当她和婕斯在芬法兰一起堆沙堡时，他却正在和泰莎在伦敦的家里媾和，可她在伦敦的邻居从未告诉过她这件事情，他们为什么会这么做？他们不愿伤害她，而她又怎么忍心伤害婕斯？

婕斯第一次提起泰莎时称她为“爸爸的新女友”，汉娜出于对婕斯的保护对那女人闭口不谈。她一放假，马尔科姆连招呼都不打就会把婕斯接到伦敦的某家高级餐厅里，并对女儿称他和泰莎是闪电式的恋爱。婕斯回到克罗塞拉的家中时异常兴奋。

“天哪，妈，你能相信吗？他们已经在一起工作了那么多年了！你猜怎么着？爸爸邀我今年夏天和他们一起去坐游轮。”

汉娜的心脏猛然间剧烈地跳动起来，她快要恶心地吐出来了。她脑中一片空白，不知道该说些什么，一直站在旁边默不作声的玛丽·凯西砸翻了面前的一大杯茶。如今坐在馥郁芬芳的庭院当中，汉娜却依然能记起当初耳畔与心跳频率相同的血脉偾张，她冰冷的双手握着的茶杯的温热，以及掩盖了她彼时的力不从心的母亲的插话。

“那你是怎么说的，婕斯？”

然而婕斯并没有答应同去。她与学校里的朋友——阿夫里克和谢恩都在不久前刚刚收到乘务员培训的开课通知。

“你拒绝了你爸之后他怎么说？”

婕斯笑了笑：“我想他并不想让我进来妨碍了他们的好事吧，不是吗？我觉得他松了一口气。好了，事情的全部经过就是这样了，你们怎么想爸爸和泰莎·卡米开尔？”

这还是一年前发生的事情，那段编造出来的闪电般的爱情在汉娜的被迫参与下也已经名存实亡。其实有很多迹象都表明马尔科姆在婕斯出生前就已经开始出轨，问题是马尔科姆选择先下手为强，他在汉娜还没有想好要怎么跟婕斯解释他们离婚原因的时候就编好了理由，他说他们已经没有感情了。而且他再一次撒谎，声称这么做是为了保护婕斯不受伤害，这使得汉娜的立场全无。他之所以故意这么说，也许是为了惩罚她在离开时带走了自己的女儿进行的别有用心的设计，也许他真的相信他的谎言可以瞒得过去，反倒是说出真相的危害会更大。不管怎样，这些年来他都设法在让汉娜保持缄默的同时与婕斯保持了亲密的父女关系。而且……该死，汉娜又一次把时间浪费在想马尔科姆的事情上，她本来应该享受此时与女儿共处的时光啊。

身旁的婕斯身形舒展地躺在椅子上，她闻了闻这满院的花香道：“这总是让我想起外公。”

“我也是。”

汉娜小的时候汤姆就在商店门外的长椅两侧栽种了散发着香气的鲜花，还在窗户下方摆满长茎的海芊[1]。等到他退休建造了他们老两

1 海芊，天南星科海芋属多年生草本植物。

口的小平房后，他的日子变得既悠闲又自在，每天挑一挑种子，剪一剪灌木，在后院里铺一铺石板什么的。汉娜记得在婕斯八九岁那年的暑假里，婕斯留着一头浅金色的头发，脸上还长着小雀斑，她赤着脚吃力地帮汤姆拽着一块沙滩毛巾，毛巾里有好几块被海浪打磨得异常光滑的大石头，他们把石头一点点从沙滩挪到汽车的后备厢里，还仔细研究了石块的大小和颜色，将它们按照规划好的滚到了庭院的四周。虽然与园艺相比婕斯对这些石头更感兴趣，但令人欣慰的是，她在爱尔兰的确度过了一段非常快乐的童年时光。

马尔科姆的妈妈路易莎是特纳家的园艺爱好者。尽管肯特房子里的花园面积是凯西家后院的十倍，但在马尔科姆的父母和汉娜父母为数不多的几次见面中，汤姆还是能和路易莎聊起他们共同爱好的花卉种植。伦敦公寓里的花大多都是由路易莎从肯特送过来的。那时汉娜已经怀了婕斯，当汉娜得知肚子里的宝宝是个女孩时，马尔科姆恰好在他父母的家中。那晚马尔科姆回到家，拿着一束从路易莎那儿带回来的白茉莉，把它与满天星和油亮的绿叶一起用浸湿的纸巾包裹起来，使得花束即使放在车里也依然可以保持较低的温度。汉娜闻着茉莉的清香，想着肚子里的宝宝，觉得一切是那么不可思议。十一年前那次流产以后，医生告诉她可能她这辈子都不会再有孩子了。开始时，汉娜认为这简直就像晴天霹雳，但日子一天天过去，马尔科姆的事业以及那些似乎永远无法忙完的应酬渐渐占据了她的生活。

在没有怀上婕斯之前那忙碌的十一年里，如果有人问她是否快乐，她会回答是的。她经常去拐角处的一个设计精美的维多利亚式公共图书馆查找一些建筑和设计方面的书籍，后来又慢慢步入了文学的世界。有关伦敦的晚期乔治亚式建筑[1]的书籍让她对那个时期的传记和小说产生了兴趣；有关纺织与布料的绘本让她的想象插上了翅膀从英吉利海峡飞到了壮丽的法国宫殿；还有荷兰腹地的繁荣舒适，以及受十八世纪英国设计师的启发改良而成的希腊、罗马大三角帽。在那段日子里，她所涉猎的书籍之间并不存在什么明确的逻辑顺序。通过乔治·西默农[2]的梅格雷探长，她发现了 P.D. 詹姆斯[3]的侦探小说，还在一名美国心理学家的论文中看到了一个在家乡时都没有听说过的爱尔兰小说家约翰·麦加亨[4]。在伦敦公寓和诺福克别墅都完成装修的那段时间里，尽管她有足够的钱可以买下任何一本她想看的书，但那个拐角的图书馆总能带给她无限的乐趣。

直到汉娜发现自己再次怀孕，她才意识到自己是多么希望能有一个孩子。马尔科姆在得知妻子怀的是个女孩后简直乐不可支。那一晚，汉娜将潮湿芬芳的花束放在膝头，马尔科姆和她坐在一起，他们花了好几个钟头的时间去讨论他们的将来。马尔科姆提议给孩子取名为婕斯敏[5]（英文中与“茉莉”为同一词语）。马尔科姆说他的妈妈一定会很喜欢这个名字的，他接着又询问了汉娜的想法。

“我也很喜欢，我们就叫她这个名字吧。”

---

1 乔治亚式建筑是指从 1720 年到 1840 年，在大多数英语系国家出现的建筑风格。汉诺威王朝前的英国君主：英国乔治一世、乔治二世、乔治三世和乔治四世从 1714 年 8 月到 1830 年 6 月统治英国。

2 乔治·西默农（1903—1989）是一位比利时的法语作家，出生于比利时的列日，一生中创作非常多有关推理的著作（超过 450 部），可能是二十世纪最多产的一位作家。西默农成功地塑造了儒勒·梅格雷探长这位名侦探，并以他为主角创作了一系列的小说。

3 P.D. 詹姆斯（1920—2014），是最富传奇经历的一位犯罪小说作家，同时也是侦探小说中，英国人最喜爱的人物——侦探亚当·代格里斯（Adam Dalgliesh）的创造者。1991 年封终身贵族进入上议院。

4 约翰·麦加亨（1934—2006），被认为二十世纪后半期最为重要的爱尔兰作家。

5 婕斯敏为婕斯的全名。文中一直提到的“婕斯”是对“婕斯敏”的昵称。

她微笑着对他说："可是你将来一定会把她宠坏的，不是吗？"

"那还用说。"

然而后来他并没有那么做。他一向是个很有原则的父亲，虽然慈爱，可同时也非常严格。在婕斯看来，他和汉娜简直配合得过于默契。看着黄昏中慵懒地躺在自己身边的女儿，汉娜觉得他们多年以来的努力没有白费。马尔科姆或许不大乐意让婕斯在一家廉价航空公司里打工，并且还是一门心思地打算把婕斯送进大学读书，但婕斯已经成长为一个健康、快乐且富于责任心的姑娘。她毕业时的成绩相当好。谁会知道在接下来的日子里婕斯将做出怎样的人生选择呢？汉娜正要开口说自己为女儿感到非常自豪，可玛丽却拉开滑动门大步走进了院中。

"冰箱里有个奶酪之类的东西真是臭气熏天。你们有谁打算把它吃掉吗？"

汉娜冲着婕斯粲然一笑："从'手工坊'买来的山羊奶酪。我想你在这儿的最后一个晚上可以吃到它应该会很开心吧。"

"哇哦！"婕斯起身回屋，"我们能用它配薄脆饼干当开胃菜吃吗？"

"那你取盘子的时候别给我拿了！"关好门后，玛丽在婕斯刚腾出来的那把椅子上坐了下来，"这和那孩子从小吃的开胃菜也差太远了吧！"

汉娜笑道："哦，妈！但她从小可确实是吃蘸酱和蔬菜拼盘长大的。"

厨房里的婕斯听到屋外的两人沉默了一会儿。玛丽冲着开着的窗户扬头示意汉娜，这一次压低了声音说：

“你要是没跟她说你去伦敦的事，那我就来当这个恶人。”

“不行。”

“好吧，你还是不听我的，当然了，你从来也没听过我的话。可你这就是自讨苦吃，说真的，孩子。”

汉娜陷入沉默。玛丽靠到了椅背上，两手一摊，耸了耸肩：“就像你爸常说的那句话，你永远都没办法让别人注意到他们原本就想忽视的东西。你可能正在打算安排你那了不起的独立新生活，可是你要知道，汉娜，伦敦的那个家伙还是会一直把你玩弄在股掌之中。”

那扇滑动门被再次拉开，玛丽把声音压得更低：“我再说句不中听的。那姑娘已经不再是个孩子了，总有一天她会发现自己的爸爸原来是那种人，真到了那一天，她就会发现自己的爸妈原来都是骗子。”

CHAPTER 13 # 第十三章

在美轮美奂的风景之中感受驾驶时独处的乐趣，工作日中额外多出的这一个小时使流动图书馆的工作变得特别有意义。在流动日里她通常会先到卡里克，把自己的车停在县图书馆后再开图书馆的面包车出发到岛上的其他地方。

她制定好了今天的路线，要去的许多地方都得从干道拐到附近的小路上，她计划先到半岛的南部再北上去巴利芬。起初天空阴沉沉的，但当她离开卡里克开始向西行驶时，乌云便渐渐散去了些。她的第一站是滨海村，需要从干道拐到一条蜿蜒曲折的单行路上，再爬过一个小山坡才能到达。她开到山顶的时候，挡风玻璃外的天空格外清朗，远处一道彩虹状的石拱从海平面一直延伸到沙滩上那一片星星点点的房舍。她慢慢地向村里驶去，看到几个孩子在栈桥旁的学校操场上嬉戏玩耍。从操场向远望去是一个内凹的海湾，海边峭壁上有在那里筑巢的塘鹅[1]，它们循着渔船的方向尖叫着向下俯冲。这是一所两间房的学校，负责管理学校的只有一个老师和一个

---

1 塘鹅是生活在悬崖上的大型海鸟。

助教，如果不是配上了电脑和电子琴，这些孩子周围的教学环境简直就和当年他们的父辈以及祖父辈的没什么区别。排列整齐的桌椅已经不见了，从前被黑板覆盖着的墙面上如今挂着小学生的艺术作品，不过门厅里的排钉式衣架依然还在，从前挂着的是中款系带风衣和条绒夹克，而现在挂着的是羽绒衣和卫衣，在此，更早以前的则是披肩和毛呢大衣。汉娜在修女们开办的有着很多走廊和教室的学校毕业之前，也曾在这种两间房的学校里待过一段时间。可是就像里斯拜格古老的女修道院学校一样，许多芬法兰的小学在很多年前就被关闭了。现在很多跑来加入到他们父母等待流动图书馆的队伍中来的孩子，是芬法兰最后的那些徒步或骑车去路旁或海边学校上学的了。

汉娜返回时从海边悬崖的坡上开过，她想，能够成长在一个没有成人不断督促的自由环境中，在事后看来，其实是她童年中最为宝贵之所在。也许这也正是婕斯很喜欢在爱尔兰过暑假的原因。生活的节奏在这里慢了下来，比起赶去上芭蕾课、夏令营或是创意工坊，孩子们更愿意自己玩耍，也喜欢帮自己家的商店或农场干活。

驶离了刚才进村的那条单行路，汉娜加入到向西行驶的游人车流当中。没有转弯和坑洼，道路一马平川，她一脚踩下油门。开了大约五英里后她放慢了速度，左转走上了另一条弯弯曲曲的小路，它蜿蜒地伸向田野和林间。几年前她第一次发现这条路的时候骑的还是自行车，途中不断颠簸，路边沟渠上蔓生的蕨类植物[1]和石楠完全遮挡了她望向田野的视线。但如今坐在车里的感受却全然不同，从高高的驾驶室里向外看去是大片相间分布的牧场和耕地，奶牛在

1 蕨类植物门是植物界中的一门，有两万个左右的物种，属于维管束植物。

石墙间吃草，嫩绿的土豆梗上开着的一簇簇奶白色的花朵就像随风浮动的泡沫。

她要去的是诺克茅村，一个在教堂大厅里组织的老年活动中心。教堂旁边有个十分便利的停车场，人们总是借“流动图书馆的到来”这一由头，在取书的时候顺便来逛逛村里的商店，或是在酒吧里吃顿午餐之类的。今天在她经过一个农场大门的时候，有个女人从里面跑了出来，女人手里拿着一本书招手拦下她的车。汉娜叹了口气，将面包车停了下来。理论上说是不应该出现这种事情的，可实际上，诸如此类的情况时有发生。她降下车窗探出了身子，女人走近面包车抓住了门把手，气喘吁吁地说：

“抱歉，凯西女士，我妈妈有点感冒，所以我们今天就不去活动中心了。”

“没关系的，妮尔，不用为这个担心。”

汉娜把手伸出驾驶室的窗外拿回了那本书。

“她的感冒怎么样了，是刚刚生病的吗？”

“啊，病了有一段时间了。不过她真的特别喜欢上周借的那本书，今天你车上还有没有类似的呢？”

汉娜花了十分钟的时间给莱利太太找了一本讲述谋杀凶案的小说，又给妮尔找了一本家庭生活小窍门。妮尔向她解释道，她和妈妈坐在一起看电视时手上都会做些针线活。

“但妈妈生病以后，我就无法静下心来做自己手头上的活儿了，”妮尔告诉汉娜，“而且我怕听不到她叫我，也不怎么能开着电视了。现在我们有了这些书，到她能下楼以前，都不愁没法打发时间了。”

当面包车开走的时候，妮尔将那两本书悬放到大门上，向车开走的方向挥手道别。

汉娜看了看后视镜，见她回屋时步履分外轻盈。虽然是和一个有着几面之缘的人进行短短数分钟的交谈，但与他人的沟通联络，以及对有几本可以阅读和探讨的书的期许，显然就能让她的一整天都充满快乐。无论半岛上这些疏疏落落的农场和村庄看上去是多么的偏僻，人们总是会因为个人和团体的相互联结而被聚集在一起，为彼此提供支持与帮助。而且不仅仅是为了这些老人，婕斯上学时的好友，还有康纳的那些朋友，他们都希望在这片自己成长的土地上安身立命、有所作为，因而同样亟须可以为他们提供帮助和支持的团体——尽管有时那些繁文缛节，以及错综复杂的人际关系会逼得人发疯。

那天早上康纳骑着他的“小黄蜂”到达图书馆时，汉娜正在开门，看得出他有话想对她说。但她却一心想着抓紧时间赶去卡里克完成流动图书馆的任务。她以为他可能会说些无关紧要的事情，于是打定主意不去理会。她进门的时候瞥了一眼那张“当心脚下”的旧标语牌，告诉他今天之内要把新的换好。可是显然他确实有话要说，一副很困扰的样子，明白了再一直这么绕开话题也无济于事，于是她用接下来的十分钟弄清楚了一个关于玛吉家中那个瘦高的闯入者是如何被康纳弄过去的复杂的故事。

“我没有到处散播小道消息，凯西女士，真的，我本来只是想帮你的。我从来没让他到你那儿去，我甚至都不知道他是怎么找到那里的地址的。一切都只是因为他是个瓦匠，而你正好问过我是不是有认识的瓦匠。所以我找他去要石油溶剂的时候就顺便提了一下你的名字。”

汉娜放弃了避开高峰期早早上路的想法，她坐在办公桌的边沿，康纳满脸通红地解释着，在旧的标牌没摘下来之前，新的标牌就无法挂上去，但如果想要挂上新标牌，就必须得等着弗瑞·奥谢拿石油溶剂过来，而因为汉娜对他言语上极大的羞辱，所以他很可能不会来了。事情并非她所想希望的那样，康纳急忙说，因为当时有人看到他们好像在弗瑞的面包车旁发生了一点口角，这件事情现在肯定已经传开了。汉娜建议他自己出去花几块钱买一桶石油溶剂回来，他的脸上充满了恐惧。可如果弗瑞拎着石油溶剂出现了呢？他肯定会因为康纳的怀疑而再次受到伤害。要是在康纳开小差去五金店的时候，有人进来找书该怎么办呢？看来他不得不在出去的时候挂上“关闭”的牌子，到时候万一招来人们的抱怨该怎么办？看着他睁大双眼等待着被臭骂的样子，汉娜言语轻快地解除了他的顾虑。

“根本没有必要为一个简单的误会过分担心。那块标语就等奥谢先生来了以后再换吧，不过要是他没来的话，我们明天再去处理它就好。”

而此时，当她在印有车辙的路上加速行驶时，想着和妮尔·莱利那额外几分钟的交谈，汉娜开始担心起来。她从小在克罗塞拉长大，深知如果康纳的猜测正确，这个叫奥谢的人感觉受到了极大的羞辱，那接下来将会发生些什么？不仅仅奥谢会拒绝为她工作，所有的本地人将不会再接手他拒绝过的工作，或者至少没人愿意为她工作了，汉娜喃喃地抱怨着，所幸的是，事情并没有康纳所想的那么严重。可是他的话听起来很像是她犯下了什么必须付出惨痛代价的错误似的。她随即重新振作起来，告诉自己别再庸人自扰。从前的那个汉娜才会在还没有真正面对问题之前就开始胡思乱想，如今的汉娜已经脱胎换骨，应付这个弗瑞·奥谢到底还能有多难呢？

CHAPTER 14 # 第十四章

弗瑞·奥谢开着车行驶在布劳德大街上，他发现一个车位后将车停了进去。一个背包客坐在开满鲜花的马槽边，眼见着一辆红色丰田面包车的引擎盖停在离自己的膝盖仅有几英寸的地方，车里的小狗还冲到仪表盘上疯狂地叫起来，此情此景使他不由得向后缩了缩。那年轻人折起地图，从坐着的长椅上站起身来，躬身背起了他那巨大的帆布背包气鼓鼓地走掉了。面包车的驾驶室里，弗瑞把钥匙从点火装置上拔下，把手伸到副驾驶仪表盘下的储物盒中。随后，将一个已经磨得不成样子的塑料瓶塞进他亮面风衣上破损的口袋里，紧接着伸出他的长腿迈步下了车。清晨的车辆在布劳德大街的两侧呼啸着川流不息。弗瑞闪身避开一辆小轿车和一辆大卡车的夹击，径直向图书馆的方向走去。那只名叫“夜叉”的狗眼看着自己被主人留在了车里，也就认命地在副驾驶座上渐渐安静下来，并把鼻子藏在了自己的尾巴下面。弗瑞沿着先前学校围墙边的人行道，等走到女修道院那里时拐弯进了院子。

康纳坐在他的办公桌前，见一个高大阴沉的身影出现在了图书馆的门口。

“一切都还好吗，奥谢先生？”

“再好不过了。”

他故意显得有些漫不经心，掏出口袋中的旧塑料瓶，将它从桌子的一头滑了过去。

“拿去吧，小伙子，好用得没的说。”

“啊，真是太棒了，弗瑞，真是万分感谢。”

弗瑞瞥了一眼大门上方的标语：“你这儿有新的吗？”

“当然有了，但只有这个的一半大，所以我才需要这个东西的。”

康纳拖了一把椅子来到门口，开始用弗瑞瓶子里的石油溶剂将多余胶水形成的残破边框一点点清除干净。

“弗瑞你先别走，我搞定了这个马上去给你烧水。”

“不用了，小伙子，别麻烦了，我得回去工作了，”弗瑞四处扫了几眼，“她今天没在这儿吗？”

康纳摇了摇头，他知道弗瑞很清楚凯西女士现在身在何处。但这件事情还是需要一点一点地慢慢解决。从她早上外出工作之前所说的话来看，想要让这两人重新言归于好着实需要大费周章。但康纳已经想出了一个要把他们先聚在一起的办法，他决定马上行动起来。

据康纳的爸爸说，在这座半岛上没有任何人的手艺能和弗瑞比肩。他对古老的房屋建筑情有独钟，并不喜欢那些在号称“凯尔特之虎”[1]的经济崛起时期，投机商人大量疯狂建起的新式现代房屋。弗瑞非常了解石材和木料，以及常规的砖石建筑和像样的精细木工活。而且他不喜欢浪费。或许别人会偷工减料可最终却收你一大笔钱，

1 “凯尔特之虎”是外界对爱尔兰 1995 年—2007 年经济飞速增长时期的形容，2008 年遭遇戏剧性逆转，2010 年前 GDP 缩水达 14%，失业率达 14%。

弗瑞则会尽心尽责确保不会出错。康纳很高兴能把他介绍给凯西女士，他觉得这二人必定是珠联璧合。可现实却没有他想象中的顺利，他似乎挑起了一场战争的开端。可谁又知道他们彼此之间有没有再次接受对方的可能呢？如果将他们看作奶牛，那么权且让它们按照自己的步调前行，它们将会以更快的速度到达你想让它们去的方向。

汉娜此次南部路线的第二站是诺克茅村一家被安置在教堂大厅中的“圣玛丽老年活动中心”。她刚刚把车停好，就看到堂区的麦格林神父正朝着他自己的轿车走去。附近方圆几里来参加活动的退休老人们总是向她说起麦格林神父为捍卫他们的权益而据理力争的事迹。他们说如果不是因为他，他们早就被集体迁去离卡里克很远的一个又大又丑的玻璃做的护理中心了，到时候他们如果想做足部护理，就必须跑到那个地方，而且他们得花很长的时间自己做饭，真正的活动恐怕就只剩做饭之余仅剩的一点点时间了。听到他们声音中极度的紧张与不安，汉娜有时会想，如果麦格林神父没有试图引导他人把自己塑造成一个英雄的形象是不是会显得更为体贴呢？不过可能在像圣玛丽这种偏远的堂区里，能有这样一位充满活力的神职人员也不失为一件值得庆幸的事。妮尔 · 莱利有一天在挑选好一本大字版本的书后，私底下跟汉娜小声嘀咕过，县里的所有村级堂区中有一半的神父都到了退休的年纪，“说实话，凯西女士，”她说着，快速地浏览着一本“米尔斯 & 布恩”[1]的封底，看看这本是不是

1 “米尔斯 & 布恩”是禾林出版公司旗下爱情小说的版权标记，1908 年由杰拉尔德 · 鲁斯格罗夫 · 米尔斯和查尔斯 – 布恩于英国创立，在 1930 年左右开始以出版女性小说与爱情小说为主要发展方向。1971 年被加拿大公司收购。

之前读过的书，“他们中有一大部分人都不知道自己早上是从床的哪一侧下来的，还有更多的人压根儿就不知道每天醒来究竟是要做些什么。”

此时的汉娜已经走进了大厅之中，她在一张咖啡桌旁坐了下来。退休的老人们此时正在隔壁的房间里吃午餐，他们用不了多久就会到这里来喝杯茶或咖啡，不过至少在接下来的十分钟里，她能相对安心地吃掉她的三明治。活动中心里的固定成员们会在“流动图书馆”面包车每周到来的时候组织一次集体活动：每次都会有人烤一个蛋糕，或是将自家院子里种的东西送给汉娜，也经常会有人问她想不想带一只小猫或小狗回家。她觉得要是自己带着一只宠物回到家里，玛丽一定会气得暴跳如雷，因而她每次都会给出否定的回答。而现在与从前不同了，她一边打开自己的三明治，一边憧憬着到时候从妈妈的小平房搬到玛吉家后，壁炉上如果有一只小猫的话，也不失为一种温暖的陪伴。

隔壁房间传来一阵老人们从桌旁起身拖拉椅子的咔嗒声。这时，汉娜的手机上显示出一条由蒂姆·斯莱特里发来的短信。她快速地浏览了一下，蒂姆说那天早晨正好赶上她出车错过了见面，但他想请她帮个忙，所以她能不能在有空的时候给他打个电话。汉娜匆忙地键入“没问题”三个字，按下“发送”按钮，刚吃过饭的老人们聊着天涌了进来，汉娜随即关闭了手机。

一团炉火、一只咕噜噜叫着的猫咪和一个自己的家……十分钟后，刚才她脑海中那幅不可名状的温馨画面已经荡然无存。老人们刚一安静下来，汉娜就说起了弗瑞·奥谢这个人，伴着咖啡愉快地聊天可以很好地掩饰意欲打探的真实目的。不过实际的结果却令人沮丧。所有人都认为弗瑞是打着灯笼都找不到的好瓦匠。他虽不是那种粗暴的人，可却像骡子一样固执，总的来说是很值得敬重的，就像之前康纳说的一样。汉娜越听，心情就越发沉重，原因在于她把自己和那个工程的适合人选的第一次见面搞得一团糟；并不是因为那个弗瑞·奥谢听上去像是一个她愿意与之合作的人。看来他习惯了事前不做任何预估，不用说报价了，就连进度表都不会遵守。而且他们还说，你永远都不知道要去哪儿找他，因为他的手机总是处于关闭状态，他也从来不会回复短信。事实上大家一致认为，比起他那条烦人的小梗犬，他才是个更加可怕的夜叉。尽管如此，他被叫作“弗瑞”（在英语中也有“狂怒”的意思）却不是没有道理的，因为每当他一头扎到工作中时，就没有人能让他停下，而且他这种忘我的状态会持续下去，直到工程结束的那一天。

坐在汉娜旁边的男人是个退了休的糕点师，他给她拿了一个杯子蛋糕，说这些都是他早上亲手做的，因为今天是图书馆日。蛋糕相当好吃，汉娜已经吃了两个，但此刻看到他妻子紧张而又期待的脸，汉娜微笑着又吃下一个，那个身材娇小的女人露出了开心的笑容，戳了一下身边的丈夫。随后，男人站起身来把蛋糕同样也拿给了其他桌的人吃，而他的妻子则凑到汉娜跟前压低声音说：

“最近想让他振作起来还真的不太容易，凯西女士，所以能给他找到一个做蛋糕的理由真的是太好了。”

她正说着话，房间的另一头突然间爆发了一阵大笑，男人咯咯地笑着走了回来：“你们来听听这个，是我刚想起来的。当然了，这个是我当时从别人那儿听来的。你们知道他很多年前干过一件什么事吗，就是那个弗瑞？他从一个穷女人家的房顶上把石板瓦全都揭了下来，转手就将它们卖给了某个承包商。‘把这些交给我吧，我会给你卖个好价钱的’，弗瑞当时是这么说的。然后把一半的钱都塞进了自己的腰包里。天哪，真的是防不胜防！”

CHAPTER 15 # 第十五章

玛丽·凯西一把推开卧室的窗户，熟练地退下旧床单后开始重新整理。婕斯为了回去工作，天刚蒙蒙亮的时候就出门去搭朋友的车了。在她的房间里，羽绒被反着扔在床上，梳妆台上更是一片狼藉。不过这对玛丽来说根本不算什么，在她看来，只有经由她自己的手，床铺才能规整洁净，桌子才能纤尘不染。她将一个枕头塞进一个干净的枕套里，拎起来抖了抖，又放回原来的位置轻轻地拍了拍，然后将刚刚熨好的被罩抹平，把一对带有花边的心形抱枕靠放在带有夹层的床头。紧接着在把梳妆台也整理好后，她的胳膊上已经搭满了要洗的衣物，她环顾四周，审视了一下自己的工作成果。

与汉娜和婕斯出现在她家门口的那个夜晚相比，这个房间如今没有什么太大的变化。从那次她们的意外出现开始，此后的几年当中，玛丽那玫瑰图案的墙纸曾一度被一张张帅哥美女的海报遮了起来，房间里也到处散放着笔记本电脑、手机、衣服和化妆品。不过说句公道话，婕斯刚刚得到她工作的那会儿，摘下了满屋子的海报，规整好了她的东西，也处理掉了那套汉娜坚持摆在她屋里让她学习时用的桌椅。

一只蜜蜂嗡嗡地从开着的窗子外飞了进来，玛丽挥舞着手中的抹布想要把它赶出去，她觉得汉娜变得和从前大不一样了。汉娜原来一直很像她的父亲，对待别人从不设防，有时太过信赖他人。但当你看到她的丈夫是如何欺骗她时，你就不想让她再这样下去。但她如今的行事作风却更为糟糕，她变得很难去相信任何人，并且时刻保持着戒备状态。玛丽恶狠狠地用抹布拍死了蜜蜂，将那个毛茸茸的尸体抛出了窗外。马尔科姆做了太多让她无法原谅的事情，但其中最过分的就是对可怜的汉娜弃之不顾。

玛丽回到厨房，将从床上换下来的东西堆到了衣物篮里，接着开始在水槽中清洗她的抹布。很多年前汤姆在外面的院里给她搭了一根结实的短绳，方便她把洗碗布和抹布晾到廊下。无论晴天、阴天，她都会雷打不动地在每个周一将其余的所有衣物都放进洗衣机里。她搅拌着水槽里的肥皂泡，想起了多年以来自己那可怜的妈妈是如何只能将自己的结婚戒指戴在项链上的，趴在地上擦地一擦就是几个小时、在冷水里削土豆皮等都严重损坏了她的手指，她那磨损肿胀的指关节一直在玛丽的脑海中挥之不去。汉娜素来喜欢嘲笑充满现代设施的温馨而舒适的家，并渴望在她的简易房里过过某种嬉皮生活，这很好，只不过等到冬天，她很快就会抱着一大堆要洗的衣服回来了。可她当然不会这么做。玛丽拧了拧泡过肥皂水的抹布，她告诉自己这就是汉娜的问题所在——跟骡子一样倔。

玛丽那天早晨去菲茨杰拉德的肉店时，就用这样的句子形容了汉娜。玛丽挑选香肠的时候，帕特·菲茨杰拉德从楼上下来和她一起靠在柜台上聊了会儿天。玛丽和帕特是老同学了，她们在康斯薇洛修女的严厉监视下还总是在后排座位上不安分地动来动去，只要下课铃一响，两人就会夺门而出，书包随着她们的奔跑上下跳动。玛丽和汤姆·凯西的第一次约会是和帕特以及汤姆的校友吉尔·菲茨杰拉德一起的四人约会。帕特和吉尔结婚的时候，玛丽和汤姆做了那对新人的伴娘和伴郎。不过玛丽始终不清楚帕特到底看上了吉尔什么。甚至在更早以前，他一直是个爱板着脸的阴沉的小个子。但他是家中的独子，他父亲的生意也十分兴隆，所以很可能与此有很大的关联。那个早上，靠在柜台上的玛丽向帕特吐露了自己的心事，就像过去的那么多年里她们在学校后座上时做的事情一样。其实她为汉娜担心得要死。她被伦敦的那个家伙骗得连自己应有的权益都争取不到已经是够糟了，现在却又有了搬到玛吉·凯西家的新主意。

“她简直跟骡子一样倔，这就是她的问题，所以跟她说什么也没用，”她把手中的购物袋往上拉到了屁股的高度，摇了摇头，“天知道我们这些年是怎么过来的。但是你知道的，我从来都不是为了给她找麻烦的。”

帕特同情地点点头。她向来都是一个很好的倾诉对象。

“眼下的问题是，帕特，她基本上没什么更多的收入来源，而且养老保险也根本没怎么交过，她怎么会有办法交呢？她去伦敦以前，这辈子唯一的一次打工经历就是她在都柏林找了她的第一份工作。等到将来她退休，就算加上在里斯拜格待的时间，记录在册的时间加起来一共也就不过十年。”

“而且她离婚的时候也没从丈夫那儿拿到任何东西。”

“没拿到东西吗？她根本要都没去要！倔得跟骡子似的！她现在要拿什么来翻修那地方？”

帕特摇了摇头："那片地的确像个垃圾场一样。"

"谁说不是啊！可是你知道她干了什么？去信用合作社了。"

"哎呀，玛丽！"

"贷款！她都这把年纪了！我真不知道她那可怜的爸爸会怎么说。"

这时她们身后的门开了，一个男人走了进来，玛丽拉着帕特走开，帕特一边不断地摇头一边和她走到了店外的人行道上。

"要是你一个人被留下来也不会好过吧？"

玛丽怒视着帕特："你说什么？"

"你别急着骂我，我这不是在为你着想吗？你一定会想她的，玛丽，你自己也很清楚。如果婕斯也跟着走了……"

玛丽把头一扬："圣主啊，帕特·菲茨杰拉德，你是在开玩笑吗？你去试着伺候伺候她们两个你就会知道你以后会多想她们了！婕斯难道不是隔三岔五就带回一行李箱的脏衣服，还时不时地出去喝酒喝到后半夜吗？"

玛丽站在水槽前沾着一手的肥皂泡，回想起帕特早上忧心忡忡的样子，不禁又烦躁起来。她在热水龙头下涮了涮抹布，又使劲拧干，拿到外面的短绳上用小夹子夹起来，然后走到院子的另一边，把昨夜月见草[1]上掉落下来的花瓣从花盆边一一拾起，麻利地丢进了装小轮的垃圾箱里。明天收垃圾的就要来了，到时候垃圾桶必须得放到前门。汉娜带着今天出完车后一身的疲惫回到了玛丽的小平房，不过出于责任感，在坐下吃晚饭前她通常都会把小轮垃圾箱推到前门去。玛丽已经挪动了原本放在院门边的小轮垃圾箱，还在它后面

1 月见草为柳叶菜科月见草属下的一个种。适应性强，耐酸耐旱，对土壤要求不严格。

立了把扫帚；如果不清理掉后面结的那些蜘蛛网，就会有很多可怕的蜘蛛爬来爬去。不一会儿她进了屋，环视了一下洁净整齐的厨房，不知道接下来该做些什么。

CHAPTER 16 # 第十六章

汉娜这天的最后一站是巴利芬，她像往常一样把流动图书馆面包车停在了小广场上，广场的对面是一座小巧玲珑的建筑，上面贴着一张写有“展示中心”[1]字样的大指示牌，不过在指示牌后隐约可以看到没被完全盖住的“图书馆”三个大字。这座建筑是两百年前由英裔的爱尔兰德兰西家族出资修造的，他们作为该地的领主此前在这座半岛上统治了有好几个世纪之久，不过到了今天，他们昔日的乐善好施也只能作为纪念保存在人们的回忆里了。德兰西家族的最后一名成员如今独自居住在卡里克近郊的祖宅古堡当中。二十年前，规模日益萎缩的德兰西图书馆的遗赠年限期满被迫搬走，于是政务委员会负责接管了这座建筑。随即当权者决定不再将这一房产资源继续浪费在图书事业上。因此当地所有的书籍、地图、图片和德兰西家族收藏品的档案都被搬到了位于卡里克的县图书馆中，就这样，从前的那个公共图书馆变成了现在的一个互动式遗产展示机构。如果巴利芬的居民想要借阅或者参考某本图书馆的书，就只剩下两个选择了：要么

1 展示中心是传播自然或文化遗产知识的机构，是一种新型的博物馆。

自己开车去里斯拜格或卡里克，要么等着汉娜流动图书馆的面包车来。

展示中心内侧入口处的电子显示板上交替显示着旅游信息和跳舞的鱼的图像。尽管在过去的几年中，来巴利芬钓鱼的游客呈逐年递减的趋势，但优渥的垂钓资源仍是这里主打的品牌形象，不过形成今天这样的局面并非源于村子悠久的海运历史，而恰恰是因为书籍的宣传作用使这里变成了一处大家争相观光的游览胜地。

那是一本叫作《巨星之路》的书，记录了一个在好莱坞叱咤风云三十年的性感影星的人生故事。为了使它在众多的名人传记中脱颖而出，出版商剑走偏锋，把明星在一次精神崩溃时前往巴利芬垂钓作为卖点，以期达到理想的销售效果。封面图片的设计者没有注意到其实这个村子是得名于一位中世纪的圣徒，阴差阳错地设计出一张从海浪中浮出巨大鱼鳍的图片，编辑决定将错就错，将故事以明星在巴利芬的那一周里，曾与一条大鱼搏斗的意识流[1]的形式呈现。这不仅给出了整本书的架构，还使得这个明星的声望大增，一跃成为亚哈船长[2]式的传奇人物——在愤怒与偏执间苦苦挣扎。《巨星之路》出版时正值该明星与其第五任妻子离异，又马上迎娶了他的第六任妻子——一位有着庞大线上粉丝基础的二十一岁的女歌星。这使得它很快成了一本全球性的畅销书。就这样，巴利芬也成了人们争相前往的圣地。

最近一段时间，比起来这里抓海鲜和吃海鲜才是更为明智的选

1 意识流是美国机能主义心理学家先驱詹姆斯创造出来的，用来表示意识的流动特性：个体的经验意识是一个统一的整体，但是意识的内容是不断变化的，从来不会静止不动。意识流文学是泛指注重描绘人物意识流动状态的文学作品。

2 亚哈船长是《白鲸》中的主人公，《白鲸》是十九世纪美国最重要的小说家之一赫尔曼 · 梅尔维尔于 1851 年发表的一篇海洋题材的小说，小说描写了亚哈船长为了追逐并杀死白鲸（实为白色抹香鲸）莫比 · 迪克，最终与白鲸同归于尽的故事。

择。《巨星之路》很早之前就已经停印，但那位明星的肖像和书的封面在巴利芬仍随处可见，因为有了与好莱坞的这种关联，再加上当地确实有着迷人的风景，来巴利芬的游客依旧络绎不绝。

在汉娜看来，这是一个可悲的村子。汉娜记得从前的那段日子里，广场上的商店有卖食品的，有卖校服的，还有卖电子配件的，其中还穿插着一个外科诊所、一个律师事务所，以及一个理发店。她记得过去全岛一共有七家村邮政事务所，而如今的村邮政事务所就只剩下卡里克西边的那家了，它的经营者是康纳的朋友丹·卡弗基的父母，不过两人也只是勉强支撑着不让它倒闭罢了。今天已经失去仅有的图书馆的巴利芬，除了为数众多的礼品店和旅馆，其余也真的没有剩下什么了。

她扫了一眼自己的手表，已经到了该回去的时间了。车开到广场附近，旅游办公室的一个叫格莱尼的女孩拿着一张海报出现在前边的不远处。她朝汉娜挥了挥手，汉娜停下车来准备跟她闲聊几句。

“今天一切顺利吗？”

“你知道的，我这儿一直都挺忙的，”格莱尼走近她，侧身靠在面包车上，“现在是旅游旺季，不过我们早就习惯了。”

展示中心的边上有一个从前遗留下来的公告栏，那时这座建筑还是服务于当地居民的，不像现在主要是面向游客开放的。

格莱尼抬头看了一眼天空：“一定又会是一个美好的夜晚。我得把这个贴到公告栏上，今天早点关门，我要多给自己留点游泳的时间。”

汉娜瞥了一眼她手里的海报问：“这是什么？”

“哦，某个关于明年财政预算的政务委员会磋商会议，是早晨从卡里克送来的，你知道的，没人会看这个的。”

汉娜笑了笑：“指望村子里的人在每年最忙的这个时候注意到海报或是去参与到会议当中显然不切实际。”

“谁知道呢，可能这才是关键！也许他们其实最不希望看到的就是人们提供任何反馈意见。”

汉娜浅浅一笑，打了把方向盘出发上路。格莱尼挺不错的，不是汉娜不想继续聊下去，而是她午餐时收到蒂姆·斯莱特里的短信后给他回了电话，答应他今晚去参加一个由政务委员会举办的无聊活动，所以她由衷地希望在讨论完小镇的政治之后就能结束整个一天的行程。

汉娜是喜欢蒂姆的。在她申请里斯拜格的工作时他表现得极为友善，全程没有询问任何有关她在伦敦待过之类的私人问题，他宣称她的加入将会是整个芬法兰图书馆的荣幸。那个指定停车位专人专用的办法就是他提出来的，尽管她一直不认可这样的做法，但有时内心还是会有一种倍受重视的自豪感。不仅如此，他温文尔雅的气质也总是令她心情舒畅。她常常在想，他待在芬法兰这种地方是不是过于限制他的发展了？他父母在卡里克的生意非常红火，他姐姐在都柏林的事业也做得风生水起。而他自己呢，除了顶了一个“县图书馆馆长”的显赫名头之外，每天都得钻在一栋丑陋破旧的大楼中一间狭小的办公室里。再加上他有着一种略显花哨的时尚感，因此这一切似乎都显得不大和谐。但感念于他从不过问她的隐私，所以汉娜也从不打听他的想法。

他今天在电话里表现得比往日更加彬彬有礼。他很抱歉打扰到她，并问她是否愿意屈尊来参加一个社交聚会。好吧，或许这样说不太准确，其实应该说是一个沉闷的酒会。政务委员会的旅游局局长从都柏林请来了一名政府部长，她先是带着他在岛上匆匆视察了一圈，现在又准备灌他酒喝。

“当然咱们什么都不需要做，她实在想给对方留下一个好印象，就临时抓了我们这些壮丁来充场面。”

汉娜心中自是叫苦不迭。天知道旅游局局长特里莎·奥唐奈让蒂姆打上一圈电话后究竟会有什么大的帮助，但不能否认，这通电话还是起到了作用。她觉得自己欠了蒂姆的人情。在她离开马尔科姆的这五年里，不要说跟某个壮实的渔民在床上翻云覆雨，她就连最基本的社交生活都没怎么有过。在无数个漫长的夜里，她都会跟玛丽·凯西一起坐在客厅看着电视，而女儿婕斯通常会把自己锁在房间里忙自己的事情，因此偶尔跟蒂姆和他的女朋友吃个饭算得上是一种不错的调剂。蒂姆对书的兴趣远超过管理的专业范畴，就算机会不多，但能有机会跟他聊上几句也会增加她工作中的乐趣。再加上刚才一下子被他的来电搞得措手不及，所以她最终还是无法拒绝他的请求。

“今天是流动日，不过我正开着面包车在回卡里克的路上，要是等会儿去喝点酒的话，也倒还不错。”

“相信我，你不会想要喝很多的。红的肯定是廉价的劣质酒，白的肯定甜得发腻。我知道我的请求对你来说有点儿过分，但是真的太感激你了。我们七点见。”

时间很紧，她现在只剩一个小时了，在夕阳的余晖中，汉娜在驱车返回卡里克的途中还是忍不住绕道去了玛吉家。康纳一定已经归置好了一切，也必然锁好了图书馆的大门。尽管他的过于热心有时会有些越界，但他完全是一个值得信赖的人。更何况和弗瑞 · 奥谢发生的不愉快其实是由于自己的错误造成的。事实上，当她此前看到康纳在一台出了毛病的电脑前绞尽脑汁地想着解决办法的时候就应该知道，他这次也一定会想方设法地解决好她与那个瓦匠之间的问题的。想到康纳，或许他能趁着今晚的活动提升一下他图书馆的职业前景，于是汉娜到家以后给他发了一条短信，让他换身西装今晚七点在卡里克和她会合。

给康纳发完短信，她的思绪又回到了自己最关心的事情上。她把面包车停到了门口，想着如果找一个外地的建筑工人来干活是不是会更为明智，不过不管怎样，到时候无论由谁接手，在给对方简单地介绍工程情况之前，自己先要厘清整体的思路。当务之急是做好清理工作，自从玛吉死后，貌似这片教区里有一半的人都把她家当成了一个垃圾场来使用。她向房子的后面走去，告诉自己从过去在英格兰的装修经验来看，最为重要的就是在一开始就要确保自己对整个装修工程的全面掌控。然而就在她绕过了山墙时，却看到在自己的面前竟站着一只山羊。

CHAPTER 17 # 第十七章

眼前这个骨瘦如柴的家伙毛色棕白斑驳，它正不紧不慢地嚼着嘴里的青草，它身子周围那个大圆圈里的草明显比别处的矮了一大截。它身上拴了一根破旧的长绳，绳子的另一头绑在一个半露在外面的马车车轮的轮沿上。再看屋后那片倾斜的野地上，只要在绳子的长度所能达到的范围之内，此刻就像被镰刀割过一样平整。不过大圆圈外缘混杂生长着的野草与青草一如从前茂盛高耸，成簇成簇亮黄色的荆豆[1]在阳光的照耀下闪烁着耀眼的光泽。同这里到处散落着的垃圾一样，那个半露在外面的马车车轮显然已经被扔在这里很久了，它看上去早已支离破碎。也不知怎的，尽管被清理干净的只有一小片草地，可它周围肆意生长的植株却显得没有当初那么可怕了。山羊抬起头漫不经心地看了一会儿汉娜，然后悠然地走开继续全神贯注地吃草。汉娜很困惑，刚要上前一步，却发现那颗长着角的脑袋又转了回来，它那双黄色的眼睛里一对长条状的眸子对焦在了汉娜身后的某一点上。几秒之后，她听到了一个熟悉的声音。

1　荆豆（也称为金雀花或棘豆）是豆科多刺观赏型灌木。大概有 20 种。

“我想说现在要做的是把它挪到冰箱那边去。”

弗瑞·奥谢朝着汉娜这边的田野大跨步地走下来，他将身上那件亮面的长风衣紧紧地裹住自己的臀部，免得被石楠刺到。在他的前方，“夜叉”一下一下地向前扑跳着，那小小的身影在随风摇曳的草丛中时隐时现。它来到了汉娜的脚边，先是用自己的鼻子对着她，随即便发出了尖锐的咆哮。汉娜伸手指着山羊对弗瑞大吼道：

“这家伙究竟在我的地盘儿上干什么？”

弗瑞走到汉娜面前，那狗渐渐安静下来，汉娜重复了一遍她刚才的问题。

弗瑞冲她挑起了一根眉毛：“你怎么会认为我就一定知道它在这儿干什么呢？”

“难道你打算跟我说你不知道吗？”

“我当然知道了。是我把它借来给你用的。”

“你把它借来给我？谁告诉你我需要一只山羊的？”

“有谁还看不出来你是真的需要一只山羊啊？要是有条件的话，最好能有两只。我已经在帮你找第二只了，不过可能还需要一周左右吧。”

愤怒和理智在汉娜的脑中做了一番激烈的搏斗，最终理智占据了上风，她怒视着他：“两只羊一起的话，多久能把这片地清理干净？”

“我的上主啊，姑娘，我都怀疑你到底是在哪儿长大的了，你连这个都不知道吗？”

还没等汉娜开口，她就被弗瑞抓着胳膊来到了那个车轮前。

“我没法每天来这儿帮你挪动它的位置。你现在自己去解开绳子，我们把它移到下面的冰箱那里。”

十分钟后，狗警觉地站在她的脚边，山羊在生锈的冰箱四周清理出一个新的圆圈。当汉娜回过神来的时候，发现自己正和弗瑞·奥谢坐在悬崖边的断墙上。比较走运的是屋顶的房梁木还是好的，他说，墙也完全没问题，不需要防潮层。

“你是怎么知道的？”

弗瑞转过头，审视着她：“你是靠什么糊口的？”

“你知道我是做什么的，我是个图书管理员。”

“我是个瓦匠。我们都是在做自己分内的事。”

他突然站起身来，汉娜瞬间想起他上一次拂袖而去的样子，以为他会像之前那样一走了之。但这一次他伸出一只手把她拉了起来。

“我们进去看看吧。”

有了“夜叉”在前面开道，她顺势跟在他的身后走上了田野。

当他们进入屋内时，汉娜被眼前的景象所震惊，不由得屏住了呼吸。她真的已经打算好把这样的地方变成一个家了吗？门板在腐烂的门框中凹陷下去，窗户上狭小的玻璃破碎、肮脏。天花板上被潮气濡湿的拐角处掉落了大量的墙皮碎屑并盖在了地上。壁炉旁边，玛吉那个高大的碗橱表面布满了蜘蛛网，依旧被摆放在嵌入墙内的壁龛中。透过蒙尘的玻璃门向里看去，搁板上孤零零地放着几个玻璃杯和茶杯。炉床上有一个从烟囱掉下来的乌鸦巢，周围是夹杂着羽毛的烟灰堆。卧室的房门是敞开的，从这里一眼望去，角落里是玛吉的高脚铜床，床边墙上的墙纸也已经部分剥落。与此同时，弗瑞正在检查着房屋外缘那个狭小的加盖屋，它的顶上覆盖着瓦楞状的铁皮，蔓延到外部的常春藤已经把它们压得严重变形。

汉娜听到身后传来窸窸窣窣的声音，吓得急忙转身，见是“夜叉”沾了一鼻子灰从卧室里跑出来，才长长地松了口气。弗瑞从加盖小屋的门洞处探头向里张望。汉娜觉得自己太傻了，于是朝卧室的方向打了个手势。

“我以为里面可能有老鼠。”

“别觉得可能了，这地方肯定有。我想说你不光需要山羊，也同样需要‘夜叉’，它们能替你解决很多问题。”

他们再次回到崖边的断墙，看着太阳沉入海里，他让她放心，没有必要害怕。这种状况下的房子有老鼠是很正常的事情，尤其是在旧床垫里。我们所要做的是先把该拆的地方都拆了，再加固一下以便更好地遮挡风雨。推倒加盖小屋也就是不到十分钟的事情，就算把它分区隔再建起来的话也花不了多长时间。

“你以后就可以在那儿上厕所、洗澡了，还可以腾出一点儿地方来放杂物。我们可以把大厅稍微扩建一下，在里面放一个烤箱，这样起码能保证你的正常做饭。当然了，再放一个水槽、一个烤箱、一个冰箱，还有一个案台，随便你在上面做什么都行。壁炉里可以生火，到时候你可以在旁边放一把安乐椅。只要把房顶的问题处理好，就能马上给你疏通烟囱的管道了，这样你就没什么后顾之忧了。”

这一切对汉娜来说都太快了。她要认真思考一下才行，她说，她要看到书面的计划。她需要做好预算，所以必须给她报价。回想起今天在活动中心那些听来的话，她开始目不转睛地盯着弗瑞，就像在看着那些没有按时还书的借阅者一样。

“你明白我的意思吗？一切最终都要以书面的形式呈现出来。”

“一定会如你所愿的，”弗瑞站起身来环顾四周，看到“夜叉”

似乎正在和旁边的山羊联络感情，“起风了，马上就要下雨了，我该回家了。”

汉娜也慌忙站了起来，把手搭到了他的胳膊上：“呃，对不起，我上次对你太凶了。”

他沉默了一会儿，然后耸了耸肩：“姑娘，我跟你都了解玛吉·凯西的性格。换作是她，如果知道自己的地盘儿上闯进来陌生人，早就抄着家伙冲上去了。”

汉娜粲然一笑：“这倒说得没错。”

“所以我或许应该事先就对她侄孙女的无礼做好防范。”

“也许吧。不过我还是得跟你道个歉。”

弗瑞揪下一片草叶放在嘴里嚼了嚼，然后眺望着远方水天相接的地方：“玛吉是个很难相处的女人，但你知道吗？我觉得我和她挺投缘的。我年轻的时候就来她这里帮过忙，不过只有一个月左右。她老是和邻居闹不和，所以她就希望把自己的家围起来，这样就能和他们划清界限了。我那时正好想买一张去伦敦的票，所以就接了这儿的活，帮她在房子四周砌了几堵墙。”他朝着屋子的方向一扬脑袋，“顺便还帮她补好了屋顶上的几个洞。”

“还有件事，”汉娜目光凌厉地看着他，“我希望石板瓦从屋顶上拆下来后还可以保持原样。”

“如果你希望那样的话当然可以。”弗瑞把双手插进口袋里，亮面的长风衣被拽得紧紧裹在他瘦削的屁股上，他冲着“夜叉”吹了声口哨，“别忘了时不时给山羊挪一下位置，我也没法老来这里帮你盯着。”

“好的，不过等等，我得记一下你的电话。”

“为什么？”

“我们可以用它随时联络。”

“你是没办法用手机找到我的，姑娘，我从来不接那见鬼的东西。”

CHAPTER 18 # 第十八章

康纳有时也会觉得图书馆的工作并没有那么美好。早晨他去里斯拜格上班前，先在农场里忙了几个小时，下班回家时，又在雨中花了十五分钟来启动他的小摩托。累了一天的他不愿再做任何事情，一心想着回家睡觉。可当所有家人都围坐在一起吃着比萨看着娱乐节目的时候，他还是强打精神地洗了个澡，然后对自己的仪容进行了一番整理。他穿着笔挺的西装再次下了楼，他的哥哥乔不敢相信地摇了摇头问，有谁付他加班费让他打扮得漂漂亮亮地开车去卡里克吗？康纳耸了耸肩，没有回答。没有什么加班费，他收到的仅仅是一条简短的信息，汉娜女士要他到政务委员会大楼去做些什么事情。

“为什么会邀请你去呢？”乔穿着运动裤惬意地躺在沙发上，扯下一个啤酒罐上的拉环，“我的意思是你应付不了那样的场合，你难道不觉得吗？就算你抹了那么多发胶头发都立起来了也没用。”

他们的妈妈推了一下乔说：“别烦你弟弟了，他看上去帅得很。为什么他们就不能请他参加酒会啊？他们想好好地栽培他也说不定呢。”

康纳趴到沙发背上吻了一下妈妈的额头：“我看这种情况多半是

不大可能，妈，不过还是谢啦。”

众所周知，奥兰·麦卡锡认为和她的儿子们相比，所有人都是暗淡无光的。人们要不是被康纳和乔两兄弟毅然接管了背部受伤的爸爸帕迪·麦卡锡的农场的这一行为所深深感动，一定会取笑奥兰。频繁的疼痛和长期的挫败感使得帕迪·麦卡锡性情大变，可他们除了团结一心以及忍受，还能怎么办呢？康纳要出门时，顺手捏起了乔的比萨上的一颗橄榄，帕迪向他大声喊道：

“别忘了明天兽医要来。”

“放心吧，我十点就会回来的。”

当他冒雨行驶在前往卡里克的路上时，他告诉自己乔说得确实有道理。天知道凯西女士为什么会叫他去参加酒会，因为这看上去并不像是会跟图书馆扯上什么关系的事情。不管怎样，他希望自己在到达之前能够理出一点头绪。

七点钟的时候，汉娜在政务委员会大楼的门厅里遇到了前来赴约的康纳，他们一起搭电梯来到一间会议室，从成排成堆的酒瓶和酒杯来看，主办者此前必然期待着今天的会场里座无虚席。特里莎·奥唐奈一定已经设法找了很多人来帮忙。汉娜看到房间最那头的蒂姆·斯莱特里，于是带着康纳来到他的面前欣然说道，尽管她是在下班后才给康纳发短信的，但康纳能来赴约确实让她非常开心。康纳依从汉娜在电梯里吩咐过的，对着蒂姆微笑地说他愿意随时听候差遣。蒂姆赞许地点了点头，显然他把康纳看成了一个极富责任心的可塑之才。如果运气好的话，汉娜领着康纳走开的时候暗自想着，今天的这次见面就能化解掉之前牛犊话题的尴尬。

康纳这才注意到，原来在举杯前，大家必须围坐在一起先听上一段演说。演讲台前已经摆了几排椅子，当旅游局局长特里莎·奥唐奈到场时，众人都已落座，她向大家做了介绍，原来她身旁那个笑容满面的家伙是一名政府部长。大家赶忙为部长安排了最为体面的位置，接着又有人殷勤地为奥唐奈女士倒了一杯水。随后，在一片稀稀落落的掌声中，特里莎走上演讲台，开始了她的演讲。康纳并没有留心别人是不是都在认真听讲，因为他从演讲刚开始没几分钟就走神了，直到他被凯西女士用胳膊肘戳了一下才回过神来。特里莎·奥唐奈脸上带着灿烂的笑容，就像马上要冲破终点线一般全力飞奔。

“……所以，这就是‘专属一联动’APP 应用软件！我们积极响应了中央政府对地方上专项性预算的号召，这个设计将在部分地区进行应用，它将为我们的游客省去十倍的花销，它能使所有来芬法兰半岛观光的人都享受到一种充满刺激的二十一世纪的新型消费体验。我有信心，在场的各位一定希望看到这一双赢的局面早日到来。”

部长带头鼓了掌，屋里顿时掌声雷动，她在演讲台上向后退了几步，在拿起杯子准备喝一小口水润润嗓子的时候环顾四周，等待着众人的发问。

“请大家积极提问，我真的迫不及待地等待着大家的回应。”

部长用自己那只洁净的手捋了捋自己的后脑勺，在房间里四处张望：“我对这个 APP 的名字很感兴趣，您可以给我们讲讲吗？”

康纳觉得名字是最无关紧要的东西。提问的时候当然要把重点放到这个 APP 本身，尽管他听完刚才的介绍，觉得这个 APP 真的很蠢，但它才是值得进一步探讨的东西。不过显然奥唐奈已经离核心问题越来越远了。

“当然可以。这个名字定义了应用的核心概念：‘专属’是因为它可以为用户提供一种自主化、个性化的体验；‘联动’是因为它能够促进游客与他们所选目的地之间的直接互动。通过推出这款软件，我们可以采用利基营销[1]的基本原理来取代陈旧过时、一般意义上的交互方式。而且我们也同时开发了它的自主品牌形象，那就是‘吼吼体验’。”特里莎伸出双手比了个“耶”的姿势，然后迅速地将手指向内弯曲了几下，“芬法兰半岛专属 APP，一经下载，旅途无忧。”

康纳努力克制着想要放声大笑的冲动，他快速地瞟了一眼凯西女士，但她的脸上平静得没有一丝波澜，于是他没敢吱声。

部长点点头做了笔记，屋里一时间举起了很多只手。汉娜见举手的人中有三个分别是卡里克和巴利芬旅游办公室的负责人——格莱尼、菲尔和乔西。特里莎没有理会她们，指了指坐在后排的助理，那个姑娘立即一跃而起。

“您能不能具体地讲一下成本收益分析[2]呢？”

特里莎一口气足足讲了十分钟，部长又一次举起了手。

“所以是不是说这个 APP 最终会取代当地的旅游信息办公室呢？”

“最终的话，是的。确实。毫无疑问。”

---

1 利基营销，菲利普·科特勒在《营销管理》中给利基下的定义为：利基是更窄地确定某些群体，这是一个小市场并且它的需要没有被服务好，或者说“有获取利益的基础”。利基市场营销又称“缝隙营销”或“补缺营销”，又称为“狭缝市场营销”，是指企业为避免在市场上与强大竞争对手发生正面冲突，而采取的一种利用营销者自身特有的条件，选择由于各种原因被强大企业轻忽的小块市场（称“利基市场”或“补缺基点”）作为其专门的服务对象，对该市场的各种实际需求全力予以满足，以达到牢固地占领该市场的营销策略。

2 成本收益分析是指以货币单位为基础对投入与产出进行估算和衡量的方法。它是一种预先做出的计划方案。 在市场经济条件下，任何一个经济主体在进行经济活动时，都要考虑具体经济行为在经济价值上的得失，以便对投入与产出关系有一个尽可能科学的估计。

“它们会就此彻底关闭吗？”

“我们的新系统可以完全取代它们，在符合中央政府既定目标的同时，也能够让我们的地区发展迈上跨度巨大的台阶。我们目前必须紧跟时代。调查发现一般来芬法兰的游客都具有很高的数字化意识，而且善于利用智能手机。”

她说人们想要的是新鲜、有趣和刺激。他们想要的是不断变换包装的文化旅游。可在所有想要占有的东西当中，他们最在乎的是一种操控感。

“如果我们想让他们在选择度假目的地时能够用鼠标点开芬法兰，我们就必须在这个上面多下功夫。”

十分钟后，汉娜已经和蒂姆·斯莱特里来到了角落里。汉娜从蒂姆的肩膀上方往远处看去，在场的不外乎是些政务委员会委员或政务委员会的工作人员，他们此时正借这个机会尽可能多地把酒灌到自己的肚子里去。旅游办公室的几个姑娘在远处的角落里小声地抱怨。房间另一边的壁龛里，特里莎正一个人霸占着部长。汉娜注意到蒂姆时不时地会朝他们所在的方向瞟上几眼，但这也不足为奇，毕竟这种能劳烦政府部长从都柏林跑到卡里克的情况可不多。

在等待康纳帮忙拿酒的间隙，汉娜和蒂姆谈起了工作上的事情。蒂姆很想扩大县里非小说类文学作品的库存。汉娜跟他说里斯拜格非常需要更多的非小说类文学作品。这样会不会很好，她说，把巴利芬的图书馆重新开起来，再把原本德兰西的家族收藏搬回去，那大楼原本不就是为了它们而建的吗？蒂姆的眼神又飘向部长的方向，一时没有答话。汉娜一本正经地看着他：

“我今天错过了一些东西，对吗？”

“什么东西？”

“这个‘吼吼’的点子该不会牵扯到我们吧？我再说明白一点儿，里斯拜格图书馆不会也要关闭了吧？”

他用力地甩出小臂，将双手摊开，从衣袖中露出一个系有格子表带的巨大紫色腕表。

“除非我死了！不然这绝不可能发生。”

可这还是令汉娜感到不安，她用手抓住他的胳膊。

“你敢肯定吗？”

蒂姆抬起双眉假装自己正在接受她的责备。见到此情此景，汉娜不禁心生愧疚，赶忙转怒为喜，她唯恐刚才的话冒犯到了蒂姆，所以立刻向他道了歉。康纳穿过人群，小心翼翼地端着两个酒杯向他们走来。他像个杂技演员似的一扭一扭地挪着步子，终于顺利地来到角落里。汉娜和蒂姆也适时地终止了他们的谈话，手肘紧紧地夹在体侧，专心地品着自己的红酒，那酒果然就像蒂姆先前说过的一样难喝，因此她在一个较为恰当的时机开口称自己得回家了，康纳说自己也想一同离开。

“我们明早请了兽医来。”

话一说出口，他就脸红了，因为他突然记起汉娜在电梯里对他的嘱咐。看着他羞红的脸，汉娜只能对他回以微笑。不论你多么努力地想在仕途上对他施以援手，可你只能把康纳暂时从农场里拉出来，却无法清除农场在康纳身上烙下的印记。

CHAPTER 19 # 第十九章

接下来的一周里，移动图书馆面包车的巡游将沿着半岛的北部边陲。道路的一侧是原始森林的外缘，另一侧是矗立在海滩上绵延不绝的黑石崖，不同于南部的沙质细腻，这里的海滩则是砾石遍布。这天又是一个伴有阵雨的日子。海面上空的云层如同翻涌的波浪，黑漆漆的树枝上传来此起彼伏的鸟鸣声，阳光透过沙沙作响的树叶间隙漏在印有车辙的道路上。

由于半岛北部的村庄稀少，彼此之间较为分散，因此汉娜安排行程时在途中多设了几个停靠站，不过相应地，她在每站的停留时间就相对缩短。她首先要到达的是一个十字路口，路口附近有一间历史悠久的铁匠铺，铺子的隔壁已被改建成了宾馆，恰好坐落于森林与悬崖之间。几年前一个德国的年轻人和他的爱尔兰妻子将这里买了下来，并进行了翻修。宾馆内一共有四套客房，除此之外，还有多余的一套可供巩特尔和苏珊夫妇长期居住生活。他们将旁边那间古老的铁匠铺改成了对客人开放的空间。通常在客人需要用餐时，他们会在铺子中那张长长的木桌上摆好各种食物，而屋内一个开放的火堆四周，布置着一套组合沙发和许多舒适的座椅。他们夫妻分工，巩特尔负责料理宾馆的一日三餐，而客房的勤杂工作就落到了苏珊的身上，她要饲养自家的绵羊与山羊，还要在铁匠铺旁自己搭起来的一间板式地板小石屋中制作奶酪等。

苏珊看着汉娜在快到十字路口时慢慢减速停到了道旁，就立刻从宾馆里跑了下来。

“嗨，凯西女士，你找到我之前预订的那本书了吗？”

汉娜下了车，绕到车的后面开门取书。半岛北部的宽带覆盖率很高，苏珊就经常使用网上的馆际图书出借系统进行图书预订。不过那些年老的借阅者大多不会使用这种系统，尽管活动中心的一些退休老人曾经表示要去卡里克的电脑培训班报名，在这件事情上，他们很多人都达成过一个共识，那就是学习使用电脑会令他们的生活发生革命性的转变，可到了最后，他们却都告诉汉娜在自家附近根本找不到类似的学习班，如果想上课就只能跑到离家很远的卡里克去，不过这样一来，即使是在夏天，要在晚上往返卡里克的话都不太方便，更何况是在天气状况不太理想的其他季节。因此时至今日，他们的计划都还停留在口头阶段。不过这也没什么，反正目前岛上的宽带分布状况也多少有些差强人意，里斯拜格离卡里克相对较近，宽带连接还是不错的，但聚集了很多宾馆和商铺的巴利芬却强烈要求将信号站建在半岛的最远角落，他们认为这么做会更有利于自己的发展。正如苏珊所说，人们都是事不关己高高挂起，事情不落到自己头上的时候谁都是一副漠不关心的样子。

“我们还算比较幸运的，巩特尔的表兄在斯图加特开了家旅行社，所以他能给我们提供比较稳定的客源。还有些远足团队一旦在我们这里住过，下次来的时候就会再来找我们投宿。不过目前这里有一半的 B&B 食宿旅馆都已经撑不下去倒闭了。”

汉娜将苏珊预订的书交给她，又帮她为其五岁的女儿霍莉挑选了一本儿童绘本。当地不少借阅者对于汉娜的到来早已望眼欲穿，所以她接下来还要赶去服务那些剩下的人。她继续开车上路，前往她的第二站卡费基家的邮政事务所，这家邮政事务所内也兼营日用杂货，与三十年前父母在卡罗塞拉经营的家庭门店类似，这里一楼是店铺，二楼是店主夫妇的住处，从店的后门出去往往还会有一个院子。在汉娜儿时的记忆中，那些生活必需的食品和杂货都是陈列在货架上的，她从前很疑惑汤姆为何不试着像菲德玛 · 卡费基一样接受点单，向客人提供自己制作的三明治和水果奶昔，或者在里屋摆上几张桌子，在桌子上放几台电脑，这样可以加开一个小型的网吧。她曾经向玛丽提过这样的想法，但玛丽把脑袋一扬，轻哼一声，很是不屑：

“汤姆 · 凯西可是这儿方圆几里最先用上电动熏肉切片机的人，可那又怎样？在那个年代里，所有人都对创新的东西跃跃欲试。但如果所有人都一直死死抓着大海中那块仅有的浮木不放，到最后恐怕谁都没办法成功地活下去。”

卡费基的店内井然有序，小网吧的墙上贴着一张列表，上面清楚地写着计算机的操作说明以及上网的收费方法。汉娜此刻看着眼前的一切，深知母亲是对的。芬法兰人的头脑向来灵活、善于变通。大多数成年人，以及那些与康纳年纪相仿的孩子为了谋生，如今都是身兼数职，他们有时需要在冬、夏两季做不同的工作，通常还会兼顾着家中的农活。汉娜从前不曾觉得自己这份图书管理员的稳定工作来之不易，现在也开始默默为当初的桀骜不驯感到一丝内疚。汉娜向菲德玛询问起她儿子丹的生态旅游情况如何，菲德玛耸了耸肩，朝她做了个鬼脸：

“说实话他根本就撑不了几天了。我们还一直对公路部门抱有希望，想让他们能向半岛的这部分地区多运送些游客过来好增加一点收入，意见反映上去了，他们也一直给我们打包票，但谁知道他们说话算不算数呢。要是他们再修条像通往巴利芬那样的高速公路，整个这一带的经济就都得被他们毁了。”

就这件事情，她的丈夫给政务委员会写信写到都要吐了。

“因为他写信太过频繁，眼下他们都觉得他是个不折不扣的怪人。凯西女士，现在的麻烦在于他变得越来越郁郁寡欢，丹也整天跟着他愤世嫉俗的。”

菲德玛勉强地挤出一丝笑意，转身回到了店里。

“我去给你倒杯热茶来。”

她端着一个托盘走了出来，托盘上放着给汉娜和自己的两杯热茶，以及刚出炉还热气腾腾的司康饼。她们喝完茶，汉娜又接待了一位前来还书的老人，正准备返回到车里时，一辆轿车停到了离她不远的地方，从车上下来一个顶着蓬乱红发的年轻妇人，妇人的身后还跟着一个蹒跚学步的孩子，孩子身上的连体牛仔裤溅满了颜料。妇人上身穿着一件超大号的 T 恤，腿上是一条粘着许多琥珀珠子的紧身裤，她手上抱了一摞书，在几码开外的地方就大声说道：

“早啊，凯西女士。我觉得可能里面有一部分已经超过还书日期了。”

汉娜厉声道：“凯利太太，你说‘一部分’的时候，应该知道具体是哪几本吧？因为每一本书的归还日期都已经很清楚地印在书封的内侧了。”

她能感觉到自己实在有些小题大做，但像达瑞娜·凯利这样的女人的确让人讨厌。达瑞娜把那摞书随意地丢在墙边，那摞书看起来一副摇摇欲坠马上要塌下来的样子，她弯下腰去将抱着自己双腿的孩子扒开。

“就只有一小部分啊。或者可能所有这些都没过期呢。等我突然意识到今天是几号的时候这不就赶紧把书给你送来了。”她笑着说，“我们能有这个流动图书馆实在太幸运了，我是说能有这么一件把大家都凝聚起来的团体活动，远比把钱浪费在网上那些只看一次的书上要好多了。”

达瑞娜将孩子一把抓了过来，从他牛仔裤的围嘴上扯下了一本童书，书被揉搓成了卷状，每一页上都画着乱七八糟的涂鸦。那孩子张着嘴巴哭吼起来，然后摇摇晃晃地走向汉娜，伸出自己的拳头在她腿上一通乱砸。见此情形，他的妈妈笑道：“你看他是不是很可爱呀？这个小书虫还不乐意把书还回去呢。”

达瑞娜抱起自己的孩子，用手把他卡在身体的一侧，那孩子噘着下唇，把手指戳进鼻孔里愤怒地看着汉娜。达瑞娜掂着他轻轻地上下晃动，笑盈盈地对他呢喃道：

“凯西女士坏坏！这个图书馆不好，太不听话啦！”

对汉娜来说这实在是太过分了。她直挺挺地转过身去，径直走向面包车，将手上的书放在那个装书的大箱子里，然后转身对着达瑞娜·凯利说：

“凯利太太，你也看到了，这本书已经被弄坏了，我们必须要买本新的来把它换掉，到时候我们会把买书的发票寄给你，同时还会附上一张政府的收费单，希望你能及时缴清。超过还书期限的那些童书我们暂且不说，但对那四本推迟返还的大人借书我们必须加收罚款，而且这里面有三本被不同程度地污损。凯利太太，我是一名图书管理员，去除那些粘在书上的污渍并不是我的职责所在。如果你今后还想接受公共图书馆的免费服务，那么我建议你最好管好你的孩子，及时归还图书的同时记得保持好它们原有的样子。”

车开离了崖边的大道，转而进入一条林荫小路，汉娜告诉自己，和达瑞娜·凯利这样的女人发脾气根本没什么必要，但面对一个将自己孩子培养成那只仗着咕噜牛[1]的威风胡作非为的小老鼠的妈妈，你还能怎么办呢？

1 咕噜牛是英国作家朱莉娅·唐纳森所著的童书《咕噜牛》中的角色，故事讲述了小老鼠利用了咕噜牛的可怕名声——吓退了敌人，可在后来却碰上了真正的咕噜牛。类似于我国狐假虎威和狼来了的故事集合。

CHAPTER 20 # 第二十章

汉娜如今每个早晨最先要做的事情就是去看看那只山羊。每天提早一个小时起床，开车前往玛吉家也算得上是一件令人神清气爽的事情，屋子附近的沟渠边上附着了许多蜘蛛网，而在蜘蛛网上密密麻麻地沾着闪闪发光的露珠。她每天清晨都会把山羊移动到一个新的位置上，再把捆着它的长绳系在因它的咀嚼而暴露在外的各种垃圾上。看到它所过之处竟有那么多的垃圾无疑让人感到沮丧，可转念一想，这也恰恰证明了它清理杂草的效率确实很高。尽管有些草长得太高，或有些灌木过粗、过厚让它无从下嘴，但从总体上来看，只要还有能吃的东西，它似乎还是非常愿意继续下去的。也因为汉娜每次的到来都意味着它可以被领到全新的地方吃草，所以它渐渐在看到汉娜时有了一种抑制不住的欣喜。

这天早上，她解开绑在甩干机上的绳子，将它重新系在一只遍地都有的废弃大奶桶上，汉娜搔了搔山羊前额粗粝的短毛，想去断墙前的空地上坐着看看海。她正要穿过山羊此时所在的这一小块杂乱的草堆，脚下猛然被什么东西绊住，打了个趔趄。当她跪在粗糙不平的草地上时，明白了自己究竟为什么会摔倒。原来这个位于田野底部具有明显沟壑的小角落正是玛吉从前种植土豆的地方。

她闭上双眼，鼻尖萦绕着青草的芳香，海中盐巴的味道也从远处飘来。她仿佛听到了玛吉的呼唤声，镀锌铁桶上的把手发出的咔嗒声，以及隔壁田里的驴子粗声粗气的嚎叫声。她的双手在地面上摩挲着，不禁回想起当初的情景：每到收获的季节，自己都会兴奋地在这片土豆地里乱扒一番，她至今还能记得发现第一批收成时的那种喜悦。大人们往往不赞成在土豆还没有长成时就进行提早收割，而玛吉却不愿遵从那些约定俗成的规矩，比起壮硕的大个儿土豆，她更喜欢尚未成熟的小土豆，她将它们称作“小豆薯”。也因此汉娜就有了被派去挖取小土豆的经历，她记得那时自己每年都会拎着一个带把的镀锌铁桶，遵照玛吉的指示不用勺子，而是用手将土豆地里那些最小的土豆一一拣选出来，其余被留下的土豆则可以继续生长几周，直到它们自然成熟。等到桶中的小豆薯们累积过半，汉娜就将它们放在水龙头下冲洗干净交给玛吉，然后看着玛吉先把它们抖进炉架上的那口黑锅里，再将锅悬挂到燃烧着的炉火上方。少顷，待土豆变软后，把它们倒在一个过滤网上，放到炉边烤干后就可以上桌了。餐桌摆放在窗边，窗旁桌子的两侧各有一个高脚凳，汉娜和玛吉会坐在凳子上，用一口一个那么大的小土豆蘸取着碗中的酪浆一起下肚。在大多数情况下，酪浆就是她们最喜欢的蘸料，不过她们有时也会搭配白胡椒，或是玛吉为数不多的交好的邻居送来的颜色像奶酪一样的黄油，有时到了最后她们还会用卷心菜叶把小土豆包起来全部吃下。汉娜依稀记得黄油香醇的咸味和土豆软糯的口感以及那时阳光透过狭小的窗子洒在干净的木桌上的情景。夏日里的门通常是大开着的，海风从屋外灌到房里，煤油的气味也随之飘散开去，记忆中在玛吉家吃过的那些食物一如饕餮珍馐。当然，这些食物所带来的乐趣有一部分来源于玛吉不同于玛丽对用餐的理解：玛吉认为主在创造土豆时，就是为了让人们用手拿着吃的；而用玛丽的话来说，创造万物的主因为知道病毒和细菌的存在，故而又为我们创造了餐具。二人各执己见，莫衷一是，于是汉娜学着在玛吉家按照她的习惯吃她做的东西，而回到家后便不再向妈妈提起。如今汉娜跪在这片曾无数次挖到宝贝的土豆地里时，脑中对昔日美食的回想让她不由得吞了一下口水。

那天稍晚的时候，汉娜坐在图书馆的办公桌前考虑着是否应该给弗瑞打个电话。她已经问康纳要了他的电话，但直到现在还没有拨出那串号码。相较于早前她在英国装修房子时花的钱，她这次的预算简直微乎其微，不过这本身也与房子的价值是成正比的。可她前些天毕竟明确知会了弗瑞做一个书面预算的重要性。也许弗瑞需要时间去核算好人工费和材料费，还得准备一些政务委员会要求的规划程序的相关资料。但他的准备时间也未免太过漫长——距离上次他送来山羊到现在已经过去了一周，是时候给他打个电话了。

今天上午图书馆内极为安静。十点钟的时候，有一群年轻的妈妈在门口向里探了探脑袋，显然她们希望看到当班的是康纳，而不是汉娜。不过她们很快发现希望落空，迅速地退了出去，婴儿车的小轮一下下地磕在台阶上，直至最后落到地面，看来她们今天只能去别的地方聊天了。最近康纳向汉娜提议在图书馆里组织一个每周一次的读书座谈会，可以多拉一些带着小婴儿的年轻妈妈进来。我知道你不想看见那些刚学会走路的孩子在图书馆里到处乱跑，他说，可是更小些的婴儿大多时间都会躺在婴儿车里乖乖睡觉。

“然后在剩下的时间里鬼吼鬼叫。”

“是有这种情况，不过大多数的孩子不会那样。只要你把他们喂饱了他们就会继续睡觉的。”他看着汉娜的脸，急忙接着解释道，“当然不能在太过公开的地方。我们可以在角落里竖起一个屏障来，在里面摆几把椅子，再放上一张桌子，要是在桌子上装饰一些鲜花就更好了。”

即使她敏锐地察觉到在那些自己不坐班的日子里，类似的事情可能已经发生过不止一次，可汉娜的态度还是不肯松动。图书馆就是图书馆，她告诉康纳，它不是一个社交场所，更不是一个托儿所。虽然接下来的几天里康纳那个气馁的表情常常浮现在汉娜的脑海中，但她还是努力顶住压力，坚持最初的决定。她当初结束了一段耻辱的婚姻回到爱尔兰老家时就下定决心从此要低调行事，以免招人非议。如果她支持康纳组织一个图书俱乐部，那她无疑就会被卷入永无止境的流言和八卦之中，要是试图引导舆论的正确走向，她就必须加入其中。洪水的闸门一旦开启，所有的一切都将顺势发展下去，到那时，她必将出任组织的领头人，组织郊游，发起各种烦人的项目课题，事情将会向更坏的方向发展下去。

汉娜打消了她脑海中那个坐在写作小组里分享自己人生故事的荒谬念头，又朝门口看了一眼，确定刚才离开的妈妈们已经将门关上后，她掏出手机拨通了弗瑞的号码。尽管他此前已经告诉过她自己是不会接电话的，但她没有挂断，一直等到电话线的那头接通了语音信箱。一段漫长的等待过后，信号自动终止，她将手机塞进包里转而去做别的事情。过了一会儿，手机发出了“哔哔”的短信提示音。汉娜把手伸进包中，她猜测这可能是弗瑞对那通无人接听的电话的回复。再次拿起手机的她看到屏幕上出现了几行字：

我搭顺风车买了火腿片你等会儿直接回家吗

汉娜深吸一口气，闭上双眼，无奈，除了去接在里斯拜格买完东西的玛丽一起回家，她还有什么别的选择吗？

玛丽收到女儿的短信说下班时间是一点，于是她提前一刻钟就挎着一个油布购物袋急匆匆地赶了过来，她最好的朋友帕特·菲茨杰拉德也紧紧跟在她的身后。汉娜看到她们二人时才恍然大悟，原来这是一个为了逼她就范而精心布下的局。玛丽并非只为买点火腿片就去央求她那个潦倒的邻居强尼·汉尼斯开车载她一程。在这一周的时间里，玛丽已经多次向汉娜暗示想要去玛吉家看一看，如今有了帕特·菲茨杰拉德为她撑腰，玛丽不相信女儿会拒绝自己的要求。帕特穿着一件粗布花呢的半身裙，一双尼龙搭扣带的鞋子，以及一件亮黄色的带帽厚夹克衫，她向汉娜露出了然一切的笑容。

“等会儿回家的时候能不能顺便去看看你在玛吉家的改造工程进行得怎么样了？”

玛丽一脸无辜，仿佛在说这可不是她提出来的。她本来是叫帕特来聊聊天的，她说，吉尔还在卡里克开会，一会儿才能过来接她回家。不过既然汉娜现在可以载她们一起回玛丽家，那择日不如撞日，三人一同顺便绕道去玛吉家看看不是很好吗？

因为有帕特在场，汉娜不好立即发作顶撞玛丽，所以一切只能由着她们的计划行事。今天是图书馆的半天工作日，她怀着小小的报复心理吩咐她们坐到长椅上等着，自己则一直挨到平时正常的下班时间一点整才起身，不过她又花了十分钟的时间把所有东西整理完后才带着她们来到停车场，让二人爬进了车的后座。帕特对汉娜车位上那几个黄色的印刷体大字印象极为深刻：

“玛丽你看看，我之前还没注意过呢。不得不说，县图书馆专门为她设了一个停车位，对她还真是挺上心的呢。”

汉娜瞥了一眼内后视镜，后座上的两人悠然自得，就像要马上出发去郊游似的。她一时间恍然觉得妈妈的购物袋里装着湿乎乎的三明治和一个盛满热茶的膳魔师[1]保温杯。过去在家庭出游前，凯西一家三口总是为了去哪儿野餐而争论不休：汉娜认为出游的一半乐趣在于找到一个风景绝佳的地方，在吃着三明治的同时还能欣赏周围的景色，父亲赞同她的想法，他不在乎为了找到一个合适的位置而多走一点路。玛丽则笃信在舒服的环境里吃东西才更好，而不是出去坐到什么倒霉的石头上被蚊虫不停地骚扰。获取最终胜利的每次都是玛丽，他们为了防止苍蝇飞进来，会摇起车窗，坐在车里将事先做好的马麦酱[2]和番茄三明治吃掉前，还要在大腿上铺一块旧抹布，以免食物残渣掉到别的地方。

玛丽虽和帕特在前往玛吉家的这一路上聊得热火朝天，却也能从汉娜的背影感受到她的怒不可遏，可那又怎样？在人的这一生中，有些事情如果自己不去争取，它是不会平白无故地就找上你的。玛丽对汉娜不厌其烦的暗示统统没有得到任何回应，她不愿继续被这样忽视下去。自从有人看到弗瑞·奥谢开着他的面包车回到玛吉·凯西弃置已久的空屋后，当地一半的人就开始私下揣测这可能与汉娜那个愚蠢的想法有着分不开的关系，至于剩下的那一半人，

1　膳魔师是德国的一个保温产品的品牌。

2　马麦酱（Marmite）是英国的一种蘸酱，酵母菌发酵而成，富含维生素 B，质地黏稠，颜色较深。吃法很简单，抹在吐司上。

他们隔三岔五就会跑到玛丽的家中不停询问整件事情的来龙去脉。可即便玛丽真的能说出些什么来，她也不会在他们面前吐露半个字的。不过对于一件自己完全摸不着头脑的事情，如果硬要坐在那里装作一副三缄其口的样子还真的挺可笑的。况且，身为一个母亲，难道不该对自己女儿所做的事情享有充分的知情权吗？

车从大路转到了小路上，后座的两人陷入了回忆。树篱是不是被修整过了？那些树木是不是也比从前矮了？不过这三十年来树木的数量可是翻了好几倍。原来林子尽头的几间小屋已经不在了，有可能是被移到别的地方去了吧。眼见着马上要到屋前的那个急转弯了，汉娜的车速慢了下来，玛丽却向前探了探身子，戳了戳她的胳膊说，把车停到这里不是很好吗？这里的路还稍微宽敞些。汉娜被母亲那根干瘦的手指戳得既恼怒又烦躁，还没来得及看一眼窗外的屋子，就把车停到急转弯上熄灭了引擎。可当汉娜转身去开车门时，惊得下巴都快掉到了地上：加盖小屋已经被完全拆除，屋顶上的石板瓦也不知去向。正对着小路的主屋后部被暴露出来，墙体的门洞被木板封住了，原先较矮的加盖小屋楔入墙面的轮廓还是清晰可见。不过加盖小屋顶上瓦楞状的铁皮以及将它搭建起来的石块都已消失不见。没有了石板瓦的遮盖，倾斜的屋顶上只剩下交错的房梁木。

汉娜的脑中一时间千头万绪，最后得出了一个简单的结论：既然玛丽和帕特不知道究竟发生了什么事情，那么就没有理由让她们知道自己此刻的震惊，所以现在最重要的就是不要露出任何惊讶的表情。可车后座的两人已经开始咂舌摇头：

“天哪，这里还是一如既往地糟糕，不是吗？”帕特·菲茨杰拉德不无怀疑地眯起眼睛向窗外看去，“玛丽，不得不说，想把它修好可得花上一笔不小的数目。”

玛丽·凯西迅速地够向了门把手：“既然咱们都到这儿了，那就下去好好看一下吧。”

汉娜有些惊慌失措，天知道这屋子里里外外还有哪些地方也发生了改变。玛丽气喘吁吁地走下车来，站在那里认真地审视着不远处的屋子。帕特从另一侧的车门爬了出来，对着地上的泥坑不满地皱了皱鼻子。汉娜趁着她们还没说话的空当，快速地解释说：

“恐怕院子里目前还都是泥巴，在我找到长筒雨靴之前已经在这儿弄坏过一双不错的鞋子了。”

玛丽远远地站在车的那一侧扬了扬脑袋：“院子？哪有什么院子？无非是屋子前面的这一摊烂泥和后面的一片荒地。”

“我知道你说得对，那要不然等改天这里不再像个建筑工地的时候，咱们再一起过来看看怎么样？”

可玛丽依旧不依不饶。

“姑娘，你居然管这里叫建筑工地？真不知道你在说什么胡话。这不就是一个塌了的等着往里灌风的小破屋吗？我怎么记得你说它是有房顶的？”

玛丽毋庸置疑地大手一挥，在驱遣汉娜的同时招呼一心只想着别弄脏自己那双尼龙搭扣带鞋的帕特跟上来。看得出来帕特似乎有些犹豫，她不愿继续上前，而玛丽脚上蹬着一双偶尔才见她穿的厚重的工作靴早已蹒跚着向大门决绝地走去。汉娜知道既已拦不住她，就要设法抢在第一个上去。如果她在最前面的话，多少还能控制一下眼前的局面。她挺起了胸膛将大门推开走了进去，玛丽紧跟在她的身后，帕特落到了最后。平时惯常走的房屋侧面的外缘由于来去的次数多了，如今竟也变成了一条小路。汉娜默默深吸一口气，从树丛掩映的山墙尽头拐向屋前的一片阳光之中。和她早晨离开的时候相比，这片悬于大海之上的田野并没有什么不同的地方，弗瑞也并没有在这个时候出现在这里。然而，在一个生锈的农用镇压器的把手上却拴着另一只更为高大的、正在吃着草的山羊。

CHAPTER 21 # 第二十一章

把玛丽和帕特载回玛丽的小平房后，汉娜再次驱车前往卡里克，她在路上全程都开着手机扬声器，不停地重复拨打着弗瑞的电话。在汉娜下车之前的这段时间中，她给他打了不下二十通电话，而在她乘坐直升政务委员会规划局办公室的电梯的过程之中，也应该打了两个电话。汉娜走出电梯，再一次拨打了他的电话，终于知道自己不过是浪费时间而已，即使再打下去对方还是不会接听。她按响了办公室前台的电铃，但就如同那几十通无人接听的电话一样，汉娜依旧没有得到任何回应。可此时找到一个规划专员谈谈对汉娜来说是件迫在眉睫的事情。一扇贴着“员工专用”标志并装有按键代码输入系统的玻璃门将空无一人的接待区域分隔在一间宽敞的开放式办公区之外。汉娜从玻璃门外努力向里看去，发现大多数摆放着电脑的办公桌前都已经没有人了。她强压怒火，回到前台再次按下电铃。根据政务委员会在网站上公布的信息，来这里找规划专员做咨询无须提前预约，人们只要在五点之前规定的工作时间内来就都能受到接待。不过有时专员们在下午进行完实地走访后不回办公室直接回家也是被默许的事情。汉娜心中满是怨愤，想着接待员今天一定也像往常一样直接溜回家了。

当她正怒气冲冲地瞪着那扇门时，一个背着帆布书包的男人从与汉娜相对的方向慢慢接近那扇门，他开门走了出来，按下了电梯的按钮。很显然，他并没有想要应前台电铃的召唤来接待汉娜的意思，于是汉娜再次按响了电铃。她身后的电梯“叮”地响了一声，电梯门也随即打开了。他本该迈步进入电梯，可没想到的是他竟转身对汉娜说：

“有什么需要帮忙的吗？”

他大约四十岁，个头很高，看上去一副十分内敛的样子，一头黑发从前额梳到脑后。他身上的黑色牛仔裤和靛蓝色的休闲夹克相对于正式的办公室着装来说似乎少了那么一点专业性和权威感。里面那件开领的衬衫应当价格不菲，不过从领口处轻微的磨损痕迹来看，这件衬衫可能和有些褪色的亚麻夹克衫都穿了有一段时间了。他将书包带重新勾到肩膀上，朝着前台的方向侧了侧脑袋。

“恐怕你今天等不到什么人了，他们很早就去出外勤了。”

汉娜翻了个白眼。她不明白自己为什么感觉这像是压死骆驼的最后一根稻草，但她确实再也无法压抑自己的怒火。电梯的门此时已经关上，男人对汉娜挑着眉毛：“或许我能为你做点儿什么？”

“你不能，”汉娜烦透了这样的世界，她愤怒到了极点，“怎么就不能来一个可以处理那些专员工作的人？”

他静静地看了她一会儿，耸了耸肩转过身去。

“哎呀，该死！”汉娜向他迈了一步，“是我太无礼了，很抱歉。只是……我刚才从卡罗塞拉拼了命地冲过来就是想着能追上一个还没下班的规划专员。”

“这我还是头一次听说。”

“啊？”

“一般都是医生或律师吧。”

汉娜茫然地看着他，他朝她做了个鬼脸：“好吧，我的笑话没讲好。我想说的是规划专员又不是什么好的追求对象，一般大家喜欢追医生或者律师吧。”

汉娜勉强地笑了笑：“好吧，我已经有过一个律师了，不过我可以向你保证他们并没有大家想象中的那么好。”

他也对她笑了笑，电梯门再次“叮”的一声打开了，突然陷入尴尬的两人谁都没有走进电梯。他向她伸出一只手：“我是不是那晚在特里莎·奥唐奈的酒会上见过你？”

不管是在那次酒会上或是别的什么地方，汉娜此前对这个男人从未有过任何印象，她握了握他的手。他的声音听上去非常愉悦，从他的口音里，汉娜无法分辨出他到底是哪里人。

“我叫布莱恩·莫顿。”

“汉娜·凯西。我是里斯拜格的图书管理员。”

“让我们重新认识一下吧，我是一个规划员。”

半个小时后，汉娜从布莱恩·莫顿的办公桌前站起身来，将他找来的相关表格和宣传页拢到一起。

“所以这样就真没问题了吗？”

“当然。从你所描述的情况来看，加盖的部分很小，不在管控的范围之内。即便实际情况超过预期，我们也可以根据相关法律的追溯效力来处理这个问题。”

“可以这样吗？”

“就像我说的，规定并没有那么苛刻。其实上面提倡要尽我们所能去帮助想要重修老房子的人，反而不太支持在匆忙之下盖一处新房。”

“好吧，可是就我目前的情况，根本没有办法在你的或者我的条件之下进行明确的计划。谁都不知道接下来会发生什么事情。我希望事情从最一开始就能根据规定按部就班地进行，而不是在后来的时候进行追加调整。”

“应该说是追溯效力。”

“好吧，不管那个专业名词到底怎么说，如果你坚持要说追溯效力的话，放在句子里其实不太符合语法规则。”

他若有所思地看着她：“你知道其实有的时候在装修房子的过程中容易引起一些情绪的波动，我还挺欣赏你之前完成过几个工程……”

“没错，都比这次大得多。”

他双唇紧闭，一言不发。汉娜暗暗地咒骂自己，压力再大那也是她自己的事情，她来这里可不是为了做心理咨询的，当然也没有想过会如此粗鲁地奚落他。

布莱恩将椅子向后一推：“如果该说的我们都说完了，那么……”

这不是她所希望看到的：“还没，你看，你本来是打算回家的，被我拖到现在，肯定现在一出去就赶上下班高峰期了。你想……我是说，我能不能请你喝一杯？”汉娜忐忑地顿了一下，继续解释说，“我的意思是，我只是，你知道，想对你说声谢谢。感谢刚才的一切。不，我的意思是谢谢你提供的信息。”

“你不用这么客气。”

“可是……”

“听我说，我才是那个应该道歉的人。你刚到的时候我就应该出来接待你的。你也没看错，我刚刚是准备提前回家的，其实下班时间还没到，我不该那么早走的。”

“我没有想要责备你的意思……”

“没关系。不管怎样，我已经把文件都拿给你了，如果你以后还有什么需要帮助的，直接给办公室打电话就可以了。”他朝自己整洁的办公桌上努了努嘴，“我该收拾东西了。去接待室的话，门右边有一个按钮，到时候你按一下就可以出去了。”

汉娜十分挫败地收拾起了她的文件，穿过一张张空荡荡的办公桌，走到了接待区。她咧嘴苦笑着迈进了电梯。除了将对方惹恼这一点以外，自己与莫顿先生今天的相遇其实和“夜叉”见到山羊时的情景非常相像。

CHAPTER 22 # 第二十二章

汉娜在去往停车场的途中临时改变了主意，她觉得与其在下班高峰期被堵在路上，还不如把本该请布莱恩·莫顿的那杯酒喝掉。她刚一转头就看到了不远处的吉尔·菲茨杰拉德，也就是帕特的丈夫，他正向政务委员会大楼的大门处走去。紧跟在他后面的是巴利芬最大旅馆的老板乔·弗隆。汉娜和乔尽管算不上是朋友，但他们经常会见到对方，所以汉娜向他招了招手。虽说走在前头的吉尔已经进入大楼消失在了她的视线之中，可令她没想到的是，乔居然把头别了过去，显然没有要和她打招呼的意思。此情此景有些令人难以置信，她以为对方没有注意到自己，于是再次向他招了招手。可他躬起一侧肩膀仿佛不想让别人注意到他的存在，然后头也不回地走到门里不见了踪影。可能是他没有看到她，也或许是他正要赶着开会。这事确实有些蹊跷。不过他很清楚她是那种出了名的沉默寡言，既然如此，那他就不应该担心她会拉着正在赶时间的他在停车场边聊个没完没了的……

虽然有些困惑，但汉娜并没有为此懊丧不已，她穿过马路走到镇子的中心区，在维多利亚皇家酒店的高级酒吧里找了个角落坐了下来。酒吧里清净而昏暗，窗子上的百叶卷帘半遮半蔽地悬在半空中，由于卡里克气候的原因，天花板上那些硕大的吊扇从来没被使用过，它们始终维持着静止的状态。这个酒店是十九世纪后期英格兰的一个皇室远亲在打算游览芬法兰时建造起来的。旅馆的投资方取了“维多利亚”这个名字意在向女王致敬，他们希望这里可以成为通往这个国家美丽半岛的大门，卡里克从今往后很可能就会成为皇家定期巡游的胜地，而此前一度炙手可热的基拉尼三湖[1]恐怕很快就要被打入冷宫了吧。然而，那位皇室远亲在来的时候就得了伤风，他在芬法兰的那天，雨一刻不停地整整下了二十四个小时，他无法感受这座半岛带给他的乐趣，反而只能躺在房间的床上生气地对维修旅馆供热系统时那一阵阵叮叮咣咣的敲击声抱怨不迭。一周之后，热水管终于重新修好，而在他离开后的一个小时，太阳又开始炙烤着大地，但一切都为时已晚。如果当初一切顺利的话，恐怕一百多年前这里就先于巴利芬成为那个所谓“这世上隐秘性最差的地方”了，到那时来卡里克的大多游客应该更倾向于选择带有整体卫浴的现代酒店房间。但真正来过维多利亚皇家酒店的游客一定会爱上这里安静的房间、舒适的床铺、摆放着红木家具的公共休息区，以及有些褪色的丝绒内饰，他们将不止一次地回到这里。酒店中有一个专为女士提供的休息区，里面摆了几张写字桌，桌上放着饰以浮雕图案的便笺以及黄铜材质的墨水台；那间为男士们提供的吸烟室如今变成了一个非正式的房客图书馆；酒店的那家烤肉店为许多当地的银行经理所青睐；而这间酒吧里很多都是年纪稍大的优质服务人

1　基拉尼三湖位于爱尔兰的西南部，是基拉尼国家公园的中心，每年吸引众多游客来访。

员，他们为客人提供咖啡、三明治和酒等，不过在酒吧的男招待中，也有少数来自波兰和罗马尼亚的学生，看着他们和其他同事个个充满活力的样子，汉娜猜想他们已经安然度过了最初生涩的阶段，如今对工作已经驾轻就熟了。显然那些年长的女招待对他们进行了悉心的调教，而那位有着“地方支援中央”的发型和丰富酒类知识的首席调酒师也必然在专业方面给予了他们莫大的帮助。

维多利亚皇家酒店在今天还能够正常运作全都得益于这间酒吧。当地的生意人要谈事情的时候都喜欢到这里来，在附近逛街的人也会偶尔进来喝杯咖啡歇歇脚。首席调酒师 PJ 还推出了一项可供客人打包带走的快速午餐服务，引得上班族们争相到这里排队购买新鲜现做的三明治。汉娜此时坐在自己的角落里，面前的桌上放着一杯金汤力[1]、一碟杏仁和橄榄的小吃拼盘，以及一些夹在切得很薄的面包片中的嫩牛柳。汉娜为自己刚才做出的决定感到很庆幸，她不仅避开了卡里克下班高峰的交通堵塞，如果运气好的话，等她回到卡罗塞拉的家中时，玛丽 · 凯西和帕特 · 菲茨杰拉德的闲聊也该结束了。父母和菲茨杰拉德夫妇之间的友谊在汉娜看来似乎有些匪夷所思。帕特还好，只不过一向唯唯诺诺，这么一来她身边的玛丽就显得愈加盛气凌人；可吉尔 · 菲茨杰拉德就是个纯粹的怪人了，他经常站在柜台后用他那嘴角下垂的薄唇和冷酷无情的双眼硬生生地挤出可怕而又虚假的微笑。即便他就是康纳想象中梅芙 · 宾奇的那个神秘

1 金汤力是一种鸡尾酒，其制作方法是在直筒高杯中，加入一半左右冰块。倒入至少八成满的汤力水和约一盎司金酒。金酒，又名叫杜松子酒或琴酒，最先由荷兰生产，在英国大量生产后闻名于世，是世界第一大类的烈酒。汤力水又称奎宁水，是由苏打水、糖、水果提取物以及奎宁调配而成的液体，是一种汽水类的软性气泡饮料。使用以奎宁为主的香料作为调味，带有一种天然的植物性苦味，经常被用来与烈酒调配各种鸡尾酒。

读者，可他在汉娜心目中的形象依旧没有得到半点提升。不过话说回来，当初那本《朋友圈》中夹着的确实是他们家的火腿片。汉娜啜了几口杯中的金汤力，然后倚在座位的靠背上笑了笑。虽说是个理应受到谴责的坏毛病，但人们有时夹在从图书馆借来的书里的东西却着实有趣，像是几股毛线、一些圣像、几片草叶，有时甚至是纸币。还有一些是过期作废的印刷品，比如那张改变她人生轨迹的艺术展宣传单。

就好比她人生的真实写照，方枘圆凿，格格不入，不过此时新居带给她的欢乐或许可以让她与命运握手言和，她蓦地感觉布莱恩·莫顿也与此类似，可能是因为在他的身上似乎也有着一种与周遭的环境说不清、道不明的疏离感。他表现得颇为友善，她也为自己拒人于千里之外的态度而感到非常抱歉，可他如果会为了这个生气是不是就显得有些敏感了？难道是因为他在这个工作岗位上待了太久一直受人吹捧，以至于偶尔听到别人对他提前下班这一做法的几句抱怨就受不了了吗？现在回想起来，难道他真的是一个很资深且位高权重的人吗？他在给她提供建议时那既从容又颇具权威的感觉已经表明，他是远比康纳口中“要笔杆子”的文员更为高阶的部门主管。不过这并不重要，汉娜对此也不太关心。她真心感激他所提供的帮助，牢牢记住了他的各种建议。他听她控诉了那些不靠谱的无赖瓦匠总是独断专行，还只按照自己的意志行事，直到她气都喘不过来的时候才询问似的挑了挑眉毛。

“我们现在说的是弗瑞·奥谢吗？”

汉娜此时的不安应该表现得十分明显，她并不是有意要在一个陌生人的面前说弗瑞的坏话，更何况对方是一个行政专员。但布莱恩笑了笑：

“可能弗瑞是有点我行我素，但他确实是这里最好的瓦匠。”

“所有人都是这么跟我说的。不过就算是有圣人一样的耐心应该也会受不了他的。”

“我跟你说件对你也许有用的事，可你应该不会因为这个感谢我。”

“你说说看。”

“弗瑞是个守旧派。在他看来，一旦开工以后这房子暂时就不属于你了，他会全权接管一切。等房子完工以后他就会很快把它还给你了。并不是说弗瑞不愿意签什么合同，不过据所有在这儿工作过的人说他从没签过任何合同，不知道因为他是文盲，还是仅仅因为太过精明。”他看着汉娜的脸大笑起来，“我就说过你不会感谢我的，但这确实是真的。不过如果你能试着接受的话，那你接下来的日子就再轻松不过了。”

汉娜确实不会因为他的宽慰而感谢他，把自己唯一的房产全权交给一个不靠谱的文盲实在太过荒唐。不过，既然她不得不与弗瑞共事，除了活动中心的退休老人之外还能有人知道他是个瓦匠，这对她来说也算是个好消息吧。

“可如果他不识字的话在应对政务委员会的时候他要怎么办呢？”

“在我看来一直都是政务委员会的工作人员去适应他的。不过我的很多同事应该都不太同意我的说法吧。”

弗瑞看起来是有些像不太识字的样子，所以也许事实真是这样。布莱恩·莫顿似乎被部门同事当作了一个特立独行、不太适合提拔重用的人。在芬法兰政务委员会中，大部分人都力求保住自己赖以为生的稳定工作，故而特立独行就是逆潮流而动，不值得提倡。汉娜有一种强烈的感觉，她认为这并不是事情的全部，但考虑到既已离开，那么剩下的那一部分便无从得知。

“再来一杯金汤力吗，凯西女士？”

“不了，谢谢你 PJ，我还要开车。”

“那就来杯咖啡吧？”

虽然她只喝了一小杯金汤力，但想起自己对婕斯不厌其烦的叮咛，汉娜点了点头。维多利亚皇家酒店的咖啡总是煮得很好，他们通常把咖啡盛在浅口的杯子里，同时还会附赠一根黄油甜酥饼干。她的手提包里装了一本萨基[1]短篇小说集，在这座富丽堂皇的“白象[2]”中读它是再适合不过了。在吊扇下方安静地坐上半个小时或是再久一点，确保玛丽和帕特能够结束她们的闲聊后，汉娜就可以离开这里准备回家了。

---

1 萨基原名赫克托·休·芒罗（1870 年—1916 年），是英国作家。他以其丰富的阅历和卓越的艺术才华，生动地再现了十九世纪末二十世纪初五光十色的欧洲社会生活。他的作品结构严谨，构思巧妙，结尾经常出人意料。在欧美，作家萨基与欧亨利齐名。

2 白象（white elephant）十分罕见而珍贵，但“白象”却并不受欢迎，原来，在暹罗国（今天的泰国），白象被尊为圣洁之兽，养尊处优，从不干活。据说国王如果想惩罚有过失的臣子，就赐给他一头白象。受罚的臣子受到食量巨大的白象的拖累，不久便会倾家荡产。如今这种惩罚虽然早已不复存在，“白象”作为华而不实、贵而无用之物的象征却流传下来。

CHAPTER 23 # 第二十三章

吉尔·菲茨杰拉德之前已经和帕特约好六点半去玛丽·凯西家接她，不过帕特并没有指望他会守时。虽然这不是什么大不了的事情，她告诉自己，但你有时就是会因为这个生气。她从去年开始就不再开车了，所以现在的她比从没学过开车的玛丽也好不到哪里去。撇开她那双得了关节炎的手和日渐下降的视力不说，其实她依然有能力继续开车上路，但她是个格外谨慎的人，不想给自己增加没有必要的未知风险。可她又不像玛丽每次想搭车时都会给邻居们发短信求助，根本无法做出那种求别人载她出门这样的事情，况且，如果她愿意求人的话，她住在人口密集的里斯拜格镇子里，而玛丽却住在人数寥寥的乡下，她的出行理应比玛丽更加方便。吉尔从前就不喜欢她开着大儿子弗兰奇送她的那辆车出去瞎逛，即便是前阵子她出去玩了一天他也表现出一副不开心的样子，不过要是帕特来玛丽家的话，吉尔的态度就会大不一样，他向来喜欢可怜的汤姆，说句实话，他当初还看上过玛丽。那还是他们都在上学的年纪，吉尔和汤姆并没有为此在私底下闹翻，反而照旧相约放学后和她们在布劳德大街上的马槽边吃薯片，这让帕特觉得有些奇怪。那时的马槽中还蓄满了水，某天正当吉尔像走钢丝的杂技演员一样在马槽边上蹦蹦跳跳的时候，汤姆一把将他推了进去。玛丽和帕特试图合力拉吉尔出来，可汤姆却抓住对方的脖子，使劲把吉尔的头压到水中。事情最终就是以这样的方式解决的，不过事后他们照旧如从前一般亲密无间。所以他们四个到后来一直都保持着很好的朋友关系，而当玛丽嫁到克罗塞拉的邮局时，帕特已经嫁到了里斯拜格的肉铺。平心而论，除了吉尔那个吹毛求疵的臭脾气，帕特觉得嫁给吉尔是件幸运的事情。为了满足玛丽许多一时兴起的怪念头，汤姆已经花光了一辈子的积蓄，而吉尔是个三思而行力求稳妥的人，如今他积攒的财富足以买卖一半的岛屿。因而在某种程度上，帕特已经算是捡了个大便宜，可以说没什么可遗憾的了。

但美中不足的是她的两个次子现在都去了加拿大。吉尔对今后如何分割自己的财产向来态度明确。他说不像他爸当年只有自己这么一个儿子，他辛辛苦苦工作了一辈子可不是为了看到自己的几个儿子为了争家产最终弄得不欢而散。因此当老大弗兰奇接手了里斯拜格的肉店以后，吉姆和桑尼也都被送进了大学，他们毕业后很快就如吉尔所愿去了加拿大工作，又过了几年，两人都在多伦多定居成家。在过去的这二十年里，因为工作难以脱身，再加上机票的开销太大，他们两个回家的次数实在屈指可数。这就导致了帕特和远在地球另一边的孙子们只能通过电话进行交流，她有时会给孩子们寄些礼物，偶尔也会在孩子们开圣体[1]或行坚振礼[2]的特殊时刻飞去

---

1 开圣体即初领圣体，在天主教会中，一般七岁至十三岁的儿童需要通过完成这一仪式才能在今后参与弥撒时领受圣体。圣体为基督教传统教派所使用的一种饼，通常为无酵饼并象征着耶稣。使用时要施行圣餐礼。天主教继承了犹太人的传统，认为发酵代表罪恶。

2 坚振礼是基督宗教的礼仪，象征人通过洗礼与上主建立的关系获得巩固。现时只有罗马天主教会、东正教会 、圣公会、循道卫理教会等持守。

加拿大看望他们。虽说如今随着 Skype 网络电话和电子邮件等通信技术的发展，使得他们的远程交流更为便捷，但帕特每次在桑尼为她创建的“菲茨杰拉德家庭脸书分享”页面上传照片时，她告诉自己这必然又会是一次有损无益的尝试，而且一旦发出就没有后悔的余地了。她为了上传一些孙子们感兴趣的东西而绞尽脑汁，可有时照片发上网后连续几周都收不到一条评论。过不了多久照片的下方往往就会出现桑尼头像的小图标，旁边还跟着一个微笑的表情符号，或是“妈妈，我爱你”后面再加三个感叹号。不过这只会让帕特感觉更糟：菲茨杰拉德家的成员向来都没有对彼此说“爱你”的习惯，帕特的孩子们也从没有用“妈妈”来称呼过她。尽管不是百分之百地确定，但她也很怀疑桑尼和他的孩子们是不是基本上都不会去看这个分享页面，可能是他加拿大的妻子出于对帕特的同情，临时充当了他的枪手代他在照片下发笑脸写评论？而吉姆的孩子已经是大学生了，在他们看来脸书实在太“Low”了，所以他们肯定根本就不会看到她发的东西。不过至少他们有写信来感谢帕特在他们生日时送的购书代金券——尽管信里从未提及他们是否已经收到她亲手织的保暖围巾和毛衣。她知道加拿大实在冷得厉害，没有什么是比羊毛更能保暖的了。

此时，帕特坐在玛丽·凯西的厨房中，她觉得在这里聊天是再合适不过了。玛丽刚一到家就赶紧把烧水壶移到炉盘上加热，还做了一个好吃的蛋糕，蛋糕是咖啡核桃口味的，尽管帕特非常喜欢，但自从吉尔装了假牙，她就没在自己的家里吃过了。虽然在阳光的照耀下，院子里的一切都显得明艳动人，但玛丽吃东西的时候不喜欢坐在室外，所以她们决定坐到厨房的餐桌旁。帕特看得出来，玛丽对玛吉家的状况并不满意，可是这也不能怪她，换作是谁都无法接受，因为那里分明就只剩房屋的旧骨架和一大片垃圾场了。那些山羊很快就能把周围的杂草清理干净，她说，你没有觉得让羊去清理那个地方是个很好的主意吗?

玛丽则不以为然地搅了搅杯中的茶，回说想要让那里变成一个可以居住的地方需要的何止是两只山羊。那里还是一如既往的破败。尽管汉娜·玛利亚嘴上没说什么，但她脸上的表情却告诉别人一切都已经超出了她的掌控。她就像跑到马路中间突然被车灯照到的野兔。帕特注意到这一点了吗？这会让人不由得越想越害怕。玛丽故作神秘地压低了声音："我跟你说，帕特，你可仔细听好了。其实汉娜事先也没有料到那地方会变成我们今天看到的样子。"

"是啊，碰上了一个从不照着时间表工作的瓦匠能有什么办法。"

"可她以前从来不会用这样的人。"

帕特觉得不管怎样，还是有必要说句公道话的："不过现在所有人都说弗瑞是个好瓦匠。"

"他就是个投机分子，从前也经常干这种投机倒把的事。"

玛丽把一大块蛋糕倒进一个饰有玫瑰花图案的盘子中，然后将盘子推到桌子对面："五十年前他对玛吉·凯西不是也很有一手吗？"

"你的意思该不会是……"

"姑娘，你为什么就不能有点常识，玛吉那时都七十来岁了，怎么可能！我的意思是他们两个其实本质上来说都是同一种人。弗瑞骨子里就是个粗鲁无礼的人，而玛吉是个什么样的人想必你心里也有数。"

"哎，她其实也没那么不堪，"帕特从蛋糕上抠下一块核桃，一小口一小口地认真将它吃下去，“你总是在说那个可怜女人的坏话，你知道这是为什么吗，玛丽·凯西？你其实是在嫉妒她。”

帕特一边歪着脑袋看向玛丽，一边搅拌着自己的茶，等着对面的玛丽发飙。玛丽冷笑道：“帕特，你是第一天认识我吗？你真以为我会和那女人杠上？”

帕特耸了耸肩：“汤姆原来不是花了不少时间在玛吉身上吗？”

“就算是吧，可那又怎样？”

“不能怎么样啊，我就是说说罢了。”

玛丽站起身来，昂首阔步地走到冰箱前面拿了一罐喷射奶油。她剧烈地摇晃了几下瓶身，在帕特的盘子上挤出一团形似小山的奶泡，同样也在自己的盘子里挤了一些。随后她重新坐回到自己的位子上，专心地吃起了自己的咖啡蛋糕。事实上，她告诉自己，帕特说得没错。汤姆是这个镇子上你所能找到的最为体贴的丈夫，可尽管如此，每次当他把本该陪自己妻子的时间用在帮玛吉整理炭堆、为土豆作垄[1]或者陪她坐在火边而且一坐就是几个钟头的时候，玛丽就会觉得怨愤不已。有时即使她气得都要发疯了，但表面还要装出一副若无其事的样子，她当然不能向汤姆抱怨什么。往好的方面去想，汤姆作为玛吉唯一的亲人能对她百般关心照拂也是件好事。所以玛丽在最初的那段时间里微笑着独自吞下苦水，等汉娜稍微长大一些就经常将她送到玛吉家给她打打下手，帮她分担一些琐碎的家务。玛丽深知，汉娜和她一样不喜欢那个脾气暴躁的老太婆，但玛丽会不停地劝汤姆说那样做对孩子没什么坏处，而且能让汉娜学着

1 作垄，即在高于地面的土上栽种作物的耕作方式。

如何去帮助别人。除此之外，玛丽还有一个不为人知的小心思：汉娜那时越来越喜欢缠着汤姆，这同样令她烦恼不已，因此将汉娜送到玛吉家真可谓一石二鸟。

一滴奶油从帕特的勺子滑落到桌面上，玛丽转身从水槽中拿了一块洗碗布。没人能懂得她有多么思念汤姆。她很清楚所有人都觉得他对她太过宠溺，也许他们想得没错。可她同样也知道他在克罗塞拉的学校操场上第一次看到她时就喜欢上了她，而她答应他求婚的那天也是他人生中最快乐的一天——那是他生前说过的最后几句话，在医院那个糟糕的隔间里，他躺在病床上，床头站着一个眼距很宽的牛脸医生，他说她是他这辈子最爱的人。医护人员想把玛丽拉走，但她死死地守在原地一动不动。汤姆的手就那么握着她的手，纵然那一刻天塌地陷，万劫不复，她也要待在他的身边，哪儿都不去。她就那么一直跟他们对峙着。汤姆拉着她伏到自己身边，对她诉说他那时的一见钟情终究得偿所愿，然后咽下了最后一口气。

CHAPTER 24 # 第二十四章

布莱恩·莫顿正在考虑究竟是选一份带塑料盖子的锡箔纸打包盒里的鸡肉意面，还是选一份盛在塑料碗中贵得离谱的杂烩汤和一袋洗好的沙拉菜叶。可无论哪一种的样子都让人觉得毫无食欲。家里的冰箱里其实是有可以做饭用的食材的，但那需要解冻、配菜和烹煮这一系列漫长的过程，而此刻已经饥肠辘辘的他自然就打消了做饭的念头。虽然觉得很有可能会白跑一趟，但他还是第一时间就去了超市，意面和杂烩汤，他最终哪一样都没有选，两手空空地回到了车里。今天是个大晴天，日落的景象也一定灿烂美丽，心中这么想着，于是他决定回家换身行头，随手抓几块奶酪和饼干然后出去走走。其实住在卡里克也不是没有好处的，至少在这里有一块未被人们占用的原始腹地，而且黄昏时分他还可以坐在芬法兰西侧绵延的悬崖边上欣赏壮观的日落。

他回到自己的公寓换上一双登山靴，抓起他的相机和一件风衣，乘电梯从他所在的六楼来到小区的地下停车场，向着巴利芬的方向出发了。除了那些美食餐厅毋庸置疑的诱惑力，巴利芬本身并没有什么吸引他的地方。在车开出卡里克四五公里的地方，他从那条平坦的高速公路拐到了右边一条蜿蜒曲折的小路上，朝着他平时最爱的当风悬崖边那块巨石背面的落脚处驶去。在这方圆几英里内，远远看去只有一家农舍，农舍的周围盖着几间仓库和木棚。布兰恩抬眼看看天空，把车停到了一块田边，翻过门栅，走到一片崎岖不平的草场上。他的到来惊扰了一群正在吃草的绵羊，他所经之处羊群都慢慢地离散开去。很快，他来到了田地的另一边，顺利地通过了篱笆桩上缠绕着的几股带刺的金属丝，沿着没有栏杆的海边悬崖走了一会儿，没费什么力气就爬到了那块巨石上，背靠着它坐了下来。他的时机把握得刚刚好。坐在这高耸的海岬[1]上，他可以倚着温暖的石块，从这一绝佳的视角边欣赏着日落，边吃一点饼干和卡芒贝尔奶酪[2]。他两脚分开，踩在又糙又硬的草丛上，然后将手伸进口袋里摸出了吃的东西散放在身旁，望向天边的地平线。

又是一个让人莫名烦躁的日子，布莱恩对此早就习以为常了。与他共事的人虽然都很和善，但和他却没有什么共同语言，因为他们当中多数人的年纪只有他的一半大，那些每晚不出门夜夜笙歌的人，要么就在忙着攒钱结婚，要么就每天面对着满屋的孩子们，所以一直以来，办公室、茶水间的话题翻来覆去就那么几个。虽说这些混日子的同事是该被开除的，但在布莱恩眼中，另一些一直将政务委员会大楼的四面墙当作他们职业生涯地狱围栏的人，他们的所作所为其实根本配不上他们的野心。他们生长在乡下小镇里，个个觉得自命不凡，可缺乏城市中精明老练的他们却想定居在那里，

---

1 海岬是指深入海中的尖形陆地。

2 卡芒贝尔奶酪（Camembert）是一种软的法国白霉圆饼形奶酪，以法国下诺曼底奥恩省 Vimoutiers 附近的村庄卡芒贝尔命名。

这难道不是很奇怪的想法吗？然而他的同事们都有一个共同的特点——不管这份工作是让他们充满热情，还是能够为他们退休后的生活提供一份更加优厚的保障——他们都表现得对自己周围的环境非常满意。在布莱恩看来，现在的年轻人中，但凡怀抱梦想、向往自由的孩子一毕业就都直奔机场或火车站远走他乡去了，而那些留下来的才急切地盼望着能在家人和朋友的身边就近找份工作。

布莱恩并不赞同在那样好的年纪就想着彻底安定下来。而且即使到了现在，他咬了一口在风衣里发现的苹果，只要一想到他那朝九晚五的工作就会令人觉得无比厌烦。不过就算他的余生都要在芬法兰的中央规划局里度过，那么他也宁愿一直待在那间开放式的办公区，而不是和他的任何一个部门主管——一个脾气大得要命，另一个是个酒鬼——挤在同一个小房间里。几年前，四十六岁的布莱恩来到了卡里克后，居然还意外地顺利通过了他的工作申请，因此在之后的日子里，孔·绍特和帕迪·麦金这两个都是五十四五的领导为了防止他觊觎他们的位子，搁置了长久以来的争议，形成了一致对外的联盟，时至今日，他们的联盟已经自然而然地变成了一种习惯。随着日子一天天过去，他们并未在布莱恩的身上发现什么别有用心的企图，部门里的其他人也不再质疑布莱恩到这儿来的目的究竟是什么。但对布莱恩自己来说，他却几乎每天都在问自己为什么来到这里，而自己待在这里的意义又是什么，可终究，他没有找到一个足够有说服力的答案。

然而想得再多也没有什么太大的意义。所以此刻背靠着那块温暖的石头，他回过神来将注意力放到眼前的风景上。这世上还有哪些景色能抵得过这里的一切呢？极目远眺，西方的天边有一片灼灼的火烧云，落日的余晖洒在海面上，闪烁着点点微光。布莱恩把手伸进口袋，犹豫着要不要掏出相机，但想了想还是放弃了，只将那只手放回了膝头。在过去的几年中，他拍过太多落日的照片，在卡里克他租住的公寓墙上，那些不断增多的照片曾一度几乎将墙面全部覆盖。当墙上的最后一幅木兰花的装饰画也被一张满是红色与金色的作品压在了底下之后，他把所有的照片都取下来丢进了垃圾箱里。一次次重复尝试去记录那个发光的圆盘坠入海中的非凡瞬间是多么可笑；如果单纯地透过镜头来观察，就无法捕捉到取景框以外的风景，同样，也会错过日落时分的潮汐涌动和鸟语花香。他想到了自己六楼公寓里的那几面墙，原先的照片早已被他撤去，如今只能看到许多用钉子扎过的小孔。布莱恩试着将过往的际遇与对未来的期许重新归零，他决定珍惜每一个当下。天边的云层被镶上了道道金边，海浪节奏缓慢地上下起伏，残阳渐西，照得海面越发猩红。崖下拍岸的涛声震天，犹如隆隆的擂鼓。布莱恩坐在那里，看着远方的落日渐渐沉入海平面，直至消失不见，辽阔的天空转而闪耀着珍珠母般的光华，绵延的峭壁连成弧线向西北伸展开去，最终模糊变暗。一阵凉风拂过青草，吹散了饼干碎屑，卷跑了他手中卡芒贝尔奶酪的包装纸。当那纸飞到他的右脚时，他用脚后跟将它压在地上。等他再次抬眼望向远处，霞光彻底散去，天空已然如墨水般浓得化不开，只在海天相接处留有一抹依稀可见的银色光亮。

他原本打算在这样的傍晚时分沿着悬崖边的山路散散步，但海风逐渐变大，他起身回到了车里。刚才吃的那点奶酪和饼干反而让他更饿了，这种不减反增的饥饿感让他意识到此时的自己需要的是一顿真正意义上的晚餐。可一想到要在正是旅游旺季的巴利芬的餐馆中找到一张空桌，他就不由得感到心力交瘁，于是他决定转到主路上直接开回卡里克。除了无法消除的饥饿感，他心中还隐隐觉得有些委屈，如果不是因为那个姓凯西的女人耽搁了时间，超市里那些比较像样的晚餐肯定不会在他去时就已经全部卖光的。他走出办公室的时候，本来可以无视她直接走掉的，但看到她不知所措却又强装镇定的样子，他觉得有必要向她提供帮助。不过现在想来自己实在是太糊涂了。他生平最讨厌的就是不自量力的人，如果那些人甘愿让自己的生活变得复杂那是他们的自由，可他们若想拖着别人一起下水就必定会让人大为恼火。因此，他当时选择蹚这摊浑水实在不是一个明智之举。况且，他很快就意识到那是一个很难应付的女人，也不知道是从哪里听来的八卦，总之她在镇上的口碑很差。在用来形容汉娜的众多词语中，“自命不凡”已经算是一个较为温和的评价了，今天和汉娜·凯西的接触过后，他已经充分理解了大家之所以这么说她的原因。然而，看着她走出规划办公室，抑或有时出现在里斯拜格——在她平常上班的地方的车流之中，他都禁不住对她挺拔的背影和束在脑后那条乌黑倔强的发辫有种颇为赞赏的感觉。而且他注意到当时坐在桌子对面的汉娜那双纤细修长的小手上修剪得很短的指甲是那样干净整洁，十分引人注目；卡里克刚开了一家中国美甲店，镇上的所有女人似乎都争相把颜色过于艳丽的爪子一样的假片粘在手上，在她们使用键盘或手机时，那些指甲片有时会破碎，有时会发出咔嗒的响声。但汉娜明显与她们不同，她的双手清丽光洁，甚至连戒指都不曾佩戴。

在驶向卡里克的途中，布莱恩减慢车速，让一辆从马路对面开来的中型面包车开到大路上。这辆车是从道旁的石子路上来的，石子路连接着主干道与一座荧光粉的小平房，布莱恩每次经过这里都很讨厌看到那所房子。那辆写有“里斯拜格，菲茨杰拉德肉店”的面包车从他前面横插了过去。坐在驾驶位上的是一个干瘦的小老头，他板着脸一本正经地直视前方，而他身边坐着的那个身着亮黄色带帽厚夹克衫的女人却对他感激地挥了挥手。布莱恩向对方点了点头重新加速，思绪又回到那间恼人的房子上，这么一座可怕的房子当时是怎么拿到工程审批的？

坐在肉店货车上的帕特斜睨了一眼身边的吉尔。他这个人开车时从来不会和路上的其他司机打招呼示意，然而和以往相比，今晚的他似乎更加心无旁骛。他去玛丽家接她时丝毫没有留下喝一杯再走的意思。尽管帕特也算不上是个无酒不欢的人，可她还是很喜欢和玛丽一起喝上几杯马蒂尼。于她而言那是一种不错的放松方式，也会让她想起汤姆还在世时的旧日时光。汤姆从前经常给她和玛丽备好马蒂尼，再给自己和吉尔倒上啤酒或是威士忌。每当他们四人在一起时，吉尔的精神状态也总是很好。此刻行驶在从卡罗萨拉返回里斯拜格的路上，他向她询问了玛丽的状况。

“她一切都还好，难道你刚才进去的时候没看到她？刚刚你应该坐下喝一杯再走的。”

他今天太累了，他说，她们两个人都聊了好几个钟头了难道还没有聊够吗？

“拜托，吉尔，你本来可以喝一杯再走的。你来玛丽家看到她本人不开心吗？”

吉尔一时语塞。他想他是希望看到她的，不过他没有想到的是，可怜的玛丽现在的状态比他想象中的要好很多。

“哎，她很想汤姆。不得不说，她每时每刻都在想着他。虽然她没有承认过，但她现在正为汉娜的离开感到沮丧。自从汤姆走后，玛丽一个人住在那座房子里实在是太过孤单了。”

“可是汉娜只不过要搬到路的那一头，你这女人，说的都是些什么傻话？婕斯不是还时不时地带着她的一堆脏衣服回来洗吗？”

帕特叹了口气。他说的确实没错，玛丽·凯西已经算是非常幸运的了，可吉尔哪会懂得真正空巢独居的滋味。她噘起嘴巴不再说话。过了一会儿他瞟了她一眼，哼了一声道：

“你现在耷拉着脸、皱着眉头肯定是又想去看你那些远在多伦多的孩子了吧？”

“我才不去想那些不切实际的事情呢。”

“好吧，其实这也不是什么很难实现的事情。”

他露出了如潘趣先生[1]一样的招牌笑容，一个急转弯拐到了回里斯拜格的路上。他说他们全家人都有可能要飞去加拿大过圣诞了。帕特张大了嘴巴，还没来得及开口，他先在她面前晃了晃手指道：

“不过我可不能保证一定行，总之你别太过记挂着这件事。现在唯一很确定的就是今天在卡里克的碰头会开得挺顺利，不，不仅仅是顺利，是非常成功。”

帕特坐在副驾驶的位子上，觉得眼前仿佛一片晕眩。她不明白吉尔究竟正酝酿着怎样的计划以致最终能实现那么意义非凡的愿景。

---

1 潘趣先生是传统英国木偶剧《潘趣先生》中的一个角色。该剧距今已有四百年的历史。故事描述主人公潘趣生性残忍，因为看自己的孩子不顺眼，将自己还是婴儿的孩子扔出了窗外摔死，他的妻子朱迪十分生气，于是用木棍追打潘趣，不料被潘趣夺回木棍，被毒打之后也死了。接着潘趣又杀死了追捕他的警察，即使入狱被判绞刑后，刽子手也被他哄骗，他让刽子手为他演示如何绞刑，却趁机绞杀了刽子手。最后魔鬼前来缉拿，也遭他百般戏弄，棍打致死。

吉尔非常欣赏自己的生意头脑，但帕特却一直觉得他无非就是在牛市里做点买卖或者到处收集些不值得一提的地皮。不过她很确定他倒是经手过相当多的钱。如今令人大为惊讶的是他终于准备花掉其中的一部分。帕特上一次看到桑尼、吉姆和他们的孩子已经是十五年前的事了。就在不久前，她还不无遗憾地想过下次再见到他们也不知道是何年何月了。可就因为吉尔的这几句话，一切都有了新的变化与可能。她一时感激地说不出话来，只是转向他不住地微笑，此时的她已经等不及要去购置旅行用品以及她所能买到的最漂亮的礼物再把它们统统打包塞到旅行箱里了。

CHAPTER 25 # 第二十五章

婕斯伸了伸懒腰，由于今早不用上班，她在床上打了个滚，想着接下来的几个小时要做些什么。因为工作性质的关系，公寓中包括她在内的所有人都是需要倒班的，所以想要明确地规划每天的生活确实不太容易，不过这一次大家都能聚到一起了。这一天中的绝大部分时间她都将独自度过，等到了傍晚她的室友就都会下班回家了。乔治欧提出如果在他回家前婕斯就备好食材的话，晚饭就包在他身上了。他给婕斯列了一个菜场购物单，还在上面附了一些严格的指示诸如要轻拍甜瓜以检查它们是否新鲜，或是一定要买到他要的那种牛至[1]等。乔治欧一向对法国产品的质量颇有微词，不过大家都觉得他那么想非常好笑。可无论如何，他做饭是真的很棒，只要稍一培训就能成为一个真正的大厨了，因此，正如他经常挂在嘴边的那句话，她们能跟他住在一起绝对是她们的幸运。婕斯终于下定决心从床上爬起来，她不用再像上班时那样冲个澡就匆匆出门，她打算着好好洗个澡，然后在院子里消磨一下清晨的时光，等到下午再去

---

1 牛至又名止痢草、土香薷、小叶薄荷，为唇形科牛至属多年生草本植物。西餐中常常会加入该种植物作配料。

超市采购，顺便在镇子上的广场喝杯咖啡，买点晚上要吃的东西。

尽管她喜欢和大家待在一起，也很享受工作给她带来的快乐，可她同样珍视那些独处的时光。每当有别人在家时，总会有人大声地播放音乐，或是两人待在各自的房间里向彼此喊话，有时不停作响的手机铃声也会充斥在整个公寓之中。她翻了个身从床上下来，没去查看自己的手机，而是直接走到了阳台。她当初之所以选择了这个双人间，是因为尽管空间狭小，但屋子的栏杆被卷曲的藤蔓缠绕包覆，别有一番情趣，而且从这里向外看去，楼宇屋檐间还隐约能看到远方的山脉。她和室友莎拉上班的时间几乎都是错开的，所以这么一来这其实更像是个人独自享有的单人间，不过总的来说她们相处得还算比较和睦。事实上，除了偶尔生气拌嘴，或有时乔治欧因为烤箱的状况暴跳如雷，他们真的可以称得上是和谐的一家人。你很难想象自己可能会和别人通过一个布告栏聚集到一起来，不过从一开始公寓里的伙伴们就相当适应这样的沟通方式。但对于婕斯的外婆来说，当她第一次听婕斯说起这事的时候简直是勃然大怒。

“你和网上认识的一群陌生人搬到一起住？你是不是疯了？还是你从来不看报纸？”

即便婕斯打开了她的笔记本电脑，向她解释了那是航空网站员工内部的电子公告栏，还给她演示只有员工才能登录到相关界面上，但对玛丽来说这也并没有好到哪儿去，她仍然不会被婕斯说动。

其实只有婕斯的妈妈在这一点上显得通情达理。当她爸爸在听到她要搬到合租公寓里时目光变得异常冷峻，他甚至提出如果婕斯愿意，他会出钱给她租下一整套公寓。不过话说回来，反正爸爸也一直不赞成她去当空姐，他们也就没再为了这件事情僵持不下。她认为爸爸没有疾言厉色地反对主要还是害怕会彻底失去她们。她至今仍不时想起他当时目光冷峻的样子，不过好在她很小的时候就学会了如何去无视一些东西。跟爸爸针锋相对纯粹是浪费力气；微笑着继续走自己的路才是更为明智的做法——早晚有一天他会同样对你报以微笑，因为除此之外，他也没什么别的选择了。或者至少婕斯觉得理论上应该是这样的，他们彼此都很珍惜两人单独相处的时光，说到底他不会亲手打破这种和谐。他曾对她说过，人生在世最重要的就是让自己开心。她当时就觉得这种类似人生信条的想法极为危险：在你无法与世隔绝的情况下，你的快乐往往在很大程度上与他人有着密不可分的关系；而如果你把快乐看得比任何事情都重要的话，那么无论你是否承认，你的人生都将在很大程度上被他人左右。

婕斯和爸爸的看法不同，在她看来人生最重要的是经历，大喜大悲抑或平淡无奇，我们所要做的是龃龉前行，并非生而为赢。她还在上学的时候所有人都理所当然地认为她毕业后会进入大学继续读书。爸爸想让她去剑桥读书，那里也曾是爸爸和祖父乔治昔年就读过的学校，她从前也是这么以为的。可变故突如其来，她们搬到爱尔兰后，一切都不一样了。她起初非常讨厌那次搬家，也曾在那段日子里心灰意冷，但随着日子一天天过去，她全新的生活环境为她开启了无数种新的可能。她在伦敦的私立学校读书时，所有人都目标一致地往那座独木桥上挤：考上牛津、剑桥，自己争取或由父亲花钱托关系得到很好的实习机会，然后进入一个旱涝保收、薪水逐年递增的行业之中。相较之下，她里斯拜格学校的同学们则有着各种各样的志愿和理想，很少有人笃定地抱有追求一生安定的想法。

可能这是源于他们有着完全不同的榜样，他们的父母绝大多数都是农民或渔民，那都是些看天吃饭的营生，有些人的父母是做小买卖的，也是随着经济的大环境浮浮沉沉。她的同学中倒是有一些继续上了大学，而剩下的人则只是笑着说大学学费太贵上不起呀，去别的地方做点什么事情难道不比为了上学欠一屁股债要强吗？不过还有像康纳 · 麦卡锡那样被家庭牵绊的人。康纳曾对她说过自己一直幻想着能够进入大学，但事与愿违，他不可能有那样的机会了，他和他的哥哥乔必须要一起努力保住家里的农场。

“不过可能对我来说都是一样的吧。我要是真的去上大学，我爸肯定也会让我念农业吧。”

“你不愿意读那个专业吗？”

“天哪，我当然不愿意啊。多半讲的是农业扩张和农业改良这类的东西，我真的一点都不感兴趣，那些都是综合农业经济，不是教你怎么种地的。”

其实他想成为像她妈妈一样的图书管理员。婕斯觉得那是一份相当无趣的工作。里斯拜格的图书馆基本上有一半时间都没人光顾，而且妈妈似乎也没从工作当中得到什么乐趣。

“哎，好吧，也许……你知道我也不是想说我妈的坏话，不过我觉得她现在做的确实有些差强人意，其实她本来可以把工作搞得更好的，比如改善一下图书馆的氛围什么的。”

在婕斯看来，女修道院那幢高大建筑物的后面被封了起来，从前的学校操场如今已废置多时，再加上那几间临时的政务委员会办公室，除了“死气沉沉”，她找不到别的词语用来形容那里。让她想不明白的是，同样被置入旧校礼堂中的图书馆，又怎么会变成让康纳振奋的力量之源呢？不过她不忍向他提出质疑。别的和他一样拥有梦想的同龄人都能无所顾忌地远走他乡，但那个可怜的家伙迫于现实只能待在里斯拜格。她可以周游世界，随心所欲地住在任何她喜欢的地方，她可以去了解新知，品尝有趣的食物，提出不同的人生主张，经历她伦敦的旧友从来不曾想过的东西。尽管她不得不承认此刻的自己是别人眼中一个在偏远机场上班的不值一提的无名小卒，可她才仅仅工作了六个月，已经能在法国找到一间属于自己的公寓了，尽管是与别人合租，但公寓中却有着自己喜欢的小院、藤蔓和阳台。

卫生间洁净光亮，说明最后一个使用过这里的是乔治欧。婕斯在浴缸中放好了水，心情愉悦地顺着浴缸内壁慢慢滑进散发着香气的水中。妈妈在听到她打算和别人合租公寓的时候只是问了问到时候会有几个卫生间，在听她说只有一个后笑着嘱咐她要在每次使用过后清理干净。

“和别人合租最容易闹矛盾的地方就在于浴缸清理不干净，或者是地上到处铺着湿的毛巾。”

“你是怎么知道的？”

“因为这些都是我曾经经历过的。”

据说妈妈在嫁给爸爸之前曾经也和三个姑娘在伦敦合租过某间公寓。

“你们原来在哪里租的房子？”

“就在帕丁顿火车站附近。”

“那很棒啊。”

“当时那里可不像现在这样，原来那片又脏又乱，我们每天早晨基本上都是被警鸣声叫起来的。”

“那你喜欢住在那儿吗？”

“当然，我们那时候都还年轻。那是第一间属于我自己的公寓，好吧，也是唯一的一间，那之后我就搬到你爸爸那里了。”

“什么？你们还没结婚就住到一起了？”

“当时已经是二十世纪八十年代了，又不是还在中世纪。当时你爸爸的公寓在斯隆广场附近，顺便提一下那房子还蛮不错的，在找到后来的房子之前我们就一直住在那里。”

“后来的房子是你找到的，对吗？”

“对，没错。我当时空闲的时间比较多，所以找房子这件事就由我来做了。”

“而且装修也是你一手负责的。”

“是啊。”

“爸爸总说你是个设计天才，难道你没想过当个设计师吗？”

“没有，我也不是很清楚……”

“……我的意思是我不是在很久之后才出生的吗？你可以用生我前的那段时间来做些你喜欢的事情。”

婕斯之前从来没有想过这个问题，可仔细琢磨一下，妈妈之前从来不必工作也确实有些奇怪。如今这个岁数的她明明已经不用工作了，但她为什么又开始工作了呢？况且爸爸肯定给过她一大笔赡养费了。也许是爱尔兰的生活太过无聊，她想给自己找点事做吧，也有可能她只是单纯地不想每天和外婆待在一起而已。婕斯想到前些天妈妈从信用合作社贷款的事情，她为什么需要贷款呢？爸爸一定会把重修玛吉家的钱借给妈妈，省下她支付利息的钱吗？如果爸爸乐于为婕斯在法国的房子一掷千金，那他为什么不能帮妈妈为在爱尔兰的房子出一点装修费呢？婕斯伸直胳膊，使劲挤了挤手中的沐浴海绵，一条小水柱径直流到她的脸上。阳光透过敞开的浴室窗户明晃晃地照射进来，窗外几只家燕在空中翩跹起舞，从庭院的下面看去，燕子们的巢穴就在房檐的边上。她想可能改天应该换一换院中那些大陶盆里的土，重新从市场上买些植株栽进去。她多年前种下的几盆天竺葵早就因为缺水枯死了。这栋楼上没有一个房客觉得楼下的院子是归自己管理的，所以这也就不难解释为什么花盆里总是插满了凋零枯萎的植物了。只有在门边着床生根的藤蔓，无须看顾也能生长得郁郁葱葱。不仅如此，物业公司可能还打算将枝蔓横生的藤条砍掉一部分，以确保檐顶的排水槽不被阻塞。不过眼下它们还是攀附在大楼表面不停地缠绕上升，爬过一层层阳台，马上就要延伸到房檐边上的那个燕子窝了。

婕斯放掉了浴缸里的水，将卫生间认真清理了一遍，然后把浴巾搭在了阳台的栏杆上，不过严格来讲，这样做其实不太好。她穿了件适合一路闲逛到菜场的衣服下了楼，在经过门房的时候对着里面正在打电话的看门阿姨匆匆打了声招呼："Bonjour，Madame.[1]"看到她的浴巾在不远处的上空随风飘动，于是悄悄地溜出了大门。

她溜达着一路下坡，朝小镇广场走去。想到妈妈的旧屋改造计划，外婆曾说那将是一个"灾难"，可毕竟外婆是个喜欢夸大其词的人。婕斯有时会觉得，妈妈从小跟一贯喜欢否定别人的外婆生活在一起实在是挺不容易的。不管别人有什么想法或打算，玛丽·凯西

1 Bonjour，Madame. 是法语，意为"你好，女士"。

总能从里面找到瑕疵，尽管多数情况下她只是为了说着好玩，可有时的确能让人沮丧不已。虽然妈妈嘴上从来不说什么，但她近来越来越怀疑其实妈妈早已不堪其扰。在搬到爱尔兰之前，妈妈的日子一向顺风顺水，她总是衣着光鲜，一副波澜不惊的样子，平常在伦敦的时候会有条不紊地为爸爸的朋友们组织一场场晚宴，也会每周从福南梅森[1]食品商店里调派一个个食品篮发往他们诺福克的乡间别墅。即便是在婕斯很小的时候她们夏天回到爱尔兰度假，妈妈的状态也总是开心和放松的，不过那时外公还在世，可能这就是妈妈和过去判若两人的原因所在吧。好吧，不论出于什么样的原因，妈妈再也不像从前那样沉静平和了。也许从外婆家搬出来，拥有属于自己的生活空间是一个不错的想法。可选择住到一处听上去像是废墟的房子里总归有些奇怪。婕斯打算在她下次回家的时候去那个地方看看。可能外婆这次说得实在太夸张了，到时候看到的屋子说不定是像画在明信片上的一样，门边或许还栽着一排漂亮的忍冬花。

1　福南梅森是英国伦敦的著名食品商店和百货公司，销售高级食品和其他奢侈品。

CHAPTER 26 # 第二十六章

一个穿着运动服的男人在书架间走走停停，架子上的每一本书他都要取下来看上几眼。他从图书馆最后排的架子上开始稳步地朝着一个方向将书逐本取下，盯着封皮看一会儿后再把它们放回到原来的位置上。汉娜注意他的这种举动足足半个小时有余，她觉得自己没法再放任他继续这样下去了，于是从她的办公桌后站起身来走到大厅的最里面，压低声音，轻快地对他说：

"有什么需要帮忙的吗？"

男人环视一圈，目光透过他那啤酒瓶底似的圆眼镜停留在汉娜身上，声音如雾笛般响亮而低沉。

"不需要，姑娘，你待在那里就好，我这边没什么要帮忙的。"

"能不能请你说话的时候声音稍微小点？"

"啊，不需要，老实说我真没什么需要帮忙的。"

"我知道了，但你说话的时候能不能小点声？"

"完全不需要，不用麻烦你了，康纳已经帮我解决了。"

他转过身去，拿下一本平装书，查看完书皮后又把它放回到了书架上。发现已经走到架子的尽头后，他抬手够向更高的架子，又朝着一个方向开始了和刚才同样的动作。汉娜不再跟他说话，继续纠缠在让他压低声音这个问题上是毫无意义的。反正他也没做什么出格的事情，何况直到她主动找他说话前他并没有发出什么响动。

她耸了耸肩，回到自己的办公桌前，准备好好研究一下自己的电脑。它从昨天开始就出现了一些异常，而到了今天，存取资料就变成了俄罗斯轮盘赌[1]，操作的时候倒是不会出现什么大的问题，但有时文档会突然消失，然后悄悄地出现在其他文件夹里。尽管县图书馆的信息技术员已经在电话里教她具体应该怎么操作，但她显然还是没有办法搞定那台电脑。二十分钟后，技术员在电话里长长地叹了口气，说他会在下周过来一趟。

“可是我现在急着用电脑，等不到你下周来。”

“抱歉，凯西女士，我最快只能下周了。你确定刚刚是跟着我的指示一步一步操作的吗？”

“当然了。而且我想不出在给你打电话以前是哪个环节出了问题。”

她虽是这么说的，可心里却清楚自己应该没有按照他的指示操作。电话线那头原本就不耐烦的声音变得更加不可一世。

“你最好还是别再碰它了，如果你继续胡乱操作下去只会让问题变得越来越严重。”

汉娜努力克制住自己的情绪，简单道谢后挂掉电话。她或许确实对电脑操作不太精通，但她也不是那种经常把诸如此类的办公工具弄得一团糟的人，要不是不想继续和他针锋相对下去，她必定会

1　俄罗斯轮盘赌是一种赌命的游戏。规则是几个人围坐在一起，中间放一把能装六发子弹的左轮手枪，游戏开始时通常在里面装一发子弹，任意旋转转轮之后，关上转轮。每个人轮流扣动手枪扳机，中枪的毙命或淘汰（可以用仿枪替代），怯场的也为输，坚持到最后的是胜者。旁观的赌博者，对参加者的性命押注。

这么跟他说的。当前最重要的问题是让这该死的东西正常运作起来，而不是和卡里克的一个个还长着青春痘的毛头小伙子论长短。

康纳走进图书馆的时候她已经重新坐到了自己的办公桌前。他身上紧紧地裹着骑摩托车时穿的那件带拉链的工装，他头上的安全帽也还没有摘下来。

“电脑怎么样了？”

“我都快被它气疯了。不过康纳你这个时候不该出现在这里啊。”

“对，我知道，我是来镇里买拖拉机配件的，在路上的时候我突然想到或许你应该重新安装一下最后启动的那个程序。”

康纳快步来到汉娜的办公桌前脱下了他的头盔，她起身站到了他的旁边。

“你说的那个技术员在上一次升级系统的时候来过，”康纳坐下来，对着屏幕皱起眉头，“我想他当时肯定改过很多设置。”

“他在电话里只是让我不要乱动它。”

康纳哼了一声：“我打赌一定是他干的，他肯定知道自己当时操作失误了。现在给我一点时间，我来帮你解决这个问题。”

十分钟后，康纳转过桌前的椅子，笑容满面地看着汉娜。

“快说我是什么？”

“你是个天才！”

“你说得太对了。屏住呼吸祈求好运吧！你的电脑现在应该不会再有什么问题了。”

“你要不要来杯咖啡？”

“不了。家里的奶牛还等着挤奶，拖拉机还等着修呢，”他拎起自己的头盔，“我们明天见。”

汉娜看他一边往外走，一边艰难地系着头盔的带子，于是帮他打开了大门。一颗脑袋从房间尽头的书架旁探了出来，那个穿着运动衣、戴着酒瓶底眼镜的男人兴奋地大声打了个招呼。

“康纳你来啦，还好吗最近？”

“挺好的，谢了，奥利弗，找得怎么样了？”

“没什么进展，康纳，但是我会坚持下去的。每隔一天来找二十分钟，我都计划好了。”

那颗脑袋很快又缩回书架里，汉娜一把抓住了康纳的胳膊。

“天哪，那到底是谁？”

“他就是那位狗先生。难道你忘了吗？”

“什么狗先生？”

“就是那个发邮件来说要找一本封面上有一条黑狗的书的人。”

“所以他现在是用自己的方法把整个图书馆都翻一遍吗？”

“嗯，他已经在所有的书店里都找过了。”

“他到这儿来干这事有多久了？”

“有几个礼拜了吧。可能他来的大多数时间里你都去出车了。我跟他说可以。怎么了？有什么问题吗？”

汉娜摇了摇头道：“没，没有，当然没什么问题。”

“我跟他说过在找的时候尽量去回忆一下书名。”

“这也许是个好主意。”

汉娜回到自己桌前，在鼠标上单击了一下，看到了她要找的文档就在屏幕上它原来该在的地方。图书馆的门外传来“小黄蜂”发动机突突突的声音，那声音很快离开院墙，随着康纳的走远逐渐消失不见了。十分钟后，一拨家长接了放学回家的孩子来到图书馆借、还图书。紧跟着他们到来的，是双手插在亮面风衣的口袋里，上衣依旧紧紧地裹着屁股的弗瑞·奥谢，而“夜叉”就紧紧地跟在他的身后。

CHAPTER 27 # 第二十七章

汉娜的目光飞快地掠过众人，直接落到门口的弗瑞身上。

“这是公共场所，你不能带‘夜叉’进来。”

尽管“夜叉”上了年纪，但当它听到汉娜说话后当即就感受到了她的敌意。它用鼻尖对着汉娜，四脚僵直地站在门口，从喉咙里发出低沉的咆哮。站在大厅远处的一个孩子闻声吓得哭了起来，而一个满脸愤怒的父亲转身瞪着眼睛望向正在示意弗瑞噤声的汉娜。

“你—不—能—带—狗—进—来。牵着它离开这里。”

“夜叉”的低吼开始变得更具威胁性。弗瑞若有所思地垂眼看了看它，接着又继续看向汉娜。

“我还以为是你想联系我的，既然这样的话，那我带着它马上就走。”

他转过身，用穿着靴子的脚掌勾起“夜叉”的腹部将它抬出门外。

“别走，你等一下……”

“儿童园地”的家长们发出一阵猛烈的嘘声，其中，身穿短裤与角斗士凉鞋的达瑞娜·凯利刚为她那浑身溅满颜料的正在学走路的孩子挑了一本《长袜子皮皮》[1]等着他日后去破坏。汉娜抓住弗瑞的衣袖将快要走出图书馆的他一把拉了回来。他身后的大门猛地关了起来，把“夜叉”隔绝在了室外。

“你为什么不接手机？”

“难道你雇我的那一天我没跟你说清楚吗？我从来不接电话的。”

“我并没有雇你，根本没有‘那一天’或者哪一天的。”

“可你收下我的山羊的时候不是还挺高兴的吗？”

汉娜深深地吸了口气道：“我的意思不是说不承认你接手这项工作，我已经把这个工程交给你了。我只是以为你会表现得正常一点。”

“正常？”

“对，像个能听懂别人说话的正常人那样。我跟你说过我需要一份书面的计划，有了这个才能拿到工程审批。还有预算书。不，该死的，是报价。我以为你会给我拿来一份书面工作计划的，我还特别跟你强调了要把房顶上的石板瓦留下，可是我那天去了以后发现你根本没有跟我打过招呼就把加盖小屋拆了，石板瓦也不见了。”

弗瑞望向远处的那群“儿童园地”的家长，他们刚才还在佯装看书，现在全都停了下来。他问她确定要在这里聊这件事吗？汉娜急忙抓住了他的胳膊肘，门外传来了“夜叉”的嚎叫，它似乎隔着一扇橡木做的实木门都能感觉弗瑞受到了威胁。弗瑞打开门走出去大吼一声：“闭嘴，你这个‘夜叉’！”然后走了进来，十分小心地将门悄悄关上。汉娜把手插到兜里，一扭头领着弗瑞朝图书馆下面的厨房走去。她刚进厨房就一把关上了房门，这已经违背了她为自

1 《长袜子皮皮》是瑞典女作家阿斯特丽德·林格伦从1945年开始所著的一部童话故事系列的名字。内容讲述一个奇怪的小姑娘“长袜子皮皮”的冒险故事。

已定下的“不在无人看管的情况下离开岗位”的基本原则，还跑到这个狭小的房间里面对着弗瑞。还没等她开口，他就歪着脑袋向她发问：

“那你怎么知道你的那些石板瓦现在不是摞在某个不受天气影响的地方，等着过阵子再被搬回原地呢？”

汉娜目瞪口呆地望着他：“真的吗？”

“假的。我已经把它们卖了。”

“你把它们卖了？”

“呃，不，其实，也不是。我用它们换了别的东西。”

他说在他把屋顶拆掉以后发现托梁[1]的状况比他预期的更糟。听着，这是很正常的，你只有看到它们的时候才能了解它们的具体情况。不管怎样，现在看来最明智的做法就是换新的木材，但是这样一定会花上一点钱。

“所以我用那些石板瓦换了不少瓷砖，他们还额外赠送了房梁木。”

“但我告诉过你……”

“难道我会不知道你说那些话的用意是什么？你的意思不就是别浪费你的钱吗？”

汉娜盯着茶壶上映出的自己，努力冷静下：“对，我就是这个意思，难道不对吗？要掏钱的是我，我负责拿钱，你负责盖房子。我有权力决定自己的钱花在哪儿。”

“房梁木得花多少钱你知道吗？”

“我不知道。但如果我想知道就一定会知道的。我再说一次，那

---

1 托梁也可叫作盖板，它主要出现在单层工业厂房结构中。

些石板瓦必须给我留下来，你明白我的意思了吗？”

弗瑞把手伸到茶壶边的饼干罐子里，抓了几块蛋奶夹心饼干：“当然了，姑娘，我完全明白你的意思，在这一点上你永远不用怀疑。”

“很好。我明天会去玛吉家，到时候我希望看到所有的石板瓦都码在那里。”

“如果你真是这么想的话，那么恐怕你要失望了，”他侧着瘦削的屁股轻轻一跳，坐到了厨房的柜案上，“我来找你是想跟你说我要离开一个礼拜左右。”

这简直是太不像话了。汉娜觉得包括她自己在内的所有人都一直把她的家称为“玛吉家”。

“你不能把工作放到一边就这么走了！”

“天哪，你这个怪女人脑子怎么就不转转弯呢？”弗瑞一边嚼着饼干一边说，“你觉得工程审批会马上下来吗？”

汉娜瞪大了眼睛，他摇摇头道：

“事情到了今天这个地步，你就不能又去申请审批又要让我开工了，你到底想不想让我抓紧时间继续干活？严格来说，在批文还没下来以前，一只羊都不能出现在那里。”

汉娜彻底被他惹恼了，想都没想就脱口而出：“你说的没错。但现在加盖的面积不大，没必要走申报程序，根本不需要什么工程审批。要是以后还想扩建可以追加。”

“是追溯效力。”

“随便你怎么说。”

“那既然你知道这个的话，凯西女士，你应该也会知道我是根本不用进行申请的。”

弗瑞嘎吱嘎吱地嚼着嘴里的饼干，若有所思地望向远处。他们相对无言，在一阵漫长的沉默中，她意识到自己前面提到加盖的事情实在是太蠢了。随后他冲她挤了下眼睛就离开了。

CHAPTER 28 # 第二十八章

弗瑞从卡里克出来，开上了通往科克和凯里[1]边界方向的支路，朝着兰西城堡驶去。一路上面包车咔嗒咔嗒地响个不停，车就这么一直往前开着，高速公路左手边的山脚出现了岩层上矗立着的城堡外墙。中世纪的德兰西家族将城堡建在这里主要是出于抵御外侵的考虑。因为整个城堡处在群山环抱之中，它的后侧又紧邻着利于放箭的高地，可谓控制住了半岛的门户。就连卡里克本身也逐渐发展成一个服务于德兰西家族各种需求的市场集散地。

所有生活在这座半岛上的人都对城堡的历史了如指掌。十三世纪时，芬法兰的诺曼[2]系英格兰人领主将这里当作堡垒，在入口处的通道两边筑起一对双子塔，在城下挖了一条护城河，护城河的上方架起了一座吊桥，还用陡峭的石墙将城堡的主楼包围起来。不过随着时间的流逝，起初那些来自爱尔兰邻居的入侵威胁逐步减弱，德

1　凯里是爱尔兰的一个县，位于爱尔兰岛西南部，也是最西的一个县。

2　诺曼，指诺曼人，名称源于“北人”或“诺斯人”，是指在中世纪时来自法国北部的一个族群，他们的贵族阶级大部分繁衍自斯堪的那维亚，他们在中世纪是北欧、地中海和近东的重要政治和军事角色，1066 年法国诺曼底公爵威廉对英格兰的入侵及征服改变了英格兰的走向，从此英格兰受到欧洲大陆的影响加深，而受到斯堪的纳维亚的影响逐渐衰退。诺曼人的征服整个改变了英格兰的文化，甚至是其语言。

兰西家族的后代们慢慢加大了窗子，扩充了房屋，中世纪时期的城堡特征渐渐不复存在，直到最终他们将城下的护城河也全部填平。到了十八世纪，这个家族转型为成功的香料商人，尽管他们依旧是半岛上具有绝对统治权的土地领主，但他们却更倾向于树立一种乐善好施的良好形象。他们在伦敦位置最好的其中一个广场上拥有一套住宅，那是他们每年度假必去的地方，家族的女儿们都嫁给了那个时代的贵族，而进出剧院和盛大的晚会对他们来说更是再平常不过的事了。在爱尔兰，他们将中世纪遗留下来的住处推倒，在原来的地方重新建起了乔治亚式的大型庄园，同时配备了全新的现代化生活设备，不过他们仍然保留了原始堡垒的围墙，使其如铁拳一般牢牢地攥住里面的庄园，所幸的是那些筑起围墙的石块经受过几个世纪的洗礼依旧坚固如初。时间依然没有停下它前进的步伐，德兰西家族也一如既往地依靠着贸易创造出大量的财富，而且还主动从中拿出一部分钱施恩于他们的佃户，比如在巴利芬为大家盖起了一座图书馆。在随后的十九世纪中叶，家族中具有开创精神的小儿子在美国发现了一座银矿，在爱尔兰的土地战争时期举家搬到大西洋对岸的纽约，并在当地买了一栋公寓定居下来。当时爱尔兰境内的内战逐渐演化成独立战争，再到后来那场毁灭性的内战，德兰西的族人则在纽约和伦敦之间往返生活，原先芬法兰上的那座城堡就只剩外侧那些中世纪的围墙保护着它了。和那时许多没有领主居住的大型住宅不同，兰西城堡在战火中幸运地保存了下来，而曾经拥有这座宅子的主人，早在多年之前就已经销声匿迹了。

伊索贝尔·德兰西夫人出生在二十世纪三十年代的纽约，她是家族的最后一个接班人，她去世后没有留下任何孩子。她和丈夫查尔斯·奥金——一个美国银行家的儿子——结婚后的数年都在环游世界的豪华游轮上度过，直到二十世纪的九十年代，他们来到兰西城堡并彻底地爱上了这里。在他们来之前，城堡是由许多代地方雇员照管的，自从他们来到这里，修缮房屋便成了伊索贝尔夫人的业余爱好。在她去世的十年中，查尔斯一直寡居在这里。如今许多用不到的房间都上了锁，被古老的围墙圈起来的院子、马厩和花园也日渐残破，但一个当地的女人还是继续充当着这里的管家。

弗瑞把车开到路边，在通往城堡的出口匝道上拐了下来，穿过了双子塔之间的拱门，过去没人居住时那两扇长期关闭的铁门现在则保持着始终开放的状态。他在门前的廊柱旁停下车来，曾经有许多扑了香粉的女人也将她们乘坐的四轮马车停在了这里。他俯身打开驾驶室的车门，先将“夜叉”从副驾驶的位子上放出去，然后迈开他修长的双腿，脚踩到车外的石子路上咯咯作响。“夜叉”一溜烟地跑去寻找它的老对手——那只厨房里的猫，很快就从宅子的一边消失了踪影。弗瑞爬上低矮宽大的台阶，从虚掩着的主门走了进去。他来到大厅的分段式中央楼梯间前站定，雕有凹槽纹路的穹顶就悬在他头顶的上方，他扯着嗓门大声喊了几句。不多时，从楼梯间的最高处传来查尔斯·奥金的高声回复：

“先别急！快上来，我在画室。”

“我才不管你在哪儿呢，我关心的是出问题的地方在哪儿。”

“哎，还是锅炉，总是出毛病，不过你应该不愿意再去地下室里忙活了。”

“一点也没错，我是不想下去。可我来这里不就是为了它吗？”

弗瑞昂首阔步径直向客厅的后门走去，那扇门通往背面的楼梯间。查尔斯勾着楼梯的扶手又冲着他大声道：

“施展完你的魔法就上来，给你看点东西。”

兰西城堡中的热水系统是爱德华时代[1]管道工程的巅峰之作，最初装它是为了一场婚礼，新娘是伊索贝尔的姑姑，她此前从来没有到过这里，但在远离城镇的爱尔兰乡村举行婚礼听上去却颇为诱人。过去的卫生间中摆放的都是坐浴盆，洗澡时都是由楼梯间的仆人们轮换着打好一罐罐热水送进来，然而那种旧式的沐浴方式已经过时了，他们从都柏林带来一批工匠，在地下室里加装了大型的铜制锅炉，同时在经过一系列最新改造后的所有浴室中都引入了自来水。

这个锅炉对弗瑞造成的困扰由来已久。诚然它通体赤铜，看上去富丽华美，可也早就到了该替换的时候。找制造厂商重装一些供热系统上的部件是个办法，对他这样的手艺人来说也就是从中挣些辛苦钱而已，查尔斯·奥金对这一点也非常清楚。可是要为地下室里这个庞然大物找到适合的替换部件却是一件希望渺茫的事情，因此，弗瑞所能做的就只有绞尽脑汁地创造出一些巧妙的方法使它可以勉强地继续运转下去，而每次修完后，他向查尔斯收取的仅仅只有工时费。

他知道自己这样做其实挺傻的。不要说他全程保持半蹲的姿势在地下室里一待就是半个小时，单是算一下到兰西城堡来回所耗费的成本，他就完全可以收取一份价格不菲的报酬了。但与此同时，在不断维持这个大家伙正常运作的过程当中，他也一次次地挑战着自己的个人能力。况且，他其实多少有些佩服查尔斯的老谋深算，

1 爱德华时代指 1901 年至 1910 年英皇爱德华七世在位的时期。爱德华时代和维多利亚时代中后期被认为是大英帝国的黄金时代。

你可以看到这老鬼是怎样一步一步变得富裕起来的。而且你不得不承认德兰西的族人早前一直都热衷于将大把的钞票塞进工匠和手艺人的口袋里。还有一个不争的事实，那就是弗瑞的家族与这座城堡之间有着深厚的渊源，许多送到里面的木材都来自半岛中央奥谢家族拥有的那片古老森林，早在中世纪的时候，德兰西家族就将土地的使用权授予了弗瑞的祖先。因此在弗瑞看来，就算德兰西家族在这座半岛上收取了八百年的地租又能怎样，他们不过就是当年一群外来的闯入者而已。城堡的真正拥有者应当是将它筑起并维护至今的人民，是他们把无数的石块抬起，是他们精心挑选了木材，是他们让这座庞大的建筑物拔地而起——从那些埋在深山里的地基到把打磨过的小块玻璃装在前门上方的扇形窗户中。此时他蹲在这个铜制的庞然大物面前，将手搭在它的一侧，深深地吸了口气。或许它如今只是在苟延残喘，但只要有了弗瑞·奥谢的照看，它就还不至于立马报废。

半个小时后，弗瑞爬上楼梯来到画室，见查尔斯正坐在窗边玩着填字游戏。

“它恢复过来了吗？”

“像老牛一样呼哧呼哧喘个不停。”

“唉，它只是性子暴躁了点儿。”

查尔斯起身在窗子对面的沙发上腾出了一块地方。他现在已经七十多岁了，外表温和敦厚，头发已经掉光了，身上穿的是一套定制西装，脚上踩着一双有些磨损的旧皮拖。

“那它暂时能用了吧？你很棒啊，坐吧，要不要来上一杯？”

“不了，反正就算我说来一杯，你也不会真的倒给我。”

“那你还是坐着歇歇就行了，最近有没有什么新鲜事儿？”

换作旁人，这样的问题必然会引出一大堆有意思的事情。但每当查尔斯提出这个问题，弗瑞总是不知道要说些什么才好。虽然查尔斯是个和善的人，平时也相当独立，但和他闲话家常有什么意义呢？他完全不知道谁占据着半岛的哪块田地，不知道谁家和谁家发生过摩擦，也不知道现在发生的某些戏剧化的场面是如何被从前的事情影响到的。弗瑞叙事的风格就像他工作时一样，都需要认真编排，他可不想每讲五秒钟都要停下来解释一下对方不懂的地方，那样只会打断他的思路，让他无法继续下去。尽管如此，他还是不免对这个受困于城堡中的老人产生了同情。他听说伊索贝尔夫人生前的愿望是把自己葬在家族教堂的地下室里，而查尔斯称他至死都会待在这里，不愿留她独自一人。弗瑞总觉得这个故事令他动容，当地人对这件事的看法不一，但故事本身应该是真实的。虽然可能性不大，但如果这可怜的老头为了跟别人聊聊天，一直故意把他的锅炉弄坏的话，你就会真的为他难过了。

他没有回答查尔斯的问话，坐到堆满旧报纸的沙发上问：“你刚才不是说要给我看点东西吗？”

“哦，对。你看一下这个。”

查尔斯走到房间那头，拿过来一个精心雕琢的木质书架，它是那种可以放在桌子或写字台上的书架，背面装着板条，有一定的斜度，底部是一块搁板，搁板上有两个叶片形状的黄铜卡子，通过从水平方向旋转到竖直方向把打开的书页固定在某个特定的位置上，就像那些放在钢琴上用来固定打开的成本乐谱的工具一样，它们被螺丝钉在恰好横卧在搁板前端的细木条上，其中叶片被固定在木条上，螺丝被钻孔装埋在黄铜之中，使得其衔接处异常平滑。弗瑞从查尔斯的手中接过书架，不可置信地瞪圆了双眼。

“上面的木头裂了，”他把书架递回到他的手里，“如果没看错的话，这东西有三百来年的历史了，肯定是有人想好好保管它，结果适得其反了。”

查尔斯抱歉地点了点头。弗瑞瞪大了眼睛又凑近看了看，前面细木条上一个装着黄铜叶片的地方有一道横向的裂缝。

“你是不是想给它换螺丝来着？”

“呃……”

“拜托，老兄，你就不能稍微区分一下那些该死的螺丝吗？你后来换的那些比原来的大了不止一点儿！”

“我还以为——”

“你觉得拧下去的时候有阻力就又使劲拧了几下，是不是就这样完全把它弄坏的？”

弗瑞站起身来，极富威严地瞪着查尔斯。

“所以你现在是想让我把它修好，我说得对吗？”

“你能修好吗？”

“现在不只是螺丝的问题了，对吧？现在还不行，得等到找到合适的木头才可以。得先把上面的木条拆下来，重新做一根出来。铜片的位置也得调整一下。因为你在拧螺丝的时候已经把原来的孔弄坏了，所以如果我要更换一个叶片的位置，相应地，另一个叶片的位置也得跟着改变。也就是说我必须重新设计一下了，我全能的圣主啊，你还真是个用蛮力的。”

查尔斯一屁股坐到自己的扶手椅上。“可是我玩填字游戏的时候必须用这个，”他抬了抬下巴示意弗瑞去看沙发上成堆的报纸，“我再也没法像以前那样完成它们了，这些日子它们只能堆在那儿了，这些游戏都是成套的，我现在做这个的时候总是得不停回头去看支在架子上的前一张，可这架子得好用才行啊，要不然这套题就只能被扔掉了。”

查尔斯的脸从愤恨不已转而变得低眉顺眼。

“这得花掉我不少钱吧？”

“其实你也可以把它寄到苏富比[1]。我听说它们在纽约分部的修复业务还挺不错的。”

查尔斯的整张脸都皱了起来：“你确定不喝点什么？”

“这么跟你说吧查尔斯，我把它拿回去修好，你待会儿可以查看一下地下室。不过就算你开出天价给我，我也不可能把它修得跟原来一样了。”

---

1 苏富比是一家拍卖行，以拍卖艺术品及文物而著称。现在苏富比每年的成交额大约为 20 亿美元，办事处设于英国伦敦新庞德街及纽约曼哈顿约克大道。是佳士得拍卖行的重要竞争对手。

CHAPTER 29 # 第二十九章

汉娜把面包车停到了县图书馆前的停车位上，走进大楼准备归还钥匙。她进门的时候看到蒂姆·斯莱特里正坐在前台边，他今天胸前口袋中的绢巾是波点样式的，腕上戴着一块看上去像是橡胶表带的潜水表。在汉娜朝他走过来的时候，他瞥了一眼自己的袖口，向她挥了挥手，露出一对缟玛瑙[1]的袖扣。

“我正想找你呢！你等一下。”

他离开前台进了自己的办公室，不一会儿拿着一个硬纸卷走了出来。

“我知道你今天会来，所以我就省得再花邮费寄给你了，毕竟能省一点是一点嘛，”他把纸卷递给汉娜，“你能尽快把它挂在你们的公告栏里吗？”

里斯拜格图书馆外有一个公共布告栏，汉娜过去收到各种来自官方的材料后都会把它们张贴到上面。她撕下纸卷尾部黏着的胶带，有一半顺势滑了下来露出了里面的内容，她认出这与之前巴利芬旅

---

1 缟玛瑙是玛瑙的一个品种。缟玛瑙也叫作码瑙、马瑙、马脑等，是缟玛瑙类矿物的一种，经常是混有蛋白石和隐晶质石英的纹带状块体，色彩相当有层次，有半透明或不透明的，常用作饰物或玩赏用。

游信息办公室的格莱尼张贴在展示中心外的公告栏中的那张海报一模一样。

“这是什么？”

“最后的结果。当然，我们还差那么几步，不过已经计划好了，我们也商量过了，可是老实说我也没在中间起到什么作用，这是政务委员会的规划，人们会感兴趣的。”

汉娜对此表示怀疑。每年都会有关于如何分配政务委员会年度预算的讨论，尽管她从没认真关注过这件事，但在她看来，最终的结果无非是在那个旧的图版游戏[1]中，将逐年减少的预算总金额从一个方块挪到另一个方块上。公路建设方面的说客有时会力压生态环境保护者，地方上的政客们就会宣称这是如同通过公厕决议那样卓越的胜利，而且保证会在随后的工作中加强交通系统的建设，可往往到了最后，人们并没有发现他们有什么切实的举措。她将海报卷了起来，放进包中拉好了拉链，朝外走的时候告诉蒂姆她下周再来。

蒂姆点了点头。

“好好享受你的夜晚。”

“你也是。”

蒂姆再次瞥了一眼他的袖口。此时汉娜和他的距离比之前近多了，她仔细地观察了一下那对袖扣，上面雕刻的是骷髅头和一对交叉腿骨的图样。加上他佩戴的那块潜水表，似乎隐约暗示了大海上的掠夺抢劫，想来这该是蒂姆在工作之余给自己找的小乐子吧。

---

1 图版游戏是桌上游戏的一类，指将图文符号画在一块硬板上作为记录工具的游戏。除了必备的图版外，也可能用及棋子、骰子、筹码、卡片、小板块、资料栏等种类繁多的配件。历史最早可追溯到古埃及前王朝时期的塞尼特、盘蛇图，范围涵盖古代传统的棋类到当代的桌游。

汉娜走回停车场的时候正下着雨。她低着头顺利跨过了地上的水坑，手还是在口袋中不停地摩挲着车钥匙。车已经近在眼前，但钥匙还没找到，她不得不下来，在雨中弓着身子在包里翻找钥匙。

“又见到你了。”

汉娜吓了一跳，抬眼看去，见布莱恩拿着一把大伞挨着旁边的那辆车站着。

“不好意思，我是不是把你吓着了？”

“还好，只是我刚刚没注意到你在这里。我的钥匙不见了，看来我可能会被淋成落汤鸡了。”

布莱恩绕过了车身，帮她撑起了伞，汉娜向后退了一步。

“天哪，不用，你不需要这么做。我没事，真的。”她的手指在手提包的最底部触到了钥匙，成功地把它们钩了上来。

“找到了。不过还是要谢谢你。”

“没什么，”她打开了车门，却又听他说道，“那个，我想知道……上次没有喝的那杯酒我这次还能喝吗？”

没等汉娜开口，他低头对着她笑道：“其实你不用真的答应我。我只是给你一个冷落我的机会。”

“什么？”

“呃，我只是想对你公平一些。我那天对你实在太粗鲁了。”

汉娜不由得大笑起来：“我知道我们都会有不开心的时候，这很正常。”

“可是你也不愿意在大雨里开车吧。”

他的确说对了。现在空中乌云密布的，等到再次放晴应该也得半个小时以后。

“好吧，没错，谢谢你。不过这是我欠你的。”

“我们路上再纠结这个问题吧。”布莱恩把伞稍稍倾斜了一下，抬头看了看天，建议他们还是不要步行比较好，“你知道维多利亚皇家酒店吗？我们可以开一辆车过去。”

他们选择开汉娜的车过去，万一他们结束后雨还没有停的话，布莱恩可以撑着他的伞走回停车场。她很快又意识到这样同时也避免了他们在同一把伞下，像露西和图姆纳斯先生[1]那样挽着对方的手臂相携走在卡里克的街道上。更别说难保不会有图书馆里的好事者看到她离开后还把车停在这里从而心生怀疑。

直到快下车的时候，一切也没有变得顺利很多。他们一路上的交谈显得极为生硬，在试着把车倒进两车中间的时候她也显出从未有过的笨拙，这让汉娜觉得窘迫不已。明明就是下班后跟一个熟人喝杯酒放松一下，为什么自己却像和婕斯年纪相仿的小姑娘在第一次约会时的表现一样？就算是婕斯那么大的孩子也不会像自己现在这么傻，她在心里告诉自己。不过布莱恩·莫顿也没能很好地缓和他们之间紧张的气氛。

他们来到一个角落里坐了下来，酒保 PJ 小心翼翼地给他们拿来一份菜单以及一些坚果和橄榄，汉娜看着 PJ 谨慎周到的样子非常想笑。

“一杯金汤力吗，凯西女士？先生？”

PJ 要去为他们配餐，恭谨地转身离开。布莱恩盯着汉娜的眼睛问：“你该不会是内地某个披着虎皮的长官的风骚妻子吧？如果是的

1　露西和图姆纳斯先生是奇幻儿童文学作品《纳尼亚传奇》中的人物，由已故英国作家 C·S·路易斯在二十世纪五十年代所著，为英美儿童文学经典之一。

话，那么你就绝对受得起 PJ 这样的诚惶诚恐。”

汉娜哼了一声，一颗橄榄呛到了她的气管中。布莱恩想帮她拍一拍后背，却被她拦下了，她猛咳了一阵后恢复到原先的状态，对着他粲然一笑道：

“上次我来这里的时候读的是萨基的短篇小说集。”

“我知道你为什么会读那个，是不是库奇比哈尔[1]腐臭、褪色的群象的那篇？”

汉娜惊喜地发现他和她一样都喜欢爱德华时代的文学作品，于是微微一笑。

“你是怎么知道的？”

“就是觉得和这绝妙的‘白象’很搭。”

“那你喜欢吗？我说的是这个酒店。”

“我非常喜欢这儿，我不来这儿是因为办公室的同事都不怎么来。”

“图书馆的同事也不会到这儿来，天知道这是为什么，这里简直太美好了。不过幸好他们不来，否则我就不会总来这儿了。”

可是话一出口，汉娜就后悔了。即使布莱恩可能和她一样都喜欢萨基，可她也不能把他当成自己的闺密。他没有接着她刚才的话往下说，这着实令她松了口气。在他们等待的这段时间里，他反而一直在认真跟她讨论萨基短篇小说里的讽刺诗。汉娜饶有兴致地看着他，鼓励他努力回想那些具体的诗句。汉娜已经很多年没和别人有过这样的交谈了。

---

1 库齐比哈尔（1586 年—1949 年），是一个不丹南方的小王国，西方是阿豪姆王国，东北是恒河平原和孟加拉。在 1949 年前，这个土邦一直被英属印度统治，印度独立后领土分别被并入西孟加拉邦和东巴基斯坦，北部和尼泊尔、锡金、不丹接壤。

“好吧，应该是为了庆祝德里杜尔巴[1]的举行，才把白象从库奇比哈尔运过去的……”

“……因为它的韵脚……”

“没错，它是这样的：‘他们重返位于喜马拉雅高地的故乡，那库奇比哈尔腐臭、褪色的群象，像巨型的帆船在没有涟漪的海面上漂荡……’”

“……紧接着伯蒂说库奇比哈尔根本不在喜马拉雅附近……”

“……还有一段是说英语中很少有关于俄罗斯的诗歌，因为你没办法把类似于‘明斯克[2]’和‘托博尔斯克[3]’之类的名字当作韵脚。”

“接下来的那段是‘……盘绕的眼镜蛇在薄暮中幸灾乐祸……’”

“‘……潜行的黑豹逼近机警的山羊……’”

布莱恩皱着眉头，努力地回想了一下：“我觉得这两者间还有几段。”

“没有了。”

“是有的。”

汉娜一本正经地看着他道：“你上次读它是在什么时候？”

他粲然一笑：“大概是上学的时候吧。”

“那不就得了！我上周刚刚读了。”

“哦，那好吧，可能我只是太喜欢那些机警的山羊了，所以觉得印象中那里好像还有几句。”

汉娜睁大了双眼：“天哪，你正好提醒我了。我还没给我的山羊挪地方呢。”

1　德里杜尔巴是英属印度各土邦贵族社会名流公开对大英帝国表达效忠的高规格宫廷社交盛会。在大英帝国国力达到巅峰时于1877年、1903年和1911年三度举办，三次均为加冕英国君主登基为印度国王。杜尔巴源于莫卧儿帝国时期波斯语借词，原指“波斯统治者的宫廷”。

2　明斯克是白俄罗斯的首都也是明斯克州的首府，约有180万居民，位于白俄罗斯的中心。

3　托博尔斯克是俄罗斯秋明州的一座城市，位于托博尔河注入额尔齐斯河处。

CHAPTER 30 # 第三十章

布莱恩·莫顿回到自己的公寓，从冰箱里取出一瓶啤酒，接着，他走到阳台上，靠着栏杆向西方眺望。此时的卡里克已经闪烁着点点灯火，再朝远处看去，半岛尽头的群山在黄昏下隐约呈现出了紫色。大概就在那里的某个地方，汉娜·凯西正挪动着她的山羊。布莱恩喝了一大口啤酒咧着嘴笑了起来，想起了萨基的讽刺诗中的那句“盘绕的眼镜蛇在薄暮中幸灾乐祸”。自己在维多利亚皇家酒店里引用那句诗实在太奇怪了，而更奇怪的是他居然能和前一周惹得自己十分生气的女人一起坐在那里。

不过总之那就是一个奇怪的晚上。他不知道自己为什么要帮汉娜·凯西打伞，也不知道为什么他会主动提出去喝一杯。没错，他是在那次拒绝了她后隐约觉得有些后悔，但那对他来说并不是什么值得挂在心上的事情。其实自从她那天昂着头、甩着黑色的发辫离开他的办公室后，他就再也没有想到过她。然而今天，当他看到她走进停车场，在雨中弓着身子就那么站在他的对面时，他才下定决心要尽自己身为一个公民应尽的义务。

布莱恩很清楚自己冷漠的名声在外，邻居和同事也都跟他保持着一定的距离，这也正是他为什么习惯了这样的原因。但当感觉到汉娜同样也是沉默寡言的人时，他突然在她离开他的办公室后意识到是自己由着性子大发神经，才让她觉得尴尬的。所以今晚弥补一下自己的过错似乎是正确的。可尽管如此，他想着，又喝了一大口啤酒，他之前也没有打算做得那么彻底，上一分钟他还为找钥匙的她撑着雨伞，下一分钟他就邀请她一起去喝一杯了。开车到酒店的一路上都十分尴尬，他真希望自己没有开口说过一句话。尽管他们共同喜欢的一本书缓和了两人之间的紧张不安，但过程中又一度出现彼此都不知道说些什么的情况。布莱恩靠在阳台的栏杆上，不敢再次回想刚刚发生的事情。显然他们都不太习惯在酒店里随意地喝酒聊天，也或许他们已经很久没有像今天这样了。

没过半个小时，他们就来到了烤肉店。经过一番交谈后，他们都放松下来，他们坐到那张舒适的吧台的拐角处，外面还在下着雨，来点牛排似乎是个不错的主意。维多利亚皇家酒店的烤肉店装的是深色的橡木镶板，长条形的玻璃窗上挂着暗红色的百叶窗。餐厅里的盘子大多是用黄铜和银器制作的，个个擦得铿亮，室内还摆放着许多盆栽，种着一些蕨类植物，从厨房中不时飘来一阵阵喷香的气味。汉娜之前从未到这里吃过饭。

“真的？”

“是啊，我也不知道是什么原因。啊，我知道了，女人应该不会喜欢自己一个人到这里来吧，”她一边说着，一边皱起了眉头，“天哪，太不像话了！这肯定是利用微小差异来区分消费群体的商业策略。”

布莱恩靠到钉着成排纽扣的软皮沙发上：“对一个男人来说，倒是可以考虑把这里当成他的会所。”

“你也这么想？”

他粲然一笑：“不，只是觉得如果饿了的话，来这里吃牛排还挺不错的。”

“那我们还等什么！”汉娜抖开了她的餐巾，“我在巴利芬的时候钻在停着的面包车里一待就是几个小时，你肯定没法想象现在我有多饿。”

布莱恩在她看菜单时仔细地研究了一下她的脸。就如上周他开始喜欢她挺拔的背影和不经修饰的双手一样，他也同样喜欢上了她歪着脑袋把菜单侧向灯光时的眉毛的样子。她的眉毛和头发一样都是黑色，皮肤很漂亮，有一些淡淡的雀斑，她的额头饱满，上面几乎没有什么皱纹，不过在她思考的时候眉毛从两边聚拢起来，在鼻梁的上方出现了一条深深的折痕。看起来即便是在面对一份烤肉店的菜单时，她也需要仔细斟酌一下。布莱恩突然感到一阵不安，说这顿饭他来请客。她冲他眨了眨灰色的眼睛。

“那怎么可以，我们各付一半。”

“那万一我想点几大桶上好的波特酒呢？”

“那好吧，那我们就各付各的。否则我们就会一直这样没完没了地互相亏欠下去。”

她确定不愿再见到他了吗？布莱恩发现自己居然会感到些许怅然，禁不住笑了起来。她显然误解了他的笑容，不由得沉下脸来。

“我完全付得起自己的晚餐。”

“当然，我们就这么办吧，各付各的。”

她以毋庸置疑的口吻向服务员报出自己要点的东西：“请给我来份三分熟的牛排，正正好好的三分熟，我希望里面不要放洋葱。”

服务员在纸上记了下来，然后转向布莱恩。

“啊，我就来五分熟的好了，我可是个胆小的人。”

服务员笑了笑，匆匆向厨房走去，随后是一阵沉默，似乎他们又陷入了不知道从何聊起的状况之中。汉娜环顾四周。

“酒店的投资人也真够奇怪的，为了迎合王室的喜好居然肯花那么多钱去碰运气。”

“是啊，又不是那种‘你建好了，他们就来’的情况。”

“你能想象得出那个可怜的王子在楼上拿着手绢擤鼻子的样子吗？还有他回家以后告诉女皇下次还是去基拉尼三湖时的情形吗？”

“看来你还挺适合从事旅游业的，百分之九十的人都在对这样的故事口耳相传。”

“这数字是经过统计得出来的，还是你自己随口说的？”

布莱恩笑了起来：“我就那么随口一说。不过比例还真是挺高的，尤其是在一个臭名昭著的动荡市场里，只要看一看巴利芬就知道了。”

“怎么说？”

“虽然现在发展得很快，但就我个人看来，我是不会把钱投在那个地方的。”

“为什么？”

“我觉得它已经接近饱和了，如果你要问我的意见的话，我觉得新起草的预算配额简直是胡闹。”

汉娜在一片面包上抹了点黄油：“那新起草的预算配额是多少？”

布莱恩粲然一笑：“天哪，和一个平时不在卡里克的人待在一起实在是太让人振奋了！”

服务员送来一小篮面包，他解释说明年县里将首次出台新的投资计划：“他们已经对这个计划反复修改了好几个月了，也开了无数次内部表决会议，不过坦白地讲，我觉得整件事情都太疯狂了。”

“你跟他们反映过吗？”

“这不是我这种级别的人该过问的事情。”

此时的布莱恩拿着啤酒瓶靠在阳台的栏杆上，想起当时那句话是脱口而出的，而在接下来的那个瞬间，他觉得自己本来都要失去了兴趣的人生和事业突然充满了无限可能。似乎汉娜只是瞥了他一眼，就读懂了他内心的感受。她没有继续发问，而是拿过她的包，掏出了一个硬纸卷。

“海报上写的是这个吗？”

她把纸卷展开，铺在了他们之间的桌子上，他点了点头。

“就是这个，他们已经在内部做了取材和可行性研究，现在准备对外公布了，接下来就轮到政务会委员投票了。”

“好吧，可实际哪有什么提案？说是磋商会，可看起来分明就是个展示会。”

“照你的意思来看这已经是个既成的事实了。”

“我也不知道我说的是什么意思，你才是了解内幕的人。”

“其实这也不是什么国家机密，只是有些人提出了所谓专项性预算的想法。基本上如果没有足够的启动资金，就很难开展下去了；相反地，你就能让你的专项计划取得最大的收益。”

“那以这次的事情为例呢？”

“以这次的事情为例的话，要是政务委员会能在巴利芬建造一个小艇码头，当然是停靠那些小型游艇，不是什么大型游轮的码头，那么每年的游客数量就有望再增加好几万，不过这意味着那些原来的码头以后就没什么用了。”

“这就是全部的计划吗？政务委员会要把所有的预算都投到巴利芬？”

“还有卡里克。”

“他们会在卡里克有什么动作？”

“政务委员会这么喜欢这套提案的原因就在这儿，到时候巴利芬会有一个小艇码头，而卡里克则会获得一个崭新的、多功能的政务委员会综合大楼，大楼里应有尽有——什么办公室啊，休闲中心啊，社会康乐设施啊，带有社区护理服务，等等。”这时服务员端着牛排前来上菜，布莱恩停下刚才的话题，笑容满面地对服务员说，“谢谢，太棒了，看起来很好吃的样子。”

他此时突然意识到，如果不是中途被打断，他那时很可能就会继续询问汉娜怎么看待将县图书馆并入联合服务机构这个问题。但服务员按照给情侣摆盘的方式把牛排放到了桌上，他担心汉娜生气，于是一时间分了神。好在她只是微笑着说食物看上去很可口。后来当他们重新聊起来时，她提到了“吼吼”APP 应用软件。

“它和政务委员会的提案有关系吗？”

“没什么直接的关系。不过要是你对专项预算感兴趣的话，这个 APP 恰好就是针对它设计出来的。反正他们铺的这些路最终都是要通向罗马的。”

“你指的是通往都柏林？”

“是啊，当然了。中央政府认为专项预算是非常行之有效的。”

汉娜笑了起来：“看来特里莎 · 奥唐奈是下定决心要调到中央政

府去了。”

布莱恩也粲然一笑：“有时候人一旦想要往上爬，他们身上爆发出的那股劲头还真是让人不可思议。不过她会大获全胜吗？”布莱恩用手比画着击鼓的样子，“可能她觉得自己在芬法兰已经待得太久了。”

但他很快就后悔说出这样的话，好像无意中流露出将芬法兰看作闭塞乡村的想法，可能有些失当。别忘了汉娜当初本可以待在伦敦，却选择自己回到了这里。但她只是随着他笑了起来，不一会儿，他们的话题重新回到书上，一起试着回忆“你建好了，他们就来”到底是出自哪里的句子。

“是《梦幻成真》[1]，对不对？那个电影里的？”

汉娜摇了摇头道：“不，不是。电影里的是‘他就来’，应该是电影原著小说《赤脚乔》里面的。”

“你太厉害了。”

她粲然一笑：“我可是个图书管理员。”

“那你每天就做这个吗？阅读你们的藏书？”

“才不会呢。我最近把大部分时间都花在一处属于自己的地里了。”

他们谈论了彼此共同的兴趣和话题，有了她的陪伴，那顿晚餐充满了欢乐。布莱恩此时靠在自家的阳台上，嘴角不禁浮现出了一抹笑意。从某种程度上来看，他们像两个轻狂年少的孩子一样彼此炫耀，但他觉得那很有趣。可能他们已经很久都没像今天那么放松了。

---

1 《梦幻成真》是菲尔·奥尔登·罗宾森导演，凯文·科斯特纳主演的一部奇幻电影。本片讲述了一位爱荷华农夫，受“神秘声音”引导，在玉米田中建造棒球场的故事。

CHAPTER 31 # 第三十一章

当布莱恩·莫顿站在位于卡里克家中的阳台上时，汉娜正坐在黄昏里的一小堆落石之上。她身子的两侧各有一只吃草的山羊，暴露在石墙上方的木椽[1]包覆着她的未来，它们的样子就像正在对着天空龇着牙咧着嘴。天边飘来一朵浮云，将一颗闪烁的星星遮了起来。很快，大片的云团消散，大海瞬间如同笼罩在缀满星星的天幕之下。不管弗瑞是怎么跟她说的，显然他上周到过这里：许多半埋在地里的垃圾都已不见了踪影，灌木丛生的地面上印有几道车辙，两只山羊也被移到了一块新的“补丁”上。

她早些时候站在门口向里张望，见房子只剩一副空壳了。它的结构发生了一些改变，早先前门正对着的加盖小屋的进出口如今被木板封了起来。因为拆掉了屋顶的石板瓦和下陷的天花板，整个内部空间变得明亮多了，从前的霉味也不复存在，转而变成类似于在阴冷的山洞中可以闻到的气味。弗瑞肯定把这里所有已经腐烂的东西都搬了出去：像是那扇门板萎缩、铰链生锈的木门，那堆装着破

---

1 椽是装于屋顶以支持屋顶材料的木杆。

烂东西的纸盒，还有那些破损的家具。只有玛吉那个高大的碗橱被保留下来，依旧立在壁炉边上的壁龛中，经过雨水的冲刷，原先覆在它表面的蜘蛛网已经不见了。

汉娜走到屋中将碗橱打开，几层肮脏的搁板上依旧摆放着之前那些旧的玻璃杯和茶杯。其中一个厚底的直口玻璃杯从前是玛吉做苏打面包时拿来估量酪浆用的，杯口的边沿有些参差不齐，杯身整体泛着一种淡淡的绿色。汉娜取下这个杯子，她上次触碰到它已经是四十年前的事了，但她依稀记得当初将它握起时那种压在手上沉甸甸的感觉。她一直拿着它来到了田里的山羊身边。

此时的她手里握着那个玻璃杯坐在石堆上，她想是不是自己已经不愿再和弗瑞·奥谢继续争执下去了。也许布莱恩·莫顿是对的，这房子目前暂时归弗瑞所有，跟她并没有什么关系。一度远去的悲伤突然袭上她的心头。

她二十一岁的时候失去了自己的第一个孩子，那是在伦敦的事了。如今坐在一面倒塌的界墙上，星星在玛吉屋子的上空闪耀，海浪在崖下隆隆地拍打着岸礁，再度忆起那样的往事，她不免觉得荒谬可笑。事情发生在一个星期一，他们当时还住在马尔科姆位于斯隆广场附近的公寓里，她早餐刚刚吃了一片吐司和喝了一杯清茶，为了缓解一下晨吐，她就穿着睡袍懒洋洋地起身走走。立体音响中传出乔妮·米切尔[1]的《切尔西的早晨》，马尔科姆已经上班去了。飘窗是开着的，而通向阳台的门正虚掩着。一道道光束透过静止的长纱帘照射进来，洒在屋内的木质地板上。

---

1 乔妮·米切尔（1943 年 11 月 7 日—）是加拿大有着巨大影响力的传奇音乐家、画家、诗人、视觉艺术家和社会观察者。

在过去的一周里，汉娜不是随便下地晃晃，就是横卧在沙发上读书，可到了今天，她决定完成至少一项有实质意义的任务。她在婚礼上穿的那件礼服还没有拿去干洗店送洗，至今依旧放在衣橱的塑料罩子里。那是一条乳白色的直筒连衣裙，正面有一个腰封的设计，领口缀满了珍珠，荷叶边的裙摆大约能到腿肚子的位置。她从客厅逛到了卧室，打开衣橱，抬手准备取出那条裙子。但早上起来时腹中带有轻微垂坠感的痉挛突然变成一种猛烈的刺痛。她不再理会那条裙子，用手紧紧捂住自己的肚子，与此同时，她听到了自己的哭声，旋即，从体内流出一股液体，她吓坏了，跌跌撞撞地穿过客厅，朝着卫生间走去。

三十年后的今天，汉娜用力地捏着手中的杯子，她仿佛依稀能看到那一道道光束洒在客厅的地板上，她也忘不了自己弯着腰蹲在卫生间里流泪时听到的乔妮·米切尔的歌声。卫生间的门是敞开的，她的脑袋伏在自己的膝头，听着窗外大街上的熙熙攘攘。过了好一会儿她才摸到电话，她拨通了医生的号码，遵照对方的指示打电话叫了一辆送她去诊所的出租车。几个简短的问题过后，电话那边的接待人员声音变得柔和起来，告诉她不要着急慢慢来，如果她的丈夫正在往家赶，那就先等他回去。可马尔科姆正在法庭上，而且那时候也没有手机。“我知道了，好吧，放松点，等什么时候你身体条件允许了再来吧。”汉娜握着电话，这才意识到她被告知不管现在做什么都已经晚了，她的孩子已经没有了。

几个小时后，她躺在公寓的床上，马尔科姆在厨房为她烧水泡茶，汉娜一时间万念俱灰。房间里依旧洒满黄褐色的日光，但她却觉得周围的一切都显得那么遥远。马尔科姆流着泪将茶递了过来，隔天打电话把这个消息告诉了路易莎，他既已通知了父母，汉娜也拨通了自家的电话。接起电话的是玛丽，虽然她很想和爸爸说话，但她要是绕开妈妈就显得太过无情了，于是她用简单的几句话把发生的事情告诉了玛丽，玛丽立刻回她道：

“我的宝贝，回家吧，要不我就去看你。”

她的声音哽咽。不一会儿，汤姆接过电话，他强烈要求汉娜回一趟家，但她几乎是含着泪拒绝了。即使在接下去的几周里她觉得自己的婚姻似乎是一个错误时，她都没有想过要离开伦敦。如果她和马尔科姆结束他们的婚姻，她就打算回到学校继续之前还未完成的学业。不过他后来说服了她，让她相信他们仍然有希望拥有完美的生活，她会在不久的将来找到属于他们自己的漂亮房子，有一天他们还会再次得到一个孩子。而她真的找到了那样的房子，之后还有了他们的婕斯敏，从前那个如花朵一般的婴儿茁壮地成长为后来任性刁蛮的小姑娘，如今的她，已经是个张开双臂拥抱生活的大人了。即便马尔科姆欺骗她、背叛她，最终使他们的婚姻走向终结，但他终究是那个在她流产后唯一守在她身边与她共同承受悲痛的人。在过去的那么多年里，他一直记得那个特殊的日子，虽然嘴上不说，但他每年都会送她一束花，那并不是从他妈妈的花园里摘的花，而是在斯隆广场一角的花店里买的，那家花店曾是广场上亮丽的一景，每次从他们公寓的窗子向外望去都会看到那家花店。但当汉娜发现马尔科姆和泰莎的婚外情时，那成了她记忆中又一个最为痛苦的片段。此刻坐在高悬于大海的悬崖之上，也不知是什么原因，她突然觉得从前那些深刻的痛楚如今已然渐渐散去了。

CHAPTER 32 # 第三十二章

康纳闭着眼睛在床下摩挲了半天，摁下了手机上重置闹铃的按键，然后把脑袋埋到枕头底下准备再小睡一会儿。五分钟后母亲轻轻地敲了敲他的房门，朝里面看了看说：

“准备起来了吗，康纳？你爸爸又开始大呼小叫了。”

康纳闷声闷气地哼了一声。他从母亲的声音中听出了几分焦虑，这说明父亲昨晚睡得不好，看来今天又将是兵荒马乱的一天。既然帕迪·麦卡锡的行动受到了限制，他就应该知道自己能有两个干得了农活的儿子是多么幸运的事情。可他一直很难适应如今的身体状况，他长期依赖的止痛药也让他的脾气越来越暴躁。在某些难受又沮丧的夜里，他基本上整晚都会辗转反侧，以致无法入眠，而第二天对全家人来说都会非常辛苦。

今天地里有一大堆活等着乔和康纳去干，帕迪准备坐在家里处理一些案头上的工作。事实上，他根本不需要费力地去完成那些他一向讨厌的表格、收据和发票，因为乔已经把大部分业务都转化成了无纸化交易[1]。

1 无纸化交易是指在现代经济生活中，人们直接通过计算机网络等进行的买卖交易。

但对帕迪来说，如果不在某种程度上参与到农场的工作中去，他就会觉得自己实在太没用了。可他也从来都没有掌握电脑的使用窍门，所以尽管他干的都是些没什么实际作用的活儿，但这些特定数量的案头工作也足够他忙上一阵子了。康纳从来都不觉得这是个好主意，其他人也都知道他的这些行为不过是自欺欺人罢了，往往一天下来他做的都是些无用功，这令所有人都感到担心。

康纳的妈妈抱歉地看着他说："他想让你去地里之前先骑'小黄蜂'去一趟里斯拜格。"

"为什么？"

"他昨晚和强尼·汉尼斯打牌的时候把眼镜落在那儿了。"

这真是要命，没有眼镜的话，帕迪就无法处理那些令他厌恶的文件了，而如果要他接受自己不能开车取回眼镜的这个事实一定会惹恼他。于是康纳翻身下了床，说他马上就到楼下去。

"谢了，乖儿子，你知道这真的是……"奥兰·麦卡锡的声音颤抖起来，康纳暗暗在心里咒骂了几句。他们都清楚这真的是怎样，其实没有人愿意责备他的父亲，但有时你真的会有想要上前掐住他脖子的冲动。可话说回来，行动不便必定会让人变得痛苦不堪，从前轻易就能做到的事情如今却异常困难。这些日子以来，这个可怜的男人唯一的愿望就是在某个晚上去一趟里斯拜格的莫兰酒吧，但这需要强尼·汉尼斯开车载他，他进进出出都得需要强尼扶着，像是一副已经年过九十岁的样子。

康纳来到厨房的时候见帕迪正生着闷气。

"你昨天晚上喝酒喝到几点，怎么都这个点了还不想起床？"

医生勒令帕迪戒酒，所以如今的他不得不远离酒精。若是放到过去，无论别人在酒吧里是喝咖啡也好，还是喝酒精含量极低的软饮料也好，他都丝毫不为所动，因为对他而言，要是臂弯里不抱上一大杯扎啤，那么就算是在莫兰酒吧里玩牌都会令他觉得兴味索然。实际上他出一趟门是需要他的家人和乐于助人的强尼·汉尼斯共同努力才可以促成的事情，而昨天也是他几周以来第一次去里斯拜格。

此时他怯怯地看着康纳，觉得自己刚才的话有些过分。康纳没有回答，反问他把眼镜放到了哪里。

“在莫兰酒吧的吧台，我肯定是放在一进门的长条桌上了。”

“知道了，”康纳放下手中的茶，朝着时钟的方向扬了扬头，“我一会儿就回来。”

当康纳穿行在里斯拜格清晨的车流中时，他想起昨天到家的确已经很晚了。这样的情况很少发生在他的身上，因为对于要一早起来干农活的他来说，晚归是极不明智的做法，况且出去喝酒还要花钱。不过昨天他下班后和丹见了面，后来又恰巧碰上了布里吉德和艾迪恩，于是他们四人最终还是来到了熟食店，拉下了百叶窗，吃着店里剩下的法式咸派。随后他和丹邀女孩们一起去喝一杯，他们来到一家离布劳德大街不远的酒吧，它的装修风格比莫兰酒吧更加现代，提供的扎啤也同样好喝。布里吉德和艾迪恩挤进角落里的一张桌子后，康纳和丹则一同前去拿四人的啤酒。他们回来后，布里吉德抓过一杯酒，举起来说：

“继续努力，永不放弃！”

她说在过去的几年中已经填了无数张用来发展熟食店的补助申请，可是今天她的申请却再一次遭到了拒绝。丹问她接下来有什么打算。

“我不知道，就是继续坚持，一直坚持下去。我想在设计传单上得到一些帮助，或者有人可以看一看我的经营计划，不过看来这一切都得靠我们自己了。”

丹起身去拿坚果时，艾迪恩提到了政务委员会的磋商会议。或许到时候她们应该出席，在会上提出问题？搞清楚整体的规划是什么，再看看能不能向他们提供自家的食物？也许她们可以做出一个鼓励游客来里斯拜格观光的提案。

康纳觉得不管政务委员会的规划到底是怎样的，到了最后都将石沉大海。他抿了一口手上的扎啤，给他们讲述了和凯西女士一起在卡里克度过的那个古怪的夜晚。

“你们听我说，伙计们，那天那个女人说得很吓人。据她说，一般来芬法兰的游客有三种不同的类型，不过这些人的共同点就是具有很高的数字化意识，而且善于利用智能手机。”

“所以呢？”

“谁知道呢，她好像把这说成了了不得的大事。”

“那她打算怎么做呢？”

“她设计了某款供善于利用智能手机的游客使用的 APP 应用软件，上面有很多游客自己写的游记。从都柏林下来一个政府部长，已经点头了，还对她挺满意的。”

“得了吧！”丹扯开一包坚果倒在桌上，“去我那儿的有一半游客都是想拼命摆脱那些智能手机的，不过当然了，他们在工作的时候一个个全是手机奴。”

“具体到你们卡里克的情况，她说打算用利基营销中的基本原理取代过时的、一般意义上的交互方式。”

“你相信她的话吗？”

“我当然不信了，当时现场有一半的人也不相信她，剩下的那一半对她说的根本就不感兴趣。政务委员会只是考虑到有人从都柏林下来视察了，想着人多可以充充场面而已。”

布里吉德哼了一声道：“难道你们不想让从某个地方来的某个大人物来花时间听一听咱们的诉求吗？”

一直想在旁边插话的艾迪恩提出最近张贴出来的有关磋商会议的海报上其实有写“**你的政府听你说**”。

丹看着她语气刻薄地说：“可不是嘛，怪不得我爸给政务委员会写信写得都要累死了他们全都视而不见呢。”

艾迪恩还没来得及开口，布里吉德就猛地拍了一下桌子道：“你们看到了吧？那些大人物的声音总能被听到，可我们这些普通人连一句话都说不上。”

几杯啤酒下肚，她拍桌子的声音一下高过一下。

“你们知道吗？我们应该召开属于我们自己的会议，告诉他们我们已经受够了听之任之，我们需要的是一个真正的磋商过程。”

在康纳骑着“小黄蜂”快到莫兰酒吧的时候，他突然发现昨晚从布里吉德说“继续努力”以后，自己的意识就有些模糊不清了。虽然最后没人喝得烂醉，但敲在桌子上的重击声却不绝于耳，而且他隐约觉得有什么事情需要自己去做。丹的情绪低落，为了维持自己的生活，他一边兼职着生态旅游，一边还要去弗瑞·奥谢那里打工，布里吉德说她学校里有一半的姑娘表示如果没有被逼迫到外地打工，都愿意留在里斯拜格。酒吧打烊时，他们四人都怀着伟大的使命感向彼此告了别，可康纳几乎完全不记得那样的使命感是怎样产生的了。此时他推着“小黄蜂”走进了莫兰酒吧的前院，然后从窗户上瞥了一眼里面的吧台。莫兰太太看见后为他开了门。

“康纳你来啦，是来拿你爸爸的眼镜的吧？”

她从吧台后的一堆酒瓶中举起眼镜盒，将它递给康纳，康纳接了过来，放进口袋里。

“太谢谢你了，莫兰太太。”

“别放在心上，孩子。可怜的帕迪现在怎么样了？”

“还是时好时坏的，不过总的来说还行，莫兰太太，我要赶快把他的这俩镜片给他送回去了。”

琼·莫兰是个一说起话来就喋喋不休的女人，她跟着康纳来到了门外，又问：“那可怜的奥兰呢，她现在怎么样啊？”

“很好，她挺好的。抱歉啊，莫兰太太，我得让他们知道我已经拿到眼镜了。”

他推着“小黄蜂”走到了琼·莫兰再也听不见的地方，跨坐在摩托车上打开了手机。一条来自丹·卡弗基的短信出现在他的短信箱里：“今晚太热血了。”还有两条今天早上收到的短信，第一条是艾迪恩发来的，上面写着：“我给周围的人都打过电话了。”第二条是布里吉德发来的：“要多拿点椅子吗？”康纳被这些短信弄得一头雾水。但很快，前一晚模糊的记忆就回到了他的脑中。他回忆了片刻，弄明白了昨天发生的令人震惊的一切。他蹬了几下启动了“小黄蜂”，现在的头等大事已经不是那副眼镜了，他必须要以最快的速度冲到图书馆向凯西女士坦白一切。

CHAPTER 33 # 第三十三章

康纳探头向图书馆里张望，见汉娜正坐在她的办公桌前。他没有摘下机车手套，将头盔架到了头顶上，原本他那张总是充满喜悦的脸上此刻却布满了愁云。汉娜抬眼看了看他问：“今天不是你上班的日子，电脑也一切正常，你来这儿到底有什么样的原因？”

离开木兰酒吧后，为了等到图书馆开门，康纳在布劳德大街的马槽附近已经足足转了半个钟头。他一边留意着凯西女士的车有没有出现，一边祈祷着昨天的事情其实是误会一场，他给丹·卡弗基打了电话，证实了昨晚那个可怕的记忆确实是真实发生过的。

凯西女士目光锐利，她对康纳说：“你来都来了，怎么还站在门口？”

康纳深深地吸了口气，向着办公桌走去。他站到汉娜的桌前，头盔依旧卡在头顶的位置，他戴着手套的双手不自然地握在了一起，设法把事情告诉了凯西女士。凯西女士听后沉默了许久，他紧张地瞥了一眼，见她并不怎么高兴。

“你让我把这件事搞清楚。你今晚要在图书馆，也就是在这儿召开一个群众大会？”

“不是，我没有，”康纳急得脸都歪了，“我是说这不是我的本意。只是我们在聊天的时候每个人都很……激动，你懂的，然后就……老实说，凯西女士，我连我说了什么都不记得了。”

“现在说这些有用吗？”

确实没什么用，但这些都是事实。昨晚他们和姑娘们分开后，丹告诉他气象办公室[1]的网站上说预计会有一场声势浩大的流星雨，丹想到悬崖边上去看，问康纳愿不愿意和他一起。康纳觉得听上去是个不错的主意，于是他们开回丹那里，步行走到一个海岬上。丹从口袋里掏出一个200毫升的小瓶威士忌，他们二人望着流星颤动的银色天幕，你一口我一口地喝了起来。

“所以你昨天该不会是喝醉了吧？”

康纳猜测自己一定是醉了，至少是微醺。他从没想过要在图书馆召开一个群众会议，但他肯定说了类似这样的话。而丹肯定今早给姑娘们发了短信，所以事情就像雪球一样越滚越大。他从刚刚和丹的通话内容得知，今天各行各业的人都会来到这里，他们已经定好了集会时间是在晚上七点。

“凯西女士，我真的非常抱歉，我也不知道该怎么办了。”

康纳的口袋中传出了清脆的手机铃声，他就像受了惊的小鹿一样猛地跳了起来。此时凯西女士头顶的正上方恰好挂着那条大大的标语：“关掉你的手机。”康纳一时慌乱不已，试图脱下自己的手套，却苦于上面的魔术贴粘得太紧。凯西女士绕过桌子，像护士揭下创

---

1 气象办公室（Met Office）是英国的国家气象服务机构，提供各种时标内的全球天气预报。它属于行政机构，接受来自商业创新和技能部的运营资金。哈德莱天气预报和研究中心也属于该办公室管辖之下。

可贴一样轻而易举地就帮他撕开了魔术贴。康纳把手套拽了下去，从口袋里掏出手机，他看了看屏幕说：

“是我爸爸，他说如果我十分钟之内还不能到家就要把我打成残废。”

令他恐惧的是，他听到自己说话时的声音竟是颤抖的。

尽管汉娜很生气，但她知道自己不能再加深他的绝望：“先冷静一下，如果你现在必须得回家，那就先回去吧。”

“但我要怎么做才能让他们今晚别来呢？”

“现在再去阻止他们已经太晚了，所以我想不需要在这个问题上费心了。何况人们总是会很爽快地答应你，到真正要赴约的时候就不会出现了。”

“可我连我们到时候要说什么都不知道呢！”

“你能不能想起来昨晚你们说了些什么？”

“是磋商会议的事情，艾迪恩说政务委员会正在筹备，丹认为无非就是一堆没用的废话。”

汉娜朝着蒂姆·斯莱特里给她的那张海报扬了扬下巴问：“你说的是那个吗？”

康纳别过脸看了看说：“我想是的，艾迪恩在卡里克看到了一张布告。”

“你不能把大家召集起来后跟他们说一些丹特别质疑但其实一点都不了解的事情。”

“我知道！”康纳懊丧地抱着脑袋。汉娜抓着他的胳膊肘将他领到门口。

“先回家吧，别发愁了，我会把图书馆开到晚上八点的，很有可能到时候一个人都没有出现。不过你可以跟大家说这一届的磋商会议马上就要开始了，希望大家都来参加，然后你再把大家的注意力都引到墙上的那张布告上。”

“好吧，”康纳充满期待地看着汉娜，“然后呢？”

“然后你就可以感谢一下大家的到来，让他们回家就行了。”

“天哪，凯西女士，要是真这么做，我都不知道丹会怎么想。”

“现在你有两个选择，要么去告诉你的朋友们你无权提供图书馆这样的集会场地，要么就照我说的像模像样地把这个会应付过去。”

汉娜几乎能够感觉到康纳的脑子在飞速地运转，他咬牙点了点头说：“知道了，我会按你说的去做。”

“好的。还有，不要告诉任何人，会议结束了也不可以，就算平时开玩笑也不能提起半个字。我太了解这个镇子上的人了，他们会连带着你上下好几辈儿的家人一起嘲笑的。”

康纳再次点点头，挺起胸膛说：“知道了，我听你的，谢谢，凯西女士。”

汉娜重新回到了自己的办公桌前，她希望自己的决定是正确的。这么做应该不会让可怜的康纳失了面子，倒是一直反对把图书馆当作社区集会地的她，如果今晚最终沦为笑柄的话，那么她自己必定会被贻笑大方。

午餐的时候，尽管汉娜带了在家做好的三明治，但她还是决定去“手工坊”再买一杯咖啡和一块蛋糕。平时如果只有她一个人上班，她会在午餐时间闭馆半个小时，到厨房吃一点三明治，看一会儿书，进行简单的休息放松。她其实是想在中午休息一个小时的，而且一般在康纳也来上班的日子里她确实就会这么做。可里斯拜格的大多数人只有在午休的时候才能抽空来趟图书馆，因此，汉娜觉得她有责任在这一时段开放图书馆。

玛丽·凯西觉得她太傻了。

“拜托，姑娘，你难道没权利安安静静地好好吃顿饭吗？你觉得里斯拜格的那些商店到关门的时间还会再为了你多开哪怕一分钟吗？连门儿都没有。只要一到规定的时间他们就会在你面前把门砰的一声关上。”

这简直是一派胡言。里斯拜格的商店从很多年前就开始不在午休的时间关门了。玛丽·凯西想象中的其实是二十世纪五十年代开在爱尔兰的某种杂货店，他们总是会把麻花糖包在牛皮纸里进行出售，随着她一点点长大，这种店在当时也越开越多。汉娜觉得他们非常惹人讨厌，她甚至一度怀疑他们想要把她从店里赶走。玛丽平时多半会以极大的热情面对生活，这使得她看上去更加咄咄逼人，可也有这样的时候，她会在不经意间流露出一种难以掌控生活的无力感。如果这注定预示了她的自主能力正在随着时间不断减弱，那么玛丽需要陪伴这一事实则是汉娜不愿去认真思考的，至少不是在现阶段——能让她重获自由的计划进行到一半的时候应该去考虑的。

汉娜锁上图书馆的大门，动身去买她的咖啡。“手工坊”的柜台前排着几个人，艾迪恩和布里吉德正忙着为客人点餐。她选了一块杏仁蛋糕，然后来到柜台的前面等着点一杯外带咖啡，她对人群中的艾迪恩道了声恭喜。

“生意确实不错，这太棒了对不对？要是我们有地方再摆几张桌子还会更好。每天到饭点儿的时候有很多人来买外卖，不过其余的时间基本上都没什么客人。”

汉娜在闪身避开布劳德大街上行驶着的车辆时，她告诉自己艾迪恩是对的：午休时来一趟这个墙壁鲜亮、充满香甜气味的熟食店的确会令人心情愉悦。她走到了大街的中央，想着要不要去马槽旁边的长椅上坐一坐，不过她还是决定不过去。尽管老石槽中那些沐浴在阳光下绯红的天竺葵十分迷人，但许多停着的汽车几乎将那里团团围住，想必坐在其中也会有一种压抑的感觉。于是她最终还是拎着自己的外卖回到了图书馆的厨房里。

艾迪恩她们家的咖啡还是一如既往的好喝，又热又新鲜，顶部绵密的奶泡上还有一个羽毛形状的图案。汉娜啜了一小口，想着今天早晨她挂起来的海报上宣传的那个磋商会议会不会真的是为一个既成事实而找的一个冠冕堂皇的幌子。要真是这样的话，政务委员会的最新预算将会全部投到卡里克和巴利芬，那岛上的其他地区在接下来的日子里就会变得相当辛苦了。就算艾迪恩和布里吉德再怎么充满干劲，“手工坊”今后也不会有什么好结果。

一想到艾迪恩和布里吉德，她就会立刻联想到婕斯，她下一次轮休的时候会到马尔科姆那儿住一阵子。婕斯每去一次伦敦的公寓，汉娜总想问她家里的墙纸有没有被换掉，泰莎有没有把那些梨树连根拔起，又或者家具的位置有没有被调换。可只要话题触及泰莎，婕斯就有可能发现马尔科姆和泰莎之间关系的真实渊源。再者，如果谈起伦敦的公寓，汉娜就又会想起过去生活在马尔科姆无数谎言中的日子。即便到了今天，她还是会为马尔科姆对那个白痴酒店房间的控诉而烦恼不已，她提醒自己要有一定的自觉：比起女儿内心的平静，自己的感觉根本不值一提。然而此刻站在里斯拜格图书馆后的厨房里，她的思绪还是飘回到从前那段经过抛光打蜡的流线型的红木楼梯，它径直通往张贴着手绘墙纸的卧室，卧室里柔软的灰色织物与灰绿色的墙壁相互映衬……

但伦敦那间狭小的公寓已经永远定格在了过去，而她的未来将会在玛吉那个拥有广阔海景的屋子里。她把杏仁蛋糕的包装纸揉成一团丢进了空的咖啡杯里，走到图书馆的门口把上面的牌子翻了过来。也许她不喜欢自己的工作，可它至少是相当稳定的。眼下已经到了放胆一试的当口，这项被赋予了爱与创造性的冒险投资，将会把一个石头洞壳变成她的庇护所。既然做了这样的决定，也申请了款项，那么现在，无论什么都无法阻挡她了。

CHAPTER 34 # 第三十四章

康纳在过去的半天中一直为即将到来的图书馆集会感到担忧，他在脑中已经幻想过无数种可能发生的灾难：要是到时候来了好几百人发生骚乱该怎么办？要是他到时候脑子里一片空白该怎么办？要是凯西女士开着图书馆但一个人也没来又该怎么办？更糟糕的是，拖拉机依旧问题不断，乔还责备他已经连续两天一到晚上就跑到外面去。

为了增加自己的信心，康纳进行了极为精心的梳洗打扮，但这显然还是没有在他出发时使他的心情有所好转。乔像往常一样鄙夷地对他的发胶评论一番后，康纳觉得压力更大了，他无法做到一笑置之，反而上前对着乔的脑袋就是一巴掌，随后他的父亲咆哮着喝止他。在他骑上“小黄蜂”出发之前，耳中最后听到的是母亲试图保持平静却委实焦虑的声音。

当他到达图书馆的时候看到现场很空，目前来的只有那位狗先生奥利弗，还有正在摆放椅子的艾迪恩。看来凯西女士给这里的政务委员会办公室的人打过电话了，事先安排了一下借椅子的事情，康纳先把头盔放进厨房，然后就到院子里去搬椅子了。办公室的门是锁着的，他轻轻地敲了敲窗户，里面的人开门让他进去。康纳认出那人是利亚姆·瑞安，他在里斯拜格的郊区有一个汽车修理厂。门厅看上去还是有一种修道院的感觉——深色的门板、铺着瓷砖的地面，以及一幅幅挂在墙上的幽暗的圣像。利亚姆把他带到两个办公室之间的等候区。

“凯西女士说了，你大概需要八把椅子。”

康纳并不清楚自己到底需要多少椅子，他之前还狂热地幻想过那种出现六十个人，甚至六百个人的画面。不过他还是点了点头，将它们一个个摞了起来。

利亚姆给他搭了把手：“我还要在这里待上一阵子，所以等会儿你那边结束了我会过去把它们收回来。”

当丹和布里吉德一起到达现场的时候，凯西女士已经架好了一个演讲台，艾迪恩和康纳也在“传记文学”的区域把椅子排成一个扇状。到了晚上七点钟，在场的参会成员有康纳、丹、布里吉德、艾迪恩、丹的两个朋友、一个嚼着口香糖的女孩、凯西女士，以及狗先生奥利弗。丹他们一群人一下子占了六个位子，其中一个家伙把胳膊搭在了那个女孩的肩膀上，还把一只脚架在他正前方的椅子上。凯西女士很快就发现了他的不妥之处，用冰冷的目光注视着他直到他把脚放回到地板上，还直截了当地给他的女朋友拿来一个垃圾桶和一盒抽纸，汉娜说图书馆里是不可以嚼口香糖的，当女孩把一块粉红色的口香糖吐在纸巾上包起来丢进垃圾桶的时候，大家都小心翼翼地看向别处。又过了无所事事、让人倍感煎熬的几分钟后，弗瑞·奥谢晃了进来，靠在了一面墙上。随后凯西女士走到演讲台前欢迎大家的到来。在康纳的内心深处，默默地期待着在这样的紧要关头，或许凯西女士可以独自完成接下来的工作。可她还是向大家介绍，康纳将作为主席来主持今晚的会议，接着回到了她的办公桌前。康纳觉得自己被领带勒得透不过气来，脚下的步伐也变得越发沉重，他迈步走上了演讲台开始了他的演说。

即使现在回想起来，当时的一切对他而言都恍若梦境。他完全按照凯西女士的建议挥手指向那张墙上的海报，告诉大家今天集会的目的是要半岛上的全体居民对即将召开的磋商会议予以重视。而当他用一些自己的话进行概括总结的时候，发现前排的艾迪恩用鼓励的目光看着他，布里吉德默默地翻看着丹手机里的图片，而一个穿着皮夹克、长得像竹竿一样的瘦高个儿则不停地打断他，声称政务委员会和在里面工作的所有政务会委员都是一群卑鄙阴险的投机者。

“就连街上的流浪狗都知道肯定有人塞了黑钱！都是些笑里藏刀的人！就算他们在这儿一直讨论到明年，你也没法从他们嘴里得到一句实话！”

康纳越发频繁地向凯西女士投去求助的目光，但她脸上的表情却明确传达出“他必须依靠自己”的信号。他说此时此地发表一些未经证实的控诉是不妥当的，眼下迫切需要公众参与到为实现信息共享和反馈的目标而设置的民主进程之中。就拿他自己来说，他很高兴自己不仅能够拥有选举出能将支出经费透明化的议员的这份权利，也能和他们一起为整个社群的利益而尽职尽责地工作。艾迪恩开始鼓掌，可那个穿皮夹克的家伙一边满不在乎地嘟囔着“塞了黑钱”，一边将一个揉皱的纸团朝着康纳所在的方向弹了过来。所幸的是康纳不用继续打官腔了，因为在别人还没来得及反应的时候，那个刚才嚼口香糖的姑娘捶了一下她的男朋友让他不要烦人。就在这个时候，图书馆的大门洞开，“夜叉”跟在利亚姆·瑞安身后飞快地咆哮着冲了进来。弗瑞上前一把将狗抱起，用手拢住了它的嘴巴，康纳趁乱赶忙宣布他很感谢大家的到来，同时也感谢凯西女士提供的图书馆场地，以及委员会为他们提供的椅子，现在已经到了利亚姆来收椅子的时候了。康纳不顾利亚姆的温和阻拦，从演讲台上跳下来抓起一把椅子就开始收拾。就在大家纷纷起身帮忙的时候，他仍然可以听到那个穿皮夹克的家伙嘴里一直念叨着“塞了黑钱”。不过至少这个会议已经结束了，而且没有发生任何骚乱。

CHAPTER 35 # 第三十五章

图书馆的集会结束时天色已经暗了下来，弗瑞·奥谢开着车带着坐在他旁边副驾驶座位上的“夜叉”朝家的方向驶去。半岛中央的那片古老森林从很久之前就归弗瑞的家族所有，如今弗瑞就住在里面，房子虽一再扩建，但始终遗世独立。他现在的住处是他二十年前回到家乡时建造的第一所房子，而在那之前的二十年里，即使每天都睡在伦敦的建筑工地上，他都不愿回到自己的家乡。

弗瑞知道他的哥哥鲍迪生来就是个挥霍无度的人，他也同样知道，从他开始记事起，鲍迪就想继承家里的土地和房产，若真如他所愿，那必定将是一场灾难。他们的父亲素来沉默寡言，对这片森林有着一种深沉而炙热的情感，他同样可以预见要是他的大儿子继承了他的家产将会发生怎样的事情。假如他的妻子还活着，或许还可以帮着他分析分析，可她在弗瑞六岁的时候就去世了。老头的一些朋友也曾经试图规劝他，让他慎重决策，无奈他主意已定，因为鲍迪生来就享有房屋和森林的继承权。父亲留给弗瑞姐姐的是一些存款，如果弗瑞想要的话，家里还有几亩土地可以给他，但除去这些，剩下的所有财产都归鲍迪所有，他们所有人都清楚，老头过世后用不了几个月，鲍迪就会为了买酒而把家中的东西悉数变卖。

事情的发展真的如他们所料。弗瑞十六岁时就离开学校开始在父亲手下工作了。从那时起鲍迪就成天泡在酒吧里，他每天除了躺在自己的床上，就是坐在酒吧的高脚凳上。在父亲去世一年之后，弗瑞决定远走他乡。他的姐姐那时已经去了美国，而他也无意待在这里看着鲍迪将全家人视作珍宝的地产弃之不顾。他花了三个月的时间筹到了去伦敦的票钱和在找到住处前暂时用来周转的旅费。他当时并不是职业的瓦匠，但他熟悉木材，而且他和他们那一代的所有芬法兰男人一样都会砌石墙，也能做任何类似的事情。他去英国的票钱很大一部分都来自为玛吉·凯西砌墙得来的收入。遇见玛吉真的是一件幸运的事情。奥谢一家在当地非常受人尊敬，尽管人们同情十七岁就失去双亲的弗瑞，但生活在二十世纪七十年代初的芬法兰半岛上也不是件容易的事情，如果你自身势单力薄，就必定会被力量强大的人所欺骗。玛吉·凯西把他应得的报酬一分不少地交到了他的手上，并没有为了克扣工钱而故意找碴，不像他在离开芬法兰的前几个月里为其他瓦匠打工时那样。

到了伦敦以后，他靠着到处做苦力维生，他心里很清楚只要鲍迪还活着，他就永远不会再踏进家门半步。他常常在街上游逛，或坐进公共图书馆里取暖，不过他每接到一份工作，都能从中获得一些手艺上的进步，因此他也受到越来越多雇主的青睐。他从同乡之间的流言中听到了家里的消息，几个从芬法兰过来的伙计去汉默史密斯[1]或克里克伍德[2]的酒吧，给他讲述他的哥哥是如何卖掉成片的林

---

1 汉默史密斯是英国英格兰大伦敦汉默史密斯－富勒姆区的自治市，位于泰晤士河的北岸。

2 克里克伍德是伦敦西北部的一个地区，位于查令十字西北 5 英里（8.2 公里）处。

场去买酒喝的。那天，弗瑞正坐在基尔伯恩[1]的帝国咖啡馆里读着手中的《芬法兰问询报》，看到新闻上说整片森林都将被拍卖。他担心鲍迪再干出什么“好事”来，他给巴利芬的拍卖商打了电话，并确认了他的那块地并不在此次拍卖的范围内，不过从电话线那头拍卖商的声音判断，他刚好也想打给弗瑞。几周后在克罗伊登[2]的一个工厂外，当弗瑞正在脚手架的第三级平台上干活时，一个从诺克茅村来的年轻小伙子告诉他森林已经被卖掉了，买主是个都柏林的家伙，据说那家伙很快就要动身去澳大利亚了。

弗瑞回到芬法兰的时候，鲍迪已经不在人世，所有从拍卖中得来的钱都被他喝光了，而奥谢家族从前经营的一大片林场也全部易手他人。父亲留给弗瑞的不过是几亩林地和一小块土地，就位于巩特尔和苏珊夫妇那间“老铁匠铺宾馆”所在的十字路口附近。苏珊和巩特尔都是既和善又勤快的人，如果弗瑞想向他们借几只山羊，两人也会非常爽快地答应，汉娜家的那两只山羊就是从他们家借来的。他们的招待所相当棒，不像他记忆中的那个锻造车间：一旦里面开始敲打铁块，几乎就听不到人们说话的声音了，铸铁熔炉总是发出红色和金色的光，在幽暗的车间中迸发出点点火星。他同样记得在过去与树相伴的日子里，他熟记林中的每一条小路、树木的枝干和叶片，以及由它们所生产的木材的性质——是硬还是软，笔直还是卷曲，适合做地板还是托梁、精美的家具抑或雅致的嵌板……他第一次重回故乡是在1993年的春天，他曾想过自己应该无法住在

1 基尔伯恩是伦敦西北的一个地区。现在基尔伯恩是一个文化十分多样的地区，这里拥有伦敦各地中最高的 爱尔兰人人口比例，并且还有很多加勒比海黑人居住。

2 克罗伊登是南伦敦的一个镇，位于克罗伊登区内，地处查令十字以南 9.5 英里。

父亲留给他的一小块土地上每天看着那片无人看顾的森林，不断地回忆起他的童年生活。可终究这是他在家乡唯一可以落脚的地方，于是他在这片土地上为自己建造了一所房子。

过了一年左右铁匠去世了，铁匠铺也日渐衰落，半岛上仍有一部分居民借助轮船和飞机等交通工具继续向东移民。在那之后，便是“凯尔特之虎”泡沫的膨胀和爆裂，致使无数过于冒进的家庭深陷负债和对遗产的奢望之中。从经济的繁荣到后来的萧条时期，许多建筑业者索要的工钱高得离谱，但工程本身却粗制滥造，然而人们却心甘情愿地将钱双手奉上。在巴利芬，弗瑞认识的一些没什么经验的人都在价格走低时买下许多地皮，却在售出时意外地大赚了一笔。但很多从英格兰回来的投机商却傻傻地等着价格再度上升，以至于后来统统吃了苦头。此外还有像老吉尔 · 菲茨杰拉德这样身在家中就能洞悉风向运筹帷幄的人，最终赚得盆满钵满。弗瑞自己当时也购置了一些地皮，这让他存够了钱，从那以后他不必再依赖任何人了。

此时他的面包车已经开离大路来到了自家的地盘上，车轮嘎吱嘎吱地碾过砂石车道，在房子的旁边停了下来。房子与大路成一个直角，剩余的三面都有树荫环绕。屋后有一排木棚，他挨着其中一间给“夜叉”搭了一个狗窝。房屋的外围呈现出严格的对称性，不过除此之外没有什么特别的地方。房子内部的陈设极其简单，很符合弗瑞的喜好。

“夜叉”紧跟在他的脚后同他一起走进了客厅，他来到书架边的桌子前，把正在为查尔斯 · 奥金修复的那个德兰西家的小书架上覆盖着的报纸取了下来。桌上散放着一套工具，弗瑞已经卸下了原先裂开的压条，并重新找好了一个替代品，两个叶片形状的黄铜卡子用一块破棉布包裹着，就放在它的旁边，而两颗准备拧到轴心上的新螺丝也在一个朝上放置的旧咖啡罐的盖子里放着备用。螺丝是他手工制作的，他还为它们在书架的搁板前端另外打好了新的孔。由于查尔斯之前那次笨拙的DIY，使得现在的设计与原来相比，固定书页的黄铜叶片之间的距离要更远一些，但依旧能够起到它们应有的作用。弗瑞相信，只要对这个工艺品原装压条上的固定点稍作调整，同样可以达到平衡的效果。

在他将带有裂缝的木条卸下来之前就知道势必要在原来的基础上进行改动。不过他发现这根雕有树叶和浆果的白蜡木[1]压条是其他人在过去的某一时期，也可能是在三百年前替换或添加上去的。也许最先站上这个书架的中世纪的手抄本是用两头较重的皮质书签固定的，而后来添加的可以旋转的黄铜叶片则是一项技术含量较高的新发明。书架的整体是由白蜡木制成的，弗瑞分辨得出那根裂开的木条是从一棵新长起来的幼苗上砍下来的，但其余部分的木材却不是。经过几个世纪的日晒和上蜡，后来的和原先材料上的颜色都逐渐变暗，相比之下，如今弗瑞雕刻好的压条放在即将修复的搁板上简直如同镀了层金似的显眼。但经历岁月的洗礼它也会逐渐变暗，而那些懂得鉴别的人也自然会从中读出发生在它身上的故事。

他将一把长凳拉到桌子近前，拿出了那根新的白蜡木压条，上面饰有浆果和树叶的缎带图样还没有雕刻完成。他已经凿好了在固

1 白蜡木分布生长在北美及欧洲部分地区，主要用于美式家具、地板、高档衣帽架、装饰线条、精细木工制品、运动器材、工具把手等。更广泛用于机械制造、滑雪板，主要生产纸浆和家具木料之一，纹理粗大。树皮和果实用于医药做泻药，也可提取黑褐和蓝色染料。

定叶片时钻孔装埋要用到的小洞，以使钉在深色木料上的螺丝像金色的浆果一样。尽管出现那种理想效果的时候他早已经不在这个世界上了，可他才不会为了这种事情而苦恼，因为制作的本身就能带给他很多快乐了。他从桌上的众多工具中挑了一把凿子出来，接着伸手够到了自己的眼镜，开始了今天的工作。

弗瑞是一个对时下发生的事情很感兴趣的人。比如他本来没有必要去参加年轻的康纳·麦卡锡在里斯拜格图书馆举行的活动，但既然已经知道镇子上有些事情正在发生，他就想溜达过去凑个热闹。他同样会出于类似的一时兴起，到了星期天去教堂的后面坐坐，或在偶尔路过政务委员会大楼的时候到里面的走廊转转。他记得四十年前玛吉·凯西曾说过他有着像间谍一样的洞察力。他结束了一天的工作，玛吉见他正一动不动地盯着炉腔旁的壁龛中立着的橱柜，于是将一杯茶递到了他的手上。那时橱柜上方的搁板还都是露天的，位于及腰处较宽的那块板子被拿来当成砧板使用，而它下面一块开放的空间最初是打算用来做鸡窝的。因为玛吉非常讨厌母鸡们挤在屋里，她的一生都在不停地把它们从厨房驱赶出去，所以弗瑞提议在下面的空间里加装一些搁板和实木的小门，再在上方的搁板外安上两扇玻璃门，防止灰尘落在玻璃杯和厨具上。他现在雕刻用的白蜡木就是当初给玛吉做橱柜时剩下的，它和其余的边角料一起放在屋后木棚的一个金属盒里，在四十年后的今天依旧散发出金色的光泽。

弗瑞回到芬法兰的那年用一根铁棍撬开了他家老房子后所有仓库的锁，搬走了父亲和他出生前就已经过世的祖父存放在里面的成堆的工具、木材和一些零碎的物品。按理说那些东西都应属于买下鲍迪房产的人，可他从不后悔自己拿走了那些东西。他知道半岛上的邻居们都说他是个离经叛道的人，他也觉得确实如此。他总是依照自己所知的常识行事，而且最重要的是，他讨厌挥霍浪费。

当一簇浆果一点点出现在他的凿子下时，他想起不久前发生在卡里克政务委员会大楼中的一幕，巴利芬最大旅馆的老板乔·弗隆从规划部门的一间办公室出来后迅速地闪进了一部电梯，显然他不希望被人认出。众所周知，乔涉足房地产开发已经有些年头了，而关于政务委员会即将公布的计划也是谣言不断，依弗瑞看来，这其中似乎暗流涌动。几天后，他注意到乔·弗隆和吉尔·菲茨杰拉德在巴利芬的一间酒吧里秘密地商量着一些事情。而今晚康纳在图书馆举办的活动中，一个穿皮夹克的小伙子提出政务会委员收受黑钱贿赂这样的老生常谈。可弗瑞并不认为真的发生了这种粗鄙的交易。政务会委员根本没必要受贿，他们的提案中包含了一组全新的、高科技的关联事物，那将使他们备受赞誉，极大地方便了他们的工作，而且从客观来讲，在他们之中，想要提升政务委员会对公众服务质量的肯定也大有人在。不过，要想获得都柏林的政界高层决策圈的支持和批准，还得在一些体面的地方进行私下沟通才行，而这些地方正是卡里克富有的商人们能够提供的。

弗瑞把手中的雕刻品翻转过来，将凿木上的卷边吹走。据他所知，吉尔·菲茨杰拉德数年前在巴利芬郊区选中了一块足可以容纳许多旅馆的地皮，就在提案中可供巴利芬安排巡游小艇中途停靠的休息区那里。如果吉尔和乔合力计划在那块地皮上建造一家新的旅馆，那么他们必然能借着即将动工的小艇码头大捞一笔。在弗瑞看来，一切都应当像他所想的那样简单纯粹，没有那么多所谓不正当的交易，也不会有人做出违法的勾当。然而一个精心编织的陷阱即将再次张开，等待着一个个小口袋里的钱悉数落入那些巨大的口袋之中。

CHAPTER 36 # 第三十六章

玛丽·凯西把煎锅砰的一声放到了炉子上，从冰箱里飞快地抽出一个牛皮纸袋，然后伸手去拿用来剪火腿片的剪刀。汉娜对玛丽这个吃惯了融化干酪[1]和合成蛋糕的人却偏偏执着于火腿片纯正与否的习惯已经见怪不怪了。她声称只要“毛发适量的那几块”，然后看着对方把火腿切成她要求的厚度，在放入煎锅前，一定会先去皮，再把它们剪成许多较小的肉片。裁剪的时候保证火腿片在油煎的过程中不发生卷曲，在每一片完美烹制的火腿摆盘之前，“毛发”必须在剥皮时一同被去除得干干净净。她向来只去吉尔·菲茨杰拉德那里购买火腿。她说吉尔卖的才是真正的肉，而卡里克超市里摆放着的用保鲜膜包裹的变了色的东西实在太过寡淡无味。在汉娜的印象中，火腿一直是她们家中常备的食材，通常都被防油纸包着放在牛皮纸袋里。防油纸非常厚，因此外面的纸袋不会被油渍浸染。玛丽把一大堆这样的纸袋整齐地叠好，分放在厨房的许多抽屉里以备不时之需。

1 融化干酪是指将同一种类或不同种类的两种以上的天然干酪，经粉碎、加乳化剂、加热搅拌、充分乳化后而制成的产品。融化干酪也称杀菌干酪或加工干酪。

此时玛丽轻蔑地瞥了一眼汉娜的那盘什锦果蔬燕麦片酸奶，往煎锅里放了三片火腿，将锅剧烈地晃动了几下，在火候恰当的时候把它们一一翻面，接着拿了把黑色手柄的刀开始把白苏打面包切成片状。

“我说你就不能吃顿像样的早餐吗？能不能别每天往嘴里塞上一勺鸟食就出去工作？”

汉娜没有回话，默默地打开手机。玛丽为了不让火腿片变凉，把它们放到烤箱里的一个盘子上，往煎锅中打了一颗鸡蛋。等鸡蛋煎好她就会将它挪到锅边，用方形的苏打面包蘸取最后一点培根榨出的油，继续在火上烤一会儿，直到每一片面包都变得表面金黄酥脆，内里松软细嫩。

“有婕斯的消息吗？”

手机上有一条婕斯发来的信息，她说去伦敦的机票已经订好了，到时候会和马尔科姆一起吃顿饭。汉娜把信息读给玛丽听，玛丽把头一甩。

“我知道吃早饭的时候是不该谈论这个，可如果那孩子知道她爸爸是个什么样的狗杂种，她肯定就不会吃他的肉酱鹅肝了，而是好好跟他说说他在她心里到底是个怎样的人！”

汉娜沉默不语。她想毕竟过不了多久就会在属于自己的家里吃早餐了，到时候她可以挨着壁炉，坐在门阶上与飞旋在头顶的鸟群为伍，抑或靠在悬崖边的石墙上，聆听脚下潮汐巨大的声响。最近几周她几乎不太敢轻易陷入自己的幻想之中，但自从那晚图书馆在活动时弗瑞悄悄走进来后她就重新燃起希望，因为那表明他们可以就房屋修复的事情继续进行讨论了，显然他在现阶段是有时间来完成接下来的工作的。所以也许等到婕斯下次回到克罗塞拉的时候，汉娜的房子就能初具雏形了，到时候她可以和婕斯一起上网或结伴去挑选橱柜，再商量一下涂料的问题。为着这样的愿景，对玛丽客气一点以及露出微笑应该并不是什么难事。于是她将糖罐推到桌子的对面，问玛丽今天有没有什么打算。

玛丽·凯西不耐烦地抽动了一下肩膀道："除了打扫打扫家，也没什么别的打算。"

"要不我带你去里斯拜格看看帕特怎么样？"

可是显然帕特要去卡里克给她的孙子们买礼物。

"她要是买东西的话，你随便逛逛商店不行吗？趁吉尔还没载她去卡里克，我现在就可以带你去里斯拜格找她，我下班的时候接你一起回来。"

玛丽不为所动。她说如果帕特需要她陪着的话自然会叫她同去的，而且帕特一提到那些孩子就像走火入魔了一样，给他们买东西的时候她根本不用人陪。汉娜发现自己失去了耐心。试图帮助一个拒绝被帮助的人有什么意义呢？她把最后一点咖啡一口气喝完，起身勉强挤出一个微笑跟玛丽道别。但玛丽·凯西却避开了她的眼睛，叉起一小片火腿放到一个方形吐司上，将它们一齐送到了嘴里，一副好像受到责备十分受伤的样子。看得出她会因为这个在接下来的几天里一直闷闷不乐下去。

随后，在汉娜开车驶向里斯拜格的路上她问自己是否能够做到左右逢源，但过去大半辈子的经历告诉自己她始终无法做到。玛丽平时似乎没有什么其他形式的娱乐活动，近来却逐渐把生闷气当成了一种兴趣爱好。可她从来都学不会父亲那套哄人的技巧，让玛丽能够重新开心起来。她不得不承认，其实自己连一点学习那些东西的想法都没有。她现在只想着早日脱离母亲家里阴郁的低气压，转而投入自家充满欢乐的氛围之中。

那天下午临近闭馆的时候，她从电脑上将视线移开，恰巧看到蒂姆·斯莱特里出现在门口的台阶上。放学后父母和孩子大批到来的小高峰已经过去了，康纳正在“儿童园地”进行整理，那位狗先生奥利弗正按照他的方法对“烹饪”区的书籍进行着逐一检索——尽管汉娜已经再三向他保证过大多数出版商都不会在菜谱的封面印上几条狗，上面一般是些食物的图片。

但奥利弗自有主张：“凯西女士，既然我已经开始这么做了，那么我就一定会坚持到最后。我人生中一直都是以这样的方式完成大大小小的任务的。”

这么看来他无疑是路易斯·卡罗[1]的书迷，汉娜试着诱导他去读一读《猎鲨记》，以使他在搜寻的过程中稍微得到缓解。但很快她就放弃了这个突如其来的念头，点头示意他继续进行手头的任务。奥利弗是个有些近视的中年矮胖子，康纳为了让他够到书架的上层，特意找来一个梯凳。康纳还帮他查过一些出版社的网站，有次在一周的工作刚刚开始时，他似乎不费吹灰之力就找到了那本奥利弗梦寐以求的书，可因为理查德·亚当斯[2]的《疫病犬》封面上那条黑色拉

1 路易斯·卡罗是查尔斯·路特维奇·道奇森（1832年1月27日—1898年1月14日）的笔名，英国作家、数学家、逻辑学家、摄影家，以儿童文学作品《爱丽丝梦游仙境》与其续集《爱丽丝镜中奇遇》而闻名于世。

2 理查德·亚当斯（1920年5月9日—2016年12月24日）是英国的一名奇幻小说作家。亚当斯大学时就读现代历史，其后当兵参加了第二次世界大战，战争结束后当了一名公务员。在两个女儿的鼓励下，他用两年的时间写就小说《沃特希普荒原》，于1972年出版，自此亚当斯成为英国的知名作家。

布拉多犬的耳朵形状不对，所以他们对书的寻找还在继续进行。

此时汉娜起身准备将蒂姆迎进来。他今天穿了一套三件式的西服，看上去潇洒体面，身上还佩戴了一条似乎纯粹是用来装饰的怀表链。他腕上戴的手表绝对属于抽象极简风格，由松紧腕带和珀斯佩克斯[1]有机玻璃表面构成。那条柠檬绿色的松紧腕带让汉娜想起了婕斯的学校里流行扎马尾辫的时候，汉娜买给她扎头发用的皮筋。蒂姆轻快地大踏步走进大厅和她握了握手。他说他只是路过进来跟她说两句话。她拉出一把椅子让他坐下，可他瞥了一眼康纳问是否可以借一步说话。汉娜掩饰住嘴角的笑意，这表明接下来的闭门会议中，蒂姆谈到的话题将会涉及购书或电脑系统的升级。

“没问题，我给你泡杯咖啡吧。”

她领他来到厨房，把稍后用来给他泡咖啡的烧水壶接满，她告诉自己实在有很多需要感谢蒂姆的地方。尽管他古怪、浮夸的样子有时会令人感到不快，可她重回半岛后，他却是她为数不多的可以称得上是朋友的人。然而几分钟后，没人再去理会那个已经沸腾了的烧水壶，她真的想搞清楚自己先前为什么会错得那么离谱。

1 珀斯佩克斯是一种高强度透明塑胶（即有机玻璃）的专利名。

CHAPTER 37 # 第三十七章

“等等，你现在是在威胁我吗？”汉娜扭头向厨房门口那里匆匆瞥了一眼以确认它是关着的。无论蒂姆·斯莱特里接下来要如何回答她的问题，她都不希望这段谈话被碰巧路过的人听到。蒂姆靠在案台上，用他精心保养的手捋了捋像刷子一样坚硬的头发。

“好了，汉娜，你知道的，这么说太荒谬了。”

“没错，这实在是太荒谬了，而且你刚才话里有话，也是荒谬至极。”

“我只不过说了句让你最好小心一点。”

汉娜深深地吸了口气，挺起胸来道：“好，那咱们先来弄清一件事情，你的言下之意是我没有权力在自己的图书馆里组织活动吗？”

“但那跟图书俱乐部或者讲座不一样，那可是抗议集会。”

“简直是胡说八道！”汉娜眼神犀利，“这是谁说的？”

“你必须明白，我们无法接受县图书馆下属部门里的一个工作人员公开地站出来指责那些辛勤工作的政务会委员收受贿赂。”

“你听我说，我组织并且出席了那个活动，活动是由我的直接下属康纳主持的。发言的内容都是我们提前商量后一起决定的，我们没有说任何不得体的话。台下是有极个别的人发表过一些言论，但康纳也已经在第一时间做出了礼貌的回应。如果他当时没有这么做或者一时不知该怎么应对的话我就会出面进行干预的，但他并没有出现那样的状况，所以我自然也没有说什么了。”

蒂姆耸了耸肩道：“要是这么说的话那可能就……”

汉娜眯起了眼睛：“但这并不是重点，重点是刚刚你走进我的图书馆里跟我说让我小心一点。”

“不是这么回事。”

“就是这么回事。说直接点儿吧，我需要一个解释。”

但她其实已经不需要他的解释了。这明摆着就是利亚姆·瑞安跟其他政务委员会的同事们在闲聊时说起了那个嘴里一直念叨着塞黑钱的小伙子，传到卡里克的时候大家就觉得她组织了一个抗议集会。而讽刺的是，这一切都仅仅源于可怜的康纳，他向来尽职尽责，却在某次出去玩的时候酒后失言。

那并不是汉娜主动选择的立场，让她没有想到的是，此时泪水竟在自己的眼眶中打转。蒂姆怎么能相信那样的无稽之谈呢？即便他信了，那为什么作为同事和朋友的他没能站在她这一边呢？就算她事先就知道那是个愚蠢的活动，但她也对康纳提供了支持和帮助。而她现在也无意再做什么。

她还没有想好要说什么。蒂姆挑起双眉说，那么，他不必再把事情一五一十地全讲出来了吧？政务委员会的投资提案牵扯到县图书馆设备的全面改组。将来所有的图书都会收藏到卡里克新的综合大楼里。到时候办公场所势必整合，再加上技术不断提高，自然就会裁掉一些多余的员工。他像达希尔·哈米特[1]小说中卑鄙的骗子一样摊开双手。他的意思是，他说，如今对她来说最为明智的做法就是阻止那些风言风语的散布，并且全力支持政务委员会的计划。

汉娜觉得难以置信，怔怔地盯着他。就在几周前他还信誓旦旦地向她保证不会关闭里斯拜格图书馆。想必他和她一样都记得不久前的那一幕，他当初还用到“除非我死了”这样的句子，而她还心生愧疚像个傻瓜一样地向他道歉。

她的脑中瞬间回旋着无数的质问和指责，但自我保护的本能使她陷入了沉默。她需要的是思考，而不是对他疾言厉色。既然政务委员会的提案已经涉及图书馆系统的改组，那么蒂姆就必然是改组的策划成员了。因为关掉她的图书馆是这计划里的一部分，为了避免和她发生正面冲突，于是他就撒了个谎。显然现在他认为她已经发现了事情的真相，并开始进行某种形式的抗议，但实际上她却傻到根本没有仔细琢磨他话的意思。

一种突如其来的耻辱感令她一时失神，等反应过来后她发现蒂姆已经在马克杯里给他们二人各倒了一杯咖啡。他问她的电脑现在怎么样了？她是不是依然觉得图书馆的信息系统有些不大好掌握？这一招也太没水准了，汉娜几乎要忍不住了。新综合大楼里的图书馆任命工作势必会落到蒂姆的身上，如果你素来都被贴着“卢德主义者[2]”的标签，就可能连一个面试的机会都得不到。因此到时候可

1 达希尔·哈米特（1894 年 5 月 27 日—1961 年 1 月 10 日）是一个被称为开创“冷硬派”推理小说和短篇小说的美国作家。他创作的不朽故事人物包括《马耳他之鹰》里的山姆·斯佩德，《血腥的收获》和《丹恩家的诅咒》里的“大陆侦探社无名探员”等。

2 卢德主义者是十九世纪英国民间对抗工业革命、反对纺织工业化的社会运动者。在该运动中，常常发生毁坏纺织机的事件。这是因为工业革命运用机器大量取代人力劳作，使许多手工工人失业。后世也将反对任何新科技的人称作卢德主义者。1779 年英国莱斯特一带一位名叫内

怜的“卢德主义者”汉娜没有出现在面试者的名单中也就不足为奇了。那一瞬间她想把整杯咖啡全都泼到他的身上，但直觉告诉她如果自己在这个时候大发脾气无疑是正中了他的下怀。可怜的凯西大妈，尽管她在自己的岗位上兢兢业业地工作着，但到了她这个年纪的女人难免在应对某些事情的时候会感到力不从心，于是她们会变得反复无常，容易激动，等到需要用理智进行决断的时候，往往激素会过量分泌，导致最后的意气用事。她没有办法指出这是一种歧视，因为人们才不会公开地讨论这件事情，反正大量的诋毁和中伤会在人群之中散播开去，最终被大多数人所接受。

她强迫自己放松下来，设法凝视着对面的蒂姆。单纯地保持冷静是远远不够的，她必须做出反击。

“得了吧，蒂姆，电脑操作系统有什么难的，真正难的地方在于能够找到并且管理好有能力的技术支持员。虽然你人脉有限，很难认识这样的人，不过我相信你已经尽力了。”

她说话时的声音就如她所希望的一样淡然，而蒂姆眼中一闪而过的惶恐令她备受鼓舞。但报复的快感稍纵即逝。眼下最关键的是她的图书馆面临着关闭的危险，她未来的前途很快就会陷入一片黑暗。如果政务委员会的计划被审核通过，那么她很快就会被扫地出门，到时候她将没有收入，没有未来，只有一个不能住人的房子和一笔无法偿还的贷款。她觉得或许那个计划会被否决，但也可能不会。不过她怎么能保证芬法兰的政务会委员们会比他们的县图书馆馆长更值得信赖呢？

德·卢德的织布工曾怒砸两台织布机，被后人传为所谓卢德将军或卢德王领导反抗工业化的运动，遂得此名。

蒂姆离开的时候距离图书馆关门还有一个小时。汉娜回到了自己的办公桌前。在大厅的尽头，狗先生奥利弗依然在书架间翻找查阅。康纳已经整理好了“儿童园地”中的图书，问汉娜接下来该做些什么。她担心自己的表情会暴露出现在的心情，于是低着头吩咐他去清理厨房。

“好的，”康纳转身欲走，但回头看了她一眼，“蒂姆·斯莱特里刚刚说了什么？”

“都是些跟你无关的事情，你现在可以去干活了吗？”

她看着他顺从地走出大厅，从蒂姆走后，她的胸中就一直积郁着挥之不去的愤怒。为什么他竟能如此两面三刀？为什么她的判断总是错得离谱？他怎么能像个不入流的恶霸一样径直走进来肆无忌惮地威胁她？然而最糟糕的是，究竟有多少人已经意识到她很快就要失去工作而她自己却浑然不觉？她霍然攥紧拳头，睁大了双眼。没错，这就是乔·弗隆在卡里克政务委员会大楼的停车场避开她的原因。他一定早就知道了，他知道了她所不知道的事情，因而无法直视她的脸。

康纳整理好厨房后，她说他可以回家了。“这里没什么要做的事情了，况且你最近在不轮到你上班的时候也进进出出忙里忙外的。”

“可是真的有很多活要干，”康纳不安地看着她，“你该不会……你该不会要缩减我的工时吧？”

汉娜还真没想到如果真的发生了蒂姆所说的情况，康纳以后要怎么办才好。不单单只有她的工作不保，麦卡锡一家的生计也与里斯拜格图书馆息息相关。尽管康纳从来没有这么说过，但她知道他的这份兼职可是被算进他们家精打细算的收支平衡中的，要是没了这份工作，无疑会加重他们家的经济压力。她对他笑了笑，在她还没有从巨大的打击中走出来之前，她决定先不向他坦白实情。

“当然不会。我是说要你提前一点回家，别等到下班高峰期的时候再走。在我还没改主意之前赶紧离开吧。”

“谢了，凯西女士，”康纳犹豫了片刻，想着要不要再说点什么，终于，他还是涨红了脸下定决心，“其实我不仅仅是为了钱，有关书的这些事情对我来说都是了不起的大事，我对里斯拜格图书馆有很深的感情，而且跟着你，我学到了很多东西。”

他骑着“小黄蜂”走在回家的路上，想着刚才的那番话会不会过于矫情。但这些话已经憋在他心里很多年了，而且每一句都是肺腑之言。

CHAPTER 38 # 第三十八章

汉娜现在急需认真地思考一下。无奈在图书馆开放时间内的最后十分钟进来两个女人，她们无所事事地边逛边看架子上的书。汉娜把电脑罩了起来，拉下门上挂着的卷帘，向她们喊话闭馆时间马上要到了，但并没有引起女人们的注意。最后她只得站在门口不断催促她们离开，她们转着圆溜溜的眼睛看了看她，不满地咂咂嘴，就同她小的时候玛吉在厨房里把闯进屋子的母鸡赶出去时的情景一模一样。等她们走后，汉娜设置好安全警报，锁上门，穿过院子，想着待会儿找个清静的地方。

这是夏日中极为晴朗的一天，当她走近停车场时，强烈地感受到花园那头照射过来的阳光。自从开辟女修道院花园中的一角作为停车场后，人们就用一道低矮的砖墙将它和花园区隔开来。停车场那边疏于打理的花园如今仍然保留着隐约可见的碎石小路以及许多被悉心照料的苗圃，世代隐居于此的修女们都曾漫步在这个花园之中。黄杨[1]篱笆都过于枝蔓横生，树木也很久没有修剪过了，就连被围起来的早前

1 黄杨是小型长绿树，常用作篱笆。

修女墓地上的那座圣母雕像都被恣意生长的玫瑰花遮盖得严严实实。

汉娜虽已掏出了钥匙，却听见女修道院花园中的鸟叫声，站在车旁不由得犹豫着要不要开门上车。她不想现在就回到玛丽的那个小平房，可她还能去哪儿呢？玛吉的住处也不能去了，因为她知道弗瑞可能出现在那里，就算他不在，她又怎么忍心在已经喜欢上的地方计划着如何毁掉它呢？那间房子和悬崖顶部倾斜的田野曾一度成为她的庇护所，在面对着不可预知的未来时，它给了她重新出发的信心。倘若让她现在坐到崖边的石头上，望着远处波光粼粼的海面，心中不再有对未来的憧憬，只剩现实中的债务和失业，那将令人无比痛苦。

就在迟疑不决的时候，汉娜听到身后传来一阵脚步声，如果那个人转过拐角，马上就会看到她。对现在的她来说，和那个人站着简单地寒暄几句无疑是最糟糕的选择。于是她几乎毫不迟疑地跨过矮墙，悄无声息地走到修女花园中的两棵白蜡树间。

不同于玛吉地里那些顶端被海风吹成皱波状的野草，在这里，高大的接骨木和青木树下疏于修剪的草丛长得郁郁葱葱，橡树下的腐叶土中隐隐闪现出几簇带有花边的蘑菇。被围起来的一小块墓地有一边靠在女修道院大楼的墙上，墓碑则正对着几块曾一度令修女食堂焕然一新的彩色玻璃窗。花园中剩下的部分是整齐铺开的几条石子小路和井然有序的苗圃。平坦的小路上长满了已经繁殖数代的杂草，石楠从中也零星地冒出一些别的植株。在四条小路的交会处有一个宽阔的花岗岩水塘，伫立其中的是一尊双臂张开的圣方济各[1]

1 圣方济各（1182 年—1226 年，又称亚西西的圣方济各或圣法兰西斯）天主教方济各会和方济女修会的创始人。方济会又称“小兄弟会”。他是动物、商人、天主教教会运动以及自然环境的守护圣人。

塑像。从前水通过隐藏在塑像脚周围的石雕花之间的导管流入水塘，而今水塘中早已干涸。

汉娜留心着脚下的步子，一路走入花园的更深处。在圣方济各塑像的后面，是一把被开得正旺的绣球花半掩着的长椅。她踩着嘎吱作响的石子，循着地上已有的印记向着那里走了过去。长椅是由银色的木材制成的，随着时间的流逝，再加上没人用心维护，长椅原先的颜色早已褪去。汉娜坐了下来，靠在椅背上闭起双眼。尽管她从前在女修道院的学校中上过几年学，但她从未来过修女花园。那时这里被形容成一个沐浴在圣洁之中的清净之地，因此大家逐渐形成了只有从修女们的住处出来的人才能进入花园的观念，小学生们从不会轻易入内。不一会儿，她就将自己的注意力转移到远处汽车的鸣笛和身后一只知更鸟的叫声上了。一系列复杂的思维过程让她暂时把烦恼抛在了脑后。当知更鸟停止鸣叫时她睁开双眼，却发现此时身边还有另一个人。

汉娜大吃一惊，直挺挺地坐在原地。她眼前这个矮胖的女人长着一头白发，上身穿着一件白色的衬衣，外面套着一件开襟羊毛衫，下面是一条海军蓝的裙子，洁净平整，脚上穿的是一双黑色的绑带鞋。她的双手挽在腰间，因为患有风湿病，所以手上的指节显得尤为突出，虽然周身散发着从容的气度，但看得出来她肯定已经八十多岁了。汉娜自动转化成平常和图书馆中那些迟钝的老小孩说话时的口吻：

“你是不是迷路啦？需要帮忙吗？”

坐在她身边的女人将双手叠放到大腿上说：“不，我没有迷路，我住在这里。”

“这里？”汉娜环视了一下这个疏于打理的花园。看来这是个有些痴呆的老太太，需要有人来照顾她。在她伸手去摸手机准备打给警察局的时候，偷偷看了一眼身旁那张布满皱纹的脸，她的神情非常柔和。老太太淡蓝色的眼眸中满含笑意，她伸出了自己的一只手说：

“严格地讲，其实是你闯到这里来的，不过你不用因为这个感到不安。我是迈克尔修女。”

汉娜这才想起在她重回芬法兰后，隐约听说过有两个年迈的修女如今依然住在女修道院的大楼里，显然眼前的这位便是其中之一。

老太太好奇地看着她问：“你原来是这里的学生吗？”

“对，不过我好像对你没什么印象。”

“是啊，你肯定对我没有印象。我不是老师，我当时在厨房工作。”

她应该是众多贞女[1]中的一员，从前在这里上课的小学生们应该偶尔会在走廊里和她们擦肩而过。去当修女的姑娘们一般都来自人数众多的大家庭，正如人们过去常常说的那样，她们没有可以结婚的嫁妆。但修女们在加入修会时也需要缴纳一笔钱，所以那些没钱的姑娘就会在女修道院中做些日常的杂活。汉娜上学的时候总觉得那些姑娘多少会受些压迫，没想到此时身边的这个女人却有着一种令人倍感惬意的淡定从容。

一阵咯咯的笑声打断了她的思绪：“我不太像郝薇香小姐[2]吧，对吗？”

她分毫不差地猜中了汉娜的心思，汉娜一时语塞。在她的内心

---

1 贞女是修女的一种，她们不加入任何修会，平时可在家中，通常服务于教会或慈善机构。需要一生都保守贞洁。

2 郝薇香小姐是英国作家查尔斯·狄更斯的小说《远大前程》中的一个人物。她是一个富有的老处女，个性狂躁残酷，一生都热衷于复仇。

深处，曾想象过那些年迈的修女会罩着面纱游荡在封闭的房间之中，她们手里举着锈迹斑斑的烛台，脸上散发出哥特式的诡异光晕。而迈克尔修女脚上舒适的绑带鞋、海军蓝的裙子以及涤纶面料的开衫与她原先勾勒的画面完全不搭。修女把手放到了她的胳膊上："我可以问你一个问题吗？"

汉娜吓了一跳，点了点头说当然可以，既然是自己闯进了对方的花园，那她就理应答应对方的要求。

"什么事情让你这么生气？"

汉娜自己也不清楚为什么会发生接下来的一幕——这个直截了当的问题似乎一下子释放了深埋在她心中的某些东西，眼泪一瞬间喷涌而出，滑过她的脸颊。她是有多蠢才会被那些男人轻易地愚弄？从前是马尔科姆，现在又是蒂姆。她曾经那么信任他们，尽管是对丈夫和朋友的两种不同类型的信任，可最终他们都不约而同地欺骗了她，因为他们都知道她会傻到对他们的话深信不疑。迈克尔修女这样一个不经意的寻常问题，却让汉娜打开了话匣，她将所有的一切和盘托出，包括马尔科姆的出轨背叛、蒂姆的不仁不义、她对玛吉家的美好规划，以及如今她面临着失业和无法偿还贷款的残酷现实。她当然会生气了，她哀号着，她是个十足的蠢货，完全看不清楚现实。可归根结底，这一切只能怪她自己。她停了好一会儿，知更鸟再次开嗓，唱起了婉转动听的曲子，而从布劳德大街上，也不断地传来汽车的喇叭声。老太太静静地坐在她的身边一言不发。汉娜拿出一张纸巾擤了擤鼻子，她感到异常疲惫。她强撑着没有将脑袋抵在膝盖上，转身看向迈克尔修女，修女正用她那淡蓝色的眼眸若有所思地盯着她的眼睛：

“你知道你现在在干吗？姑娘，我想说的是你把大好的时间都浪费掉了。”

这是汉娜最不愿意听到的回复。迈克尔修女将脚上那双舒适的鞋子埋到了石子里。

“你前夫是个伪君子，这个叫斯莱特里的是个骗子，应该感到惭愧的不是你，姑娘。可是在你该行动起来的时候却在这里哭哭啼啼，这才是不可饶恕的大罪！”

汉娜张了张嘴想要说些什么，但出乎她意料的是，修女竟朝她飞眼道：

“你现在要做的是把那些不好的情绪放到一边，从现在开始向他们发起反击。”

“可是我该怎么做呢？”

“我们首先要做的就是出席卡里克的磋商会议。我们到时候要保持低调，不过一定要摸清他们撒下的谎，我倒要亲眼看看你说的那个蒂姆·斯莱特里。”

CHAPTER 39 # 第三十九章

召开磋商会议的那天早晨，康纳接到艾迪恩打来的电话。她说她会发短信给周围的人提醒他们参加今晚的会议，她还问他是不是也会这么做。他把“小黄蜂”停到院子里，然后给包括丹·卡弗基在内的少数人发了几条短信就关机走进了图书馆。他没有为了等待回复而多加逗留，因为凯西女士今天得去卡里克取面包车。

自从狗先生奥利弗开始他的查阅以来，康纳在很长一段时间内都在认真地检查每本书的封面。当他着手整理退还回来的书时，在“犯罪悬疑”区有了新的发现，他得意扬扬地把书拿给正在书架间进行“二十分钟查找”的奥利弗。可最后还是发现《巴斯克维尔的猎犬》[1]的牙齿和奥利弗要找的那条狗并不吻合。奥利弗因为自己的工作被打断而大动肝火，但幸运的是，在他准备再一次向他详细描述那个封面之前，凯西女士把康纳叫到办公桌前，要他待会儿去载一名修女。

---

1 《巴斯克维尔的猎犬》是英国作家柯南·道尔的一部以侦探夏洛克·福尔摩斯和其助手华生为主角的长篇侦探小说中的一篇故事，故事发生地点为英国西南部德文郡的达特穆尔，讲述了近乎灵异的恶犬所制造的恐怖命案，福尔摩斯和华生负责调查此案。

“她想出席政务委员会的磋商会议。你开车过去的时候能顺便接上她吗？”

康纳对修女这个族群不甚了解，毕竟近些年来其实她们并不怎么会出现在你的生活之中。听他的妈妈说过去到处都是修女，基本上你每走几步都会看见她们的身影。不过如今她们已经不再佩戴面纱和念珠了，所以也可能只是她们没有从前那么引人注目了而已。不管怎样，对他来说顺道载一个修女去卡里克并不是什么问题，只是到时候他得开辆车去，否则她很可能在“小黄蜂”的座位上画上一条界线。

当天晚上他开着车沿着布劳德大街一直绕到女修道院的后面，然后满怀希望地按响了女修道院的门铃。她迅速地将门打开，从里面走了出来。她身上穿的是寻常的裙子和针织开衫，外面还套了一件灰色的连帽防寒夹克。康纳把她安排在副驾驶的座位上，鉴于她手上的风湿，康纳还帮她系上了安全带。她解释说和她共同住在女修道院的老修女现在已经卧床不起了，不过帕特 · 菲茨杰拉德会照看好她的。康纳虽然不明白为什么眼前的这位修女想去参加磋商会议，但这终究与他无关，所以他觉得还是不问的好。

为了不让年迈的修女提心吊胆，他去卡里克的这一路上都开得极为缓慢，不过最终他们还是提早到达了。接待处的一张海报上的信息显示磋商会议将在政务委员会的三楼召开，特里莎 · 奥唐奈上次就在那里展示了她那个愚蠢的 APP。康纳上次来过，记得路该怎么走，于是领着迈克尔修女去搭乘电梯。

当他们进入会场后，发现房间里有一半都是空着的，在座的除了两三个政务会委员，大部分都是政务委员会的雇员。康纳一眼就认出了人群中的蒂姆·斯莱特里，他坐在第一排，旁边挨着一个手拿带夹写字板的光头男人。很快他又发现几个巴利芬旅游办公室的女人，然后看到了艾迪恩和她身边的凯西女士。康纳和迈克尔修女走过去加入到她们的队伍之中，一起慢慢地挪到那排几乎都是空着的座椅上。

康纳来到艾迪恩的身旁坐了下来，低声问道："其他人呢？"

艾迪恩耸了耸肩。就像他召开图书馆集会前凯西女士对他说的那样——大多数嘴上答应着一定会赴约的人往往是不会付诸实际行动的。

一个政务委员会的家伙起身走上演讲台，大声欢迎人们的到来。这次会议的目的，他说，是报告展示一下来年的专项预算。这是一项具有突破性的，同时也是经过深思熟虑的计划，政务委员会相信，这项计划一定能将这笔钱的价值发挥出来。而且众所周知，在如今的困难时期下，关系到公众利益的每一分钱都应当花在刀刃上。

他低头看了一眼演示文稿，按下其中一个按钮，幻灯片的第一页就显示到了大屏幕上。那是一张效果图，上面展示的是巴利芬崭新而宽阔的小艇码头。

随着演示的继续，康纳变得越发怒不可遏。演示文稿中都是一些彩色的效果图：有小艇码头的，也有卡里克全新闪亮的政务委员会综合大楼的。在这些图片之间，还有一些预估的统计数据和图表，以及公众采访的摘录，那些对着麦克风讲话的人中，十之八九都是康纳不认识的，可他们似乎都对提案表示支持，而大屏幕上还一直闪现着从他们的话中提取出的几个词：

很给力。

好消息。

就这么做！

接着那人又回到统计数据上，对可以从巴利芬的巡游艇上获得的游客人数进行了大致的估算。

他刚刚说完，特里莎·奥唐奈就站起来为他鼓掌。

“身为本县旅游行业的带头人，我想说能看到这样的提案我实在是太激动了。我的部门一定会全力支持的。”

那个政务委员会的家伙微笑着说接下来是公众提问环节。会场内先是一片寂静，随后巴利芬旅游办公室的格莱尼问道要是支持这项计划是不是就意味着必须接受“吼吼”APP，“如果是这样的话，那是不是就意味着旅游局马上要大裁员？”

得到的回答是这些事情在处理起来不能操之过急，还是得一步一步慢慢来。

随后站起来的是拥有巴利芬最大旅馆的家伙乔·弗隆，他说他想对所有参与到这项提案工作中的芬法兰人民致以衷心的感谢。近年来除了投资这个小渔村，也就是爱尔兰隐秘性绝佳的小镇以外，我们也非常乐于看到资金能够投入县里最大镇上的康乐设施的建设当中。他结束发言，在特里莎·奥唐奈的掌声中坐回自己的位子上。

艾迪恩沮丧地看了一眼康纳，康纳再也忍不住了，从座位上一下子蹿了起来。他质疑道，谁是乔·弗隆口中的芬法兰人民？如果说他可以代表某些人发言，那也不过是巴利芬的有钱人而已。可你们想过岛上其余那些根本说不上话的人吗？想过那条愚蠢的公路产生了怎样的影响吗？现在就连过得去的宽带都还没有！你们想过岛上如今的道路状况吗？

汉娜看到蒂姆·斯莱特里严厉地扫视一周，看到是谁在发言后，沉下脸转了回去，汉娜看到他的背影极为僵硬。迈克尔修女按了按汉娜的胳膊，用口型向她默示“低调”。当汉娜正要踢康纳的脚踝时，演讲台上的那个年轻人正色道，提出的问题必须有实质性的意义。他傲慢地说，对那些带有人身攻击的评论并不感兴趣。可从康纳脸上的表情看来，显然他还没有领会对方的意思，依旧站在那里等待对方回答他所提出的问题。从人群中发出一阵窃笑。汉娜瞥了一眼身边的艾迪恩，看到她的脸涨得通红。好一会儿大家都没有说话。康纳陡然坐了下来，觉得自己像个傻子一样。

汉娜觉得胸中蹿起一股难以抑制的怒火。她无法忍受他们故意用这种冷酷的方式打压康纳。她用余光看到艾迪恩拉住康纳的手，康纳涨红了脸，从她的手中挣脱开来。然而令汉娜始料未及的是，她发现不知什么时候，自己竟然站了起来。

“我能问两个我认为有意义的问题吗？”她抓住前面座椅的椅背，不卑不亢地大声说道，“如果这个提案被采纳，是不是就会关闭里斯拜格图书馆？如果我没理解错的话，那么所有社会服务的发展是不是都必须以卡里克为中心？换句话说，半岛上所有的社会康乐设施预算是不是都会投到卡里克，还有旅游方面的专项预算是不是仅仅针对巴利芬？”

政务委员会的一群工作人员转头望向这里，而熟悉她声音的蒂姆则始终面朝前方。演讲台上的年轻人显得有些手足无措。就在他胡乱翻看演示文稿的时候，汉娜再次开口：

“半岛上那些小商铺的发展迫切需要委员会为它们提供一定的基础设施保障。半岛上的居民们对社会服务的需求也同样需要追加，而不是削减本地物资的供应。我今晚在这里并没有听到这项提案当中有任何关于服务大多数芬法兰人的具体建议。在此我觉得我们的政务会委员们有必要去听一听他们的声音和诉求。”

会场内一片死寂。先前那个手拿带夹写字板的光头男人站起来开始发言。他说在了解公众诉求的这一点上，他们已经做了大量而充分的工作，结果证明提案在群众当中受到广泛的欢迎。政务委员会的工作人员要是不能遵守相关的公共磋商法规就是一种失职的行为，但显然他们并没有那么做，今天把大家召集在一起的目的就是为了共同磋商。

演讲台上的年轻人立刻接着光头男的话继续说了下去，如果群众中的任何一员有顾虑和疑问的话，他将非常乐意马上解决他们的问题。汉娜迅速打断了他的发言。

“所以请你回答一下我刚才提出的问题。况且，岛上的居民们就算平时想要接受公共服务都得走上好几英里，他们还会在晚上九点钟的时候赶过来参加会议吗？”

格莱尼大胆地起身表示他们不会。她说他们即使在白天都不愿意在坑坑洼洼的路面上走，更别说现在都已经这个点儿了。每当他们需要来卡里克寻求一点点帮助的时候，没有人比他们更希望被拉到这里了。当然了，如今的公交车已经减少了一半，高昂的油价更是让他们望而却步，再加上糟糕的路况，他们怎么还来得了呢?

此时屋里所有人的目光都集中到了汉娜身上。那个光头男又开始打官腔了，可听上去还颇为入情入理。按规定，意见的提交有一定的法令时效期，所有今天无法参会的人员都可以上网发表自己的意见，实在不行的话也可以写信。既然议案已经提出，那我们就该给每个人，尤其是给那些愿意花时间的人一次机会去斟酌一下这个提案，毕竟这是政务委员会的工作人员用几个月的努力换来的成果。他苦笑了一下，言下之意在于不仅仅是政务委员会的工作人员，就是普通的人民群众也都该参与到帮助他们起草提案的过程中去。他的同僚出于认可对他报以一阵礼貌性的掌声。至此已经再没有继续说下去的必要，汉娜坐回到自己的位子上，艾迪恩向她投来炽热的目光，紧接着她瞥到了康纳脸上的表情。汉娜朝康纳看去，他慢慢地由开始的困惑转而成为愤怒。而当她侧身面对他时，他决绝地将身体转到了另一个方向。汉娜在心中叹了口气，会议因为她就此解散，她重重地靠在椅背上。她这一次又感情用事了，依旧是想都没想就冲上去做了。

CHAPTER 40 # 第四十章

“哎，你可真当不了修女啊！”洗手间里，迈克尔修女透过镜子看着汉娜的眼睛说。汉娜赶忙避开她的目光。事已至此，她可不想再上一堂纪律教育课了。她刚刚用了十分钟的时间将越发狂躁的康纳应付了过去，此时她更加清楚地认识到了这一点。

会议一结束她就一把将康纳拽到了角落里，康纳怒斥道：

“他们真的打算关掉里斯拜格图书馆吗？”

“呃，是的。我的意思是这明摆着是他们计划中的一部分，但还不知道他们具体会在什么时候将它关闭。”

“看来你早就知道了，可你从没跟我说过。”

汉娜暗暗咒骂自己说话之前也不动动脑子，她解释称自己对消息的准确性也没有十足的把握。

“我只是听说，但不确定。何况我不想让你因为这个烦心，康纳，要不是我看到那家伙那样对你，一时没能控制住自己的情绪，我是绝对不会让你听到这件事的。”

汉娜看到康纳的脸上一下子充满怒气，一下子又满是感激，要不是她打心眼儿里对自己的所作所为感到后悔，恐怕真的会笑出声来。康纳向来表里如一，他非常希望自己可以原谅汉娜。汉娜努力地控制好自己脸上的表情，再次对他说了抱歉。

“你别担心，现在一切都还没有定论。”

“可我们已经知道有这件事的存在了，不是吗？这是他们计划中的一部分吗？”

“好吧，我们现在确实都知道了，这件事我们放到明天去讨论吧。不过眼下我们总不能让剩下的人大晚上都在街上闲逛吧，你把艾迪恩送回家，迈克尔修女那边就交给我来处理。”

然而此时此刻看到修女淡蓝色的眼睛，汉娜感到自己才是需要被处理的那一个。

镜子前的迈克尔修女转过身来，面色和善地看着她道：“我们来这里的目的原本只是看看他们说了什么谎。”

“我明白，我很抱歉。”

汉娜再次暗暗咒骂自己，迈克尔修女穿着连帽防寒夹克耸了耸肩。

“木已成舟，现在后悔也没什么意义了。不过我已经对你说的那个蒂姆·斯莱特里有了初步的观察。”

在他们离开会场的时候，恰好在门口碰上了蒂姆。他穿着一套三件式的西装，马甲上吊挂着一条金色的怀表链，两个衬衣袖口向上翻折起来一大截，让人联想到奥斯卡·王尔德[1]的形象。他没有理会旁人，稍稍停顿了一下，盯着汉娜的脸，在马上就要撞到她的时候昂首阔步地走开了，他在整个过程中始终没有开口说话。汉娜一心想着康纳忧虑的样子，根本没有注意到眼前发生了什么。但这一

---

1 奥斯卡·王尔德（1854年10月16日—1900年11月30日），爱尔兰作家、诗人、剧作家，英国唯美主义艺术运动的倡导者。

切都被老修女看在眼里，她看着蒂姆大踏步地走进楼道中。

“你知道他让我想起了谁吗？诺克茅的麦格林神父，”迈克尔修女不以为然地摇了摇头，“心眼儿不大，脾气可不小，他们还真是天生的一对儿！”

迈克尔修女机警地看着汉娜说：

“凯西女士，你以后得尽量克制自己。光是有勇无谋可成不了战争中最后的赢家。”

汉娜顺从地点了点头。她们肩并肩站了一会儿，整理了一下自己的头发。迈克尔修女皱起了布满皱纹的脸，决绝地说：

“汉娜，我跟你说，这座半岛如今已经失去了原有的平衡，这不是一种良性的发展，这样下去对谁都不公平，所以我和你应该一起阻止事情继续这样发展下去。”

“你和我？”

“就像你说的一样，我们需要把大家提交的建议整理出来，这对我们来说必定是一项艰苦卓绝的工作。”

迈克尔修女说，不过问题在于人们已经受够了填写表格、阅读大段文字后再给予反馈。他们不来参加这些大大小小的会议，自己的生活也能够继续下去。可他们一旦将所有的注意力都集中在他们个人的问题上，他们就会丧失集体意识。

“就拿你来说，比起你自己的房子和工作，你更担心里斯拜格图书馆的安危。你刚才站起来的时候不就是这么说的吗？”

“是的，不过你说的没错，没人会贸然加入到一场变革中去。他们光是应付自己的问题就已经焦头烂额了，他们只能不断地努力维持收支平衡，根本无暇顾及其他。”

“所以我们要慢慢展开工作，让所有事情按部就班地进行。”迈克尔修女拉上自己防寒夹克上的拉链，“我在那个女修道院里待了七十年，可是我在里面这么多年来学的东西还不如当初在爸爸农场里学到的多。物当其时，各有佳期。在特定的时间里播种，在特定的时间里生长，最终在特定的时间里收获。若你做到沉稳应对，必将收获累累硕果。”

CHAPTER 41 # 第四十一章

第二天早晨，汉娜径直驱车前往玛吉家。尽管迈克尔修女的信誓旦旦让人无比振奋，但面对着无法预知的财政状况，如今想要继续在房顶上铺设昂贵的石板瓦无疑将是不切实际的。可面对她的转变，弗瑞会做出怎样的回应呢？她想来想去，最终决定简短宣布一下自己的想法，并且不去理会弗瑞的反应。她的内心冒出一个小小的声音，告诉她如果当初自己没有那么专横，恐怕现在也就不用这么担心了。

她到达时看到康纳的朋友丹 · 卡弗基待在没有石板瓦的屋顶上，“夜叉”正趴在门阶上睡觉，而弗瑞则神采奕奕地出来和她打招呼。他说一切进行得都非常顺利，现在有小丹帮忙干活，他简直就是一身轻松。

当汉娜说出她的决定时，他只是笑了笑说：

“我们昨天已经换好了，新的瓦片就摆在后面。”

“可我当时说……”

“我知道你是怎么说的。可是你没注意到我当时什么都没说吗？那不就得了？”

汉娜把刚到嘴边的话又咽了回去，将瓦片的话题转移到别的事情上，她说经过反复考虑，她可能会重新调整之前的预算。弗瑞耸了耸肩。若真像她所说，也无非是在过程中做出一些轻微的调整，可那又能怎样呢？说到底还是要顺其自然，只能走一步看一步。预算原本就不是什么一成不变的东西，现在言之凿凿地把一切确定下来不过是浪费时间而已。

汉娜开着流动图书馆面包车，行驶在通往诺克茅的那条坑坑洼洼的路上，脑中不禁再次想起了迈克尔修女。昨天从卡里克回女修道院的路上，她和迈克尔修女两人一直在商量今后的行动计划。迈克尔修女宣称行动需要抓住重点，找准它的定位和公共职能，还要做好随时会被关闭的准备，显然活动的最佳地点就是里斯拜格图书馆。此外，她还说汉娜早已声名在外的坏脾气将会变成他们的有利条件。

“坏脾气”这个词着实让汉娜吃了一惊，但她知道为此争辩也没什么意义。迈克尔修女坐在副驾驶的位子上，伸手拍了拍汉娜的膝盖说：“只有你才可以把大家聚集到一起，所以到时候一切都会水到渠成的。”

“到时候会怎样？”

“建立起合适的交流渠道。”

计划的第一步是把人们集中到一起，建立他们彼此之间的联系，让他们知道自己的力量。接下来要做的就是把人们有序地组织起来，她和汉娜会出面在图书馆召开一个会议，提出一个不同于政务委员会宏伟蓝图的替代方案，在群体中集思广益，深化提案的细节。

“不过这些工作要花多长时间呢？而且先别说第二步，我们怎样才能做到第一步呢？”

“这取决于我们什么时间去做，姑娘，所以我们现在要立刻着手准备。”

这一天已经够累了，汉娜也没有力气再去听迈克尔修女有关农业的隐喻。迈克尔修女斜睨了一眼汉娜，将手叠放在自己的膝盖上，向她解释道：

“我们找一个把大家召集到里斯拜格图书馆的理由。”

“你是说类似于图书俱乐部那样的？”

“不，不是图书俱乐部。如果我们的眼界那么小就完全没希望了。我说的是能把他们全部吸引过来的了不起的东西。”

汉娜眨了眨眼睛。她过去一向反对康纳组建图书俱乐部，而今却不得不参与到一些听起来糟糕到无以复加的行动之中。她把车在女修道院的入口处靠边停了下来，狐疑地看着迈克尔修女问：

“那什么才算‘了不起的东西’呢？”

迈克尔修女称她目前还没什么头绪。

“不过马上就要有大事发生了。等你碰到它的时候自然一下子就明白了。”

不多时，已经爬出车子的迈克尔修女把脑袋再次伸进车窗说：

“现阶段只有你、我和小康纳三个人，如果我们把他剔除出局的话，无异于是放他出去招惹是非。不过一定要让他管好自己的嘴巴。你自己要多多留心。”

CHAPTER 42 # 第四十二章

里斯拜格图书馆的访客在凯西女士出车时总会比平日里多出一些。康纳时常跟自己说这不过是个巧合罢了，但在他的内心深处却觉得这必然事出有因。他觉得待在图书馆里的很大一部分乐趣来自那些无意中发现的宝藏，不过凯西女士却不以为然。她把那些来图书馆闲逛的人称为浪费时间的人，她还说图书管理员本就不是一个好玩的工作。

而今事情即将发生改变，这一切都令人始料未及。前一天晚上卡里克的会议结束后，回家路上的康纳一度处于愤怒的状态。其原因一部分是为着本可以事先告诉他实情却对他有所隐瞒的凯西女士，但主要还是在于那些要笔杆子的家伙让他觉得自己被戏弄了一番。在稍微冷静下来后，他才明白凯西女士为什么对他缄口不言。可无论如何她事后确实表现出十分难过的样子，也为此表达了歉意，所以也还说得过去。而今早凯西女士来上班的时候将秘密透露给他，将他视作心腹，这样一来却着实令他受宠若惊。显然凯西女士正和迈克尔修女暗中谋划着一项方案，准备重挫那些要笔杆子的家伙，不过现阶段还不能走漏半点风声，凯西女士已经保证过会随时知会他最新的决策动向。她把这个消息告诉他后就发动引擎出发去取面包车，可她马上又从车里探出脑袋说让他务必保持一颗平常心，不过适当地让图书馆变得热闹起来也未尝不可。康纳觉得凯西女士在说到最后那句时显得有些尴尬，所以他也就没再回问什么。此时，他迫切地想要知道接下来会发生些什么。

凯西女士前脚刚走，一群年轻的妈妈就用婴儿车推着她们的宝宝走进图书馆，来到一个角落坐了下来。一个姑娘还了一本惊悚小说，又借走了那本书的续作，剩下的人则围坐在一张桌子四周，时而闲聊，时而低头查看手机。康纳认为只要没有对别人造成困扰，她们的行为其实没什么不妥。今天除了狗先生奥利弗，图书馆里一个人都没有。于是康纳就由着她们继续下去。但这次与以往不同，他不需要再背着凯西女士对她们的聊天睁一只眼闭一只眼，这感觉实在是太好了。

大概到了午餐时间，帕特·菲茨杰拉德过来还书，还是一本梅芙·宾奇的小说，康纳记得在她还回来的某一本梅芙·宾奇的小说里曾经夹过几片火腿。几分钟后，一个面带愁容的女人走了进来，向康纳咨询有没有关于换灯泡的相关书籍。康纳带她来到“DIY”的区域，帮她找出一本《家用生活指南》。当康纳正要返回自己的办公桌时警觉地睁大了眼睛——大厅尽头的奥利弗不知什么时候已经走到装有玻璃门的旧书柜前，而他手中拿着的正是书柜中收藏多年的旧书，这些旧书从这里还是学校礼堂的时候就存在了。谁都该清楚里面不会有那本最近才出版的、封面上还印有一条黑狗的书。但奥利弗慢条斯理地打开书柜，一本接着一本地查看着。

康纳三步并作两步来到大厅的尽头对他说：“听着，奥利弗，这个书柜实际上是不属于这座图书馆的。我的意思是，即便它是放在这里的，可你也不能打开它。”

奥利弗透过他酒瓶底似的眼镜看着康纳称他做事自有章法。

“我知道，凯西女士跟我说过。但她是肯定不会让你打开这个柜子的。”

奥利弗眉头深锁：“年轻人，你懂不懂，你不能在外面挂上‘公共图书馆’的牌子，但其实又不具备它字面上的意思。”

康纳知道跟奥利弗争辩外面的牌子是不是自己挂上去的没有任何意义，于是索性挡在了书柜与奥利弗之间。

“你说的固然有理，奥利弗，可你不会想要看到我因为这个把工作丢了吧？我得把凯西女士的意思传达给你，现在我必须把这个书柜关起来，真的非常抱歉，但情况就是这样。”

康纳发现自己说的话听上去简直就和妈妈试图安抚爸爸时一模一样。不过从他爸爸每次的反应来看，这样的安抚常常会使情况变得更糟，于是他转换策略，学着凯西女士的样子说规定就是规定，并不是只有奥利弗按章办事。然后他拿过书来，关上书柜，走回自己的办公桌前。奥利弗愤愤不平地离开了图书馆。而康纳则坐在桌前翻看着手中的书。半个小时后，角落里聊天的声音越来越大，但康纳却充耳不闻，依然翻动着手中的书页。

CHAPTER 43 # 第四十三章

在驶入诺克茅的出口匝道后，汉娜放慢车速，转到一条蜿蜒在田野和树林之间的小路上。她每周都会在半岛几条相同的道路上来往穿梭，时常沉醉于斑驳陆离的美景之中。时值夏日将尽，第一批黄叶已经悄然爬上树木的枝头。这一天阳光明媚，只是零星地下了几场小雨，在阵雨间歇起风的时候，鸟儿时而鸣叫，时而歌唱。

汉娜驾车行驶在坑洼不平的小路上时郑重地告诉自己迈克尔修女是对的。即将面临关闭的里斯拜格图书馆其实是群体痼疾的最为有力的象征。这不仅仅关乎面临失业的她和康纳二人——显然蒂姆·斯莱特里早已依次将他们列入自己的黑名单——这还关系到权利被日渐剥夺的整个群体。无论她曾在卡里克的夜间会议上为没来的人们做过怎样的辩解，她都为当晚那么多的空座而颇感震惊。然而经过迈克尔修女的点拨，其中的缘由便不言而喻了：这座半岛已经丧失了它的交流渠道。过去在本地的商店和邮局，里斯拜格布劳德大街的马槽附近，乡村的公交车站旁，铸有栏杆的铁门边，或是乳制品店里，人们经常会有碰面的机会。他们互相讲述身边的故事，分享彼此的才智和心得，也关心着身边人的幸福。人潮涌动的大型超市和卡里克高效运作的政务委员会服务机构无法取代从前的那些人群聚集场所，抑或在每个礼拜天或大瞻礼的弥撒之后，人们围坐在酒吧里讨论一周以来的大事。不过随着去教堂做礼拜的人数日益减少，无论是酒吧还是礼拜堂如今大半也都空了下来，岛上的许多酒吧老板都迫于超市低价酒的冲击和人们对酒后驾车的担忧关闭了自家的店铺。

汉娜打轮时想起了她的妈妈和玛吉，嘴角浮现出一丝笑意。她们两人都对那些人群聚集场所深恶痛绝，因为里面挤满了喜欢打听的好事者。如果暂时撇开这些东西不谈，那么其重要之处就在于它是一个相互支持的关系网络，让身处其中的人们都能自食其力。而且就如迈克尔修女所说，正是这张关系网络的缺失才造成了眼下失衡的局面，这是不合理的，而更糟的是，这不是一种良性的发展。

尽管汉娜对于这个论点没有任何异议，但让她头疼的是如果将来在里斯拜格举办活动，那就势必会侵犯到她的个人隐私。可迈克尔修女也同样指出她应当把自己的主观情绪放到一边。汉娜瞥了一眼仪表盘，上面的车速显示自己正在加速行驶。前方刚好出现了一个错车道，于是她把车停了进去，侧身倚到了车门上。她觉得独自待在这里晒十分钟的太阳总好过在活动中心外的停车场里听麦格林神父说上十分钟的话。她望着车外田间的土豆和一道道笔直的田垄露出了微笑。她依稀记得当年爸爸的朋友们聚集在克罗塞拉那个小小的邮政事务所里，对他们邻近田垄的状况各抒己见：某人就像之前他爸那样又不费力做得又好，另一个家伙肯定是用螺旋钻头整地，然后用木犁来松土的。此时汉娜眼前的田垄呈相同间距地平行分布，茎叶上乳白色的小花在暖风中摇曳。紧邻着的一块田埂上，有一群牛在一棵橡树的阴影之下聚集。她望着树上那一大片交错纵横的枝丫，不禁又回想到了早晨和弗瑞说的最后几句话。在她正要离开时，弗瑞把她拉到一边，使得当时在房顶上干活的丹没有办法听到他们的对话。而令她气愤不已的是，弗瑞竟戳着她的胸膛说：

“说起来，凯西女士，你以为你骗得了谁？关于那些石板瓦，改变你主意的根本不是你所谓的‘反复考虑’，而是那个‘时间领主’蒂姆·斯莱特里和卡里克的那群人。”

弗瑞见她一脸委屈的样子，态度瞬间缓和下来。他说并不是因为现在全世界和他的妻子都在谈论汉娜，而是因为他身为一个经常进出规划办公室的瓦匠，自然会知道现在刮的是什么风。此外，他自打记事起就知道斯莱特里一家是如何发迹和成长起来的，也知道他们一家人的秉性。

“不用说，蒂姆和他的家人一样都是软骨头，为了得到一份拥有新办公室的闲差，他就算踩着自己奶奶的尸体也在所不惜，等真正得手以后在他死去奶奶的坟头上跳舞也不足为奇。”

弗瑞戳在她身上的不适，再加上刚才听到的那一席话，顿时让汉娜羞愤不已。此时，凝视着不远处枝叶茂盛的橡树，汉娜认识到如果当初对身边的八卦没有那么抵触的话，她也许就能发现那个消息，而在对待蒂姆·斯莱特里时也能够有所提防了。

活动中心人群里的妮尔·莱利和自己年迈的母亲在等待茶水的队伍当中说笑着，妮尔一看到汉娜就走了过来，她说尽管后来才发现原来妈妈得的是流感，但现在已经好多了。

“这是她这么多天以来第一次回到活动中心，所以我说我就留下来吃个午饭，万一她下午想早点儿回家也可以接她回去。医生说了，她吃东西的时候应该放慢速度。”

妮尔朝着汉娜微微一笑，拿出一个用薄纸包裹着的小盒子，里面是一块亚麻布的手绢，手绢四周饰有做工精巧的扇形花边。

“这是妈妈病好后亲手做的第一样东西，凯西女士。我们都很感谢你在我妈妈卧床期间送来的那些书。”

在手绢的一角，绣着汉娜名字的首字母缩写。

“可能你平时不怎么会用到，不过你可以把它垫在花瓶或是别的东西底下。其实我们就是想用它来表达一下我们的谢意。”

一些老人围拢过来，对这个礼物大加称赞，他们对当初汉娜乐于效劳的举动惊叹不已。汉娜听他们说着，内心不禁生出几分悲凉。当这些男男女女还是风华正茂之时，他们可曾料想到自己在迟暮之际会有多离不开别人的帮助，抑或某天会对一些微不足道的善行多么的心怀感激？她想到自己在众人眼中向来是一副拒人于千里之外的样子，不由得羞愧难当，妮尔那天为了给妈妈借一本书，想必是在鼓足勇气后才在半路拦下汉娜的车的。

此时妮尔坐到汉娜身边询问了玛丽·凯西的情况：“有时在活动中心里见不到她还挺遗憾的。”

那个退休的糕点师莫里斯端着一盘甜甜圈加入了她们的谈话。他扬了扬头，压低声音说：“你们听好，我不是说麦格林神父有什么不好，只不过半岛上所有到了我们这个年纪的人除了诺克茅就没别的地方可去实在是太遗憾了。你们说要是在里斯拜格能有间活动中心该有多好？”

大家异口同声地应和着，他们首先确保彼此不会说对麦格林神父不利的话。他们一致认为如果没有他的努力，即便大家对遥远的路程再怎么无所畏惧，现在也只能散布在卡里克的街道上漫无目的地游荡。不过半岛上要是有一处离家较近的地方就更好了，或者在一处比较方便打车的地方也行，因为近年来公交车的现状实在太糟糕了。这地方最好是在里斯拜格，或在巴利芬也设一个活动中心，每次聚会时安排些不同的活动，这样一来就会有更多人参加进来，还能常常见到彼此。不管怎样，他们对现在所拥有的已经相当知足了，他们绝对不是在抱怨什么。

这些退休老人不断感谢着堂区神父为维护他们的权益所做出的努力，这让汉娜洞悉了他们内心不为人知的顾虑——如果他们不能随时表现出感恩戴德的样子，那么他们如今享受到的一切福利设施就都有被收回的可能性。这样看来，让他们生活在一种朝不保夕的环境之中未免太过不公。正如大家无视她的冷漠仍然非常乐于表达他们的感激一样使人不寒而栗。可令她感到不安的事情还不止于此，据布莱恩·莫顿说，政务委员会规划的宏伟蓝图中的其中一项就是将整个半岛的社区服务设施全部重新安置到卡里克的新兴综合大楼里。

直到现在，汉娜才意识到当人们老了以后，能和朋友们在一个共同的空间中相伴度过余生有着如此重大的意义。好吧，就算卡里克并不是什么遥远的地方，可就连政务委员会都应该知道它的路况糟糕，公共交通也并不完善，而对于行动不便的某些人群来说，这与远隔天涯又有什么不同？

但在她咬下一口甜甜圈的时候，她告诉自己行动不便并不意味着没有活力，她要牢牢地记住这一点。事实上，与康纳或“手工坊”的姑娘们那个年纪的孩子不同，退休的老人们有的是闲下来的时间。

CHAPTER 44 # 第四十四章

狗先生奥利弗上次在旧书柜里找到的书叫作《上帝的花园》。它起初并没有给康纳留下什么深刻的印象，是一种类似于草本植物志的东西，里面介绍了各种药草与花卉的信息，还包括它们的种植方法与适用病症。但内页的排版实在平淡无奇，图片也都是黑白的。无论文字还是图片，康纳都找不出什么值得夸赞的地方。书上甚至连出版商的名字都没有，所以这很可能是过去修女们自己找人印刷的。这书肯定和女修道院脱不了关系，里面既有线条绘制的示意图，又有实物图片，康纳在一张图片上看到了学校的教学楼，以及它前面院子一侧的入口和它后方带有修女进出通道的女修道院，当时停车场里有一个可以通往前院的小门，而现在那个连接布劳德大街的宽阔出口原本是不存在的，先前在那个位置上的是一块花圃，四周用高墙围了起来。而当康纳翻页后盯着书上的示意图时，感觉就像在电影中摄像机不断地拉近，显示出越来越多的细节。没过一会儿，他就不知不觉地看了进去。

随后那几个坐在角落里聊天的姑娘走过来向他道别，其中有人问起了这本书，当时康纳正读到药草在拥有一两个英文名字的同时，还有一个相应的拉丁文名字。这些药草当中，绝大部分都具有药用价值，也就意味着它们可能存在一定的危险性。所以书中不同的名字都用大写字母呈现，名字的下面会附上一张图片，旁边还有相关的信息，这样一来你就不会将有毒的植物放进你的汤里了。

“这太酷了。”其中一个姑娘把手撑在桌子上，从康纳的身后侧着脑袋看向那本书，而一个正在书架间想找本书看的女人也凑了过来。她说她原本都不知道修女们的花园竟有这么大，她记得这个花园在自己上学的时候就有了，不过谁都不能进去。旁边的姑娘粲然一笑，说这也难怪，要是把它们都放进去调制毒药的话那还了得?

“听起来像阿加莎·克里斯蒂[1]似的。”

那个和凯西女士差不多大的女人朗声笑道：“我对这些并不了解，不过我确实记得我妈说过去她们自己做的咳嗽药就非常有效，是用蔷薇果或者牛膝草，还是别的什么东西做的。而且我还记得在不同的大瞻礼当天会有不同颜色的花，像薰衣草和迷迭香都可以驱散祭台上的飞蛾。我原来每次去礼拜堂望弥撒的时候都无聊得要死，不过里面总是散发着淡淡的清香。”

康纳翻回到罗列着圣徒名字的那一页，尽管里面有一半都是康纳不认识的，但每个人似乎都有代表他们自己的花。而在展开的另一侧书页上是一张园中所有花圃和小径的示意图，苗圃中植株的名字是用很小的手写体标注上去的。

在快要下班的时候康纳拿着那本书来到旧书柜前，小心翼翼地

---

1 阿加莎·克里斯蒂又称马洛温爵士夫人，是英国侦探小说作家。据吉尼斯世界纪录统计，阿加莎·克里斯蒂是人类史上最畅销的著书作家。而将所有形式的著作算入，只有《圣经》与威廉·莎士比亚的著作的总销售量在她之上。她是公认的“侦探小说之后”，对英国侦探小说的发展有很重要的影响和富争议的启发。代表作品有《东方快车谋杀案》和《尼罗河谋杀案》等。

将它放置在原来的位置。和那些包裹着皮革的大部头意大利画册不同，它似乎没有那么陈旧，里面的图片也相当无聊。尽管如此，读来却饶有几分趣味。他本想着把它拿回家一口气读完，可一想到它是放在装有玻璃门的书柜里的，为了不被凯西女士训斥，因此只好作罢。

第二天，康纳拿着装有《上帝的花园》的厚信封被凯西女士带到了大街上。出乎他意料的是这天早上来了许多询问这本书的人。来得最早的是昨天他见到过的那个女人，她今天是想把书借回家给自己的母亲看。就在康纳回绝了她的要求并解释称这其实不能算作图书馆的藏书时，另一个女人走了进来。她的女儿就是说这书很酷的那个姑娘，她收到刚吃过早饭的女儿发来的短信，上面说她该顺道过来看看。凯西女士恰好在那个时候走了进来，想要知道这里究竟发生了什么。康纳跟她解释说狗先生奥利弗找到了这本书，现在人们都想借阅，凯西女士说他的做法完全正确，他们无法出借一本没有登记在册的书。随后，正当两个女人沮丧之时，凯西女士说康纳可以将它放到一张桌子上供大家阅读，由于它并不属于图书馆里的书，因而这本书只能由他一人负责保管，他也必须做到小心谨慎，保证自己双手的洁净。于是康纳照做了，而当那两个女人继续提出相关的问题时，几个男人也凑上来旁听他们的对话。很快有人开始发送短信，不一会儿图书馆里就聚集了很多想要看上一眼那本书的人。康纳觉得自己像拿着《凯尔经》[1]一样不断地翻动着里面的书页实

1 《凯尔经》是一部泥金装饰手抄本，是早期平面设计的范例之一。《凯尔经》在公元 800 年左右由苏格兰西部爱欧那岛上的凯尔特修士绘制。这部书由四部新约圣经福音书组成，语言为拉丁语。这是一本有着华丽装饰文字的圣经福音手抄本，每篇短文的开头都有一幅插图，总共有两千幅。 虽然福音书的文本包括几个圣经的更早的版本 Vetus Latina 的段落，但主要是

在有点白痴，而事实上也没几个人会认真观看，大家真正喜欢的是它横空出世的故事。闭馆时间到了，等到最后一个人离开后，汉娜扭头朝他微笑着说：

“这明显是尘封已久的宝藏啊！而且里面还全都是介绍我们这里的。天哪，它会让你重新思考那些过去的事情，不是吗？”

那天余下的时间里，康纳一直忙得不可开交。当天是图书馆的半天工作日，他们拉下卷帘，设置完安全警报后，凯西女士就将《上帝的花园》装进一个垫有衬里的厚信封中，告诉康纳他们要绕道拜访迈克尔修女。他们来到女修道院的门前，汉娜没去叩响门上硕大的门环，而是选择按下旁边装有通话装置的电铃。仅仅一分钟后，他们听到了迈克尔修女的声音，没过多久，她就出来把他们引进屋内。

走进女修道院的内部，康纳发现眼前的景象和他之前想象中的荒凉、惨淡大相径庭。里面并没有蜘蛛网和蜡烛，取而代之的是一个沙发、几把安乐椅、一个餐柜和一台过时的电视机。屋内还摆放着许多塑像和圣像，以及几片丹尼尔·奥唐纳的 CD。无非都是些在你祖母的家中可以看到的东西。迈克尔修女身上穿着一件 V 领的套头毛衫和一条短裙，腰上系着一条商务风格的条纹围裙。她说她刚用真空吸尘器打扫完康斯薇洛修女的房间，所以还请他们原谅自己以这样的形象出现在他们面前。康斯薇洛修女就是至今还住在女修道院中的另一个年迈的修女。据康纳猜测，迈克尔修女应该是康斯薇洛修女的全职护工。康纳可以觉察出凯西女士在听到迈克尔修女

根据武加大译本写成的。它是西方书法的代表作，同时代表了海岛艺术绘画的高峰。被大众认为是爱尔兰最珍贵的国宝。

的话后十分惊讶，然而迈克尔修女却说感谢上主，她的身体依然硬朗，体力依然充沛，脑袋还没有昏聩，但近些日子，可怜的康斯薇洛修女几乎已经不知道自己的名字了。迈克尔修女给他们二人做了饭，又收拾了碗筷，社区护士上门做了例行检查。这实在是太好了，她很高兴他们能来，因为这里平时基本没有什么访客，她问她能为他们做点什么呢？

汉娜从厚信封里抽出那本书说："它昨天出现在图书馆里，看上去像是一本女修道院花园的历史，所以我想问问你对它有没有什么了解？"

迈克尔修女接过书，将它打开。

"你打算看这本书吗？上次它到我手上的时候我还在用半天来刷地板，剩下的半天到花园里松土，还得继续擦洗陶盆，一直到半夜才能睡下。说真的，想在这儿工作，你得足够健壮才行。"

她说她对这本书了如指掌，因为过去在修女花园中干活的时候就得用到它。

康纳觉得按照迈克尔修女的说法，想必她过去干了很多活，而迈克尔修女却摇了摇头。她说自己是农民的女儿，侍弄那些既养眼又带着香甜气味的药草和花卉可比扒土豆或是在刮着风的山坡上砍叶用甜菜[1]强多了。汉娜看着修女那双苍老的、患有风湿病的双手，想象着她十来岁还在做贞女的时候在厨房和花园里擦洗、松土的样子，她甚至怀疑迈克尔修女当时忙到连祷告的时间都没有。汉娜没有说出自己此刻的心理活动，但迈克尔修女却转过身来微笑着对她

1 叶用甜菜为两年生草本植物。

说，在书的最后有几行诗句，大意是说花园是这尘世中最接近上帝的地方。汉娜隐约记得这句源自一首韵律感极强却伤春悲秋的爱德华时期的诗文，迄今还出现在花园中心的塑料牌匾上。

“你觉得这说法可信吗？”

迈克尔修女把双手叠放在条纹围裙上，耸了耸肩。她认为无论上帝在哪儿——花园或是任何别的地方，祂都可以向世人显现圣迹。

“我不知道，姑娘，而且我也不会浪费时间去思考这个，反正我是快死了，到时候我就可以知道答案了。”

她把书放到茶几上，然后将目光锁定在汉娜身上。

“那么，现在我们把神学的话题放到一边，说说你到这儿来的目的吧。”

“呃……”汉娜尽量不使自己的声音显得过于激动，她朝着《上帝的花园》扬头示意道，“我有了一个点子，想知道你怎么看。可能我们说的那个‘了不起的东西’已经出现了。”

迈克尔修女毫不犹豫地起身走到餐柜前，她说每人先来上一小杯雪莉酒，然后让汉娜把事情从头到尾说给她听。

在康纳看来，尽管雪莉酒喝起来与止咳药无异，但推杯换盏间的谈话内容却令他瞠目结舌。凯西女士和迈克尔修女计划试图找出一个吸引众人眼球的“了不起的东西”，某个有助于她们全力抗争的东西。不仅是为了拯救图书馆，她们的计划远比这大得多，不过她们最先会从图书馆下手。可是现在还不能让别人知道正在发生的事情，至少是在一开始的时候。据迈克尔修女说，事实上，在设法将大家有序地组织起来前他们不能向任何人泄露他们所谋划的事情。康纳认为她说得很有道理。凯西女士说现在康纳已经在偶然中发现了这个“了不起的东西”，当她今早看到大家对《上帝的花园》的反应后就顿时开了窍。

“大家觉得它很吸引人，它引起了人们的共鸣，因为它使人想到了自己的过去，”凯西女士放下手中的杯子对迈克尔修女说，“我想也许可以在图书馆里举行一次演讲，”尽管汉娜一直试图保持平静，但康纳在她的一席话中却听出了难以抑制的激动，“如果用图书馆作会场的话，没人会说有什么不妥，毕竟只是一个图书报告会罢了。”

迈克尔修女眨了眨眼睛：“由我来演讲吗？”

“当然了。康纳找到这本书，人们问了他许多问题，于是他就带着问题来找你，所以你就准备发表一个演讲。”

康纳眨了眨眼睛问：“我向她请教问题？”

凯西女士看着迈克尔修女：“我是对的吗？这是那个‘了不起的东西’吗？你说过等我碰到它的时候自然一下子就会明白。”

迈克尔修女对上了凯西女士投来的目光点了点头道：“我想就是它了。”

然而很快凯西女士就泄气地说：“可问题是我还无法看清事情今后的走向。”

康纳同样无法看清，可迈克尔修女对此却毫不担心。她说这是一个好的开始，这才是最重要的。在这里凭空预测未来其实并没有什么意义。你也许早上还能从睡梦中醒来，但下午就离开这个世界了。

CHAPTER 45 # 第四十五章

当飞机在斯坦斯特德机场[1]降落的时候，婕斯关掉手中的Kindle[2]，伸手去拿自己的包。飞往伦敦的航班常年都很受航空公司员工的欢迎，因此她能在恰逢自己休息的这几天抢到一张票也实属幸运。

她从地铁站出来走在去往伦敦公寓的路上，心里依旧有种说不出来的不自在，她知道妈妈永远不会出现在那里等待她的到来。婕斯不确定妈妈是否想要知道公寓是否发生过什么改变，但显然这个话题是不能轻易触及的禁区，所以她们从来都没有谈论过它。也许即便是最为和平的分手，多多少少也会存有一定的占有欲，某个不经意的瞬间都可能激发这种人性的本能。

以往每次回家都意味着那些手工烘烤的小圆面包或是从烤箱里飘出的饭香味，而现在冰箱里存放着昂贵的即食套餐和成袋的烟熏三文鱼，看起来他们从不在厨房里开火做饭，玻璃暖房的那张桌子从前总是摆着一摞妈妈从图书馆借来的图书，如今已经变成了爸爸

---

1 斯坦斯特德机场位于伦敦东北的埃塞克斯郡境内，是一座服务于英国伦敦的单跑道民用机场，多家欧洲廉价航空公司的枢纽港。它是伦敦的第三大机场，距离伦敦市中心大约 48 公里。

2 Kindle 是由亚马逊设计和销售的电子书阅读器。用户可以通过无线网络使用 Amazon Kindle 购买、下载和阅读电子书、报纸、杂志、博客及其他电子媒体。

的手机充电站。婕斯小的时候坚持把自己从图书馆借来的书也放到那张桌子上去，还必须挨着妈妈借来的书。她会在每周五放学后和妈妈一起走到公共图书馆挑选周日去诺福克别墅时看的书。之后她们二人便抱着一大堆书，在回家的途中经过公园时会停下来给小鸟喂食。

回顾过往，婕斯觉得妈妈和她自己一样，都从那些她儿时的童书中得到了很多乐趣，似乎在妈妈小的时候她并没有读过什么类似的图书；而在知道了玛丽·凯西一听到“读书”这两个字就会表现出一脸不屑的习惯时，婕斯就更加能够肯定自己之前的想法了。可是没有《淘气鬼行善记》和《秘密花园》等书陪伴的童年是多么奇怪啊！不过也许那些发生在十九世纪的英国故事对那些出生在二十世纪的爱尔兰孩子来说没有多大的意义。婕斯认为其实那些也无法反映她自己的成长经历，就像《小妇人》和《凯蒂干了什么》在她眼中同样不等于美国孩子的现实经历一样。但若和朋友阅读相同的书籍，会让人有种归属感。而在搬到爱尔兰后，她便一直为这种分享经验的缺失而困扰不已。可终究一切都还顺利，在她保持着与老友情谊的同时，还交到了新的朋友。

厨房里有一张爸爸留下的便条，上面写着他已经在外面订好了位子，晚餐时去饭店找他。婕斯冲了个澡，把头发吹干后去挑了一条裙子。航空公司规定不当班的工作人员在搭乘本公司的航班时也要身着制服，有那么一刻，她的脑子里冒出戴着她的制服帽去和老爸见面的想法，由于她常年在航班上工作，那顶帽子也被头顶上方的行李架磨得有些破旧了。不过这样戏弄老爸对他似乎不太公平，毕竟他挑选的是一家平时他最喜欢去的饭店。于是她挑选了一条饰有墨绿色腰带的灰色紧身裙，脚上搭配了一双绿色的细跟鞋，上身围了一条羊绒披肩。她在伦敦时无疑是个精致优雅的人，这与那套钉着黄铜扣的制服之下的婕斯看上去截然不同，更不必说那个大多时间都待在芬法兰、穿着沾满泥巴的靴子和牛仔裤的姑娘了。她有过短暂的迷茫，可她告诉自己如今的她已经长大成人，她不会再为这些表面上的矛盾所困扰了，无论身上穿的是怎样的衣服，她都感到舒服自在。

她来到饭店的时候，爸爸已经坐在里面等她了，与其他在座的男性食客一样，他身上都市风格的西装同样时髦体面，裁剪考究。他起身给了婕斯一个大大的拥抱，然后帮她拉出一把椅子。她刚一坐下，桌旁架子上放着的冰镇香槟就被打开了。在结束了一周繁重的工作之后，能够像现在这样被人服侍无疑是一件非常惬意的事情。爸爸开始给他们二人点菜。他点了鹅肝酱和两份微叶沙拉，还有婕斯最喜欢的烤羊肉。他还说总有一天会正好赶上主厨调制招牌酱汁的日子，然后他对着婕斯微微一笑，看了看菜单，提议点一份炸薯条。

“哎呀，老爸！”

“你原来一直都很喜欢薯条。”

“那早就是我十二岁时候的事了。”

“得了吧，谁的成长都离不开炸薯条。”

他看着菜单，显得略微有些惊讶。服务员赶忙应道：

“我敢肯定主厨将非常乐意做一些出来，先生。点一碗分着吃吗？”

“那太好了，你人真好。”

这里与婕斯往日向人们供应餐点的狭小环境相去甚远，她知道主厨不会愿意在他制作米其林星级美食的过程当中停下来去炸一碗薯条，这些工作必然会交给他的助手去完成。这不过是一场游戏罢了。爸爸为得到一次高档就餐体验的机会埋单，而餐厅则以满足他每一次心血来潮的念头作为回报。至少在他看来，最终总是皆大欢喜的局面。

他努力地想要取悦婕斯。主菜过后，他们分着吃了一道蛋白脆饼[1]、蜂蜜、黑巧克力和柠檬配成的甜点，里面的每一样她都特别喜欢。在喝完咖啡，晚餐接近尾声的时候，他提到了他的妈妈，她定好了要在下周来伦敦买点东西，届时还会参加汉普敦宫花展。要是婕斯能留到那个时候陪一陪她那就太好了。

婕斯有些不快，从盛放咖啡杯的盘子里挑了一块巧克力。尽管和露奶奶做伴挺不错的，但她很遗憾没有办法陪露奶奶了。可是爸爸真的认为她能从工作中抽出这样的一段时间吗？他朝她凑了过来，眼神中满是责备。露奶奶已经不再年轻了，她想念自己的孙女。让她拿出一周左右的时间出来放松，花点钱让自己高兴一下，让她远离独自一人在家的压抑气氛不是很好吗？

“一周！如果我提出这样的要求肯定会被辞退的！”

他搅动着他的咖啡说：“被辞退有那么糟糕吗？我知道干空乘这一行是有点儿意思，不过还是得面对现实，这根本算不上什么正经的工作。也是时候该好好想一想你的未来了。”

他有一个开旅行社的朋友，现在总部有一个空缺的实习机会，如果她想得到这个机会，那么这个职位肯定就是她的。

“可我并不想要这样的机会。我很满意现在的工作。”

1　蛋白脆饼是一种泡沫蛋糕甜点，经常与法国或瑞士烹饪法相关联。它的口感清淡甘甜。主要通过搅拌蛋白和白糖而制成，蛋白脆饼也可根据不同菜色变化而加入塔塔粉、醋和沸腾的糖浆。

“我知道你喜欢旅行，可这是一个绝好的准入机会。当然，我还希望你能去上大学呢……”

婕斯的背挺得笔直，她的咖啡杯在茶盘中咯咯作响。

“我知道你确实希望，而且你从来都不忘提起这个。可是爸，我真的烦透了得一直不断地跟你说那并不是我想要的。”

他看上去被她的话伤到了，可没等他开口，婕斯继续说道：

“而且我也不需要什么实习机会，我现在已经正式工作了。工作是我自己选的，我热爱我的工作，而且我很擅长做这个，刚好我马上就要升职了。不过你是不会对这种消息感兴趣的。你以为所有的一切都是在为我着想，可其实并不是这样，你全是为了自己的面子。我敢打赌你在你那些虚情假意的朋友面前肯定只字不提。”

尽管她打从一开始就知道爸爸不喜欢她在航空公司的这份工作，但不知怎的，她总以为只要自己坚持下去，在取得一定的成绩之后，终归会得到他的支持。

“老爸，我有自己的公寓了，我和好朋友一起住在法国一处很好的房子里。我已经可以独立生活了，而且我连你一直以来最关心的——未来的职业规划都有了。我不用靠老爸丰富的人脉资源也能过得很好。”

她的脑中突然闪过这样的念头：他们父女二人坐在桌子两头瞪着眼睛怒视对方的样子一定很像。妈妈总说婕斯生气时咬紧牙关，一脸决绝的样子和她老爸发怒时一模一样，可是爸爸很少大发脾气，而此刻令她懊丧的是自己的眼泪几乎就要掉了下来。

“别竟是跟我说露奶奶想让我陪着她之类的话。这根本就是个一石二鸟的办法，你不仅想让我马上离开我那个低级下贱的小廉价航空公司，你还想要一个能带出去应酬的秘书。我劝你还是别想了，那个人不会是我的。哦，我想起来了，你为什么不问问泰莎？等等，我忘了，泰莎有她自己的事业，她的社交生活可能甚至不会以你作为中心。”

爸爸的脸上掠过了一种婕斯从未见过的表情，但她的这个新发现却没有让她即时闭上嘴巴。

“我和妈妈不同，我活着不是为了给你的人生制造便利的。我会在我和露奶奶都愿意的情况下去看她，而不是在你方便的时候。”

他们的谈话经历了漫长的中断。婕斯突然觉得有点冷，她拽了拽身上裹着的披肩。在意识到自己回避了爸爸的眼睛后，她抬眼看向他。他面色苍白，牙关紧咬。再开口说话时，他的声音都变了，语调缓慢而克制，眼神犹如玻璃般透亮。

“我觉得我们在谈论这件事的时候不需要把泰莎牵扯进来。这关乎你的未来，可不知怎的你是铁了心要放弃这条道路，你现在就正在做这件事情，婕斯。如果你现在还不成熟，没办法搞清楚个中利害，那么我为你安排的一切就都没有用了。”

他们对望着僵持了一会儿，爸爸将目光移到别处，当他再看向她的时候就换了一副脸孔。婕斯感到爸爸在竭力向她施展自己的个人魅力，声音也变得柔和动听。他说他们表现得都太过强硬了，而这可能都是他造成的。也许是因为喝了点红酒和香槟就失言了，也许是因为那些薯条！不管怎样，刚才发生的一切都太愚蠢了。实习的事情只是一个提议而已，如果她不感兴趣的话，就当没有这回事吧。他笑了笑，满含悔意地挑了挑眉毛，她发现自己竟也不自觉地朝他笑了笑。爸爸勾了勾手指，服务员端着刚泡好的咖啡和一瓶白兰地走上前来。

婕斯粲然一笑道："你不是说都怪我们喝了太多酒吗？"

"也许我刚才说得不对，可能咱们喝得还是太少了，"他举起酒杯，透过杯壁冲她飞眼道，"敬友谊？"

作为回应，她也举起了自己的酒杯，接着他亲吻了她的手背。

回到家的时候，他亲吻了她的脸颊，说她看起来困得都站不起来了。不知是醉了还是累了，婕斯把鞋子拿在手里，拖着耷拉在身后的披肩爬上了楼梯。这一天奔波的劳顿再加上和爸爸的争吵让她身心俱疲。而且鉴于爸爸只是试图帮她的初衷，那场争吵完全就是由她造成的。在她沾到枕头的时候，脑中闪过的最后一个想法是因为自己愚蠢的过激反应，搞砸了一个本该愉快的夜晚。

破晓时分，婕斯口渴难耐地从梦中醒来。她走进了卫生间，双脚踩在冰冷的瓷砖上，手中拿着盛满清水的玻璃杯，此时童年的一个场景浮现在她的脑海。那时爸爸赢得了某场官司，得到了快速提拔。她依稀记得他当时耀武扬威地昂首迈进家门，拉着妈妈在厨房里跳起了华尔兹。她也清楚地记得他当初所说的话——成为胜者的唯一方法，就是让你的对手觉得他们自己就像个傻瓜。

CHAPTER 46 # 第四十六章

汉娜与布莱恩·莫顿再一次的不期而遇是在里斯拜格图书馆外。二人握手后他解释称自己是来里斯拜格开会的，现在正准备去买个三明治，而包里装着自备午餐的汉娜此时也正要找地方喝杯咖啡。于是两人一起横穿布劳德大街，来到马路对面，去“手工坊”买完东西后又在便道上聊了会儿天，布莱恩提议可以找个吃东西的地方。

“熟食店里没有用餐区还挺不方便的，”汉娜愁眉苦脸地环视一下四周，“我一般都回图书馆吃。”

布莱恩果断地摇头道，谁都应该在午休时离开工作环境放松一下，而且遇上晴天的时候，三明治就应该在户外吃。随后他带着汉娜七弯八拐地穿过车流来到路对面马槽旁边的长椅上。

“虽然没有树荫环绕，不过至少咱们能坐着晒会儿太阳。”

汉娜不确定自己是不是真的愿意和他一起坐在这里吃午餐，这里可是布劳德大街的中央，所有路过的人都能看到他们，可那似乎很蠢。于是汉娜把咖啡放在马槽的边缘，从包里拿出她的三明治。正当她要打开包装纸的时候，她的手机收到了一条短信。

你看就连里斯拜格也有那么多年我真是烦透了那些陈年的杂草

汉娜叹了口气说："哎，该死，抱歉，要是我不回复一下，对方会继续不断地发短信过来。"

她简单地发送了"过会儿打给你"几个字，然后略带歉意地向布莱恩解释信息是她的妈妈发来的。

"人们不断地到处寻找药草，可她认为那都是些杂草，她觉得简直受够了，所以发信息给我。"

"人们为什么会不断地到处寻找药草？"

对于这个问题，迈克尔修女已经精心地构思好相应的答案。汉娜在过去的两周里早就对它熟稔于心，因而此时她不假思索地脱口而出："狗先生奥利弗在偶然间发现了《上帝的花园》，康纳对那本书爱不释手，和别人谈论了许多书里的内容，这让许多人都对它产生了兴趣。"

"据我所知，接下来迈克尔修女在图书馆发表了一个和它相关的演讲，半岛上的很多人都在流动图书馆日拦下我的面包车，交给我一些药草的插枝[1]。"

"可这是为什么呢？"

"呃，我不知道。那女人背后的势力可不好对付。她说她要做个演讲，我除了顺着她的意思以外，好像也没什么别的选择。"

"不，我是说为什么人们会拿着药草样本出现呢？"

"因为大家听了演讲以后，决定恢复修女花园昔日的光彩，可是过了这么多年，原来种在里面的大都没有了。"

1　插枝指供栽插用的植物枝条或供瓶插的花枝。

“这主意太棒了，”布莱恩喝了一小口咖啡，他的目光从杯子上方落在汉娜的脸上，“但你不是这么想的？”

这个问题的答案也是经过精心构思的，因为就像迈克尔修女之前预言的那样，汉娜尽人皆知的坏脾气现在会派上很大的用处。她遵从迈克尔修女的指示，自始至终都对那次大获成功的《上帝的花园》主题演讲抱以强烈的反对态度，使她看上去并未牵涉其中。在那之后，每当人们见面聊天，热烈地讨论起花园的修复工程时，她总是装出一副兴味索然的样子，这反而刺激了他们继续聊下去的欲望。此时面对着布莱恩，她耸了耸肩，极不自然地表现出一种厌烦。她说可能修复花园，或者单纯把它当成一种谈资也没什么错，可大家近些日子已经开始把图书馆当成研究这个工程的据点了。

“可为什么不行呢？我的意思是这本来就是由一个图书演讲引起的工程计划。”

“虽然话是这么说，可是里斯拜格图书馆又不是专门用来做演讲或做计划的地方。”

布莱恩粲然一笑。他说身边不断地出现一些端着药草盆栽的陌生人确实会令人困扰，再加上又收到老母亲发牢骚的短信，情况肯定会更糟。他如此友善的回应让汉娜为自己的欺瞒行为感到内疚，她无端地想起康纳语带忧伤地诉说他有多么讨厌欺骗着艾迪恩的自己。但就在这一天的早晨，她还厉声对康纳说一旦你坏了规矩，你就会变得灾难性地一发不可收拾。于是她默默地低下头，把注意力集中在自己的三明治上，随后布莱恩转移了话题。他问她是否知道在哪儿可以找到风景独特的海滩？他听说克罗塞拉方向的干道旁边有一处偏远的小地方，常常能看到一些海豹在那里晒太阳。

汉娜对那片海滩再熟悉不过了，因为终于找到了其他可以谈论的话题，所以她试着描述怎样才能到达那里。你开车从卡里克去巴利芬的干道上拐下来，向南转到一条狭窄的支路上，如果不注意的话，是很难找到那条路的。

“就在那个有着仿彩色玻璃门板和砂石私家车道的艳俗的小平房附近吗？完全没理由找不到那条路呀。”

汉娜点了点头道：“嗯，起码我是找得到的，我家就住在那儿。”

布莱恩脸色发紫。说话开始变得结结巴巴的，她突然大笑起来。

“不用放在心上，真的。‘艳俗’这个词简直太适合它了。何况那又不是我家，是我妈妈家。”

她解释说它可怕的外观也是自己急着想要搬出去的原因之一。而且事实上，从所谓的杂草，到短信，再到传统的爱尔兰式早餐，这所有的一切都让她们把彼此逼到崩溃的边缘。她这才雇用了弗瑞重新整修玛吉家。

可布莱恩依然显得尴尬难堪，这让汉娜内心还是存有负罪感，于是在不知不觉中，给他讲起了自己之所以回到芬法兰的原因。

“总的来说，在我的婚姻破裂之后我就打算离开，好吧，我想应该是回家。而现在，我只希望能有一个属于自己的家。”

至于这样做的原因，汉娜在心中默想，其中之一就是想重新得到一定的私人空间。那她为什么却能对着眼前的这个陌生人倾吐心事呢？

午饭过后，几个来到图书馆的年轻妈妈找了张桌子坐了下来，“老铁匠宾馆”的苏珊也在她们这一行人中，她已经加入到为修女花园工作的志愿者团体中了。她的丈夫巩特尔则在迈克尔修女的指示下帮着清理外面的苗圃。而他们年幼的女儿霍莉则和其他几个蹒跚学步的孩子在太阳底下玩耍。图书馆内，苏珊正和别的妈妈围坐在桌旁写着笔记。为方便志愿者的使用，《上帝的花园》中描绘苗圃原始布局的那几页已经被复印下来了。苏珊交叉参考着复印件和从图书馆开放区域的书架上取下来的一本书，正埋头将需要栽种的药草一一列举出来，而穿着一条脏兮兮的紫色卡夫坦[1]的达瑞娜·凯利则在一旁笨拙地辨认着插枝。汉娜在吃完午餐回来的路上曾经看到过达瑞娜那个还在学习走路的孩子，那孩子还是像往常一样邋遢，正绕着花园疯跑。此刻汉娜看到达瑞娜正将一个塑料袋中大家捐献来的插枝向外倾倒，上面附着的泥土也撒在了图书馆的桌子上。汉娜正欲开口说话，却见苏珊迅速地抽出一张旧报纸垫在了那团乱糟糟的东西下，并将里面的花和枝叶整齐地排放在报纸表面。她们中的另一个女人坐到了达瑞娜身边，不声不响地接过辨认插枝的工作，对照着一本《现代草本植物百科全书》里的图示认真地一一核查。

汉娜松了一口气。尽管桌子那边的人群在不断地低声讨论着什么，可毕竟除了她们以外，这时的图书馆里就只有狗先生奥利弗了，他正站在电气工程区域的一排书前检索着，因而她觉得自己也想不出什么让她们安静下来的好理由。她登录自己的电脑，心里琢磨着自己为什么会欣然同意与布莱恩·莫顿一起吃午餐。或许是因为能找个人跟她一起讨论玛吉的房子也挺好的，而此时房子的整修工作也进入了大踏步的发展阶段。

1 卡夫坦是一种长袍大衣，不同样式的卡夫坦在世界许多不同文化的地区中存在了几千年。它主要用来当作外套来使用，衣长到脚踝处，长袖。它可用羊毛、羊绒、丝绸或棉布制成，可配上饰带。

CHAPTER 47 # 第四十七章

那天傍晚在图书馆关门后，汉娜开车来到玛吉家。丹和弗瑞正在忙着布线，刚刚盖好的房顶像模具一样整齐坚固，内部的墙体表面重新抹上了一层灰泥，弗瑞懒得征求汉娜的同意，已经安装好新式垂直推拉窗和一扇翻新的两截门[1]。之前那种类似于阴冷的山洞般的感觉已经不复存在了，空气中满是油漆和木屑的味道。加盖小屋的外壳已经搭好了大半。汉娜在门口站了一会儿，“夜叉”从卧室里跳着蹿了出来，身上沾满了木刨花。正在固定插座的弗瑞向汉娜的方向瞥了一眼，歪着脑袋对她说：

“你不喜欢那些窗户？”

“不会啊，而且我挺喜欢那扇门的。”

弗瑞从地板上爬了起来，走到屋子的另一边，掀开了一个防尘罩。

“那你觉得这些怎么样？”

防尘罩的下面是还没来得及安装的一套做工精良的四件式组合橱柜，以及一套看上去就价值不菲的烤箱和炉盘。他说是从他的一

1 两截门分为上下两部分，每一部分可以独立开关。通常下部为不透明的木门，上部为窗户样式的玻璃门。

个朋友那里搞到的，听他的朋友说这些原先都是一个都柏林的银行家买来装在自己度假屋里的。不过银行家在十年之中只去过两次他的度假屋，之后就卖给了一个坚决不用二手厨具的傻女人。汉娜瞬间犹豫了，她也不确定自己是否可以接受二手商品。弗瑞猛地转过身来摊开双手斥责道：

“上主啊，我真该让你看看当时她一脸嫌弃的样子，这些东西到底哪儿不好了？它们可是很值钱的，而且基本上是全新的，这一套花了我好几百欧。如果在上面装个石板案台，那这些看上去怎么也得值个万儿八千！”

“是啊，不过……”

“不过什么？你之前住在伦敦的时候不是花了不少时间跑到各种废旧建材回收站里找些废旧的壁炉吗？那这次回收或者再利用一下就怎么了？只要你还有一点点该死的判断力，就该过去看看，反正它们就在那儿。”

汉娜在近距离地检查后发现炉盘和那个设计时尚的烤箱都是全新的，她又看了看那套造型典雅的鸽子灰的橱柜，终于屈服了。

“可是你确定你已经把钱付了？”

“姑娘，我朋友又不是傻子，我不付钱他怎么能让我把这些拿回来？”

“不过几百欧的话……”

“别不知足了，已经很便宜了。”

他很快地抓起她的胳膊把她拉到屋外。他说组合橱柜中没有水槽，因为这套东西从原来的家里搬出来的时候，某个自以为是的傻子一锤把水槽砸坏了。所以到时候还得从别的地方找个水槽，当然还有案台。

当汉娜反应过来的时候自己已经坐着弗瑞的面包车疾驰在屋后的小路上了，常年霸占着副驾驶位子的“夜叉”被赶到了后座，此时正愤怒地尖叫着。刚刚弗瑞一钻进驾驶室就丢给汉娜一大包用报纸裹着的东西。她不知道弗瑞要带自己去哪儿，只能一手按着放在大腿上的包裹，一手撑着前方的仪表盘，尽量让自己坐稳。弗瑞终于在兰西城堡门口的廊柱旁停了下来，汉娜经历了一路颠簸，只觉得身体快要散架了。

她环顾四周，惊讶地问：“我们来这里做什么？”

“夜叉”感觉到那只厨房里的猫正在慢慢逼近，冲着面包车的后门大声嚎叫。弗瑞迈开修长的双腿走出驾驶室帮“夜叉”打开车门，那狗就立刻朝着宅子的一侧飞奔而去。汉娜从副驾驶座上艰难地钻了出来，手里还不忘拿着那个报纸包。弗瑞一声不吭地再次抓住汉娜的胳膊，拽着她绕到了城堡的后面，却见洗衣间的屋顶上蹲坐着一只黑猫，对着“夜叉”拼命大叫。弗瑞厉声呵斥了几句，那猫瞬间跑得无影无踪，“夜叉”也灰溜溜地跑回面包车上了。弗瑞朝汉娜得意扬扬地转过身来推开洗衣间的门，一束阳光透了进去，照在一个铜制的老式洗衣桶上闪闪发亮，墙上斜倚着一个腐烂的甩干机，而在一块两英尺厚的石板旁放着的，则是一个瓷质的很深的贝尔法斯特水槽[1]。

1 贝尔法斯特水槽是一种较深的长方形厨房水槽，表面通常都有白釉。

CHAPTER 48 # 第四十八章

十分钟后，经过洗衣间内一阵激烈的争吵，汉娜被弗瑞推搡着走进城堡的大厅。弗瑞扯着嗓子喊了一声，不一会儿就从楼上的栏杆后传来查尔斯·奥金的大声回应。

“快上来，我在书房！”

他做了个鼓励他们上前的手势，随即便从栏杆后消失了。弗瑞用他那指节分明的手抓着汉娜的胳膊，拉她爬上了楼梯。查尔斯在前面带路，他今天照例穿着剪裁考究的西装和有些磨损的旧皮拖。他们跟着查尔斯来到一个房间，汉娜觉得简直像是走入了盖斯凯尔夫人[1]的《克兰弗德》[2]中。

想必是在十九世纪的时候，德兰西家族认为他们作为颇具社会地位的上层人士，有必要在宅邸中开辟出一个房间专门供他们探讨古典文明。屋内是用红木装修的，一个装有玻璃门的木柜顶上放着

---

1 盖斯凯尔夫人（1810 年 11 月 29 日—1865 年 11 月 12 日），维多利亚时代的英国小说家。当时以哥特式的灵异小说闻名，之后的评论家则更推崇她的工业流派小说，主要写中等出身年轻女性的感情，也精细地描绘了当时英国社会不同阶层的生活。

2 《克兰弗德》是盖斯凯尔夫人最广为人知的作品之一。它最初于 1851 年到 1853 年分八次不定期地发表于查尔斯·狄更斯创办的杂志上。1853 年以整本书的形式出版后反响平平，但在盖斯凯尔夫人去世后立即收获了热烈追捧。

柏拉图和亚里士多德的半身雕像，一张巨大的书桌上摆放着几个黄铜材质的墨水台和一盏带有遮光罩的台灯。此外，房间里摆放着几把象征着学识的高背椅，还安装了一个饰有源自于雅典卫城大理石女像柱的壁炉。但德兰西家族同样也购置了大量的书籍。

汉娜可以想象得到，研讨大纲在每天的清晨时分会被送到城堡中那张一应俱全的餐桌上，而其封面上的家族饰章则能得到巧妙的凸显。屋内的器物样样价值不菲，却并不显得过于奢靡，彰显出德兰西家族的绝佳品位。汉娜抬眼凝望米色小牛皮书架上摆放着的一排排刻有装饰字体的酒红色书脊，猜测这间书房中有很大一部分图书从来都没被翻开过。书架的下面几层以及桌上随意堆放着的，是大量装订成册的《伦敦新闻画报》[1]和《马与猎犬》[2]杂志，它们出现的时间显然离现在较近，而且几乎都被翻烂了。不过像是布道、莎士比亚、历史、哲学等方面的书籍和一些晦涩的宗教短文则统统沦为了装点房间内饰的摆设。

一时间，汉娜以为查尔斯·奥金会要求她从专业的角度对这些书籍的价值进行评判。不过很快她就发现自己的想法实在过于荒谬：弗瑞在向查尔斯介绍汉娜时，只说她是自己现在的雇主，因而查尔斯根本不可能知道她图书管理员的身份。弗瑞冲着她打了个响指，仿佛把她当成了“夜叉”，她这才意识到自己怀中还紧紧地抱着先前的那个报纸包。她顺从地将包裹递给弗瑞，弗瑞扬起一边的眉毛会意地看着查尔斯说：

---

1 《伦敦新闻画报》是一份由英国人赫伯特·英格拉姆与他的朋友马克·雷蒙创办于 1842 年的英国周刊。1971 年改为月刊，1989 年改为双月刊，2003 年最终停办。

2 《马与猎犬》是英国历史最悠久的马术周刊，于 1884 年创刊。该杂志几乎涵盖了英国所有的大型马术赛事以及国际马术赛事报道。

“你知道你家屋外的洗衣间里有一个旧水槽的，对吧？”

从查尔斯的样子来看，他似乎都不知道这个洗衣间的存在。

“别装了，查尔斯·奥金，你家有什么东西你再清楚不过了。这里就没有不经你手的东西，你是连一根木棒、一块石子都不会放过的。”

弗瑞哼了一声将查尔斯晾在一边，自己则大步地走到书桌前打开了包裹。当汉娜看到里面的东西时，高兴地喘着粗气。那是一个精心雕琢的木质书架，背面由板条构成，底部狭窄的搁板上用螺丝固定着两个黄铜叶片，用来支撑手抄本或普通的书籍。搁板表面是用刻有树叶和浆果的木雕缎带来装饰的，与精美的黄铜滚边相互呼应。弗瑞把它立在书桌上，睁大眼睛瞪着查尔斯·奥金说：

“该不会过会儿等我一走，你就又把它弄坏了吧？”

查尔斯往后让了让，腾出地方让汉娜上前触碰这件木雕工艺品。弗瑞早已走到稍远的地方，双手深深插进他亮面旧风衣上破损的口袋中，怔怔地盯着壁炉台上的一根女像柱发呆。汉娜不明白为什么查尔斯会把这件手工艺杰作放在一堆旧报纸中。

查尔斯挑起一根眉毛向她问道：“想不想看看这东西最开始是干什么用的？”

他走到房间另一头的一个书橱前，拉开其中一个浅抽屉，不一会儿，拿着一个长方形的硬纸盒走了回来。令汉娜大为震惊的是，在查尔斯揭开上面的盖子后，里面竟然露出一本中世纪的《圣咏经》[1]。

1 《圣咏经》是一本包含圣咏及其他祈祷内容的书。在中世纪早期，《圣咏经》是最普遍的泥金装饰手抄本，媲美福音书。中世纪的《圣咏经》，往往包含日课表、圣人的祷词、取材自《圣经》的圣歌，以及其他祈祷的内容，并且常常包含许多华丽的插图。

汉娜饶有兴致地看着查尔斯把那本《圣咏经》展开放到小书架上。那是一本拉丁语《诗篇》[1]，带有泥金装饰的首字母和精美的边框图例。书页上的色彩就像它最初出现在中世纪的某个缮写室[2]时一样艳丽饱满。这些图片是汉娜在许多欧洲著名的图书馆中与此类似的手抄本上见到过的，但此刻的她甚至不敢伸手触摸。不过弗瑞却昂着头大步地走过来一把将书拿了起来。

“天哪，伙计，你怎么从来都没给我看过这个？”

查尔斯冲弗瑞粲然一笑道：“你之前也没提出来过。”

“你什么时间得到这个的？”

“这是在城堡里找到的。”

汉娜看着弗瑞手中的书，推测它的历史应当追溯到大约公元八世纪，那个时候就连这座城堡都还没有建造起来呢。

查尔斯点点头说：“是啊，修道院解散后它就被收藏在这里了。”

“不过从那个时候开始它应该就被记录在册了吧？”

“没错。这本就是著名的《卡里克圣咏经》。”

汉娜突然坐了下来。她早前曾翻阅过《卡里克圣咏经》的资料，据记载，它是芬法兰地区早期的爱尔兰修道院中最为珍贵的瑰宝，但有人说后来北欧海盗入侵，修道院也没有躲过那次劫难，而被视作瑰宝的《圣咏经》也毁于那场冲突之中。

“好吧，不过看来他们说的不对。显然它没有被毁，还被另一个

---

1 《诗篇》是古代以色列人对上帝真正敬拜者所记录的一辑受感示的诗歌集，包括 150 首可用音乐伴唱的神圣诗歌，供人在耶路撒冷的圣殿中对主作公开崇拜时唱咏之用。它是《希伯来圣经》中第 19 本书。这些诗歌除了对主的颂赞之外更含有许多祷告，也透露对主充满信赖的心声。天主教会、东正教会称为圣咏，是《旧约圣经诗歌智慧书》的第 2 卷。伊斯兰教称之为“宰逋尔”。

2 缮写室是专为制作手抄本而设计的工作室。

宗教团体保存起来。而且后来的那些家伙和之前的那批人行事完全不同，对这件事一直秘而不宣。亨利八世和罗马教皇因为安妮 · 博林的事发生了一些小[1]口角，一个修道院院长觉得这是个不好的预兆，决定把自己的所有财富兑现。看来德兰西家族是花了大价钱才把这本《圣咏经》买下来的，那笔钱足够修道院院长舒服地过完他的下半辈子了。”

“你说的这些都有书面记载吗？”

“当然，收据我都见过。它的的确确已经是德兰西家族的财产了，双方当时就达成协议了。”

弗瑞正弯着腰，看着书上一幅小鹿在林中奔跑的插图。汉娜看到橡树林间有一个纤弱的红色身影，它的四只蹄子和头上的鹿角呈现明艳的金色，它一路飞奔，就连树上的绿叶都被它身侧的风卷了起来。在该页下方的另一幅插图中，小鹿站到了一块巨石边，水流沿着巨石喷涌而出，形似喷泉。几个橡子[2]悬吊在鹿角上方，而鹿角也与郁郁葱葱的橡树林相互交错。对汉娜而言，尽管她无法辨认书上用拉丁语所写的文章，可单看这些插图她就明白了文章的含义。

“我的心切慕你，如鹿切慕溪，”汉娜抬眼看着弗瑞道，“这是《诗篇》第 42 章的内容。”

“见鬼，这是我的森林！不止这个，这本书都是用我森林里的木材做的！”

汉娜摇了摇头说：“中世纪的纸是用亚麻木片，而不是用木浆做

---

1 安妮 · 博林（1501 年—1536 年 5 月 19 日），英格兰王后，英王亨利八世的第二个王后，伊丽莎白一世的生母，玛丽一世的继母。

2 橡子是橡树的果实，形似蚕茧，故又称栗茧。

的。而且这根本就不是纸，它是羊皮卷。”

“好吧姑娘，随你怎么说，你说它是用巩特尔的那些山羊做的都行！”弗瑞用手指戳着那一页道，“可我告诉你，这石头叫‘拉卡托巴尔’，我小时候经常围着它爬上爬下的。”

他往后翻了一页，高兴地大叫起来：“还有这里，这是芬法兰半岛的最顶端。”

弗瑞说的是一幅在呈喇叭状凹槽纹路的书页天头[1]下，由几道水柱框起来的插图。图上画着一个修士正站在一块海岬之上，向他迎面席卷而来的是裹挟着无数海怪的巨浪。

汉娜记得这一节：“你的瀑布一发声，深渊就和深渊响应，你的洪涛和波浪都掩盖了我。”

“看这儿，”弗瑞又翻到了《诗篇》的另一章节，“你看那个！那是诺金维尔。”

汉娜猛地吸了一口气。那正是她每周开车前往巴利芬时都会经过的山脉。书上出现了那些熟悉的山峰和山路，文章是以大写字母开始的，页面下部的地脚[2]上方分别是由一轮红日与一弯月牙射出的金矛和银矛。

“白日，太阳必不伤你；夜间，月亮必不害你，”站在汉娜身后的查尔斯轻声说，“为什么我从来没注意到这些插图画的都是这附近的东西？”

“为什么？因为你又瞎又笨呗！”弗瑞无可奈何地摇了摇头，“全能的上主啊，但愿那个可怜的修道院院长用这个换了不少钱。为了

1 天头是指书页上端的空白处。

2 地脚指书刊中最下面一行字脚到书刊下面纸边之间的部分。

糊弄你们这帮什么都不懂的家伙估计他也是尽力了，这本应该算得上他剩下的书里最好的一本了。”

汉娜对弗瑞如此直接的回应感到惊讶，但查尔斯只是默默地将这本《圣咏经》放进盒子里，转而检查他的小书架去了。

“看来从今往后我得把我的填字游戏装到一个文件夹里了。”

查尔斯拿着精心修复过的小书架，对着汉娜粲然一笑道：

“不过那个讨厌的老鬼对木工活还挺有一手。”

汉娜这才明白原来是弗瑞修好了这个小书架。它实在太漂亮了，以至于汉娜曾一度看得失神。

查尔斯将小书架放到了桌子上：“那么，修理费是多少？”

弗瑞面无表情地看着查尔斯说：“我当时不是跟你说过你根本就付不起这笔费用吗？”

“那你给我具体解释一下，我得用城堡做抵押吗？”

“我来告诉你我打算怎么办，”弗瑞把那张用来包裹小书架的旧报纸折起来，胡乱地塞进口袋里，“我会拿走洗衣间里的那个旧水槽，免得它放在那里碍你的事，另外，修小书架的钱可以用那点儿石板来抵。”

汉娜极力克制着自己，和弗瑞一起回到他的面包车后才爆发，他们沿着半岛上的公路向西疾驰的这一路上，都伴随着从后座传来的犬吠声。汉娜说这笔交易简直太离谱了，她无论如何都接受不了基于那种条件得来的水槽和石板。弗瑞的手艺足够让他从查尔斯那里得到一大笔钱，他理应得到相应的报酬。

弗瑞转身瞪着汉娜说：“你以为我不知道自己的手艺值多少钱吗？我当初接下那份工作的时候就跟那家伙说过他根本付不起我的

工钱。而且我到现在还没告诉过你水槽要收你多少钱。”

弗瑞看着一脸惊讶的汉娜不屑地笑了笑。说水槽和石板的报价会和普通的厨房设备的价格差不多，肯定公平合理。另外，他可能还要从卡里克的家居卖场里购置一些别的东西。他就打算这么收费，完全在她可以接受的范围之内。

“如果你还是觉得我会在钱上搞小动作，你尽可以大方指出来。要是我给你的报价是进价的十倍，岂不是在自找麻烦吗？”

至于小书架的事情，他的语气中不无刻薄，他感谢汉娜对他自己的事情那么上心。查尔斯·奥金和他都十分了解对方，这件事情就到此为止，多说无益。

CHAPTER 49 # 第四十九章

玛丽·凯西坐在自家厨房的餐桌旁，为帕特·菲茨杰拉德倒了一点马蒂尼，给吉尔拿了一罐健力士黑啤。玛丽和帕特在开往卡里克的公交车上相遇，她们相约进行每周一次的大采购，随后玛丽给吉尔发短信告诉他六点左右到小平房接帕特。反正吉尔开完会回家正好可以路过那里，所以对他来说只是顺便的事情。因为吉尔不吃坚果和饼干，而她和帕特更喜欢蛋糕，所以她也懒得拿出那些小零食了。吉尔的牙齿不好，她们特意为他买了一块马德拉岛蛋糕，不过估计他还是不会碰它。吉尔对帕特从超市里辛苦采购的多半东西都不屑一顾，在玛丽看来，吉尔的狂妄有一半都要归咎于帕特根本无法驾驭自己的丈夫。

玛丽切下一大块蛋糕，啪地放到了吉尔面前要他吃下去。从前汤姆·凯西在世的时候，从来没有嫌弃过玛丽餐桌上的任何一样食物，今天玛丽同样不能允许吉尔拿出对待他那逆来顺受的妻子时的态度来对待她。吉尔拿起蛋糕大口地咬了下去，玛丽仿佛获得胜利般地看向帕特，她的表情似乎在说如果你从一开始就没有给这些男人立好规矩，今后是不会有什么好日子过的。可没过一会儿，抠门的吉尔在吞下一口健力士黑啤后宣布他和帕特马上要出发去加拿大了。他说一直以来自己都在像狗一样地工作，可现在他马上就会得到丰厚的回报了，所以他准备带上他的老婆飞过大西洋看看他们的儿孙。

玛丽被彻底激怒了。几周以来，她一直在跟帕特说吉尔·菲茨杰拉德又不是汤姆·凯西，他是不会为了取悦自己的妻子花上那么一大笔钱的。后来帕特也不再乐此不疲地向她展示那些给多伦多的孙子们攒起来的玩具和衣服，以及那些买给她儿子们的半岛风光图书。时间一天天地过去，吉尔对自己承诺过的旅行只字不提，玛丽的不屑也日益加深，说起话来也越来越无所顾忌。一直以来帕特不都是在自欺欺人吗？她自己难道就没有最基本的判断吗？然而此时的帕特，正在喝着玛丽的马蒂尼的帕特，却是个十足的胜利者。

吉尔吃完玛丽分给他的蛋糕，表现出一副商业大亨的模样。他说不过目前还没订机票，一切都要等到巴利芬的一桩生意尘埃落定后才能决定。玛丽像猛虎般飞扑过来表示疑问："所以说要是巴利芬的生意黄了，整个行程就会被取消吗？"帕特近乎哀求地看着吉尔，眼睁睁地看着自己的愿望化为泡影。但吉尔摇了摇头说他们过不了多久就可以出发了，这一点倒不需要怀疑，巴利芬的生意已经是板上钉钉的事了。

当汉娜结束了一天的工作回到家里的时候，帕特和吉尔已经离开了。烤箱中备好了待会儿的晚餐，玛丽·凯西正坐在厨房里生着闷气。汉娜看到她，叹了口气。玛丽马上对她恶言相向，迫不及待地要跟汉娜大吵一架。玛丽说像这样打招呼真是再好不过了，不用微笑，也不需要交谈，只要摆着一张臭脸，再加上你那不知道什么时候从怀孕的奶牛那里学来的几声叹息就可以了。出于无奈，汉娜只好把第二声叹息咽了回去，坐下来询问母亲到底发生了什么事。在随后的十分钟里，经过了乏味而冗长的哄劝和言语冲撞，汉娜终于摸清了事情的基本脉络。而与此同时，她的耐心也像往常一样消耗殆尽了。

“妈，说真的，难道你不为帕特感到高兴吗？这是理所当然的事情啊，她已经有好多年没见到自己的孩子了。”

玛丽愤怒地昂起头。帕特是她最好的朋友，她当然替帕特开心，而且她确实感到高兴。

“那既然你替她开心，还有什么好生气的呢？等她去了加拿大以后，你大可以自己多出去放放风。妈，说实话，你现在对帕特的依赖有点过头了。”

玛丽愤愤不平地从扶手椅上站了起来：“我不需要出去放风，也不需要你来教训我。要是你那可怜的爸爸还活着，肯定不会让我受到这样的侮辱和指责。”她气势汹汹地冲到门口，在门槛处庄重地转回身来发出最后一击，“我会让你知道我是不会依赖任何人的。我一个人也过得相当好！”

门猛然间被“砰”的一声关上了。汉娜给自己倒了点酒。玛丽已经习惯了从自己的丈夫那里获得如公主一般的待遇，她害怕成为任何团体中的一员。她强烈的自尊心使她无法融入退休老人们在诺克茅的欢乐聚会，只要想到自己被归类到退休老人的行列，她就会厌恶至极。汉娜终于还是叹了口气。许多常去诺克茅活动中心的老人给迈克尔修女寄去了插枝，鉴于修女花园的工作还在继续，他们还提出要到里斯拜格进行一次远足。那个退休的糕点师莫里斯从学生时代起就认识汤姆·凯西，他跟自己的妻子说应该给玛丽·凯西打个电话，问问她是否愿意参加这次远足。到时候肯定有顺路的人可以开车把她从卡罗塞拉接到里斯拜格去，或许在外面玩一天她也会挺开心的。可谁知道那天汉娜回家后玛丽却生起了一股无名火。

“我已经接到两个电话了，他们说在修女花园里一定会度过一段愉快的时光的，问我为什么不一起去呢？”

“那你到底为什么不一起去呢？”

“因为我还没老糊涂呢，姑娘，我还不至于去参加一个退休老年团的活动！反正他们那些人大多数都是笨蛋，我看了都烦。”

不过这帮诺克茅的老年团还是在里斯拜格度过了一段非常快乐的时光。他们大多搭邻居的车来到这里，他们为花园带来了更多插枝，还拿来了毯子、园艺工具和野餐食材。那是一个阳光明媚的日子，他们中的一部分自愿加入到栽种植物的行列之中，其余的人则坐在一起边聊天边喝着从“手工坊”买来的咖啡。汉娜坐在自己的办公桌前，莫里斯的妻子珍过来问她玛丽会不会来。

“你知道的，凯西女士，大家都很希望她来，这也是我之所以会给她打电话的原因。”

汉娜谎称玛丽有事不能来了，这样的说辞听上去会显得礼貌一些。不过比起这种象征性的关心，显然她有更为开心的事情要说。珍回头看了一眼，在确定了旁边再没有第三个人后，神神秘秘地向桌子对面的汉娜凑了过来。她说布里吉德刚刚问莫里斯能不能帮“手工坊”做一些特殊场合会用到的蛋糕，比如生日或者婚礼什么的。有人想在布里吉德那儿订购，可她对这个并不在行。

“虽然他开始只是答应试试，不知道能不能做出让双方都满意的东西，但凯西女士，这难道不是一个伟大的点子吗？天哪，莫里斯岂不是很快就能变得不像以前那么消沉了吗？”

与“手工坊”建立合作的不止莫里斯一人，巩特尔和苏珊如今负责店里的山羊奶酪供应工作，他们提供的奶酪比之前店里进口奶酪的进价要便宜一半。布里吉德认为这些奶酪和从外面进来的一样，不，甚至要更好，因为它们就是本地现做的。包裹奶酪的蜡纸正面有一幅“老铁匠”的宣传画，苏珊也和布里吉德商量好准备印一些“老铁匠宾馆”的传单放到“手工坊”的柜台上。汉娜看着珍轻快地走回花园里，不可思议地摇了摇头。每一天都会有更多的人建立起新的关联。一切都在按照迈克尔修女的计划有条不紊地进行着。

有了“手工坊”额外提供的许多咖啡和茶，退休老人们的野餐很好地持续到了下午，他们还商量了再组织一次这样的活动。也许他们还可以在图书馆开设一个电脑培训班，并把它作为一个需要定期参加的辅导课程？此刻，当汉娜坐在玛丽·凯西的厨房里生气地喝着闷酒时，突然想到自己妈妈所需要的，正是一个为初学者提供的较为轻松的电脑课程，然而这类活动却恰好为玛丽所不齿。汉娜不禁暗自苦恼，踢了一下桌子。其实她自己不也是一样吗？尽管玛丽和她的动机可能不尽相同，但二人对待团体社交活动的态度都有着出奇的相似之处。

玛丽刚才怒气冲冲地走出厨房后就没再回来。等汉娜敲她房门的时候，她已经睡下了。汉娜把门拉开了一条缝，却见屋里一片漆黑。听玛丽说话的声音，像是她刚刚哭过了，因此汉娜在迟疑了几秒钟后，决定暂时先把想说的话放到一边。这一天已经够累了，不管是汉娜还是玛丽，她们都没有精力再吵一架了。

CHAPTER 50 # 第五十章

迈克尔修女手下的志愿者早已把工作地点设在了图书馆里。而汉娜也渐渐习惯了他们的存在。今天临近闭馆的时候巩特尔领着年幼的女儿霍莉从花园过来打算选一本书带回家读。他告诉汉娜挖掘进行得非常顺利，艾迪恩和布里吉德也不断地从“手工坊”给工作人员们送来大杯大杯的咖啡。迈克尔修女告诉巩特尔在原先女修道院的厨房里有一些折叠桌和椅子，于是他将那些桌椅搬了出来，放在花园里供人们休息时使用。

“这可是真正意义上的‘公社活动’，凯西女士，你们这里是这么说的吧？”

显然苏珊已经把爱尔兰语中专门用来形容一群邻居聚在一起工作的词教给了巩特尔。汉娜依稀记得汤姆曾经提到过二三十年前半岛上的农户们总是聚集在一起合力帮助身边的每一户完成收割工作。此时霍莉一脸严肃地告诉汉娜她要借一本关于园艺的书，要那种又大又厚的书，这样她就可以帮爸爸一起种植药草了。就在巩特尔带着霍莉去找书的时候，围坐在桌前的苏珊她们也开始收拾笔记了，汉娜关掉所有电脑，整理了一下自己的办公桌。布莱恩·莫顿曾在提及玛丽·凯西的小平房时言语失当，当时显得十分惶恐，但汉娜为了证明自己并没有被冒犯到，于是主动提出带他去一趟他曾说过的那片可以看到海豹的沙滩。

锁门的时候，汉娜脑中还在想着《卡里克圣咏经》的事情。前几天汉娜和布莱恩中午一起吃完三明治后闲聊了几句，她发现自己竟然想把这事说给他听，不过她知道这也是件需要保密的事情。那天她和弗瑞即将离开城堡的时候，查尔斯·奥金握住她的手说：

“恳请你不要把今天在书房里看到的那样东西说给别人听。”

“当然没问题。”

“其实我本来就觉得你是不会说出去的。”

“当然。我的意思是，就算我做梦的时候也尽量会避开它。”

“不过你尽可以随意谈论对我书房里其他藏书的想法。为了防止盗贼惦记我也只能这么拜托你了。”

汉娜的脸一下子红了起来，查尔斯向她使了个眼色，然后挥手向他们二人道别。

汉娜跟弗瑞说那老头一定是疯了：

“那本《圣咏经》可是价值连城的东西。万一我是个坏人呢？他怎么能肯定我不会说出去呢？”

“拜托，姑娘，他怎么就不能肯定了？难道他看不出来你是我的朋友吗？”

通往沙滩的岔道大约在小平房的1.5英里外，这条小路很窄，看上去只容得下一辆汽车通过。汉娜开着车在布莱恩的车前引路，随着向前开进，路面的碎石子渐渐消失，直至他们的车轮都卷进了成片的沙子之中。随后汉娜从车里爬了出来，靠向他的车窗说：

“再往前走点儿就得到悬崖下面了。”

“听我说，我很抱歉，我知道你不乐意，还占用你下班的时间把你拖到这儿来。”

“没关系，其实还好，我挺喜欢这里的。我小的时候经常到这里来看海豹。”

他们步行穿过一大片滨草[1]和蓟[2]，来到了悬崖边。汉娜带着布莱恩向左转到一处石头堆成的阶梯，尽管有些难以攀登，但只要脚下踩得够稳，还是相当安全的。一路上布莱恩的相机在他肩上荡来荡去，随后他们安然地到达了崖底。此时，一个灰海豹[3]家族正沐浴在晚霞之中。

在起初的几分钟里，布莱恩是以一块悬崖下的石头为掩体进行拍摄的，然而没过一会儿，一只公海豹就发现了他的存在，随即一个猛子扎到了海里。布莱恩索性不再躲藏，向沙滩的更远处走去，一张接着一张连续不断地拍摄着那些在水中浮沉的光溜溜的脑袋和最后几只在石块中蹒跚着的海豹。汉娜也随着他走了下来。

“你拍到了什么？”

“我想我拍到了不错的东西。不过还要再放到电脑上确认一下。”

他们看着海豹游向远处直至消失不见。

“打扰到了它们，好像有点不太好。”

“它们会再游回来的，况且你只是拍拍照片而已。小的时候我们

1 滨草是美洲沙茅草的别名，禾本科沙茅草属固沙植物。分布在北美温带的沙岸，生长于大西洋沿岸和大湖区。

2 蓟为菊科蓟属的植物。

3 灰海豹是海豹科中的一个主要物种，主要分布于北大西洋一带的海岸。

经常用跳舞的方式将它们驱散，”她说那实在是太疯狂了，因为如果遭遇公海豹的攻击，情况将非常危险，“不过，我们都还只是孩子，不会意识到那是危险的行为。”

布莱恩笑着说：“我从小是在威克洛山脉[1]长大的，为了找老鹰整天爬上爬下。真不知道我们究竟是怎么幸运地活到今天的。”

他们来到海豹刚才歇息的石头上坐了下来，阳光照在他们身上。他说他从未找到过老鹰，也许是因为那里本来就没有。

“我从前喜欢伊妮德·布莱顿[2]的冒险系列丛书中那个总是穿着短裤和胶鞋扒城堡、爬悬崖的杰克。我觉得自己是受到了他的影响。”

“还有高领毛衣。”

“原来你也看过，在早期的版本里就是这么画的，我懂的。”

汉娜摇了摇头说：“我没看过，是婕斯看过，是麦克米伦[3]的精装本。我很喜欢书上的黑白线条画，所以就把一整套都给她买了下来。”

布莱恩向后倚靠，用手肘撑着身体。他说黑白图片总能制造出类似的效果。他用自己的前半生极力滤掉照片中的色彩，认为那会使照片看上去更漂亮。即便在拍摄日出时也是一样。而且早期的摄影中有些很厉害的东西是现在的这些所无法达到的。汉娜未加思索，问他有没有见过卡里克图书馆里德兰西家族收藏的老照片。

“那里有吗？我还不知道呢。”

可当“卡里克图书馆”这几个字刚一出口汉娜就后悔了。这是

1　威克洛山脉是爱尔兰的山脉，位于该国东南部，处于首都都柏林西南部，由伦斯特省负责管辖。

2　伊妮德·布莱顿（1897 年 8 月 11 日—1968 年 11 月 28 日），笔名是玛丽·波洛克，她是英国二十世纪四十年代的著名儿童文学家。

3　麦克米伦是指麦克米伦出版公司，是六大出版商之一。由苏格兰人丹尼尔及亚历山大·麦美伦两兄弟于 1843 年在英国伦敦成立，前英国首相哈罗德·麦美伦于卸任后曾担当集团总裁，曾经由德国公司霍尔茨布林克出版集团全资拥有。

一个危险的话题，而且她与布莱恩·莫顿待在一起的时间越久，她就越容易放松戒备。迈克尔修女坚称现在还不是公开行动的最佳时机。其实汉娜根本不知道什么才算最佳时机，也不知道当它出现时他们能不能够即时把握。但他们计划的第一阶段进展是如此顺利，她知道一定不能在这个时候做任何可能危及它的事情。前几天汉娜曾指出政务委员会的提案议程是有时间限制的，迈克尔修女只是点了点头。她说她很清楚这一点，就像种庄稼时要留心收割的时间一样。倘若长时间对它弃之不理就很可能失去它。不过尽管如此，你也不能太过急于求成。而且在这段时间里，确保计划的隐秘性始终都是至关重要的。迈克尔修女淡蓝色的眼眸中散发着柔和的光，她说缄默与保密是他们的口号。汉娜非常认同迈克尔修女身上的这种稳重从容。

布莱恩用手肘轻轻地碰了一下汉娜："我能问你一些问题吗？"

"可能不行。"

"不管怎样我还是会问，大不了就把我杀了再扔进海里。"

汉娜笑了笑："那你就问问看。"

"你喜欢你的工作吗？"

她本以为他会问一些关于修女花园的问题，所以在她听到这样的问题时颇为意外。于是汉娜故意打起了"太极"，侧头看着身边的布莱恩反问道："这个问题嘛，不妨我也来问问你。"

"好吧，可是你得先回答我的问题。"

"我们怎么像孩子似的……"

"没错，真心话大冒险。"

汉娜暗暗叫苦，要是她刚才不曾提到德兰西家族的老照片，可能他们现在仍能继续海豹的话题。然而，令她没有想到的是自己竟然非常想信赖他，她说那是生活还在继续的明证。出于一些荒唐的道德上的两难选择，汉娜犹豫了一下，随之坦然道自己并没有多么喜欢这份工作，尽管这一直是自己梦寐以求的职业，可也不愿意在这样一个闭塞而又充满是非的小镇里当图书管理员。

“我为了一系列宏大的职业规划跑去伦敦，可到头来除了一段失败的婚姻我一无所获地重回家乡。而现在我被当作镇上的笑柄在这里的图书馆上班。”

“为什么被当作笑柄呢？离婚又不是什么稀奇的事情。”

“是没什么稀奇的，可也并不是每个人的丈夫都能做到从结婚的那天起就在和别的女人搞外遇，而且那女人还是我们一家人的朋友，还有，似乎每到暑假他的妻子和女儿外出度假的时候，他都会和那女人住在自己家里。真是让人笑掉大牙了。”

汉娜恶狠狠地将自己的一个鞋跟戳进了沙子里。

“所以，要是可以的话，我才不会在意所有人都会瞪着眼睛看着我在公共图书馆里工作。我可能更愿意钻在被子里永远不出来见人。你千万别跟我说是我太过极端。迈克尔修女曾经告诉我那些男人不断地骗我是他们的错，问题并不在我。可其实这些事情给人的感觉并不是这样的。”

布莱恩没有看她，而是眺望着远处的海面。从汉娜第一次提起她那个当律师的丈夫，再到对她那个不好相处的妈妈的描述，他意识到对于汉娜来说，谈论她的私生活显然是痛苦的。而听了她刚才气势汹汹的坦白后，他突然觉得汉娜就像孩子一样容易受到伤害。但她是信任他的，如果不表现出与之对等的信任似乎是不公平的。

于是他望着天边的海平面说出了自己的故事。

他的童年是在威克洛度过的，后来由于父亲在海湾工作，他就被送到了英格兰的寄宿学校，放假的时候就去姑姑家住。“那时候很喜欢吉卜林[1]和萨基，当然我也很喜欢姑姑们。”在他拿到了建筑师资格证后就到处打工积累经验，直到后来他回到威克洛和一个朋友合伙开了一家公司。他的朋友谢恩是他的老同学，婚后育有一双儿女。同样地，布莱恩也步入了婚姻，几乎是刚一回乡就结了婚。

他说寻找订单并不是一件容易的事情，但他和谢恩玩儿命地向别人推销自己，最终还是接到了许多工作。他们做了好几年房屋扩建和地方餐馆的修建工作，终于等到了梦寐以求的大订单，如果这次做好了，就能让公司迈上一个新的台阶。尽管顶着十倍的压力和资金周转困难的局面，他们还是在不断地继续向前迈进。

布莱恩瞥了一眼汉娜，说对于汉娜来说，她初到英格兰时肯定也是一样的，一切都是未知的冒险，你只有努力向前走。可没过多久，布莱恩美丽的妻子桑德拉就离开了他。

“你是说她抛弃你了？”

“不，她去世了。”汉娜还没反应过来，他就再次开口，“我很难过，觉得那实在是太过戏剧化了，而且我任性极了。可整件事情看上去就是这样的。在那之前我完全没有想到这一切会发生在自己身上。”

布莱恩的妻子得了癌症。从确诊到她过世只用了三个月的时间。

---

1 吉卜林指的是拉迪亚德 · 吉卜林，生于印度孟买，英国作家及诗人。主要著作有儿童故事《丛林奇谭》、印度侦探小说《基姆》、诗集《营房谣》、短诗《如果》以及许多脍炙人口的短篇小说。他是英国十九世纪至二十世纪中一位很受欢迎的散文作家，被誉为“短篇小说艺术创新之人”。

“我对谢恩说我想继续工作，只有这样做才能让自己保持头脑清醒。她过世前的几周一直待在家里，而我也把工作带回了家。直到她走后，我和谢恩还是维持着这种分开工作的状态。我告诉谢恩自己不想看到别人同情的目光，也没办法出门见人，谢恩说不必担心，布莱恩可以继续留在家里处理公事。”

布莱恩的声音有些哽咽：“我们和客户有一场重要的会议，所以我俩提前开了一个碰头会，讨论了我之前一直在做的一些具体事宜，一切都已准备就绪。但当约定的开会时间真正到来的那一天，我却怎么也无法走出家门。”

他把双腿蜷了起来，用下巴抵着膝盖说：“我知道这听起来很可悲，但我就是没法跨出那道门槛。我这儿有些谢恩开会时要用到的东西，他需要我在会上向客户演示说明，可我却锁上了门，关掉了手机。”

“后来怎么样了？”

“我不知道。我想我应该在床上睡了一个礼拜左右。谢恩可能在我家门外像基督教的反对者一样狂砸大门了吧，不过我什么都没听见。而当我醒来的时候我意识到我们应该丢掉了那个大单子。”

“你敢肯定吗？我的意思是，你的做法确实很糟，但那也是情理之中的。”

“哎，好吧，也许你是对的。反正不管怎样我都没有再去过问这件事情。”

布莱恩很快就以极低的价格将房子挂到网上出售。好吧，也不是彻底地疯狂贱卖，但那价格足以使它成为众人争相抢购的对象。

“仅仅一周的时间房子就被买走了，我开着车来到了卡里克。当时房款一到账我就把钱全部转给了谢恩。”

布莱恩再次伸展双腿，用手肘撑住身体，他看着汉娜说：“这些就是我过去经历过的事情。大体来说就是个不大可靠、比较自我、有着一技之长的人。可就像你一样，我需要一份工作，所以就待在这里了，资历过高，又相当无聊。不过好在这是一个很好的地方。”

“可为什么你会选择卡里克呢？”

“其实我也不知道。我只是想离开威克洛，走得越远越好。而且这座半岛上有很多悬崖等着我爬上去。也许我会在诺金维尔找到我的老鹰。”

几分钟后，汉娜说对于他妻子的事情，她很遗憾。

“是啊，她是那么好，我觉得你要是见过她，一定会喜欢她的。”

他们肩并肩沉默地坐了很久。布莱恩又再次开口：“当你大声说出来的时候，听上去多少都有点可笑，不是吗？我不是说死亡、离婚，或者是对婚姻的不忠。我指的是别人在听到这些之后的反应。”

“是啊，我觉得你绝对担得起‘太过极端’这样的‘褒奖’。”

可当这句话刚一出口，汉娜就担心自己的语气听上去过于戏谑，赶忙屏住了呼吸。

她扫了一眼布莱恩的脸，他只是粲然一笑道：“好吧，咱们的坦诚相见也该告一段落了，那重新回到图书的话题怎么样？”

“我觉得也是。”

可他们并没有继续聊下去，而是在一片和谐的静默之中，望着眼前这片海豹栖居的海洋。

CHAPTER 51 # 第五十一章

在接下来的几周里，修女花园中的种植工作依然热火朝天地进行着，与此同时，一个刚刚组建起来的工作队伍也开始出现在图书馆里的桌子旁。当他们把一台笔记本电脑的电源线插进桌子边上的插座里时，汉娜一如既往地表现出不满的情绪，而康纳则是一副积极配合的样子。他恳切地大声解释说他们是不会耗费太多电的，之所以使用笔记本电脑是因为比起台式电脑它们的功能更强大，而且他们的工作需要容量更大的设备。

笔记本电脑的主人是一个叫作弗迪亚的呆头呆脑的小伙子，他和另外四五个人一起围坐在桌子旁，丹的妈妈菲德玛·卡弗基也在其中。汉娜早前还看到乔恩·卡弗基也在花园的义工队伍当中。她这才想起自己上次将图书馆的面包车停在卡弗基家的邮局外的时候，曾经见过正在网吧里和乔恩聊天的弗迪亚。这与迈克尔修女料想的完全相同，这张慢慢张开的人际网络正在自己发挥着作用。

康纳把汉娜拽到那张桌子旁边说："凯西女士，你来看看这个，简直是太棒了。"

他说这其实是艾迪恩提出来的。当然现阶段还有待改善，可等到它做成后一定会非常出色。康纳还想继续说下去，却被弗迪亚打断了，弗迪亚说一味地谈论多媒体没什么意义，交互体验才是他们在意的东西，况且，应该让凯西女士自己看看。接着，弗迪亚点了一下电脑上的触摸板，屏幕上随之出现一行文字：

欢迎来到芬法兰半岛

汉娜入迷地看着文字逐渐溶解消失，接着出现了一幅精美绝伦的半岛航拍图以及第二个标题：

欢迎来到世界尽头

从左到右依次浮现出了一系列小标签。弗迪亚再次点击了一下触摸板，一张线条绘制的半岛地图跳到了屏幕上，上面还有许多绿色的超链接。

康纳无法抑制自己的激动："看到了吗？我们大家团结到了一起，弗迪亚建起了这个网站。这样一来，人们就可以通过点击半岛上所有店铺和景点的链接来进入他们自己的宣传网页或界面了，不管是海报还是相关的服务信息，总之什么都可以。"

菲德玛凑上前去轻轻地推了一下弗迪亚说："给她看看生态旅游那部分。"

首先映入眼帘的是一张丹拍摄的流星雨的照片，海洋生态旅游的这一部分包含了一段海豚表演的视频和丹制定好的各种旅游套餐项目，他还为顾客提供了许多当地特价家庭旅馆的网页链接。菲德玛向汉娜解释说那都是一些专门提供有机食物的小旅馆，其中有一间农场还会向更愿意待在陆地上的游客在他们的同伴去海边游玩的时候提供干砌石[1]的学习课程。

弗迪亚逐一点击网页上的标签，屏幕上呈现出制作标语和婚礼用品的平面设计师们为本地的商店、景点、充气城堡[2]和自行车租赁公司所设计的东西，还有一些按摩理疗和餐馆的介绍。他还点开一组由当地摄影师拍摄的漂亮照片，你可以在度假期间雇用一名当地的摄影师带领你们游览所有绝佳的风景，教你们捕捉拍摄当地的美景。

“这不仅仅是为了向游客们推销我们的半岛，也是为了使居住在这里的我们彼此联结，建立合作。”

围坐在桌旁的众人都赞许地点了点头。康纳告诉汉娜这是一件了不起的大事，当地的人们可通过这样的媒介载体发布信息，所有网站上特别介绍到的人都能把素材上传到他们的专属网页上，如果他们愿意的话，彼此还可以标示出对方的信息。

“因此，举例来说，如果‘手工坊’推出类似于布里吉德的巧克力一样的新产品，那么你们中搞婚礼用品销售的人可能就会对它产生兴趣，因为人们也许会想把它装进小盒子中当作伴手礼。或者比如美发师或许也能专门为交谊舞会设计发型。或者我们也可以公示出具体的日期，到时候小伙子们就会带着机器过来切割青贮饲料[3]了。”

“或者在有自行车队经过时，知会彼此他们的骑行路线中有没有适合的午餐供应处，”菲德玛 · 卡弗基认为那些经营小店或咖啡厅的

---

1 干砌石就是无浆的块石的砌体，干砌石技术被认为是最好的造墙结构。

2 充气城堡是一种外观为城堡造型的充气游乐设备，是用有着环保、柔软的 PVC 布料制作而成，在密封的情况下用风机不断供气来维持产品形状，提供给儿童游乐。

3 青贮饲料是将含水率为 65% ～ 75% 的青绿饲料经切碎后，在密闭缺氧的条件下，通过厌氧乳酸菌的发酵作用，抑制各种杂菌的繁殖，而得到的一种粗饲料。

店主都快被剩饭、剩菜逼疯了。她一边说着，一边用手指点开了一个备忘录，“我们可以为那些需要喂猪或者喂鸡的人成立一个本地的剩菜、剩饭运送组织。”

弗迪亚连续点开一些空着一半的网页，最后停在了一张芬法兰的野花列表上。他告诉汉娜网站距离完工还有很长的一段时间，不管是在内容条目的充实上，还是在具体的操作上都有待完善。但他正一步步地向目标迈进。他想将芬法兰的历史及其重大事件的这些板块也添加上去。有人提议称也许可以找《巨星之路》的出版公司把该书以电子书的形式再版，贴到巴利芬的网页上供人下载。弗迪亚还说他想着是否也可以将德兰西家族收藏的十九世纪的老照片放到网上，还向汉娜询问那些照片的版权归属。

汉娜还没来得及开口，其中一名老成员就一口否定了这个提议，称为网站上的内容付费是不可行的。要使网站正常运行走上正轨，他们总归得想出使其自给自足的方法，不过目前弗迪亚的制作是免费的，其他的一些志愿者负责收集和整理材料。大家集思广益，献计献策。当然，人们非常感谢凯西女士和康纳为他们的聚会提供了图书馆这样的场地。汉娜自知倘若没有迈克尔修女的努力，事情根本不会变成现在的样子，不禁十分惭愧。令她没有想到的是，自己竟收获了一片掌声。

“而且，就像我曾经说过的，凯西女士，一切都源于艾迪恩很久以前的几句话。”

康纳总是喜欢给予别人热情的赞扬。可汉娜觉得康纳这次的话里却多了几分别样的意味。康纳和艾迪恩的身上都有着一种谦卑的热忱以及刻苦勤勉的品质，几乎就是天生一对。要是他们有机会一起生活在半岛上，而不必被迫外出求职，那将是件多么美好的事情。

汉娜走回自己办公桌时，瞥见了布告栏上的海报，她意识到距政务会委员的投票日只有不到几周的时间了。前一天晚上和迈克尔修女坐在一起小口地喝着雪莉酒时，汉娜就再次提出是时候将准备提案的这一计划公之于众了。有很多的会议要开，有很多的表格要填，这些都是有严格的时间限制的。但那修女还是坚称不可轻举妄动。她说巴利芬的小艇码头是会带来巨大经济利益的，而且政务委员会的所有人都太想搬进新的办公室了。要是让他们提前得知了反对他们的风声，那么一切都有可能发生。她告诉汉娜目前正是生长的时节，他们需要耐心等待。他们种下的种子已然发芽破土，此时正加速地茁壮成长着。

CHAPTER 52 # 第五十二章

汉娜还是无法通过手机联络到弗瑞，如果她要找他谈话，就必须开车到玛吉家，如今弗瑞和丹每天从早晨七点到下午六点都会待在那里干活。每当弗瑞要找汉娜的时候，都会拨打她的电话，但总是不等她接起就匆忙挂掉。她也向他抱怨过，但他只是一笑置之。汉娜有时想起和布莱恩第一次的谈话内容，就会想弗瑞到底是不识字还是仅仅出于谨慎，不过不管是出于哪个原因，他都打定主意不将任何东西以文字的形式呈现出来，所以也不可能发什么短信了。弗瑞告诉她那样没法谈生意，也没法进行正常的对话。她的手机难道不能显示是谁打来的电话吗？况且，她既然已经知道他在哪里了，难道就不能过来找他吗？

一天清晨，汉娜开车过去的时候，田野上还沾着一层露珠。丹正站在脚手架上进行加盖小屋围墙的收尾工作。“夜叉”蜷缩在弗瑞面包车里副驾驶的座位上，如今对汉娜已经见怪不怪了，当汉娜走近房子的大门时，它甚至连脑袋都懒得抬一下。屋里的弗瑞正端详着玛吉那个依旧立在壁炉旁边角落里的碗橱。当汉娜一脚跨进门槛时，不禁吸了口气。碗橱上的玻璃门已被擦拭一新，从前被卡得变形的总是成一定角度半开着的抽屉，如今也被整齐地装回了它们原本该在的位置上。架子上包括玛吉从前的酪浆量杯在内的一干旧物已被移去，弗瑞将它们小心地装进盒子放到了角落里。碗橱里里外外都刷上了一层全新的油漆。

“意下如何？”

弗瑞说话时背对着汉娜，这让汉娜可以稍微控制一下自己的情绪。尽管碗橱上的油漆光洁无瑕，可它的颜色却是汉娜没有料到的。

弗瑞转过身来，虽然汉娜的脸上是一副礼貌客气的表情，但弗瑞却立即洞悉了她的心思。

“好吧，显然我们的女士不太满意，是什么地方出了问题？”

“没什么，很棒，只不过……”

“只不过什么？”

“我从来都没有想过挑选这么深的赤陶色。”

“可能你没想过，但玛吉却想过。”

他告诉汉娜经过砂纸的打磨，碗橱渐渐呈现出脏兮兮的深棕色涂层，随即露出了原先最里层油漆的初始颜色。

“而且碰巧我屋后的棚子里有这样的材料，所以就给你调配了一些。”

汉娜对这种颜色的印象太深刻了，它介于酒红和砖红的色阶之间，它一度在芬法兰地区各家的厨房里颇为流行。虽然当时在玛吉的家里只在碗橱上使用了这个颜色，但汉娜记得在半岛上的其他人家里，每一件家具上都涂着这个颜色。她上次过来的时候，弗瑞就将壁炉清理干净了，还用砂纸打磨了地板，将油脂涂层和泥灰从宽大的炉石上去除。那套组合厨具连同水槽和石板案台也都一并安装好了。高高的炉膛已经涂上了深米色的油漆，这是大家公认的与它旁边碗橱上的颜色最为协调的色彩。但在汉娜的脑海当中，碗橱本该被粉刷成深灰色或深绿色。

弗瑞猛地扭头看向她，而后走到了屋外的阳光之中。田野尽头的垃圾已经被清理了，界墙也重新砌了起来。汉娜跟着弗瑞走下斜坡，界墙上三块凸出的石头形成了几级阶梯，一直延伸到悬崖旁边宽阔的岩架上。界墙另一侧的一个石头底座上放着一块厚木板，汉娜想看海时，就可以坐在这张“长椅”上，而且它也被涂成了和碗橱一样的深红色。弗瑞用亮皮风衣紧紧裹住他那瘦削的屁股坐了下来，等着汉娜也跟着坐到他的身边来。把长椅设在这里简直是再合适不过了，悬崖上海风吹拂，一只红色的渔船从远处的海面上经过，那颜色看上去非常漂亮。汉娜坐了下来，倚到了身后的界墙上。尽管现在还早，但背上的石块却有一丝暖意。她踩在一层海石竹上，回想起第一次从原来加盖小屋的窗子爬进来走到这里的时候，也是将沾满污泥的鞋子放在海石竹上的。

她瞥了一眼弗瑞，问道：“你知道有一次别人是怎么跟我说你的吗？”

“不知道。”

“总有一天你会把房子还给我，但在那之前一切都得听你的。”

弗瑞向后一靠望向天空，两条伸开的长腿几乎就要够到悬崖边了。

“我十七岁的时候帮玛吉在碗橱上装了两扇门。她的加盖屋里有一罐旧的油漆，已经像胶水一样黏到了一起，可她没钱再买一罐新的，所以我就往里面掺和了点儿松节油。现在人们会用石油溶剂，但它和松节油还是不太一样。好吧，不管怎样，我把油漆稀释后给碗橱上了色，当然，玛吉也犒劳了我，她送给我一张葡萄干司康饼。”

汉娜至今还能记起玛吉的司康饼，饼里透着小葡萄干的甜味和酪浆的香味。玛吉用来盛放酪浆的绿色量杯当时应该是放在碗橱里的。弗瑞年轻时是否也像今天一样，在粉刷碗橱时将它取下放在角落里的箱子中呢？

“她给我的不只有司康饼，她还在我待不下去的时候给了我一次离开这里去英格兰的机会。”

弗瑞拱起身子瞪着眼睛看着汉娜说：“她是一个很棒的雇主，而且她能理解我想要逃离的心情。”

汉娜记得玛丽·凯西曾说起过玛吉在二十世纪二十年代时曾离开家乡前往曼彻斯特，并在那里一住就是十余年之久。

“你知道她当年为什么去英格兰吗？”

弗瑞绷着脸说：“她可没跟我说过，如果我没理解错你的问题的话。”

汉娜没有理由不相信他的话。自汉娜记事起玛吉就是一个沉默寡言的女人，想必她在年轻的弗瑞面前也必然不会变成什么别的样子。然而比汉娜大了几岁的弗瑞还是听到过一些关于玛吉的八卦。

“你是不是想让我坐在这儿跟你传播一下她的八卦？”

“不，我没这么想。”

“没有，好吧，他们说你是个很怕传八卦的人。”

“他们真的这么说？”汉娜冲他挑起眉毛，“那你也这么觉得？”

弗瑞仰头笑道：“也许吧！不过听别人说是一回事，往外传又是另一回事。”

他说其实玛吉的故事早就成为陈年旧事了。如今绝大多数居住在半岛上的人已经将她忘得一干二净了。说实话，即便是她当年还在世的时候，他们中也有很多人常常忘记她的存在。弗瑞语气刻薄，说玛吉就这样变成了一个“隐士”。

汉娜依稀记得那场落寞的葬礼，玛吉的棺材在小教堂开阔穹顶的映衬之下显得那么渺小，大多数前去吊唁的人已经很多年没跟玛吉说过一句话。彼时汉娜还是一个时而愤愤不平地往炉火里添加泥炭，时而开开心心地蘸着黄油吃着小土豆的孩子，她从来没有想过是什么样的原因使得玛吉素来孑然一身。因为这就是事情原本的样子，而她也从未对这样的现实提出过任何质疑。

弗瑞搔了搔自己的下巴说那显然是源于一桩和卡罗塞拉一个已婚男人的风流韵事。玛吉那时还太年轻，因此当那男人说要和她一起私奔的时候她就相信了他。但后来迫于神父施加的压力，那男人重新回到妻子的身边，玛吉从此便成了一个为人不齿的人。

“他们说玛吉在男人离开她的那天就去了英格兰。可最终还是回到了家乡，她从来没有说过为什么会回来。但那已经是二十世纪三十年代的事了，她在爱尔兰仍旧处于孤立无援的状态。所以我想她在英格兰一定是出了很严重的问题，这才重新回到这里的。”

弗瑞看着身边的汉娜说：“那时候，男人选择了自己的妻子并从芬法兰搬去了别的地方。玛吉的奶奶死后就把这片田野上的房子留给了她，而她也是在这座房子里去世的。她在这里独自生活了三十年，她知道自己的邻居总在背后议论她。我敢说直到她死的时候那些人也从来没有给过她哪怕一丝关怀。”

CHAPTER 53 # 第五十三章

那天在汉娜离开之前，她一直试图将话题转回到钱上。暂且不说弗瑞将房屋的整体架构工作放到一边，而去给一个橱柜涂上一层她不喜欢的油漆，可万一弗瑞再随着自己的心情做出些什么让她开支巨大的其他决定呢？没有合同、没有图纸、没有时间表，也没做预算，这项工程中的一切都是不可预见的。汉娜觉得其实将它称作一项工程并不合理，因此她干脆称它为“干活”。

“你得尽快给我一个这次干活总共花费的大概数字。”

弗瑞拉起她的胳膊：“你先不用担心那个，过来看看这个。”

角落的货盘上摆放着弗瑞为汉娜的浴室所购置的配件。汉娜已经开始逐渐习惯弗瑞的回收再造，当她看出这些东西都是从卡里克的家居卖场买来的时候反而吃了一惊。如果放在不久之前，她一定会因为弗瑞没有跟她商量配件的款式而本能地冲他大发雷霆。可事到如今，她只是看看这些淋浴器、马桶和管道试着计算它们的价钱。弗瑞看着她此时的反应，不禁摇了摇头。

“我知道你脑袋里正在盘算什么，但你不能那么想。水暖装置可不能马虎，把那些东拼西凑来的东西安在上面不是长久之计，否则它们会给你带来没完没了的麻烦。那是行不通的，你浴室里所需要的是优质的、在设计上稍微普通些的、提供质量保证的产品。”

汉娜逐一查看货盘上的盒子，想要知道弗瑞有没有买双桶洗衣机。

“啊，我是不会买那东西的，姑娘，我根本不相信那种东西。洗衣机是洗衣机，烘干机是烘干机，怎么能合在一起呢？你需要的是一台像样的洗衣机和一台独立的滚筒烘干机。”

弗瑞兴高采烈地在汉娜的背上拍了一下说：“不过你不用担心价格，我会帮你找好的。可能需要一段时间，不过在这段时间里，你可以每周把衣服带回你妈妈家里洗，你们俩还能边喝茶边愉快地聊天。”

晨间的露水慢慢散去，天气变得格外晴朗，于是图书馆的志愿者邀汉娜和他们在花园里一起吃午餐。汉娜对这短短几周内发生的变化颇为惊讶——当她初次独自来到这里的时候，一切还都是一片芜杂的景象，而现在，清理和繁重的松土工作已经完成，许多苗圃中重新种上了植物，大家清理了苗圃间小路上的石子，边上的杂草也被尽数拔光。原先那些或随风而动，或卡在树篱之间的塑料袋和旧报纸屑都已不见了踪影，人们修剪了蔓生的灌木，那个带有护栏的坟墓中倾倒的玫瑰也用绳子束了起来。树下的草丛明显变矮了，在圣方济各塑像所在的四条小路的交会处摆放着几张桌子和一些椅子，桌椅围绕着的喷泉如今再次从圣像脚下的石花之中流出水来。

就在汉娜和图书馆的一群人穿过草坪的时候，艾迪恩从“手工坊”带了打包好的咖啡也来到了这里。坐在一张桌子旁边的妮尔·莱利冲着汉娜挥手示意，老莱利太太则坐在喷泉边上正和迈克尔修女聊着天。汉娜来到了满面笑容的妮尔身边。

“这里真是一个聚会的绝佳场地，凯西女士，这些姑娘店里的咖啡相当可口。你知道吗？我妈现在越来越迷恋她们的卡布奇诺了。”

坐在一旁的另一个诺克茅活动中心的退休老人也对她的话表示赞同，称在咖啡绵密的泡沫上的羽毛拉花是个很棒的改变，这比之前那些简单的面部表情拉花要好得多。

汉娜环视四周，发现其他桌子上坐着许多上班族，他们正在吃着从“手工坊”拿来的三明治。此时艾迪恩正忙着为客人点单，并一一取下放在自行车上的外卖。听妮尔说，“手工坊”的姑娘们正计划推出一款“夕阳红套餐”，对老年人来说，一杯汤再配上一个三明治就能很好地满足他们。与活动中心里丰盛的午餐相比，套餐的价格并不贵，而且与朋友共同沐浴在室外的阳光下进餐难道不是一桩美事吗？她问汉娜有没有听说有关足部护理医师的事情——迈克尔修女现在决定将修道院的一个房间提供给社区护士使用，社区护士之前每月都会去诺克茅两次，为老人们做足部护理。因此，从今往后她同样可以在里斯拜格进行这项工作了。社区护士为了照看康斯薇洛需要不时地进出修道院，所以这件事情对她而言并没有造成什么困扰。

汉娜刚吃完三明治，苏珊和巩特尔的小女儿霍莉就出现在她的身边，执意要带她去看看那些药草。霍莉告诉汉娜这些药草都是从书里来的，所以它们每一株都有对应的页码。汉娜不明白霍莉在说什么，于是低头朝着霍莉刚才拽着她来到的苗圃看去，发现每株种在里面的插枝上都贴着一个标签，每个标签上写着一个名字和一个数字。苏珊来到她们身边，霍莉为了向汉娜展示，正要拔下一株药草的时候，苏珊出言阻止道：

“宝贝，别把它们拔出来，它们只有在土里扎根才能够茁壮成长。”

苏珊微笑着问汉娜觉得标注数字的主意怎么样？她说那是霍莉想出来的，每一个数字都是《上帝的花园》里相关的页码。毕竟毫不夸张地说，重建花园的这一想法最初都源于一本书。一个志愿者评论称这使得花园的重建能以故事的形式呈现出来，在对这些相关的数字做出诠释的过程中，还可以告诉人们那本书现在就收藏在图书馆中。

“所以要是人们对这些感兴趣的话，就可以去查阅一下花园的灵感源头，而当他们走进图书馆后，还能从书上了解到药草的功效。”

汉娜心中漠然，她倒是希望图书馆的访客们能读些比《上帝的花园》更为有趣的书。然而，图书馆的书架上像这样附着业余图片的乏味书稿确实不止一本，如迈克尔修女所说，如果人们有了让图书馆继续开下去的理由，日渐增加的访客就是强化他们观点的最好方式。她也不是非常确定，倘若图书馆中将迎来大批读者，那么她是否应该将馆内藏书中借阅频率不高的书也陈列出来呢？抑或——愿上主保佑——制作一份图书清单方便人们在读书俱乐部里使用？

汉娜这么想着，嘴角不禁微微上扬，看到苏珊正笑容满面地看着自己，于是对苏珊说难道那样不会很奇怪吗？你以为只要你们团结起来就能得到全世界的关注吗？话一出口，汉娜就为自己言语中的嘲讽感到有些惭愧，于是只好补了一句对标注页码这个做法的称赞，然后以尽量体面的姿态迅速逃走，来到妮尔身边将剩下的咖啡喝完。她坐在喷泉旁边的椅子上，忽然觉察出退休老人之间隐隐有着一丝不安的战栗。原来麦格林神父正沿着石子小路朝着他们所在的方向走了过来。

他们异口同声地向神父问好，并彼此暗中交换眼神。等到这位教区神父来到他们中间时，他们才又开始了交谈。不过相较于一般的闲聊，此时他们的言语间多了几分忌惮。显然之前没人和麦格林神父说过来里斯拜格游玩的事情。

汉娜看到这样的景象，心中感到一阵刺痛。大家给麦格林神父让出一个座位，他回绝了别人递过来的咖啡，开始训诫他的信众。他没有公开说出自己的不满，但态度却冷漠疏离。很快退休老人们就陷入沉默了，就像老师面前的孩子一般坐立不安。他们对神父越殷勤，神父就显得越冷酷。在他达到了自己想要的效果后冷笑着站起身来。他说他来这里是为了看望康斯薇洛修女的，所以不能在这里继续逗留了。

麦格林神父盛气凌人地瞥了一眼站在他身旁的迈克尔修女，汉娜顿觉怒不可遏。年迈的修女是那么和蔼自信，却在这个神父不可一世的淫威之下黯然失色。可她才是想人们之所想，急大家之所急的那个人。汉娜看着麦格林神父和迈克尔修女一前一后穿过花园，向着女修道院的入口走去。退休老人们围坐在桌旁面面相觑。汉娜从他们的表情中可以看出他们正在为事先没有请示神父的情况下有可能会失去他的支持和保护而感到担心。就在这时，艾迪恩带着从马路对面拿来的咖啡和闪电泡芙[1]再一次回到这里，看得出来，老人们决定暂时把这件事放在一边，以后的事情以后再说。艾迪恩一脸

1 闪电泡芙是一种形似手指的奶油面包，后被研发制作为各类泡芙曲奇。其特点在于口感细腻润滑，吃掉第一口就会被其所吸引而很快吃完，速度如闪电般迅猛，也有人认为是这种甜品在刚烤出来的时候，伴有闪电般的裂纹，故得其名。

愉快地和他们打着招呼。老莱利太太从喷泉边的椅子上站起来走到汉娜的桌子旁。她小声对汉娜说，神父生气了，不过等他真的搞出什么事情的时候他们恐怕早就变成坟墓里的死人了。

CHAPTER 54 # 第五十四章

闪电泡芙才刚引起一阵欢呼，汉娜就像被什么东西牵引似的起身离开，去追之前离开的迈克尔修女了。她辞别众人，穿过花园来到女修道院的大楼下，从侧门走了进去。她知道怎样可以快速到达迈克尔修女和康斯薇洛修女所在的独立公寓：她先飞快地经过了几扇锁着的门来到原来那几间巨大的厨房入口，在这个过程当中，她始终都被一种莫名的紧迫感驱使着。尽管迈克尔修女离开花园的时候与从前一样自信从容，但麦格林神父今天的发言相较以往却格外骄矜做作。

大楼内的公寓门开在一个空荡宽阔的大厅里，进门是一条铺着地毯的狭窄的走廊。在修女们的卧室和客厅之间，有一个小厨房和一间浴室，走廊尽头有一条铺着瓷砖的过道，从过道出去就是临街的大门了。汉娜向客厅走去，她的双脚踩在地毯上，并没有发出什么声音。她在即将到达那扇半掩着的房门时停了下来，此时屋内传出了迈克尔修女的声音。可令她沮丧的是，老修女的声音听上去烦闷不已。汉娜知道在这种时候自己不应该过分敏感，于是她上前几步，把耳朵贴在门框上想要听听里面的动静。

房间内，迈克尔修女无法相信地看着麦格林神父。而神父则坐在沙发上佯装抱歉地摊开双手道，他很遗憾，但事实就是女修道院的大楼和它所在的土地都没有上公共责任险[1]。不管是给护士提供一个为退休老人做足部护理的房间，或是以任何理由让公众进入花园，其后果都不堪设想。他知道迈克尔修女这么做都是出于好意，但她的行为将使主教面临被起诉的危险。居然还允许一家熟食店在教会的地界上做买卖！那神父痛心地摇了摇头，站起身来说他明天就去找主教，提醒主教迈克尔修女年事已高，到时候主教肯定会表示理解，并不去追究她的所作所为，但她必须立刻停止对花园和女修道院的滥用。

麦格林神父那虚与委蛇的腔调使汉娜产生了维护迈克尔修女的冲动，她步伐轻快地走进屋内。此时正站在壁炉台边的神父惊讶地看向汉娜。显然他没料到有人可以不经过临街的大门，就这么大摇大摆地走进来。汉娜没有理会麦格林神父向她投来的目光，径直看向坐在一把安乐椅上身材矮胖的迈克尔修女，她的样子绝望而无助，正无精打采地看向汉娜。神父故作殷勤地上前伸出一只手说，修女花园的重建计划已经引起了他的重视，他刚刚通知了迈克尔修女他明天会将此事告知主教大人。

就在这时，汉娜突然想到了一个办法。她激动地紧紧握住他伸出的手，由于太过用力，使得神父不自觉地后退几步，并皱起了眉头。汉娜仍旧抓着他的手不放，转头对迈克尔修女说：

“神父，我们就知道你会高兴的，你看对吧，修女？”

汉娜不顾迈克尔修女脸上惊愕的表情，剧烈晃动着神父的手说：

1　公共责任险是指被保险人或其雇员在从事所保业务活动中，因意外事故对第三者造成的人身伤害（疾病、残疾、死亡）和财产损害或灭失所引起法律赔偿责任的保险。

“你能主动向主教陈情真是太好了！趁着这次机会，他终于能将这块遗留房产脱手了。”

汉娜用余光看到迈克尔修女眯起了眼睛，而麦格林神父则变得一脸茫然。汉娜松开他的手坐了下来，向他们二人微笑着说，迈克尔修女一定已经跟他说了她们向政务委员会提交议案的计划。浪费一大笔钱在卡里克建造一栋新的综合大楼真的是太蠢了，这里不就有一处又大又好，还待价而沽的房产吗？

看得出来，麦格林神父渐渐开始明白了她的意思，于是汉娜继续趁热打铁，又笑了笑说：

“神父，其实我们一直都想联系你。因为，当然，由你出面向主教请示是最为合适的。我的意思是，如果没有你在诺克茅的工作成绩，就没有我们的今天。”

迈克尔修女垂下眼睛点了点头。她低声道，其实说实话这个点子应该归功于麦格林神父。如果提案能被采纳，主教将会得到多大的宽慰啊！汉娜仰视着神父的眼睛，她的眼神中流露出一种天真的喜悦：

“通过花园工程将大家聚集在一起不是很棒吗？这些日子以来，我们积累了很好的口碑，自然也会得到大家的支持。”

汉娜灵机一动，继续补充道，提案的事情暂时还没有向大家公开，因为她们必须先将这个想法告诉主教才行。

“你知道的，神父，我们不能让大家一直处在自己乱出主意的状态当中，可要是主教认可了你的这个想法，大家就会遵照你的想法共同努力了。”

汉娜也不知道这算不算是僭越。倘若神父把别人想出来的主意拿过来为自己所用，必然不会显得过于傲慢。不过从神父脸上世故的笑容和他的眼神来看，似乎是汉娜自己多虑了。不管他相不相信汉娜的话，这对他来说都是一个大到无法拒绝的诱惑。为了得到主教的嘉许，他已经迫不及待地要向主教建言献策了。

汉娜把神父送到临街的大门口，挥手向他道别。当她回到客厅时，看到迈克尔修女依然将双手垂在大腿上，端端正正地坐在扶手椅上。在她满是皱纹的脸上，那对淡蓝色的眸子闪闪发亮。汉娜步伐轻快地走到餐柜前，给她和修女各倒了一杯雪莉酒。

迈克尔修女举起酒杯说："这杯是敬你的，汉娜 · 凯西，姑娘，你就是个天才。"

"总算是拼好了拼图的最后一片，对吧？政务委员会与其在卡里克新建一栋综合大楼，在巴利芬盖一座小艇码头，还不如买下女修道院，把这里改造成一个新的社会康乐设施中心。这样一来，我们既可以在原来的基础上继续工作，又能确保里斯拜格图书馆不被关闭，还能用余下的钱整体提升半岛上的道路和宽带建设。"

"你是什么时候想出这个办法的？"

汉娜粲然一笑："直到开口的一瞬间我才有了主意。要不是看到那个小老头欺人太甚，我也不会想出这个办法。"

迈克尔修女举杯向汉娜敬酒，她告诉汉娜种庄稼时在做好整地、播种的工作后，接下来就要耐心地等待收获时节的到来。

汉娜兴奋地举起杯来，碰了一下迈克尔修女的酒杯："那么现在时机成熟了吗？是时候召开公共会议了吧？"

"没错，我们的时机到了。"

为了这一绝佳的时刻，她们共同举杯庆祝。

CHAPTER 55 # 第五十五章

会议当天，图书馆被众人挤得满满当当。汉娜一开始先向大家介绍了政务委员会对半岛的整体规划。她向大家解释称，虽然这可以作为一项选择，但芬法兰的整体发展预算都将被投入卡里克和巴利芬两地。

“他们在阐释计划的过程当中，我没有听到任何有利于整个半岛发展的建议，相信当时在场的康纳和迈克尔修女也和我有相同的感受。我们认为，我们在会上提出的问题并没有得到很好的回答。不过所幸的是，我们被告知在最终的决议之前，社会大众可以通过网络提出自己的意见和建议。”

不出所料，此时坐在观众席中的丹站了起来，他说提案议程不过是个糊弄大家的把戏罢了，屋内的所有人都赞同地点了点头。就算多了几个反对者又能怎样？这丝毫不会影响政务会委员们的投票结果。

等大家重新安静下来，汉娜才再次开口，这就是问题的关键，可能个人的言论不会产生任何作用，单纯的反对也是行不通的。我们现在需要的是一个完全不同的提案，一个更好的前进方向——效果更好、代价更低，且实惠及我们每一个人。而且最为重要的是，它必须得到我们全体成员的认同。

汉娜站在演讲台上看着下面的观众，他们脸上的表情逐渐从充满怀疑变成了跃跃欲试。接着从后排传来一个声音，指出预算资金是有限的，再说政务委员会里那些人个顶个的聪明，你凭什么认为别人会做出比他们更好的预算方案？

紧接着，观众席中的康纳摆了摆手说他参加了那个所谓的磋商会议，他听过那些聪明人的发言。他们和“时间领主”都是一路人，只一心一意地想要搬进那栋又宽敞又高档的政务委员会新式综合大楼里。不，应该说他们的最终决策是卡里克和巴利芬将成为最终的获益者，而其他人的死活则不在他们的考虑范围之内。

汉娜看到坐在中间那排的卡里克和巴利芬人此时已经做好了遭受谩骂的思想准备，于是她赶忙敲了敲演讲台，打断了台下众口一词的应和与愤慨。

“我之所以召开这次会议，原因之一就在于政务委员会这项引发争议的提案。我们共同生活在这座半岛上，我们需要的是一项能够充分反映出这一点的预算提案，它必须有利于整个地区的发展。”

她又顿了顿，看了一下迈克尔修女。她们会前就达成一致，今天的目标是要让大家统一意见。

菲德玛·卡弗基起身问道，他们要在怎样的时限内进行思考决策呢？提出一个新的替代方案可是要花不少时间的。

“我们需要一起讨论，达成共识，还得做成某种形式的报告……”菲德玛有些惭愧地看着汉娜，“我很抱歉，凯西女士，我也不知道具体应该怎么做。”

“可从长远的角度来看，政务委员会的计划又能产生多大的影响呢？”一个居住在卡罗塞拉、每天都在自己的一亩三分地里耕种的农民说，“反正他们也没从我们身上拿走任何东西。”

“但难道你还不明白吗？”汉娜意识到自己的语气不太友善，于是努力调整了一下情绪，沉稳笃定地说，“如果改变投资策略，就能够改善所有人的生活，获益的人员范围将不再囿于享受到小艇码头和政务委员会的新型综合大楼福利的那一小部分了。”

汉娜称菲德玛说得没错，留给他们制作提案的时间只有四周了。不过好在相关的工作他们已经完成了一半。在花园的重建工程中，大家已经形成了各自的工作团队，而且“世界尽头”的网站已经整理出了大量信息。

“我们罗列出了人员和商铺的名单，各项服务的详细说明，事实证明，大家在配合与互助的过程中建立了相互间的伙伴关系，而且这种关系也具有潜力巨大的成长空间。我们正在建设的这项社群基础设施能够使得芬法兰的经济以指数的形式增长。”

汉娜霍然停住，粲然一笑道：“我觉得自己现在说话越来越像康纳口中那些‘耍笔杆子的’了，别说这样可能还真挺管用的。”

汉娜听到台下一阵大笑，觉得大家已经放松下来。她挺起胸膛，瞥了一眼迈克尔修女，老修女的眼中闪现出赞许和认同，于是她进入了今天要说的最后一个要点。

“也许他们没从我们身上拿走什么东西，只能说目前还没有。可他们的提案一旦通过了，我们将会失去里斯拜格图书馆，到时候花园工程也随时会被叫停。”

一周后，在图书馆角落里的一张桌子上，汉娜正在组织一个关于芬法兰宽带覆盖的工作班子，与此同时，在大厅的另一侧，帕特·菲茨杰拉德正在教诺克茅活动中心的退休老人们如何使用网络。在修女花园工作组的桌子上，志愿者正忙着进行相关说明材料的整理工作，他们已经达成一致，将这份提案取名为《世界尽头报告书》。在迈克尔修女的客厅中，那个看上去呆头呆脑的网站设计者弗迪亚正在打印他之前设计好的网页流程图的样章。而艾迪恩和迈克尔修女则不停地往返于布劳德大街的两侧为大家运送食物。

起初帕特的电脑小组并没有包括在提案当中。只不过在里斯拜格开班授课的这个想法一经提出，退休老人们就想要将它付诸实践。他们在花园里喝过咖啡后，有人想起帕特一直在网上联系她的孙子们，那他们是不是可以从了解推特和脸书入手进行计算机操作的学习呢？大家都觉得这是个不错的主意。妮尔·莱利提出了一个想法，在他们努力学习电脑知识的同时，这个学习班是不是也能向政务委员会传递出一个具有非凡意义的信息——让我们一直苦恼的是那些家伙对任何存在的争议都表现得振振有词，如果你问他们遇到很想看书的情况该怎么办，他们就会说他们仍然可以开着面包车把书送到你的手上。可是电脑班却可以证明图书馆自有它存在的价值。你可以在图书馆中流连漫步的同时挑选一本自己喜欢的书。

事实上，他们的提案逐渐受到了来自各方的支持。公共会议结束后狗先生奥利弗将汉娜拦了下来，问她图书馆是不是真的要被关闭了：

“是这样的，凯西女士，我喜欢一旦开始做一件事情就会一直坚持下去，直到最后有了结果我才能停手。目前我每隔一天二十分钟的搜狗任务进行得还算很有章法，所以天知道要是他们决定把你们关了的话我该怎么办。”

让汉娜出乎意料的是，奥利弗很快就做了一张向图书馆抗议的海报，海报上写着几个硕大的黑字：“我正在找一本书。”所幸的是，康纳将奥利弗的注意力转移到了咖啡店的工作上，据艾迪恩说，奥利弗很快就成了和她拉花水平不相上下的咖啡师傅。

此刻，奥利弗正拿着写订单的小本子走近汉娜的工作小组。汉娜曾一度面临着众人要求解除图书馆里饮料禁令的压力，但她根本无法接受这样的提议。后来他们想到了一个折中的方法：大家在开会结束前先点好自己想要的东西，之后到花园中稍事休息。这样的安排是大家都乐于接受的，因为出去活动一下腿脚也是相当不错的。

令汉娜更加始料未及的是，大家对图书馆工作的热情已经扩大到了对她个人的帮助上。弗迪亚的哥哥有一台坐骑式割草机，这里有很多人都会在夏天的时候将它借去割草。尽管它被借用的频率极高，但弗迪亚向汉娜保证一旦她搬进新家就会把她加到割草机的借用名单中。汉娜觉得明年夏天自己恐怕会有大把空闲的时间，割草的工作她光靠自己就可以完成，更何况她到时候应该也没钱雇别人来做这件事了，尽管如此，她还是对弗迪亚的好意心存感激。然后是康纳的妈妈奥兰·麦卡锡，有一天她在路上将汉娜拦下称自己不是来找书的，她说自己有一些旧家具，不知道能不能在汉娜那里派得上用场。她将汉娜带到牛棚，给她看了三把直背稻草椅和一把摆放在炉火边相对较矮的有着宽大扶手的高背椅。奥兰说这些都是她奶奶家的，之所以一直放在牛棚里，是因为谁都不舍得扔掉它们。汉娜颇为震撼，这些椅子看上去的确很有年代感，上面的木头被好几代人的手摸得锃亮，座椅上的稻草也丝毫没有破损的痕迹。汉娜推辞说这些是他们祖上传下来的东西自己不能拿走，但奥兰摇了摇头道：

“凯西女士，对于过去的那些东西来说，它们最大的不幸莫过于没人传承和使用。”

尽管奥兰自己非常喜欢那些椅子，但她苦于找不到摆放它们的地方。

“后来康纳告诉我你正在装修老房子，我就想它们也许会适合你。我想把它们送给你，不要钱，这和你对康纳的好比起来根本不值一提。”

汉娜颇为动容，她感谢了对方，当晚康纳将椅子装进拖拉机的车斗给汉娜送了过去。虽然汉娜在看到这样的交通工具时有些震惊，但康纳向她保证说拖拉机的车斗一直是用来装非常干净的肥料袋子的。

几天之后，当汉娜正在屋里和弗瑞说话时，一个陌生的女人拿着一包东西出现在他们面前。她说她是住在里斯拜格的一个老妇人的女儿。

“你应该不认识我，凯西女士，我和妈妈搬到里斯拜格的时候你人在伦敦。我妈妈的生活中真的不能没有图书馆，我听说你正在为保卫图书馆而努力斗争着。”

她说自己是个会计，目前也已经加入到了提案的志愿工作中。

“不过我今天来是想给你带来一些可能你房子里用得到的东西。”

她打开包裹，拿出一床像艺术品一样漂亮的百衲被，背面上饰以黄色、绿色和灰色的图案。

“妈妈把它收起来也有些年头了，可能上面会有樟脑球的味道。不过奥兰·麦卡锡说你喜欢老家具，所以我就想可能它们会适合你。”

那个女人走后，汉娜把被子拿到院中，将它展开搭在一丛荆豆上，那些黄色的小花散发出阵阵温和的椰香。弗瑞随着她走了出来，“夜叉”也紧紧地跟在弗瑞脚后。

“我们应该在这里搭根晾衣绳，就像玛吉之前那样。”

想到玛吉床单上大海的味道以及阳光下粗糙棉布的触感，汉娜不禁扬起了嘴角。她说她会把晾衣绳列入她的计划列表里，就排在餐桌和床的后面。

“呃，那你现在可以把床从你的列表里画掉了，”弗瑞用靴尖蹭了蹭“夜叉”的下巴，“我把玛吉的床垫扔了，但床架还给你留着。它是一副不错的掺了点铁的黄铜架，重新清理一下还是相当不错的。”

汉娜记得从前玛吉的床头和床尾都有很高的护栏，床上还有一床佩斯利涡纹旋花纹[1]羽绒被，似乎很重的样子。她半信半疑地看着弗瑞，弗瑞笑着说：

“反正你见了就会喜欢上它的。不过要是你实在不喜欢，把它卖给古董商也能赚到不少钱。到时候只要把钱分一点给我和‘夜叉’就行。”

汉娜不置可否。卧室很大，足以容纳一张双人床、一把椅子和一个抽屉柜，其中一侧的墙上还有一个直通天花板的嵌入式衣橱。

1 佩斯利涡纹旋花纹本为印度克什米尔地区的一种特色织物图案。在十八世纪传到了欧洲，之后十九世纪在苏格兰的一个叫佩斯利的小镇，那里运用佩斯利涡纹旋花纹制成的羊绒披肩非常有名，于是佩斯利涡纹旋花纹开始慢慢地被大家所认识。佩斯利涡纹旋花纹的图案多来自菩提树叶或是海枣树叶，而这两种树具有“生命之树”的象征意义，因此这种图案具有一定的神话色彩。

她已经花了好几个晚上的时间将衣橱和窗框都漆成了米灰色，墙壁也被粉刷成柔和的暗黄色调，她还准备在衣橱内部贴上绿色的佩斯利涡纹旋花纹墙纸，打算以此来显示对于过去的一种传承；可睡在玛吉原来的床上似乎是个有些离谱的想法。但等到她再一次来到这里时，却完全被眼前的景象迷住了：弗瑞修复了床架，在床头和床尾的护栏表面都上了一层乳白色的搪瓷，但床柱顶端的小球没有着色，依旧保持着原来锃亮的黄铜色。汉娜正站在床前欣赏的时候，弗瑞在另一个房间里扯着嗓子说："我去卡里克拿底漆的时候帮你订了一个新床垫，它和之前那个女人送来的百衲被很搭。"

汉娜站在宁静的卧室内，她惊讶地发现自己竟会如此幸运。但在这样的快乐之下，却存在一丝隐忧。每过一天，她在这座房子中倾注的感情就更多一点，而当她面临失去这一切的时候，又该如何自处？

CHAPTER 56 # 第五十六章

“世界尽头提案”的相关工作进展得十分顺利。每到傍晚，汉娜在关闭图书馆后都会穿过花园和迈克尔修女开个碰头会。弗迪亚每天都会将志愿者整理出来的核心资料进行更新归档，弗迪亚把自己的备用笔记本电脑交给汉娜以便她能密切关注工作的整体进度。主教如今非常支持一切能使女修道院尽快脱手的活动，因而对公众进入花园这一行为也给予了政策性的保障。而更让迈克尔修女和汉娜高兴的是，主教已经明确指示了麦格林神父不要卷入这项提案当中，以免有人指责教会中饱私囊。

从花园工作组中衍生出许多新的团体，他们承担起了提案各个方面的工作。有些团体混合了年轻的生意人和有才干、有经验的退休老人，这使得团体内部偶尔也会产生一些摩擦。七十九岁的吉米·哈蒂过去曾是政务委员会道路规划局的局长，却被莫名其妙地分到了“芬法兰动、植物志”的小组当中，而且他和该组的组长达瑞娜·凯利吵得不可开交。不过很快丹·卡弗基的父亲就向汉娜提出以吉米的资历，他完全就是解决芬法兰道路问题的最佳人选。没过几个小时，吉米就组建起了自己的团队。他翻出从前在政务委员会工作时没有实施的草案，称在对这份文件进行重新评估后，他们可以将它作为附件添加到提案当中，这样可以增加他们的胜算。一个住在诺克茅北部村庄的平面设计师也因为他熟练的电脑操作技能被拉到了组里，从弗迪亚近期的更新来看，大家的工作正在稳步地向前推进。

汉娜一边和迈克尔修女喝着雪莉酒，一边思考着钉在客厅墙上的日程安排。到目前为止，一切都在按照计划进行着，但现在距离政务委员会的决议大会只剩三周的时间了，任何人都不能在这段时间里掉以轻心。在他们内部，仍会不断地冒出新的想法，有人指出网络连接是个值得商讨的大问题，所以一个匆忙间组建起来的工作班子开始研究中央政府出台的关于地方性宽带业务的政策，并找出目前半岛上没有覆盖宽带的地域范围。其间汉娜和迈克尔修女决定，大家在制作配有超链接的网上提案的同时，也需要将其打印装订，以书面文件的形式呈交给每一个在大会上参与投票的政务会委员。虽然这需要大量的印刷、整理和核查工作，但这一切总归是值得的，而且为了避免居心不良的人从中作梗，大家必须将这些打印文稿亲自交到政务会委员们的手里。

汉娜由着迈克尔修女用女修道院中那台老式的雷明顿打字机吃力地键入明天的日程安排，自顾自地穿过花园向停车场走去。苏珊和小霍莉正坐在喷泉边上，看着小鸟啄食圣方济各伸开的双手里的面包屑。汉娜挨着她们坐了下来，小姑娘不时发出快乐而短促的尖叫声，和着喷泉内潺潺的水声，在汉娜听来却别有一番感触。一切都太不可思议了，不管事情今后将会向怎样的方向发展，大家数周紧锣密鼓的工作马上就要告一段落了。此刻，在结束了一天繁重的工作后，汉娜突然觉得他们所有的努力最终还是会付之东流。苏珊轻轻地推了一下汉娜，示意汉娜看一看霍莉。小姑娘的眼睛睁得像硬币一样圆——一只小鸟扑棱着翅膀从石雕的手上飞了下来，正在啄着那孩子鞋边的一块面包皮。看着霍莉脸上的表情，汉娜想起了婕斯在伦敦度过童年的那段日子，彼时她们也曾在从图书馆回家的路上经过公园时进去给小鸟喂食。

汉娜的思绪陷在过去和未来之中，好一会儿才在苏珊的一个问题中回过神来。苏珊问她有没有听说关于帕特·菲茨杰拉德那几张折扣机票的事？苏珊说那实在是桩划算的交易。帕特在她的电脑班上课时讲到了如何使用搜索引擎，她点开了一家航空公司的网站，发现从这里去她在加拿大的孩子们所在城市的机票正在打特价。这是航空公司开辟的全新航线，所以回程时购买两张机票只需要支付一张票的价钱，还可以免费升到商务舱。当时只剩四张特价票了，而且特价票是不能退票的。但那的确是太实惠了，而且菲茨太太觉得可以接受，于是她拿过手袋，由着自己的心意就那么放手去做了。

“你是说她没有和吉尔商量就直接买了票？”

“显然是这样的，反正他们之前就计划好要去加拿大了。吉尔·菲茨杰拉德这个人你是知道的，一向吝啬得要命。帕特用自己的信用卡订了机票后给吉尔打电话告诉他这件事，据说他听了以后还挺高兴的。”

汉娜不知道如果没有电脑班学员们的怂恿，帕特是否也能变得如此勇敢。可这总归是件好事，即便它可能会给还在气头上的可怜的玛丽带来毁灭性的一击。不过另一方面，它也可能在玛丽身上产生相反的效果，使得玛丽比过去更加积极主动。近来，里斯拜格发生了这么多激动人心的事情，整个半岛无不充满着对民生的热烈议论，这也让汉娜越来越怀疑自己的妈妈产生了与世隔绝的孤立感。

那天的晚些时候，汉娜回到了玛丽的小平房。玛丽没有像往常一样抱怨汉娜回来得太晚了，而是备下热的鸡汤和一条可口的手工苏打面包等着她。玛丽走到桌子旁边坐了下来，连珠炮似的向汉娜询问起今天发生的事情。图书馆今天的情况怎么样？外面那些关于汉娜像圣女贞德[1]一样高谈阔论的风言风语是怎么回事？不仅如此，为什么所有人都在讨论给汉娜送家具的事情？

汉娜叹了口气，预感到一场争吵在所难免。可让她没想到的是，玛丽转身走向橱柜，拿了一个购物袋过来。

“他们说他们给你的都是些祖上传下来的老物件。那些可都是从旧木屋里拿出来胡乱堆在牛棚里的东西！汉娜·凯西，你可不是坐着稻草椅长大的，不过你从小就觉得富足的物质条件没什么了不起的。”

凯西把袋子扔到桌上，向后退了几步，瞪着眼睛对汉娜说：“别觉得你妈家没什么祖宗传下来的东西似的。”

袋子里有一件披肩。汉娜好奇地将它抖开，厚厚的米色羊毛边沿镶着黑白相间的宽边，边缘外侧还有一拃宽的流苏。汉娜把脸埋进羊毛中，闻到了一股混合着油和薰衣草的味道。

玛丽把头一扬道：“这是你外婆，也就是我妈妈留下来的东西。这是她妈妈在她出生前买的。我可不是希望你傻到像个嬉皮士似的裹着它出门，而是让你把它铺在床上或者垫在椅子上用。”

1　圣女贞德（1412 年 1 月 6 日—1431 年 5 月 30 日）是法国的军事家、天主教圣人，被法国人视为民族英雄。在英法百年战争中她带领法国军队对抗英军的入侵，最后被捕并被处决。

还没等汉娜开口，玛丽就拖着沉重的步子再一次走开，这次是朝着碗橱的方向去的。她打开柜门，取下一个破旧的硬纸盒。

“这些也是我外婆的。她管这些东西叫罐子，过去这一带的人喝茶都用它们。”

汉娜曾在法国和布列塔尼地区[1]都见过与之类似的碗，它们是陶瓷材质的，上面没有把手，由于它很宽，因此可用两只手将它抓住；而它也足够深，在你喝咖啡的时候完全可以将羊角面包泡在里面。

汉娜自然不必在玛丽·凯西面前表现出一副热情洋溢的样子，于是她只简单地将这些礼物收进购物袋中向玛丽说了声谢谢。第二天当她来到玛吉家时，发现强尼·汉尼斯将一个装满黑色泥炭的肥料袋放在了屋前的门阶上。她把袋子拿到尚未完工的加盖小屋的一个角落里，然后取了几捧草皮那么厚的泥炭丢到炉床里搭起一个炭堆，等她搬进来后，随时都可以将它点燃。稻草椅就在壁炉的旁边，她把披肩搭在稻草椅的靠背上后，又拿出玛丽送她的几个碗，将它们摆在碗橱里放着酪浆量杯的那层搁板上。房子目前还没有完工，仍然有许多需要购买、考虑和决定的事情。不过此刻汉娜双手放在大腿上，坐在炉床的边上，她有了一种真正意义上的回家的感觉。

1 布列塔尼地区是法国西部的一个地区。

CHAPTER 57 # 第五十七章

随着政务委员会表决会议的日益临近，大家真切地体会到了一种前所未有的紧迫感。大家在这最后的关头仍不断提出新的想法，希望把它们添加到提案中，这个时候更需要汉娜和迈克尔修女力排众议，对提案的素材进行严格把关。而就在汉娜准备批准通过终审稿件的时候，康纳骑着他的“小黄蜂”从巴利芬接来一个人。康纳向汉娜介绍称，那人是个渔夫，昨晚他给康纳打电话说他想跟凯西女士谈谈。图书馆内十分嘈杂，因此汉娜带着他们来到厨房。厨房中一下挤进来三个人，空间一下子变小了。

“凯西女士，他的名字叫拉尔·邓恩，他和兄弟两人有几艘船，过去一直都是跟着船队出海捕鱼。”

拉尔看上去有五十多岁了，眉毛非常浓密，他看了一眼汉娜问道，他听说汉娜反对兴建小艇码头，这是不是真的？汉娜自知没有必要否认，于是照实回答说：“我们不是在做不利于巴利芬居民的事情，相反，我们努力在做的事情从某种意义上来讲是在保住那里的工作机会。尽管我知道有人会说小艇码头能够创造出新的就业机会，我的意思是到时候观光船将会载着更多游客来到巴利芬，那将给村子带来更多的财富。尽管我觉得小艇码头的计划对你们渔民来说也有着重要的意义……”

汉娜的声音发颤，拉尔·邓恩还是目不转睛地盯着她，他蹙着一对浓密的眉毛，在鹰钩鼻的上方形成了几道褶皱。然后他重重地捶了几下案台，使得水槽里装咖啡的马克杯震得咯咯作响。他声称自己最不希望看到的就是那该死的、规模庞大的小艇码头和一大堆观光船。汉娜知不知道怎样才能使这个码头计划告吹，或者她是否清楚旅游业过去对捕鱼船队造成了多大的冲击呢?

“不过你别误会我的意思，我并不是反对游客去我们那里。我妹妹就在巴利芬的后面开了一家不错的民宿。而且如果人们愿意去我们那儿在沙滩上晒晒太阳，或者抓几条鱼，我当然会非常欢迎。他们要是还想喝上几杯，吃点东西，再从商店里买点东西带回家送给奶奶，随他们开心就好。但是全能的上主啊，那地方变得实在有些不可理喻了。自从那个该死的电影明星写了本书，中央政府、政务委员会就开始疯狂地投资捕鱼船队。我一二十岁的时候，在巴利芬周围作业的渔船一共有二十条，凯西女士。要是他们拆了我们现在的码头，你觉得到时候我们的渔船还会有多少条？”

这的确是非常宝贵的意见。布莱恩·莫顿几周前曾对汉娜提起巴利芬如今面临着过度开发的问题，不过当时汉娜觉得他的想法太过主观，所以就没再深入思考。可是此刻汉娜听拉尔说不仅是他们兄弟二人，许多巴利芬的其他渔民都对小艇码头持反对态度。

“我们之前一直觉得就算我们把自己的想法说出来也不会有人听的。”

拉尔对汉娜说，谁都知道那些开大旅馆的有钱人和房地产开发商走得很近，所以你扯着嗓子跟他们说再多也无济于事。

汉娜尽量镇定地握了拉尔的手，从厨房走到图书馆中，然后飞快地跑向迈克尔修女的住所。即使要舍去已经打印好的一部分文件，她们也要将这至关重要的一页添加到提案中。如果他们可以加快速度，起草出一份请愿书的话，拉尔·邓恩就会联合巴利芬的渔民们共同在请愿书上签名。

时间终于来到召开决议大会的当晚，所有人都已筋疲力尽。会议将在卡里克的政务委员会的会议室中举行，半岛上有一半人都做好了前去旁听的准备。而婕斯突然打来的一通电话无形中又增加了汉娜此刻的压力，婕斯说她这些天休假会回家住一阵子，可就是这个电话导致了她和玛丽激烈的争吵。

“神圣的上主啊！汉娜·玛利亚，你总是在自找麻烦！”

虽说玛丽这次并没有说错，但汉娜却没心情去接她的话茬。汉娜最不希望看到的就是婕斯在这个节骨眼上突然出现。所以为了不去惊扰婕斯，汉娜并没有告诉她眼下正在发生的事情。此刻她正要动身赶往会场，已经没有时间和女儿多说什么，她指示玛丽在婕斯回家后，不要跟婕斯提起此事。

“得了吧，你觉得我不说就可以了吗？现在到处都在谈论这件事，难保她不会从镇上的朋友那儿听到。”

汉娜觉得脑袋嗡的一下像炸开了一样。当婕斯听到别人从头到尾详细地讲述这件事的时候她会怎么想？而当她发现自己自始至终都没有参与到这项计划之中的时候又会怎么想？

“我希望在我们获胜之前她还没有到家。”

玛丽·凯西的目光变得犀利：“啊，原来你觉得你们肯定能赢，对吗？”

这句话成了压死骆驼的最后一根稻草，汉娜尖叫着对她说：“我拜托你，妈，你能不能试着帮帮忙啊，哪怕一次？”

就在此时，走廊上的门被推开，婕斯从外面走进了厨房。

汉娜和玛丽同时看向婕斯，朝她挤出了微笑。她们先是一阵问候和拥抱，而后匆匆喝了杯茶，汉娜用威胁的眼神看向玛丽，接着用尽可能漫不经心的语气对婕斯说她要出去参加一个会议。但令她没有想到的是，婕斯竟笑容可掬地举起她的茶杯说：

“我已经知道了，简直是太了不起了。为你们的计划干杯！”

婕斯说她是从推特上看到的，她觉得这很棒：“妈，到底是谁想出来的？现在 # 世界尽头的图书馆 # 已经成了推特上芬法兰的热门话题。”

汉娜猛地坐了下来。当时工作小组中有人提到可以建立一个推特账户，但她平时不上推特，所以这个方案就没有继续向前推进。

婕斯拿出手机，将页面滑到推特上的消息推送说：“你怎么没跟我说过你变成了当代的圣女贞德？”

玛丽 · 凯西哂笑地凝视着汉娜，而汉娜并没有理会玛丽，打起精神对婕斯说：“我当时正忙着招兵买马呢。”

婕斯从茶杯的上方投来一个抱歉的眼神道：“只不过……那个大会我可能是去不了了。我工作时认识了一个卡洛斯的家伙，我们成了那种还挺聊得来的朋友。这次他和我一块飞回来，我们已经计划好晚上出去兜风了。”

婕斯解释说，这是他第一次来爱尔兰，也许他想象中的“出去兜风”并不是去参加一个政务委员会的大会。

“我之前并不知道你们大会的事，推特上的消息也是后来才看到的。不过如果你希望的话，我可以给卡洛斯发短信取消今晚的行程。”

听了婕斯的一番话后，汉娜觉得心里暖暖的。一直以来汉娜都在尽自己所能保护着她的孩子，她从没想过其实自己的孩子也会像战友一样和她并肩而战。现在即便有一个对婕斯来说非常重要的人在等着婕斯赴约，但只要汉娜需要她的支持，婕斯就会抛下一切追随她的脚步。就在那个瞬间，外面响起了汽车的喇叭声。

“有人来接我了，”汉娜一把抓起自己的手袋，伸手拥抱了婕斯，“康纳要接我和迈克尔修女去开会了。别傻了，你可不能取消你们的约会。祝我好运就行了。”

“没问题。我会疯狂推文的。呃，你今天搭别人的车走，那能不能把你的车借我开一下？”

“当然可以。”

汉娜到处张望着找她的大衣，此时提案中成百上千项条目都挤在她的脑中，现在再想逐一解决为时已晚。

“祝我们好运吧。”

“我会的。妈，别担心了。你们肯定没问题的，明天我们来一起庆祝。”

汉娜冲婕斯做了个鬼脸，拿起她的东西跑了出去。

当他们到达时，停车场已经被围得水泄不通。政务委员会的大会议室里异常闷热。他们从旁听席上放眼望去，可以看到桌子上摆放着他们装订好的提案材料，基本上都没怎么被好好翻阅过。

今天来了很多人，所以汉娜让康纳先去帮迈克尔修女找个座位坐下，自己则挤到一排座位里最中间的位置，挨着巴利芬旅游办公室的格莱尼坐了下来。汉娜将自己的大衣搭在椅背上让它自然地垂下来，然后把手包塞在大衣和椅背之间，身体向前微倾，以便能够听得更认真些。

大会开始了，首先发言的是政务委员会的主任，他严肃地宣称此次会议并不向公众开放。由芬法兰政务委员会的工作人员推举出来的政务会委员们将在会上对他们面前的提案进行讨论、考量以及投票。他注意到其中有一份递交上来的提案，实际上，可以算得上是一份备选提案，考虑到其中的内容，当然，它也将成为今天讨论的一部分。但他还是要重申一下刚才提到的那点。这不是一个公共会议。如果旁听席中出现任何扰乱到会议进程的人，这时他的目光穿过镜片扫向大家，然后继续说道，他将毫不犹豫地立即请他出去。汉娜默默祈祷，希望康纳能够多加注意。此前她在图书馆中的先导会议中已经强调了这一点。他们所有想说的都已经写在提案里了。他们去旁听会议的意义就在于让政务会委员们将他们的提案充分重视起来，不过他们来到这里的目的也仅止于此，一定不能头脑发热。

在开始的十分钟里，她坐在椅子边上，探着身子一项一项地认真听着他们自己的提案，她睁大了眼睛看着人们的反应。可没过一会儿，由于那些从下方传来的声音既沉闷又冗长，她慢慢开始走神。这时，汉娜看到蒂姆·斯莱特里就坐在环状旁听席的第三排，差不多刚好正对着她，神情木然。一时间汉娜担心被他发现，赶忙低下了头。可她马上又把头抬了起来，她在心中默默给自己打气，告诉自己此刻朋友们正坐在自己身边。康纳的位子比蒂姆稍稍靠后一点，在看到汉娜后，朝她竖起了大拇指。刚才在开车来这里的路上，康纳告诉汉娜他和艾迪恩正在存钱，他们打算去佛罗伦萨度过一个漫长的周末，到时候他们还会一起租“小黄蜂”来骑，他最近一直在教艾迪恩骑摩托车，她学得还不错。向康纳的左侧看去，弗瑞正靠在旁听席后方的墙上。而围坐在她身边的，有第一个为花园送去药草的强尼·汉尼斯，有信用合作社的丹尼斯，有看起来呆头呆脑的网站设计师布里吉德和艾迪恩，诺克茅活动中心的退休老人，来自巴利芬的渔民，巩特尔、苏珊和卡弗基夫妇，康纳的爸爸，妈妈还有他的哥哥乔，丹那个穿皮夹克的朋友，怀里还搂着他那嚼着口香糖的女朋友，还有许多来自卡罗塞拉和里斯拜格的邻居。

这时，一个坐在她位子下方的政务会委员起身提问，汉娜手袋里的电话突然响了起来，她自己也吓了一跳。那个大会主席朝旁听席里不耐烦地扫了一眼。汉娜尴尬地摸到手袋，将手机拿了出来。她掀开手机壳，戳了一下开机键。

屏幕上跳出一条玛丽发来的短信：

婕斯出车祸了

汉娜一时间没有反应过来。紧接着她一手抓过自己的手袋，一手拿着手机跌跌撞撞地向会议室的门口走去。当她走到大厅时，她的手机再一次发出了哔哔声：

我在去圣母玛利亚医院的路上

汉娜走出大楼时，听到身后传来布莱恩的声音。她还不知道原来布莱恩也来参加了大会。

“汉娜，出什么事了？”

“婕斯出事了，我得去医院，”汉娜已然方寸大乱，“天哪，我忘了我没开车来，她把我的车开走了。”

几分钟后，他们已经坐在布莱恩的车上，朝着镇子那一边的圣母玛利亚医院驶去。

CHAPTER 58 # 第五十八章

汉娜至今都不知道她是怎么熬过那段漫长的路程的，也不记得自己是如何到达急诊室的。她唯一有印象的是自己不顾一切地从车里冲出来，接着接待室的大门被砰地关上。在等候区的那一边，玛丽正紧紧地抱着帕特·菲茨杰拉德。

当汉娜看到玛丽脸上痛不欲生的表情时，瞬间僵在了那里。随后帕特伸开双臂朝她走来。

汉娜的声音嘶哑干裂：“婕斯呢？”

帕特抓过汉娜的双手，如同面对着一个孩子般轻柔地说：“会没事的，孩子，她在这儿呢。医生会全力抢救她的。”

汉娜再次反应过来的时候，发现自己已经坐了下来，她的脑袋正抵着自己的膝头。过了一会儿，她抓着后颈的那只手逐渐软了下来，于是她坐了起来。有人给她递过来一个装了水的一次性杯子。紧接着，旁边的玛丽抓住她的手说：

“我来的时候他们已经把她推进手术室了。”

“到底是怎么回事？”

“我也不知道。她有几根肋骨骨折，不过这还不打紧。最要命的是内出血。神圣的上主啊！汉娜·玛利亚，当时是一个卫兵来敲的门。”

玛丽正看电视的时候听见有人敲门。“我本来以为是婕斯忘带钥匙了，可没想到站在门口的是卫兵。来了两个人，一男一女。汉娜，你知道的，一旦他们派出女兵，通常都不会有什么好消息。”

帕特轻声插话说吉尔去倒茶了：“拐角处有一个自动售货机。他马上就能给咱们买回来了。”

汉娜四下张望，试图找到一个护士：“难道这儿就没有一个能了解里面情况的人吗？我得知道她现在怎么样了。”

帕特说他们来的时候医护人员吩咐他们在接待室里等着，有消息了他们会过来通知。

“这很好，不是吗，帕特？不是吗，汉娜？”玛丽死死攥着汉娜的手道，“如果他们觉得她挺不过来了，就会把我们单独关在一个小房间里。他们才不会在大庭广众之下向我们宣布她的死讯。”

汉娜拿过自己的手袋。接待室里有一个禁止使用手机的标语，于是她起身走到外面。她将身子靠在墙上，眼泪瞬间倾泻而下。然后在她的双手已经抖到几乎无法握住手机的情况下打给了马尔科姆。

马尔科姆来到医院的时候是在四个小时后。此时婕斯已经被推出了手术室，但她目前的状况依然无从得知。帕特和玛丽去了洗手间，吉尔·菲茨杰拉德则又拿来了几杯茶。汉娜在接待室里坐着，看到入口处的两扇电动门嗖地霍然打开，紧接着，马尔科姆向咨询台走去。他的外套上沾满了雨滴，头发也被吹到了额前。汉娜想要叫他，但嘴巴却干得发不出声音。于是她站了起来，马尔科姆一转身就看到了汉娜。汉娜跑了过去，直到她的额头再一次触碰到那个熟悉的、令人安心的肩膀上。

接下来又是一阵漫长的等待，大家又喝了好几杯茶。马尔科姆向众人解释了他是怎样从伦敦城市机场[1]飞到科克：他是提前打电话租了一辆车赶往飞机场的。玛丽又讲了一次吉尔和帕特是怎样以最快的速度第一时间赶到医院的，他们几乎跟玛丽同时到达。玛丽是坐着卫兵的车过来的，卫兵们人很好。汉娜坐在马尔科姆身边握住了他的手，触摸不到他手上的婚戒让她多少有些不大适应。一个醉汉想寻衅滋事，很快就被一名保安带走了。又过了很长一段时间，一个面容疲惫的护士过来告诉他们可以去看婕斯了。

婕斯躺在病床上，脸色苍白，她的身边摆放着各种点滴管和仪器，但好在她已经睁开了眼睛。医生刚才在走廊上跟他们说她很走运。她的脾破裂造成了严重的内出血，不过切除手术非常成功。在看到汉娜的表情后，医生轻轻地拍了拍她的胳膊说这只是一个常规手术，日后婕斯可以完全恢复。她原本的身体状况就不错，应该很快就能出院。

帕特和吉尔说他们出去等着，接着汉娜、马尔科姆和玛丽就一起围坐在床边。当婕斯冲着汉娜微笑的时候，汉娜简直有些眩晕。

"嗨。"

"嗨，"婕斯将枕头上的脑袋转了过去，"现在是什么情况？你们在开家庭聚会吗？"

马尔科姆摸了摸婕斯的脸颊问："感觉怎么样？"

"冷。挺恶心的。毕竟刚遭遇了场车祸。"

---

1 伦敦城市机场是一个位于伦敦码头区的机场，由于该机场的跑道距离，最大能起降的机型为A318。

婕斯的声音有些嘶哑，但护士说这是常见的术后反应。

“是什么撞了我？”

“是你撞了一头奶牛。”

“好吧，但愿它现在能比我好受点儿。”

车子打滑，撞到了一堵石墙上。汉娜努力对她笑了笑说：“我告诉你，我以后再也不会把车借给你了。”

汉娜能感觉到婕斯有些困了，于是俯身帮她掖了掖被单。

“睡吧，宝贝，我们明早再来看你。很快你就能回家恢复原来又蹦又跳的样子了。”

婕斯再次转过头来，眼睛突然亮了起来：“卡洛斯……”

“他已经知道了。我给他打了电话。护士把你的包交给我了，你手机上有十来通未接电话。别担心了。他要我转达他的问候。”

婕斯赧然一笑，努力不让自己睡着，她看着马尔科姆问：“你怎么从伦敦跑过来了？”

“你把我吓得魂都丢了，我必须得过来看你，以确保你平安无事。”

“真好。我是说，看到你们都在，真好。”

玛丽·凯西禁不住哼了一声。汉娜白了玛丽一眼。婕斯皱起了眉头：“你和爸爸很好，对吗？你们不会再背着我吵架了吧？”

汉娜担心玛丽管不住她那张嘴，于是牵起马尔科姆的手说：“我和爸爸很好。赶快睡觉吧。到了明天，一切就都会好起来的。”

婕斯笑了笑，终于闭起眼睛。汉娜和马尔科姆在玛丽·凯西愤怒的目光下依旧抓着彼此的手，他们一起看着床上的婕斯，直到她沉沉地睡去。

CHAPTER 59 # 第五十九章

在汉娜看来，从自己晚上离开家到现在的这短短几个小时之间，玛丽·凯西的样子瞬间衰老了十岁。当他们走出婕斯的病房时，玛丽的脸上依旧没有一丝血色，她的双手还在不住地颤抖。可是在她发现汉娜和马尔科姆的手仍然握在一起的时候，她便立刻振作精神，目光凌厉地瞪着他们二人。汉娜上前抱了抱她。

“今天晚上发生的事情太可怕了，好在现在已经过去了。妈，让吉尔和帕特送你回家吧。”

玛丽扬起脑袋：“然后留你和那个家伙在这里？我是不会这么做的。”

汉娜不好意思地看了看周围的人，把玛丽拉到走廊上。她让玛丽坐在塑料椅上，自己则在玛丽面前蹲了下来，她握住了玛丽的手。

汉娜用眼角的余光看到婕斯病房前站着的几个人都自觉地朝着与她们相反的方向看去。

“妈你知道自己在做什么吗？你得学会放手。我是个成年人，我有我自己的生活。”

“你说的都对，只要你别再上那家伙的贼船，我就不会有什么意见。”

“妈！”汉娜站起身来，一把将玛丽拉了起来，“你太累了，就这么回家不好吗？”

汉娜站在走廊上目送着妈妈远去的背影，玛丽转身看着汉娜的眼睛说：

“就像你说的，你是个成年人，所以对于你的事情，我会放手。可要是你觉得我实在过于保护自己的女儿了，不妨先看看你是不是也在用同样的方式对待婕斯。”

当汉娜和马尔科姆站在医院的大门前等待他的出租车时，灰色的天空中已然出现了几道淡粉色的霞光。尽管马尔科姆必须上庭，可他却不愿就这么匆忙离开。

汉娜对他摇摇头说：“去吧，案子审到一半你不能就这么突然消失。大夫都说了，婕斯会没事的。我会陪着她的。你们俩明天可以用 Skype，或者 WhatsApp，或者别的通信软件联系。”

看他还是一副放心不下的样子，汉娜笑着说：“说真的，马尔科姆，不会有事的。你可以在周末的时候飞过来看她。”

马尔科姆也冲她笑了笑：“好的。我知道你一定会好好照顾她的。”

汉娜望着暗夜中的霞光，她不确定自己一直以来是不是都太过于提心吊胆了。此刻一阵困意袭来，汉娜觉得这一夜发生的所有事情都开始变得不太真切。

马尔科姆轻轻推了一下汉娜：“其实我想对你说声谢谢。”

“谢我什么？”

“呃，谢谢你刚才对我说的话，你在女儿面前说咱们很好，我很感激。”

他们原本是互相挽着胳膊站在一起的，但当听到马尔科姆的话后，汉娜立刻向远处走了几步。

“你以为我会故意让你难堪吗？”

“没有，不过……”

“不过我很可能这么做，你是这个意思吧？我很可能戳穿我们和平分手的假象对吧？”

“汉娜，别再说了。”

“马尔科姆你真够可以的！咱们的女儿差点就死了，可你满脑子想的都是怎么把你的那些破事一直隐瞒下去！”

马尔科姆摊开双手：“咱们都累了。我已经跟你道谢了，既然这不是你想听到的，那就只能这样了。”

“你说的一点儿没错，我才不用你跟我说什么‘谢谢’，你欠我的是一句‘对不起’。可是我知道你死都不会说出来的，难道不是吗？因为你根本就不觉得你做错了。”

汉娜看着眼前这个男人又戴上了那副他习惯了的面具：波澜不惊的语调，理性冷血的态度，甚至是他在法庭上会表现出的、将头微微倾斜的姿势。他再次开口时，汉娜竟然觉得他们似乎又回到了伦敦那个傻透了的酒店房间里。

“我没想爱上另一个女人的，可这件事就那么发生了。你真的希望我当时就告诉你一切吗？你知不知道那次流产以后你整个人是个什么样子？万念俱灰。一无是处。你完全丧失了自我。”

“当时我说过离婚！是你求我留下来的！”

“你是说过。可后来你找到那栋房子。是那房子救了你。你承认吗？”

她无法反驳马尔科姆的话。她很讨厌他这样咄咄逼人地追问。

“你找到了房子，我找到了泰莎。上天这样安排实在是糟透了，可那并不是我的错。”

“那你就可以堂而皇之地把我当傻子似的耍了二十年吗？”

“我早就跟你说过了，我认为我已经做到仁至义尽了。”

汉娜背靠在医院的栏杆上。再这么吵下去还有什么意义呢？她对马尔科姆的感情再也不似从前一般浓烈，她对他早就看淡了。汉娜已经没有了负罪感，也不再有被愚弄的感觉。她咬着自己的下唇，突然将头低下，随即又抬眼看向马尔科姆。

“行了。别说了。我很抱歉。你说得没错，我是累了。”

他的脸变得温和起来，抱住她的肩膀说：

“我们差点就失去婕斯，但她现在还好好的，这才是最重要的。至于其他的，好吧，或许我们都有做得不对的地方。”

他轻轻地将她拉了过来，他的眼神又变回了汉娜记忆中的样子。当他俯身亲吻她的时候，淡淡的须后水的香气和清晨脸颊上短短的胡楂也一如从前。当他再次放开汉娜时，他对汉娜微笑着说：

“感觉很好。”

汉娜同样觉得非常美好。从前那些温情的记忆片段再次涌上心头：她流产卧床时他为她端来的那杯热茶；他们想出婕斯名字的那一晚，他从肯特花园为她带来的茉莉的芬芳……在这样清冷的早上，他的双手是如此温暖，他捧起汉娜的脸，和自己的脸贴在一起，汉娜闭起了眼睛。

“我们有那么多美好的回忆，对吗，汉娜？我们重新来过怎么样？”

这一刻，一切似乎都很完美，一切似乎也充满了无限的可能。汉娜睁开双眼，向后退了几步。

“那泰莎呢？”

“我一直都爱着你。”

“不，我是问泰莎怎么办？你要是这么做了她会怎么想？”

她知道自己太蠢了，居然去担心一个欺骗了她那么多年的女人。可再怎么说汉娜和马尔科姆也已经离婚了，现在和他在一起的是泰莎，她必须考虑泰莎的感受。她看着马尔科姆，想告诉他其实他们可以慢慢来。他可以先回伦敦向泰莎摊牌。等到他告诉泰莎，再回来看婕斯的时候他们可以一起从这里出发。她知道这期间肯定会存在一些困难，但或许最终是行得通的。如今她和马尔科姆的岁数越来越大，所以也许他们都比从前更加理智。而且，也许他说的是对的，他们其实都有做得不对的地方。

汉娜一边想象着未来可能发生的事情，一边看着马尔科姆的脸，她想知道他在听到这个问题时会有怎样的反应。可只是一眨眼的工夫，他就又回到了法庭上，戴好了之前一直戴着的面具，开始拣选他的答案。

汉娜眯起眼睛，向后退了几步说：“她离开你了，是不是？”

尽管马尔科姆的表情没什么变化，但汉娜知道她说对了。泰莎走了。

马尔科姆耸了耸肩说：“是，我和泰莎分手了……”

“什么时候的事？”

“这很重要吗？”

“什么时候的事？”

“刚分不久。但是这跟咱们的事没有任何关系。”

“明白了。你听清楚，不存在什么‘咱们’。要说我们现在唯一有关联的，就只有我们的女儿。你要明白这一点，马尔科姆。不管我们过去经历了什么，那都是过去的事了。而对过去弃之不顾的那个人正是你。”

汉娜走近马尔科姆，平静地说：“在你临走前我还得跟你说件事情。关于我们离婚的理由，我不会再帮你继续编造下去了。婕斯现在已经成年了，她不再是个还在上学的孩子了，下次她再问我这些问题的时候，我会一五一十地告诉她事情的真相。所以在那之前，你应该自己告诉她所有的一切。”

汉娜正说着，一辆出租车在路边停了下来。汉娜说她明天会给马尔科姆打电话，她退后几步，当然如果这段时间内婕斯的情况又发生了变化，她也会通知他的。汉娜看着出租车开走后回到了医院。她告诉自己，刚才最大的失误是让马尔科姆·特纳扰乱了她的思绪。

她再次回到接待室的时候，发现其他人还没离开。玛丽声称只要那个伦敦来的家伙还没走，她就要一直待在这里，哪也不去。此刻，玛丽机警地瞥了一眼汉娜，准备乖乖回家。接着是一通手忙脚乱地找大衣、拿皮包……帕特劝汉娜也和他们一起走。

“谢谢你，帕特，不过我想再去看看婕斯。我还得在这儿待一会儿。”

汉娜帮着玛丽穿大衣时，冲着玛丽使了个眼色，她压低声音说：

“妈，这次你又说对了，不过你别指望我会承认。”

玛丽·凯西只是用力地抱了抱汉娜，告诉她快去看婕斯吧。

CHAPTER 60 # 第六十章

等到众人离开后，汉娜回到了病房，看婕斯还在睡着。一个小时后护士进来查房，发现汉娜依旧坐在床边。

“你该回家了特纳太太。你可以晚些时候再来看她。有我们在这儿，她是不会出问题的。”

汉娜不能忍受留婕斯一人躺在白色的无菌病床上，身上套着医院的长袍，周围还立着大大小小的各种仪器。但护士说得没错。她坐不坐在这里根本没什么区别。而此时她也发现自己已经累得动弹不得。

接待室的工作人员给了她一个出租车公司的电话，同时提醒她不能在大楼内使用手机。当她走到外面的时候，天光已经放亮，但气温还是很低。她想着马尔科姆应该已经在回伦敦的路上了，玛丽应该也回到了小平房。她正在掏手机的当口，忽然听到了布莱恩·莫顿的声音。他正坐在门边的长椅上，而在他一步步向汉娜靠近的时候，汉娜才看到他手中拿着她的外套。

“外面冷。我想你应该需要这个。”

汉娜觉得有些不可思议：“你今天一整晚都坐在这儿吗？”

“这倒没有。不过我家就住在那个拐角，我不时会过来看看情况。他们说其余的家属都已经走了，你也正准备离开。我知道在医院守了一夜后到早晨会有多冷。”

布莱恩帮汉娜穿好外套。

“他们不会透露太多病人的信息，不过据我了解她现在应该没什么大碍了。”

“她正睡着呢。医生说她会没事的。”

“我过来其实是想送你回家的。”

“天哪，我都还没有谢你送我过来呢。”

“那你先上车再谢我也不迟。”

在他们去取车的路上，布莱恩问汉娜该送她去哪里。

“去那个低调的小平房吗？”

汉娜努力地咧嘴笑笑说：“求你了，别！现在应该快到早餐时间了，我实在受不了那些带毛的火腿了。”

布莱恩开车载着汉娜来到玛吉家，屋子周围的树篱上挂满了晶莹剔透的露珠。汉娜靠在副驾驶座的椅背上，觉得紧绷了数小时的身体终于渐渐放松下来。

而当布莱恩把车停到屋子的前门时，汉娜才发现布莱恩刚才拿给她的大衣是她之前挂在政务委员会会议室的椅背上的。布莱恩把她送到医院后，一定又去过会场。

“是啊。呃，我只是觉得硬要挤到你们中间多少会有些唐突。我当时只是想先暂时回避一下，之后再打电话给你。”

“那你肯定回到投票大会了吧？结果怎么样？”

布莱恩下了车，绕到副驾驶的这一侧帮汉娜打开车门。汉娜从车里出来，看到了布莱恩脸上的表情。

“汉娜，我很遗憾，提案通过了。”

“你是说政务委员会的提案？”

“是的。他们以很小的优势胜出，他们确实也详细地讨论了你的提案。不过到头来他们还是采纳了原始提案。”

布莱恩抓住汉娜的胳膊，告诉汉娜他觉得很遗憾：“我知道那对你来说有多重要。”

汉娜一下子呆在那里。他们在提案上倾注了那么多的创意和努力，怎么可能就这样付之东流？在经历了婕斯车祸所带来的打击后，此时的汉娜只觉得又困又累，她几乎已经无法想起提案计划最初是如何开始的。她也不想再谈这件事情，现在她唯一想做的就是闭上眼睛，暂时把一切都抛在脑后。但她还是有件似乎非说不可的事要告诉布莱恩。

“对不起。整件事情开始的时候我们必须对外保密。有好几次你跟我谈到这个话题时我都对你有所隐瞒。”

“那太糟了。”

“所以我说我很抱歉。我其实不想对你说谎，况且我每次骗你的时候心里都觉得很不舒服。”

“好吧我原谅你了。”

布莱恩打开房门，他们沿着山墙边上的小路来到房屋的转角处，而当他们拐过弯后，在印着车辙的田地的尽头，是闪耀着珍珠母般光华的辽阔天空。汉娜深深地吸了口气。在医院吸了那么多刺鼻的消毒水味后，汉娜觉得海边空气中这股浓烈的咸味是如此清新怡人。他们来到屋子的正门，她转身准备进去。刚才一直抓着汉娜胳膊的布莱恩此时松了手，只是那么看着汉娜。接下来是一阵沉默。汉娜知道不管是自己还是布莱恩，都希望他跨过这道门槛。她会将门打开，迎接他们的将是带有宽大壁炉和上了漆的墙壁的一整间屋子。她将在这样清冷的早晨点燃炉火，煮上一壶咖啡，把它们盛在宽口的陶瓷大碗中。也许他们会聊聊天，也许他们就那么坐在那里，也许他们会来到卧室中那张她都没有睡过的无比温暖舒适的黄铜床上……

他们看着彼此，一起想象着接下来将会发生的事情，可布莱恩没敢轻举妄动。如果换作马尔科姆，情况就会大不一样，但汉娜知道和布莱恩在一起时，主动权是掌握在自己手里的。

布莱恩垂眼，见汉娜表情沉重。如果他能够顺应自己的本能，一切就会容易得多：一把将她揽入怀中，扛着她跨进这扇门，就像小说中的勇士一样。但这终究是现实，而眼前的人是汉娜，脆弱，易怒，聪明又愚蠢，现在再加上疲惫。一旦这一步他们走错了，他明白他们当中可能就要有一个人离开芬法兰。可一旦这一步走对了，这将成为他们全新生活的转折点。

汉娜伸出一只手放在布莱恩的肩上。汉娜能感受到在厚厚的羊毛衫下他凹陷的锁骨。这是刚刚在医院汉娜跑向马尔科姆时用她的额头抵过的位置。她现在依然记得马尔科姆外套上沾着的雨滴，依旧能感受到来自马尔科姆手臂上那熟悉的力道。汉娜勾住布莱恩的脖子，使他的头慢慢向自己贴近。然后用双手按住布莱恩的肩膀将他推开。

CHAPTER 61 # 第六十一章

汉娜进屋以后，迎接她的是一片寂静。

她关上门，倚在门板上，看着窗子上光线变暗的区域随着布莱恩身影的移动一点点变化位置，直至那块阴影最终消失不见。尽管清晨的阳光洒进屋里，让房间渐渐变得暖和起来，但汉娜还是觉得很冷。她跪在炉边，擦亮一根火柴点燃炉火，她看到泥炭上蹿出几簇星星点点的小火苗。她不知道自己是不是已经累到连烧一壶开水的力气都没有了，但一想到捧着热碗时那种暖暖的感觉，以及咖啡醇厚的口感和香气，汉娜就坚持着继续做了下去。咖啡煮好后，汉娜拿着它来到炉火边，坐在那张灯芯草椅面的椅子上。

起初在得知婕斯还活着的时候，汉娜觉得终于松了口气。可再次回想起来，汉娜意识到婕斯昨晚可能真的会离开他们，突然间觉得心如刀绞。汉娜抖得很厉害，手中的咖啡几乎都要洒出来了，于是她将碗放到地上，扯下椅背上的披肩裹在自己身上。几分钟后她不再发抖，在这一片寂静之中她差点笑出声来——她现在的样子多像玛吉啊！身上搭着披肩蹲在壁炉旁边。汉娜之前从没试图了解过多年独居在这里的玛吉每天到底在想些什么。然而此刻一个人坐在这里的汉娜想到的却是布莱恩。要是他也坐在壁炉边，那会是怎样一幅场景？如果刚才他们一起进屋，她会生起炉火，他在一边煮咖啡，然后顺理成章地接受他的安慰和照顾？若真如她想象的那样，一切就会变得大不一样，可她并不需要那样的安慰和照顾，或者更确切地说，是她不想要。至少现在还不想要。眼下她真正需要的是搞清楚自己拥有什么，以及距离真正将它握在手里还有多远的路要走。

这其实并不是汉娜儿时憧憬的家的样子。那个头戴卷檐帽、身着绣花马甲的稚气未脱的年轻男子，和他那两颊绯红、穿着绗缝裙的妻子，以及他妻子手中抱着的孩子是不会出现在这里的。这里不是从设计杂志上可以看到的时尚装修样本，也不是纷繁世界之外的世外桃源。它只不过是一个折中妥协之下的无奈选择。她颇为喜爱的高档整体厨房是个意外得来的二手货，壁炉旁边的碗橱在很大程度上是属于玛吉的，鉴于弗瑞曾经在它身上劳心劳力，所以汉娜觉得自己对它的拥有程度也远不及弗瑞。事实上，家里没有一件家具和物件是她自己辛苦得来的。她将社群进行重新整合的事迹成了轰动一时的传奇故事，尽管随着时间的流逝，她会渐渐地失去价值，但现在人们却因此为她送来了许多她所需要的东西。

阳光和火光共同照亮了屋子，汉娜这才一点点暖和起来。她肩上的披肩垂到了自己的手肘上，她再一次端起咖啡。对于布莱恩带来的消息，她还是觉得有种不太真切的感觉。保卫里斯拜格图书馆的战役失败了。很快，虽说并不是马上，但不可避免地，她就要失业了。而且有蒂姆盯着，她将再也无法踏入芬法兰的图书馆服务系统中。或许在跟大家有了更多的接触后，现在找工作会比从前容易一些，说不定她还可以做一些别的事情。可如今半岛上的工作机会本来就少得可怜，谁还会雇用她这个岁数的女人呢？倘若昨晚她选择了布莱恩的庇护，那么他也将被拖进这样严峻的现实中。不过能够独自面对即将发生的一切会使她更为心安。

这时传来了一阵敲门声，汉娜开门的时候竟发现自己希望门外站着的是折返回来的布莱恩。但出现在门口的是弗瑞，他依然穿着那件亮面风衣，紧紧地裹在他那瘦削的屁股上，还有“夜叉”，它把鼻子凑到弗瑞的脚边嗅个不停。汉娜向后撤身，把弗瑞让到屋里。她的屋里还没有桌子，所以三把直背椅目前都还立在墙边。弗瑞搬起其中一把拿到壁炉前，将另一把摆在他和汉娜的椅子之间。接着，弗瑞从他夹克上那个开在后腰的口袋里掏出一个他自己做的样子难看的小包，放到他们二人之间的那把椅子上。“夜叉”跑到离炉火最近的地方，卷起身子趴在那里。

“我听说躺在医院里的那孩子情况已经稳定了。”

汉娜笑了笑。弗瑞因为听到这个消息出现在这里也在所难免。

“她会好起来的。我想你应该也听说提案失败的事了。”

“那是当然，我可是全程都在场的。乔 · 弗隆和吉尔 · 菲茨杰拉德，还有其他那些有钱人早就提前打点好了。”

他故作高深的样子激怒了汉娜。如果他一早就知道他们是在浪费时间，那为什么不早一点告诉他们呢？

“因为这不是浪费。这是胜利。”

他说人们如今都聚在了一起。这使得许多人都发生了一些变化，比如康纳的爸爸帕迪 · 麦卡锡，原来一直不愿意出门，在过去几周的时间里却活跃在工作小组中，接下来的事情你也知道，他慢慢掌握了电脑，还学会使用电子制表程序。还有那些退休老人呢？他们在麦格林神父面前不再唯唯诺诺，他们体会到了自由。至于那些年轻人和他们的工作关系网呢？还有过去一直守着间破房子，而现在每天和朋友待在花园里的迈克尔修女呢？当然，还有汉娜自己呢？

“我？”

“这不是显而易见的吗？过去那么多年里，你不管去哪儿都板着张脸。但现在就像变了个人似的！进步太大了，现在你看见任何人都能冲着他们微笑。”

“好吧，不过我可能很快就笑不出来了。”

“怎么这么说？”

“因为我马上就要揭不开锅了。我们输掉了这场战役，图书馆很快就要被他们关闭了。”

“哎，亲爱的姑娘，你真以为我傻到家了吗？他们不会那么做的。”

弗瑞示意汉娜打开他刚刚放在椅子上的小包。

“快看看我给你带来的东西。”

汉娜打开包装纸，里面是一个白蜡木做成的小书架，上面有两个黄铜叶片和一根新近雕刻的浆果缎带。她十分困惑地看着正靠在椅背上扬扬得意的弗瑞。

“这不是件两全其美的事吗，凯西女士？那本书既能保住你的图书馆，还能起到训诫那些有钱人的作用。”

弗瑞拿起小书架，对汉娜微微一笑。弗瑞说昨晚他没有等到会议结束就提前离开了，他已经看出来风是往哪边吹的了。所以他开车去了兰西城堡。

“我隐约感觉是时候该去要点儿赞助了。查尔斯尽了最大的努力把他那张老脸收拾得足够体面。谁都知道，那些姓德兰西的欠这片土地太多太多了。”

弗瑞说他们喝了不少酒，不过最后终于达成一致。作为对查尔斯过世妻子的纪念，德兰西家族最后一名继承人查尔斯，即日将《卡里克圣咏经》赠予芬法兰人民。

汉娜茫然地看着弗瑞。弗瑞则对自己宣读的这段声明十分满意，他用靴子蹭了蹭“夜叉”。

那本《圣咏经》只是礼物的一部分。查尔斯还会为它的收藏和陈列成立一个信托基金。信托基金的条款里明确写出了《圣咏经》的收藏地点。

“里斯拜格图书馆。在旧的女修道院内还会成立一个政务委员会专款的社会康乐中心。”

“你的意思是说遗产里的条款要求政务委员会采纳我们的提案？”

“它很快就不仅仅是你们的提案了，我想你很快就能在政务委员会的提案里看到这一条了。之前那个‘吼吼’APP 马上要变成‘世界尽头’的网站了，所以你一定要好好叮嘱那个小弗迪亚为自己的作品多争取点钱回来。”

“可是，等等，你等一下，那昨晚的投票呢？”

“没人比那帮政务会委员更擅长推翻自己的立场重新来过了。这是他们绝对拒绝不了的条件。你觉得就算是中央政府，他们会拒绝吗？到时候这里将产生一个世界级的博物馆，一件件珍品都会被收藏进去。到时候查尔斯·奥金就会变成他们争抢的对象，他还会受到国家的感谢。”

“夜叉”用它的蹄子扒弄着炉灰，可能正在它的梦中追着老鼠。

汉娜凝视着弗瑞，一时间接收不了这么多的信息。弗瑞探身将小书架放到汉娜手上。

“我知道那些保险公司的家伙肯定会有些愚蠢的要求。所以我在和查尔斯握手之前加了一个我自己的要求。不管这书最后会装进什么级别的防弹玻璃里，你都得把它放在我的小书架上，如果做不到的话，我们就会把它收回去，”弗瑞歪着脑袋，冲汉娜眨了眨眼，“告诉康纳要是他戴着机车手套的话，可以每天翻一页。”

小书架还放在汉娜的腿上，她久久地凝视着炉火。几分钟后，弗瑞站起身来戳了一下“夜叉”的趾尖。那小狗打了个滚，用力地抖了抖自己的身子，弄散了炉台上的灰烬。弗瑞不满地看着汉娜说：

“你需要一把过得去的刷子和一个差不多的铲子。”

那一瞬间，汉娜以为弗瑞会从口袋里摸出刷子和铲子。可他只是扭过头来取笑她：

“凯西女士，这个问题还是你自己解决好了。我明天早晨会继续来这儿修加盖小屋。不过在明天之前，我会暂时先把你的房子还给你。”

汉娜用手遮住额前倾泻而下的阳光。她跨过门槛，望着屋前这片大西洋上的田野，界墙之内都是待耕的土地。碧空如洗，大海湛蓝清澈，海水与天空相接，茫茫一色。门口的石板就是她的门阶，顺着脚下的斜坡走下去，就是高高的悬崖边了。从这里向远处望去，是成片生长着海石竹的宽阔岩脊，和陡峭山崖下恣意翻滚的海浪。她身后静静伫立着的房子曾经像是她的庇护所。而如今，它将承载着她充满希望的未来。

弗瑞走后，汉娜给自己倒了一碗咖啡，渴望它的热量从杯面磨旧了的釉料传递到她的手上。蜜蜂在草穗上嗡嗡地飞舞，她捧着咖啡走到田里。当她来到悬崖边的石墙，一只海鸥从她的头顶俯冲下来。汉娜小心翼翼地握着手中的碗，爬上墙边的阶梯，坐在石墙外侧的长椅上。一抹亮色一闪而过，原来是一只蜻蜓飞过，然后落在一朵花上。成千上万只喧闹的小生命包围在她的身边，她靠在背后的石头上，感到无比温暖。

汉娜深深地吸了口气，脑中浮现出《圣咏经》上的画面。一只小鹿在丛林中飞驰而过，鹿蹄和鹿角被着上了金色。下面的那幅图片上，小鹿站在泉边，橡子就垂在它的鹿角上。海龙那页天头上的凹槽就像喇叭一样，在羊皮纸上穿插在漆字下方的背景图是她每周去巴利芬时开车经过的山脉。明天她回去上班的时候，图书馆肯定会非常热闹。达瑞娜·凯利会带着她那个邋遢的、刚会走路的孩子过来，康纳会骑着他的“小黄蜂”，帕特·菲茨杰拉德会领着她电脑班的退休老人。马路对面的肉店里，吉尔·菲茨杰拉德在他听到《圣咏经》的事时会咬牙切齿。也许查尔斯·奥金送给芬法兰的礼物会让吉尔损失一大笔钱。但自始至终都被蒙在鼓里的帕特是不会为那些没有到手的钱而惋惜。不过帕特买好了往返加拿大的特价机票，对吉尔来讲也算是祸兮福兮吧。

汉娜的脸上露出了微笑，她侧着耳朵听着大海的潮声。婕斯还活着，图书馆依旧会继续开下去，未来的某一天，当她走到布劳德大街的马槽时，会再次遇到布莱恩·莫顿。极目远眺，银色的光带闪耀在绿松色和靛青色的海天之间。海风拂过，她的唇边是海水的咸涩和花朵的香甜。

感谢

我要向“阿歇特爱尔兰图书”表达我所有的感谢，同样要感谢来自希尔兰德公司的我的代理人盖亚·班克斯。